FJB

Jana Voosen

BROKEN WORLD

Wie willst du leben?

FJB

Aus Verantwortung für die Umwelt hat sich der S. Fischer Verlag
zu einer nachhaltigen Buchproduktion verpflichtet. Der bewusste
Umgang mit unseren Ressourcen, der Schutz unseres Klimas und der Natur
gehören zu unseren obersten Unternehmenszielen.

Gemeinsam mit unseren Partnern und Lieferanten setzen wir uns
für eine klimaneutrale Buchproduktion ein, die den Erwerb
von Klimazertifikaten zur Kompensation des CO_2-Ausstoßes einschließt.

Weitere Informationen finden Sie unter:
www.klimaneutralerverlag.de

FSC www.fsc.org
MIX
Papier aus verantwortungsvollen Quellen
FSC® C083411

Erschienen bei FISCHER FJB

Satz: Fotosatz Amann, Memmingen
Druck und Bindung: CPI books GmbH, Leck
Printed in Germany
ISBN 978-3-8414-2174-6

»Human ist der Mensch, für den der Anblick
fremden Unglücks unerträglich ist
und der sich sozusagen gezwungen sieht,
dem Unglücklichen zu helfen.«

Voltaire (1694–1778)

»Ich zweifle in der Tat, ob Humanität eine natürliche
oder angeborene Eigenschaft ist.«

Charles Darwin (1809–1882)

Prolog

Ich zerre an meinen Fesseln. Die Kabelbinder graben sich immer tiefer in mein Fleisch. Mein Gegenüber starrt mich an, die Augen angstgeweitet, mit blutigen Stellen auf der nackten Kopfhaut.

»Das ist alles deine Schuld«, flüstert sie mir zu. »Warum kannst du nicht so sein wie die anderen?«

»Ich hole uns hier heraus«, verspreche ich, um sie zum Schweigen zu bringen. »Wir sind weg, bevor er zurückkommt.«

Mit wenig Hoffnung ruckele ich an dem Stuhl, auf dem ich sitze, fest davon ausgehend, dass er irgendwie mit dem Boden verankert ist. Umso erstaunter bin ich, als ich einen kleinen Satz nach vorne mache.

Die Frau im Spiegel scheint ebenso überrascht wie ich. Ich ruckele auf sie zu, und sie kommt mir entgegen. Wie zwei Tänzer in einem seltsamen Reigen schaukeln wir hin und her, wenden uns halb voneinander ab, sitzen Schulter an Schulter. Ich schaffe es, die Lehne des Stuhls hinter dem Spiegel zu verhaken, ein letzter Blick in ihre Augen, ein entschlossenes Nicken von uns beiden, ein Stoß. Der Spiegel fällt zu Boden und zerspringt in tausend Scherben. Jetzt bin ich allein, ohne sie.

Ich nehme Schwung, schaukele hin und her, hin und her, balanciere für eine Sekunde auf zwei Stuhlbeinen, bevor ich krachend zur Seite kippe.

Wie in Zeitlupe falle ich zu Boden, schließe die Augen und bete, dass sich eine Scherbe ohne mein Zutun in meine Halsschlagader bohren wird.

1

Wenige Wochen zuvor

Weißt du, Kimi, eigentlich habe ich etwas anderes zu tun«, sage ich zögernd zu meiner Freundin, die mich zielstrebig in Richtung des größten und teuersten Einkaufszentrums Johtajas, der Metropole Zentral-Vahvins zieht. Sie beachtet mich gar nicht.

Staunend sehe ich an der gläsernen Fassade hinauf. Hierher verschlägt es mich nicht allzu oft. Kein Staubkorn, kein Fingerabdruck stört die funkelnde Fläche, in der sich die Mittagssonne spiegelt. An jedem der Haupteingänge stehen Männer in schwarzen Anzügen. Fast sehen sie aus wie Besucher eines Theaterabends, wären da nicht die kaum sichtbaren Mikrophone an ihren Hemdkrägen und die Ausbuchtung hinten an ihren Jacken, wo sie ihre Waffen tragen. Sicherheitspersonal.

Im Inneren erkenne ich die reichen Kunden, die auf Dutzenden silberner Rolltreppen von einem Geschäft zum nächsten schweben, riesige Einkaufstaschen in den Händen haltend. Zufrieden sehen sie aus und wohltemperiert.

Das gibt den Ausschlag. Es ist ein brütend heißer Tag, mal wieder kratzt das Thermometer an der Vierzig-Grad-Marke, und dabei haben wir gerade erst Juni. Der Schweiß rinnt mir aus allen Poren, das Kleid klebt unangenehm an meinen Oberschenkeln.

Also nicke ich zustimmend. »Von mir aus.« Nicht, dass ich wirklich eine Wahl gehabt hätte. Wir machen sowieso meistens das, was Kimi sagt.

»Na also.« Sie lächelt breit und legt den Arm um mich. Dann lässt sie ihn schnell wieder sinken. Es ist einfach zu heiß.

Die Eingangstüren öffnen sich lautlos und automatisch. Der Sicherheitsbeamte wirft mir einen seltsamen Blick zu.

»Sie ist mit mir hier.« Kimi hakt mich unter. Der Mann in Schwarz deutet eine Verbeugung an und lässt uns passieren.

Die plötzliche Kälte der Klimaanlage lässt die Feuchtigkeit auf unserer Haut verdunsten und wirkt wie eine erfrischende Dusche.

»Ah«, mache ich erleichtert. »Das tut gut.«

»Sag ich doch. Und jetzt geht es los.« Kimis Augen blitzen unternehmungslustig. »Wir gehen zu Til Bander. Die neue Kollektion ist göttlich.« Sie strebt in Richtung der funkelnden Rolltreppen, ich folge ihr seufzend.

In der edlen Boutique wird Kimi hofiert wie eine Königin. Kein Wunder. Sie hat hier schon ein kleines Vermögen ausgegeben.

Eine Verkäuferin mit hüftlanger, schwarzer Mähne stürmt auf sie zu, redet in einem fort und greift wie nebenbei ein halbes Dutzend Kleider von der Stange, die *wie für Kimi gemacht* sind.

Ich folge den beiden in Richtung der Umkleidekabinen, darauf bedacht, nur ja keines der exklusiven Kleidungsstücke zu streifen.

»Suchen Sie auch etwas?«, fragt eine andere Verkäuferin, deren kohlschwarze, gebogene Augenbrauen sich seltsam von ihrem Porzellanteint und dem wasserstoffblonden Haar abheben, in meine Richtung, und ich schüttele den Kopf.

Sehe ich vielleicht so aus, würde ich am liebsten sagen. Stattdessen beiße ich mir auf die Lippen und zupfe verlegen an meinem schlichten Shirt herum, das nicht nur knittrig und verschwitzt, sondern vom vielen Waschen schon ziemlich ausgeblichen ist. Wie so oft, wenn ich mich in Kimis Welt aufhalte, komme ich mir fehl am Platz vor. Daran werde ich mich wohl nie gewöhnen, obwohl wir seit fast acht Jahren befreundet sind.

»Natürlich.« Kimi, die hinter dem goldenen Samtvorhang verschwunden ist, streckt kurz den brünetten Lockenkopf hervor. »Sie braucht auch ein Kleid. Elegant, nicht zu aufgedonnert. Erstes Date.«

Die Verkäuferin zuckt nicht mal mit der Wimper. »Sehr gern!« Sie mustert mich mit professionellem Blick. »Größe 36. Grün- oder Blautöne, die bringen Ihre Haarfarbe zur Geltung. Bin gleich wieder da.«

Noch bevor ich den Kopf schütteln und das Ganze aufklären kann, ist sie schon verschwunden.

In diesem Moment tritt Kimi in einem eng anliegenden Kleid aus knallrotem Satin aus der Umkleidekabine. »Was meinst du?« Sie streicht mit den Händen an ihrem kurvigen Körper entlang und schaut hinunter in ihr ziemlich offen zur Schau gestelltes Dekolleté. »Bisschen zu krass, oder?«

»Kimi«, sage ich leise, ohne auf ihre Frage einzugehen, »du weißt genau, dass ich kein Kleid kaufen kann.«

»Du nicht, aber ich.«

Vehement schüttele ich den Kopf. »Kommt überhaupt nicht in Frage.«

»Hör zu«, Kimi kommt auf mich zu und ergreift meine Hände, »das ist ja kein Almosen.« Ich zucke bei dem Wort unwillkürlich zusammen. »Sondern eine Bezahlung. Ich muss vor dem Nachmittagsunterricht noch Mathe und Physik bei dir abschreiben.« Sie grinst. »Der reine Kapitalismus.«

Ich schüttele den Kopf. »Deshalb musst du mir doch kein Kleid kaufen.«

»Doch, muss ich. Sonst ist es nämlich eine unentgeltliche Hilfeleistung von dir, und du weißt ja …« Sie spricht den Satz nicht zu Ende, und das muss sie auch gar nicht. Natürlich weiß ich.

Zwanzig Minuten später verlassen wir das Modegeschäft mit fünf neuen Kleidern. Vier für Kimi, eins für mich. Es ist so grün wie meine Augen, lässt meine kupferroten Haare leuchten und hat über dreihundert Credits gekostet. Das ist mehr, als meine Mutter in einer Woche verdient.

Kimi holt uns noch einen extragroßen, frisch gepressten Saft vom Vitamintresen und reicht mir einen davon. »Und, findest du immer noch, dass du deine Mittagspause besser hättest verbringen können?«

»Na ja.«

Gespielt genervt verdreht sie die Augen. »Trainiert hast du heute Morgen vor der Schule. Und ich weiß, dass du alle Hausaufgaben in der dafür vorgesehenen Arbeitsgruppe erledigt hast. Wie immer.« Sie seufzt leise. »Man braucht auch mal ein bisschen Spaß. Das ist unabdingbar für die Gesundheit eines funktionierenden Mitglieds unserer Gesellschaft.«

»Schon klar«, antworte ich und werfe einen Blick auf meine Smartwatch. »Ich wollte nur eigentlich noch ein bisschen Chemie wiederholen.«

»Meine Güte, man kann es aber auch übertreiben, Yma. Du bist doch schon Klassenbeste. Wen willst du noch überflügeln?«

Darauf antworte ich lieber nicht. Was soll ich auch sagen? Kimi ist meine beste Freundin, trotzdem wird sie mich nie ganz verstehen. Das kann sie gar nicht. Sie gehört zur Elite und wurde, wie sie selbst gern sagt, mit dem goldenen Löffel im Arsch geboren. Die Villa ihrer Eltern hat zehn Zimmer und einen Pool. Das Schulgeld für das Gymnasium zahlt sie aus der Portokasse. Bei mir ist das anders. Meine Mutter hat zwei Jobs, wir leben in einer winzigen Zwei-Zimmer-Wohnung, und alle in meiner Klasse überflügeln kann ich nur, weil ich mich seit der Fünften von Förderstipendium zu Förderstipendium hangele. Ich bin Klassenbeste, weil ich gar keine andere Wahl habe. Zumindest, wenn ich mal ein besseres Leben haben will. Ein Leben als Mitglied der Elite.

Kimi stupst mich freundschaftlich in die Seite. »Hey, alles in Ordnung? Tut mir leid.«

Ich glaube, sie weiß eigentlich gar nicht so richtig, wofür sie sich entschuldigt, trotzdem lächele ich sie dankbar an. »Schon gut.«

2

Als wir nach draußen treten, hatte ich schon wieder vergessen, wie heiß es wirklich ist. »Mannomann«, ächze ich, und erneut bricht mir der Schweiß aus. »Smarty, wie viel Grad haben wir?«, frage ich meine Smartwatch. Ihr diesen Namen zu geben war Kimis Idee. Und ich tue ja meistens, was sie sagt.

»Wir haben einundvierzig Grad im Schatten«, antwortet Smarty.

»Wahnsinn.« Kimi nimmt einen großen Schluck von ihrem Saft.

»In dreißig Minuten beginnt dein Mathematikunterricht. Du bist fünfzehn Fußwegminuten von der Schule entfernt«, sagt meine Smartwatch ungefragt. »Das sind etwa 1500 Schritte. Bis zu deinem Tagespensum fehlen dir danach noch ungefähr 4000 Schritte.«

»Danke, Smarty«, sage ich, und Kimi kichert.

»Es ist einfach zum Schreien, dass du dich bei einem elektronischen Gerät bedankst«, sagt sie nicht zum ersten Mal.

»Ja, ja, ich weiß«, sage ich. »Komm, wir gehen zurück. Du willst doch noch abschreiben.«

»Stimmt.«

Ich hole meinen Sonnenschirm hervor und spanne ihn auf, weil meine helle sommersprossige Haut jedes Zuviel an UV-Strahlung übel nimmt. Dann wandern wir langsam die von Kastanien- und Lindenbäumen gesäumte Hauptstraße hinunter in Richtung unserer Schule. Ein Bewässerungsfahrzeug überholt uns. Der feine Sprühnebel weht von dem kräftigen Wasserstrahl zu uns herüber und benetzt mein heißes Gesicht. Es fühlt sich herrlich an, leider ist der Wagen schnell an uns vorbei und lässt uns in der Mittagshitze zurück.

Als er etwa zehn Meter von uns entfernt seine Fahrt verlangsamt und einen besonders großen Baum gießt, springt eine schmale Gestalt hinter dem Stamm hervor. Ein Junge. Er stellt sich mit geöffnetem Mund unter den Wasserstrahl, formt die Hände zu einer Schale und trinkt. Nur Sekunden später versiegt die Quelle. Der Fahrer brüllt etwas aus dem geöffneten Seitenfenster, dann öffnet er mit einem Ruck die Tür und springt aus dem Auto.

Ich sehe, wie der Junge die Flucht ergreifen will, doch der Mann, groß und breitschultrig, schnappt ihn am Arm und hält ihn fest. Unwillkürlich beschleunige ich meine Schritte.

»Was machst du denn?«, höre ich Kimi rufen.

»Mach das nicht noch mal, Kleiner, sonst lernst du mich kennen, verstanden?« Der Hüne schüttelt das Kind, das, wie ich jetzt erkenne, kaum zehn Jahre alt sein kann. Seine Hose ist zu kurz und hat Löcher an den Knien, das T-Shirt dagegen ist viel zu groß und so verwaschen, dass man weder die Aufschrift noch seine ursprüngliche Farbe erkennen kann. Er trägt keine Schuhe, seine Füße starren vor Dreck.

Wie hält er es aus, über den glühenden Asphalt zu laufen, fährt es mir durch den Kopf.

»Das Wasser ist für die Bäume bestimmt und nicht für schmutziges Gesindel wie dich, kapiert? Geh zurück in die Slums, wo du hingehörst. Was hast du hier überhaupt zu suchen?«, schimpft der Mann weiter. Seine Pranke hinterlässt rote Spuren auf der Haut des Jungen, der mir in diesem Moment sein Gesicht zuwendet und mich aus großen blauen Augen ansieht. Seine Lippen sind rau und aufgesprungen, die Haut entlang des Haaransatzes schuppig und entzündet.

Neben ihm auf dem Boden entdecke ich Müllsack und Abfallgreifer.

»Ist ja schon gut, lassen Sie ihn los«, sage ich, »er hat ein Recht, hier zu sein, sehen Sie doch.« Ich deute in Richtung der Arbeitsmaterialien des Kleinen.

Der Fahrer sieht mich irritiert an und stößt den Jungen so grob von sich, dass dieser am Fuß des Baumes zu Boden fällt.

»Er soll Müll aufsammeln. Kein Wasser stehlen«, sagt er aufgebracht. Bei diesem Wort zuckt der Junge zusammen.

»Nun hören Sie schon auf«, sage ich, »es ist doch nichts passiert.«

»Kennen Sie ihn etwa?«, fragt der Mann misstrauisch.

»Nein.«

»Sollten sich besser um Ihre eigenen Angelegenheiten kümmern«, brummt er, dann steigt er zurück in sein Fahrzeug und fährt davon.

Der Junge schaut zu mir auf.

Kimi ist inzwischen herangekommen und bleibt in einem Sicherheitsabstand stehen. »Kommst du?«, fragt sie ungeduldig.

»Ja.« Aber ich rühre mich nicht von der Stelle. Etwas hält

mich zurück. Etwas in den Augen des Jungen. Diese Mischung aus Trotz, Dankbarkeit und unendlicher Verzweiflung.

Das könntest auch du sein, fährt es mir durch den Kopf, ohne deine Mutter, die sich beide Beine ausreißt. Ohne das Stipendium.

Der Junge wendet seinen Blick ab. Schaut auf die dunkle Erde um den Baum herum, in die das Wasser schon fast vollständig eingesickert ist. Da sind nur noch ein paar kleine Pfützen. Er denkt nicht einmal darüber nach, bevor er sich bäuchlings in den Dreck wirft. Ungläubig beobachte ich ihn dabei, wie er zu trinken beginnt, im Wettlauf mit dem verdorrten Erdreich.

»Yma«, drängelt Kimi.

Ich nicke geistesabwesend. Mache einen Schritt auf den Jungen zu, halte ihm, ohne nachzudenken, meinen noch zur Hälfte gefüllten Saftbecher hin.

Fassungslos starrt er zu mir hoch. Und genau das, seine Fassungslosigkeit, bringt mir ins Bewusstsein, was ich da gerade zu tun im Begriff bin. Noch mehr als Kimis empörter Ausruf in meinem Rücken. Ich ziehe meine Hand so schnell zurück, dass mir das Getränk entgleitet und auf den Boden fällt. Die Zeit scheint für einen Moment stillzustehen, während wir beide, ich und das Kind aus den Slums, beobachten, wie der Becher umkippt und sein Inhalt versickert. Dann kommt Bewegung in den Jungen, er hechtet nach vorne, doch ehe er das Trinkgefäß ergreifen, die letzten noch darin befindlichen Tropfen retten kann, tritt Kimi mit ihrer eleganten Riemchensandale dagegen. Der Becher fliegt durch die Luft, Saft spritzt umher, und in den Augen des Jungen blitzt ein so lodernder Zorn auf, dass ich erschrocken zurückweiche.

»Verschwinde«, sagt Kimi knapp und vollkommen unbeeindruckt. Ohne darauf zu warten, ob er ihrem Befehl folgen wird, nimmt sie meine Hand und zieht mich mit sich die Straße hinunter. Ich stolpere neben ihr her, während das Blut in meinen Ohren rauscht. Obwohl ich es nicht will, wende ich mich noch einmal um. Sehe den Jungen, der den Becher nun doch aufgehoben hat. Ihn über seinen geöffneten Mund hält und schüttelt, in dem verzweifelten Versuch, ihm einen Tropfen Saft abzuringen. Ich kann nichts dagegen tun. Ich weiß, dass es falsch ist, was ich fühle, aber er tut mir unendlich leid.

»In zwanzig Minuten beginnt der Mathematikunterricht«, sagt Smarty.

Ich wende den Blick wieder nach vorne, schüttele den Kopf, um die düsteren Gedanken zu vertreiben, und bemühe mich um einen lockeren Tonfall.

»Wir sollten uns beeilen«, sage ich.

Kimi fährt zu mir herum, und ich sehe, dass sie nicht bereit ist, den Vorfall einfach so auf sich beruhen zu lassen.

»Bist du eigentlich von allen guten Geistern verlassen? Was hast du bloß getan?«

»Ich … na ja.« Ich beiße mir auf die Lippen.

»Du wolltest ihm helfen«, sagt Kimi.

»Nicht wirklich. Wenn mir ein Kellner ein Wasser bringt, dann ist das doch schließlich auch keine Hilfeleistung im üblichen Sinne«, versuche ich einen Scherz, der gründlich misslingt.

»Weil du dein Wasser bezahlst«, fährt sie mich an.

»Ja, schon gut.« Ich weiche ihrem Blick aus und sehe auf meine Fußspitzen hinunter.

»Es ist verboten, den Hilflosen zu helfen«, sagt sie, und ich blicke genervt auf.

»Das weiß ich selbst. Hör auf, mit mir zu sprechen, als sei ich vollkommen verblödet.«

»Es macht ganz den Anschein, als seist du genau das. Vollkommen verblödet.«

»Ich habe es ja nicht getan.« Ich zucke mit den Schultern. »Es war nur ein … Reflex. Ich hatte sowieso keinen Durst mehr und …«, kurz halte ich inne, »… außerdem muss es ja niemand erfahren.« Ich mustere sie forschend.

»Guck mich nicht so an. Als würde ich so was tun. Dich verpfeifen. Was denkst du denn von mir?«

Ich lächele und spüre, wie sich die Erleichterung in mir breitmacht. »Aber dann ist doch alles gut.«

Kimis Miene bleibt so finster wie zuvor. »Nichts ist gut.« Sie deutet zur Straße. Ein paar Meter weiter steht eine Überwachungskamera. Natürlich. Ihr Anblick lässt das ungute Gefühl in meiner Magengegend erneut aufleben.

»Oh. Mist«, sage ich tonlos.

»Nun ja«, bemüht sich Kimi um einen aufmunternden Ton, »wie du schon sagtest: Du hast es nicht getan. Und außerdem wird zwar alles aufgezeichnet, aber ohne ein Verdachtsmoment schaut bestimmt keiner in den Film hinein.«

»Ja.« Ich nicke. Ganz beruhigt bin ich trotzdem nicht.

Eine Weile gehen wir schweigend nebeneinanderher.

»Hast du gesehen, wie dünn er war? Der kleine Junge. Furchtbar dünn. Und wie er das Wasser aus der Erde gesaugt hat.«

»Ja«, sagt Kimi, und ihre Stimme hat einen ungeduldigen Unterton, »ich habe es gesehen. Und?«

»Nichts und. Er tut mir halt leid, das ist alles.«

»Yma«, sagt sie warnend.

»Schon gut. Das ist schließlich nicht verboten.«

»Das nicht. Aber es ist der erste Schritt in die falsche Richtung. Also lass es sein.«

3

Gerade noch rechtzeitig zum Nachmittagsunterricht erreichen wir unsere Schule. Ich mische mich unter die Schüler, die allesamt entspannt und erholt aussehen. Kein Wunder, sie haben die Zeit nach dem Mittagessen genutzt, um ihre Leistungsfähigkeit auf den optimalen Stand zu bringen. Viele haben vom Duschen nach ihrer Sporteinheit noch nasse Haare.

Ich trainiere immer morgens, die Mittagspause verbringe ich, wenn ich nicht gerade lerne, meist entweder im Meditations- oder im Schlafraum. Dessen Tür öffnet sich gerade, und der Duft von entspannenden, ätherischen Ölen – Lavendel, Bergamotte und Rosen – steigt mir in die Nase. Zwei Jungen aus meinem Jahrgang treten heraus. Als ich erkenne, um wen es sich handelt, werden meine Wangen heiß. Einer von ihnen ist Adriel.

»Hey, Yma.« Er schließt zu mir auf.

»Hi.« Ich lächele ihn an.

»Wo warst du denn heute Mittag?«, fragt er, und mein Lächeln verrutscht.

»Wieso?«

Er legt den Arm um meine Schultern und lehnt sich zu mir

herunter. Eine dunkelblonde Haarsträhne fällt ihm dabei hinreißend in die Stirn. »Muss ich es wirklich sagen?«, flüstert er mir zu.

Ich halte abrupt an, das Herz klopft mir bis zum Hals.

Er hebt die Schultern. »Es fällt mir sehr schwer, einzuschlafen, wenn du nicht neben mir liegst.« Mit zur Seite geneigtem Kopf sieht er mich an, seine sehr hellblauen Augen funkeln vor Vergnügen. Dann hebt er entschuldigend die Hände. »Tut mir leid. Du wolltest es unbedingt hören.«

»Ach so.« Ich brauche eine Weile, um mich von dem Schreck zu erholen. Dann nenne ich mich innerlich einen Dummkopf. Selbst wenn die Überwachungskamera mich aufgezeichnet hätte. Selbst wenn jemand gesehen hat, was ich um ein Haar getan hätte. Warum sollte derjenige zu Adriel laufen, um ihm davon zu erzählen? Da merkt man mal wieder, dass ein schlechtes Gewissen jeglichen gesunden Menschenverstand zuverlässig auszuschalten versteht.

»Ich war im Einkaufszentrum«, beantworte ich endlich seine Frage.

»Mit einem anderen Mann?« Gespielt entrüstet zieht er die Augenbrauen zusammen.

»Vielleicht.« Geheimnisvoll wiege ich den Kopf hin und her. Das Ganze fängt an, mir Spaß zu machen.

Adriel greift sich mit der rechten Hand ans Herz und verzieht das Gesicht. »Tu mir das nicht an, Yma. Brich mir nicht das Herz. Ich weiß, dass wir beide füreinander geschaffen sind.«

»Tatsächlich?« Ich versuche, ganz cool zu bleiben, obwohl ich vor lauter Aufregung das Blut in meinen Adern rauschen höre.

Yma und Adriel. Eigentlich haben wir nicht viel gemeinsam. Er ist Elite von Geburt an, wahnsinnig gutaussehend und strotzt nur so vor Selbstbewusstsein.

»Und du weißt es auch.« Er grinst, was ihm ein entzückendes Grübchen in die linke Wange zaubert. »Noch zwei Wochen, dann können wir endlich miteinander ausgehen.«

In zwei Wochen endet das Schuljahr. Der sogenannte Fusion-Break beginnt, und jeder, der bis zu diesem Zeitpunkt volljährig, also achtzehn Jahre alt ist, darf mit der Partnersuche beginnen. Sofern er auch alle sonstigen Voraussetzungen erfüllt.

»Freut mich, dass du so überzeugt von dir bist«, sage ich neckend.

»Von uns, Yma. Von dir und mir.« Er greift nach meinen Händen. »Und dann werde ich nie wieder Schlafprobleme haben. Weil du nämlich neben mir liegen wirst. Jede Nacht. Allerdings …« Er stockt und mustert mich plötzlich von oben bis unten. Unbehaglich sehe ich ihn an. Er schüttelt den Kopf. »Ich fürchte, wir werden ein Problem bekommen«, sagt er mit ernster Miene. »Vermutlich werde ich nie mehr schlafen wollen, wenn du neben mir liegst. Da fallen mir ganz andere Sachen ein, die ich lieber täte.«

Ich spüre, wie mir das Blut in die Wangen schießt, und suche verzweifelt nach einer schlagfertigen Antwort. Natürlich werde ich nicht fündig. Ich stehe einfach nur da mit meiner knallroten Birne und frage mich wie schon so oft, ob Adriel eigentlich ein süßer Typ oder ein übergriffiger Aufschneider ist. Als er mir fröhlich zuwinkert und in einem der Klassenräume verschwindet, entscheide ich mich für die erste Variante. Er ist hinreißend.

Noch während ich versuche, meine Gesichtsfarbe wieder einigermaßen unter Kontrolle zu bringen, holt mich Kimi ein.

»Danke«, sagt sie ein bisschen atemlos und reicht mir meine Hausaufgaben. »Hab ein paar Fehler eingebaut, damit es nicht so auffällt. Und, was wollte Mister Sexy von dir?« Sie hält inne und mustert mich eingehend. »Wie siehst du denn aus? Bist du sicher, dass mit deinem Blutdruck alles in Ordnung ist?«

»Ja, natürlich«, wehre ich ab.

»Ah, ich verstehe.« Kimi grinst wissend. »Er hat dich mal wieder angebaggert. Was hat er denn gesagt?«

»Ach nichts.« Meine Ohren werden schon wieder ganz heiß.

Kimi lacht. »Hat er dir etwa ein eindeutiges Angebot gemacht?«

»Ich glaube schon.«

Sie seufzt theatralisch. »Du Glückliche. Wenn ich du wäre, müsste ich schwer an mich halten, um ihn nicht in den Ruheraum zu zerren und den Antrag anzunehmen.«

Das meint sie natürlich nicht ernst. In Vahvin haben wir keine Beziehungen mit dem anderen Geschlecht. Jedenfalls nicht bis zum Fusion-Break. Vorher sollen wir uns auf unsere Ausbildung konzentrieren. Aber Kimi schaut so verträumt in die Ferne, dass ich doch nachhake.

»Ehrlich?«

Kimi zuckt lächelnd mit den Achseln. »Zumindest der Gedanke ist überaus reizvoll, findest du nicht?«

»Doch«, seufze ich und nehme den Weg in Richtung unseres Klassenraumes wieder auf. »Aber ich kenne ihn doch kaum.«

»Stimmt. Gerade mal acht Jahre lang. Seit der fünften Klasse«, spöttelt Kimi mir folgend.

»Ich meine, ich habe ihn noch nie außerhalb der Schule getroffen.«

»Na, dazu wirst du ja bald Gelegenheit bekommen.«

»Meinst du?«

»Was ist das für eine Frage? Natürlich. Er will, du willst. Was gibt es da noch zu überlegen? Außerdem passt ihr zusammen wie Arsch auf Eimer. Das sieht sogar ein Blinder.«

Ich verziehe das Gesicht, und Kimi lacht.

»Verzeihung. Nicht romantisch genug? Dann lass es mich so formulieren: Ihr beide gehört zusammen wie der Schmetterling und die Blume, wie die Sonne und der Sommer, wie …«

»Schon gut, veräppeln kann ich mich alleine.« Ich beschleunige meine Schritte, weil Nita Icho, unsere Lehrerin, soeben ein paar Meter vor uns den Kursraum betreten hat. Eilig schlüpfen Kimi und ich hinter ihr hinein, sie nimmt mein entschuldigendes Lächeln mit einem Nicken zur Kenntnis und bedeutet uns, Platz zu nehmen. Ich setze mich an meinen Tisch, Kimi sitzt zwei Reihen hinter mir. »Auf jeden Fall werdet ihr verdammt niedliche Kinder bekommen, so viel steht fest«, raunt sie mir im Vorbeigehen zu und grinst zufrieden, als mein Gesicht schon wieder die Farbe wechselt.

4

Ich versuche, den Gedanken an Adriel und unsere eventuellen Nachkommen beiseitezuschieben, um dem Unterricht zu folgen. Geschichte ist eines meiner Lieblingsfächer.

Mit der Fernbedienung schaltet Nita Icho die elektronische Tafel ein.

»Eure Prüfungen nahen«, sagt Nita Icho, »und deshalb wollen wir in den nächsten Stunden ein bisschen Basiswissen wiederholen.«

Ein Aufstöhnen geht durch die Reihen, von dem sich unsere Lehrerin nicht aus der Ruhe bringen lässt. Sie lächelt. »Ja, ja, es mag euch langweilig, vielleicht sogar unnötig vorkommen, aber ihr werdet überrascht sein, wie viel Wissen aus den unteren Jahrgangsstufen ihr mittlerweile vergessen habt. Also, nehmen wir mal an, die Prüfer sind euch wohlgesonnen, dann stellen sie euch vielleicht eine lächerlich einfache Frage wie die folgende: Beschreiben Sie den sogenannten Sozialstaat der Postmoderne und seinen Niedergang anhand seiner primären Merkmale.«

Ihr Blick schnellt suchend zwischen den Schülern umher. Ganz automatisch hebe ich den rechten Arm, obwohl sie mich vermutlich sowieso nicht drannehmen wird. Und richtig.

»Aluna«, sagt sie. Ich wende mich um und stelle fest, dass meine sonst stets fröhliche Klassenkameradin rot geweinte Augen hat. Jetzt starrt sie Nita Icho an wie ein hypnotisiertes Kaninchen die Schlange.

»Nun?«, fragt die Schlange ungeduldig, und Aluna erhebt sich im Zeitlupentempo. Zieht geräuschvoll die Nase hoch, versucht sich zu sammeln.

»Ich …«

»Ja?«

»Ähm. Der Sozialstaat der Postmoderne …« Aluna starrt auf die Tischplatte ihres Pults, als könne sie darauf die Antwort auf die Frage ablesen.

Komm schon, Aluna, denke ich, reiß dich zusammen. Aber das tut sie nicht. Stattdessen rinnt ihr ganz langsam eine Träne die Wange herunter, bleibt zitternd an ihrem Kinn hängen und fällt auf das helle Holz, wo sie in winzige Tröpfchen zerplatzt. Was ist denn bloß los mit ihr?

»Setzen«, sagt Nita Icho schneidend, ohne den Tränen ihrer Schülerin Beachtung zu schenken. Dann sieht sie sich im Raum um. »Irgendjemand hier, der eine Karriere oberhalb des Kloputzens anstrebt und diese wirklich einfache Frage beantworten kann?«

Ich ziehe den Kopf ein, aber ausgerechnet dieses Mal ruft Nita Icho mich auf.

»Yma.«

Mit leisem Widerwillen erhebe ich mich. »Der Sozialstaat der Postmoderne hatte die soziale Gerechtigkeit und Sicherheit jedes einzelnen Bürgers zum Ziel. Dieses verwirklichte er mit entsprechenden gesetzgeberischen Maßnahmen sowie materiellen Unterstützungsleistungen. Alle sogenannten benachteiligten Bürger – Kranke, finanziell Schwache und anderweitig schutzbedürftige Personen – wurden vom Staat unterstützt. Lebensrisiken und ihre sozialen Folgewirkungen wurden abgefedert. Zu den sozialen Leistungen zählten Arbeitslosengeld, Wohngeld, Renten, Entschädigungszahlungen, Krankenversicherung und vieles mehr. Lange Zeit galt diese Staatsform als die einzig moralisch vertretbare. Das Sozialstaatsprinzip war bis zu seiner Aufhebung vor hundertfünfzig Jahren im Grundgesetz verankert«, leiere ich herunter, so schnell ich kann.

»Und warum wurde er aufgehoben? Das klingt doch eigentlich ganz nett«, fragt meine Lehrerin, noch bevor ich mich wieder setzen kann.

»Kurz vor den Reformen stand das System vor dem Zusammenbruch. Es herrschte eine enorme Überbevölkerung. Die Bevölkerung vergreiste, man ließ die Alten und Kranken nicht sterben, sondern verlängerte ihr Leben auf teilweise unwürdige Art und Weise. Die Verlierer der Gesellschaft, die sich nicht selbst versorgen konnten und unter natürlichen Bedingungen gestorben wären, wurden durch das System mitversorgt. So überlebten sie nicht nur, sondern konnten sich sogar vermehren. Dadurch stellte sich der Mensch selbst ein Bein. Er stoppte nicht nur die eigene Evolution, sondern er überforderte auch den Planeten, auf dem er lebte. Die Natur wehrte sich durch den Ausbruch einer Pandemie. Ein Virus umrundete die Welt und forderte viele Menschenleben. Die Regierungen der einzelnen Länder versuchten, das Virus durch strenge Lockdowns einzudämmen. Die daraus resultierende wirtschaftliche Not vieler sollte durch den Staat aufgefangen werden. Doch kaum war das erste Virus besiegt, folgte eine zweite, noch tödlichere Pandemie. Die Welt versank im Chaos, und die Machthaber des ehemaligen Europas erkannten, dass nicht jeder gerettet werden konnte. Sie schlossen sich zum heutigen Vahvin zusammen. Heute leben wir nach den Naturgesetzen. Die Starken überleben. Die Schwachen sterben.«

»Danke, Yma.« Nita Icho nickt mir zu und wendet sich wieder an Aluna. »Und kannst du mir wenigstens sagen, worin die Reformen durch unseren verehrten Ersten Präsidenten bestanden?«

»Die Abschaffung staatlicher Unterstützungsleistungen und jeglicher medizinischer Versorgung«, antwortet diese leise.

»Ganz recht. Die Zahlen sprechen für sich. Unser Bevölkerungswachstum ist negativ, und da sich hauptsächlich die Elite erfolgreich fortpflanzen kann, wird unser Volk mit jeder Generation gesünder und leistungsfähiger. Sogar das Einwanderungsproblem wurde gelöst. Wir brauchen dafür nicht einmal Mauern oder Stacheldraht, wie es in der Alten Welt der Fall war. Niemand kommt auf einen Kontinent, in dem er keine Hilfe erwarten kann. Wolltest du noch etwas sagen, Aluna?«

Die Angesprochene beißt sich auf die Lippen. »Aber wie kann man einfach danebensitzen, wenn jemand stirbt?«, platzt es aus ihr heraus.

Nita Ichos Blick wird eisig. »Du musst ja nicht danebensitzen.«

Nach der Stunde verlässt Aluna mit gesenktem Blick den Kursraum. Ich beeile mich, meine Sachen zusammenzupacken, und folge ihr.

»Aluna?«, frage ich, nachdem ich sie eingeholt habe. Sie bleibt nicht stehen.

»Ich muss weg«, murmelt sie, ohne mich anzusehen.

Ich lege ihr eine Hand auf den Unterarm. »Jetzt warte doch mal«, bitte ich, und sie hält tatsächlich inne. Sieht mich an. Widerwillig. »Was ist denn? Ich hab doch gesagt, dass ich keine Zeit habe.«

Ich betrachte sie mitleidig. Aus der Nähe ist deutlich zu erkennen, dass sie in letzter Zeit viel mehr Tränen vergossen hat als nur die eben im Klassenzimmer. Ihre Augen sind gerötet, die Lider geschwollen. Es scheint ihr schlecht zu gehen.

»Kann ich dir irgendwie helfen?«, bricht es aus mir heraus. Sie sieht mich erschrocken an. *Hilfe* – das Unwort von Vahvin. »Ich meine«, korrigiere ich mich sofort, »kann ich dich unterstützen?«

Sie schüttelt den Kopf. »Nein, danke.«

Ich trete noch ein Stück näher an sie heran. »Jemand aus deiner Familie?«, flüstere ich, damit niemand der um uns herumwuselnden Schüler etwas mitbekommt.

Sie nickt. »Mein Vater«, antwortet sie erstickt, und schon wieder glitzern die Tränen in ihren Augen.

»Das … oh nein, ich meine … tut mir leid«, stammele ich unbeholfen.

»Ja. Mir auch.«

»Was hat er denn?«

Sie strafft die Schultern, ihre Miene vereist. »Spielt das eine Rolle? Ist doch vollkommen egal. Wahrscheinlich hat er eine Krankheit, die man vor hundertfünfzig Jahren hätte heilen können. Durch eine Operation. Oder ein paar Tabletten.«

Ihre Stimme ist lauter geworden, und ich sehe mich unbehaglich um, ob jemand unser Gespräch mit anhören kann. Aber zum Glück scheint sich niemand für uns zu interessieren.

»Du solltest leiser sprechen«, sage ich trotzdem.

»Es geht ihm so schlecht«, ihre Augen füllen sich mit Tränen, »jeder Atemzug ist eine Qual. Und ich soll einfach dabei zusehen, wie er stirbt? Ich verstehe nicht …« Sie bricht ab, und sie muss auch gar nicht weitersprechen. Ich weiß, welche Worte sich hinter ihren fest zusammengepressten Lippen aufstauen. Was sie am liebsten laut herausschreien würde. *Wie soll das gehen? Woher kommt der Impuls in mir, den Schwachen helfen zu wollen? Bin ich nicht normal, oder seid ihr es?*

Ich denke an den kleinen Jungen, sehe vor meinem inneren Auge, wie meine Hand mit dem Getränk sich ganz automatisch in seine Richtung streckt.

»Aber was soll man machen?« Beinahe flehend sieht Aluna mich an. Und ich kann nichts anderes tun, als mit den Schultern zu zucken.

Man kann nichts machen. Man darf nichts machen. Unsere Blicke kreuzen sich, dann sieht sie schnell zu Boden.

»Ich muss los.«

»Natürlich.« Ich nicke. »Dann also …«

Sie wendet sich ab und läuft schnellen Schrittes davon. Betreten sehe ich ihr hinterher und frage mich, wie es sich anfühlt, den Vater an eine Krankheit zu verlieren. Einen Vater, den man gekannt hat. Der einem Gute-Nacht-Geschichten vorgelesen und das Radfahren beigebracht hat. Der für einen der Held, der Beschützer, der stärkste Mensch der Welt gewesen ist. Es muss schrecklich sein, wenn dieses Bild zerbricht. Wenn man erkennt, dass er schwach ist. Zu schwach zum Überleben. Trotzdem, und ich schäme mich für den Gedanken, beneide ich Aluna für einen kurzen Augenblick. Immerhin hatte sie einen Vater. Von meinem habe ich nicht einmal mehr eine bewusste Erinnerung. Nur ein Foto, auf dem er in die Kamera lacht und ein kleines, rothaariges Mädchen mit Sommersprossen auf dem Arm hat. Mich. Ich bin noch nicht einmal zwei Jahre alt.

Ein Stoß trifft mich an der Schulter und reißt mich aus meinen trüben Gedanken. Kimi. Natürlich. Sie folgt meinem Blick, sieht Aluna am Ende des langen Korridors um die Ecke biegen.

»Es ist ihr Vater«, sagt sie im Plauderton, hakt mich unter und zieht mich den Gang entlang. »Sieht nicht gut aus.«

»Was hat er denn?«

»Keine Ahnung. Er ist halt krank und macht es wohl nicht mehr lange. Mehr weiß ich auch nicht.« Sie zuckt mit den Schultern und sieht mich dann irritiert an. »Was guckst du denn so?«

»Ich gucke doch gar nicht«, wehre ich ab.

»Das ist nun mal der Lauf der Dinge, Yma«, sagt sie eindringlich. »Und du solltest dich wirklich langsam daran gewöhnt haben. Bevor du dich irgendwann in Schwierigkeiten bringst«, fügt sie düster hinzu.

»Warum sollte ich Schwierigkeiten bekommen?«, frage ich heftiger als beabsichtigt. »Ich mache doch gar nichts. Ich sage noch nicht mal was.«

Mit hochgezogenen Augenbrauen sieht sie mich an. »Du denkst«, sagt sie trocken.

»Wenigstens das wird ja wohl noch erlaubt sein«, antworte ich eingeschnappt. Kimi wirft mir einen vielsagenden Blick zu, wechselt dann aber das Thema.

»Lass uns über angenehmere Dinge sprechen«, sagt sie friedfertig. »Über den Fusion-Break zum Beispiel.« Ihre Augen glitzern unternehmungslustig. Dann wirft sie einen schiefen Blick auf meine Smartwatch. »Sag mal, welche Generation ist eigentlich Smarty? Bist du sicher, dass du die neueste Tender-Version da überhaupt draufladen kannst?«

»Äh. Siebte«, antworte ich unsicher.

»Ah, ja, dann müsste es gehen.«

Ich atme erleichtert aus. Mir eine neue Smartwatch zu kaufen liegt ungefähr genauso innerhalb meiner Möglichkeiten wie eine Wohnung im Cape Coral, dem Neubaugebiet des Eliteviertels. Und wegen technischer Probleme nicht an der großen Liebeslotterie teilnehmen zu dürfen wäre tatsächlich sehr ärgerlich. Dabei fällt mir etwas anderes ein.

»Sag mal, Kimi, warst du schon bei der J12?«

»Nö. Du?«

Ich schüttele den Kopf und fühle plötzlich ein merkwürdiges Ziehen im Bauch. Kimi merkt sofort, was mit mir los ist.

»Ich bitte dich, Yma«, sagt sie, »du bist kerngesund. Willst du mir allen Ernstes erzählen, dass du dir Sorgen machst?«

»Ist wohl nur so 'ne Art Prüfungsangst«, murmele ich, und sie lacht.

»Ausnahmsweise musst du mal nichts leisten«, sagt sie und legt freundschaftlich den Arm um mich. »Du musst einfach nur gesund und fruchtbar sein, pling, schon gibt's den Zugang zu Tender, und deiner Zukunft mit Adriel steht nichts mehr im Wege.«

Ich zucke verlegen mit den Schultern. »Wenn der mich wirklich will.«

»Natürlich will er. Sonst wäre er schön blöd. Du bist das perfekte Paket. Hübsch, superschlau und dazu noch der netteste Mensch, den ich kenne.«

Ich werde rot.

Kimi legt nachdenklich die Stirn in Falten. »Hm. Wenn ich es mir recht überlege, vielleicht manchmal ein bisschen zu nett. Aber das weiß er ja nicht. Und daran kann man arbeiten.« Sie wirft mir einen vielsagenden Blick zu. Ich schlage den Blick nieder. »Und ein bisschen mehr Selbstvertrauen könnte dir nicht schaden.«

»Davon spreche ich ja.« Ich starre unglücklich vor mich hin. Genau damit ist es nämlich bei mir nicht weit her. Ich war immer schon eher gehemmt, vor allem in unbekannten Situationen. Keine komplett graue Maus, das nun auch wieder nicht, aber einfach etwas schüchtern. Ganz im Gegensatz zu Adriel, der jeden Raum betritt, als gehöre er ihm.

»Gegensätze ziehen sich an«, wischt Kimi meine Bedenken vom Tisch. »Und er kann froh sein, wenn er dich bekommt.«

5

Nervös sitze ich ein paar Tage später neben Kimi auf den unbequemen Plastiksesseln im steril ausgestatteten Wartesaal des Gesundheitsamtes. Irgendwann halte ich die Spannung nicht mehr aus, jeder Muskel in meinem Körper scheint zu jucken, so dass ich schließlich aufspringe und den Raum durchschreite. Immer von einer Wand zur anderen. Fünf Schritte hin, fünf Schritte zurück.

»Kannst du das bitte sein lassen?«, sagt Kimi, die lässig die Beine von sich gestreckt hat und beinahe gelangweilt aussieht. »Du machst mich ganz wuschig. Außerdem könnte man meinen, du hast ein nervöses Leiden.«

»Ja, ja, du hast ja recht. Trotzdem. Es ist nicht nur irgendein Gesundheits-Check-up.« Wenn ich die J12 nicht bestehe, nützen mir auch gute Schulnoten nichts mehr.

»Deshalb musst du dir trotzdem nicht in die Hose machen. Mit dir ist alles in Ordnung. Wirklich.«

Plötzlich muss ich an Aluna und ihren Vater denken. »Aber manchmal werden Leute krank. Obwohl sie alles richtig machen«, sage ich leise.

»Ja. Manchmal fällt auch ein Ziegelstein vom Dach und erschlägt jemanden«, gibt Kimi trocken zurück.

In diesem Moment springt die Anzeige mit den leuchtend roten Zahlen über der gläsernen Tür des Wartezimmers von 1487 auf 1488. Gleichzeitig gibt Kimis Smartwatch einen Signalton von sich. Sie steht gelassen auf. »Endlich. Dann wollen wir mal.«

»Viel Glück«, rufe ich ihr hinterher.

Sie öffnet die Glastür des Wartebereichs und sieht sich grinsend zu mir um. »Brauch ich nicht. Bis nachher.«

Nur drei Minuten später melden die Anzeigetafel und Smarty zeitgleich, dass ich nun an der Reihe bin. Mit wackeligen Beinen gehe ich in Richtung der Untersuchungsräume.

Zimmer 43, meldet das Display meiner Smartwatch. Ich laufe durch einen langen Gang mit unzähligen, dunkelblau lackierten Türen zu beiden Seiten. Der weiche Linoleumboden dämpft die Geräusche meiner Schritte. Es riecht nach Desinfektionsmittel. Laut meiner Recherche war das Gesundheitsamt in früheren Jahren ein Krankenhaus. Eine Lungenklinik, um es genau zu sagen. Schon wieder muss ich an Alunas Vater denken. *Jeder Atemzug ist eine Qual.*

Da ist es. Zimmer 43. Beinahe wäre ich daran vorbeigelaufen. Ich klopfe und trete ein.

Eine Frau um die dreißig im weißen Kittel sitzt hinter einem breiten, bis auf Tastatur und Monitor leeren Schreibtisch und sieht mir erwartungsvoll entgegen. »Yma.« Sie lächelt so strahlend, dass ich mich für einen Moment unsicher frage, ob wir einander persönlich kennen. Auf dem Monitor sehe ich ein Bild von mir selbst. Was darunter steht, kann ich nicht erkennen, aber ich kann es mir denken. Meine medizinischen Daten. Alle Ergebnisse sämtlicher Untersuchungen, die ich je mitgemacht habe. Angefangen mit der K1 wenige Stunden nach meiner Geburt bis hin zur J11 vor einem Jahr. Und nun also die letzte J-Untersuchung. Die wichtigste. Die über meine private und berufliche Zukunft entscheiden wird. Ich atme tief durch.

Die Frau nickt beruhigend. »Du brauchst keine Angst zu haben.« Wenn sie das so genau weiß, frage ich mich, warum ich überhaupt hier bin. Trotzdem nicke ich tapfer und nehme auf dem Stuhl ihr gegenüber Platz, den sie mir mit einer Handbewegung anbietet.

»Mein Name ist Sadia«, stellt sie sich vor. »Heute ist ein großer Tag für dich.«

»Ja. Stimmt.« Was soll ich auch anderes sagen?

»Herzlichen Glückwunsch erst mal. Wie ich sehe, bist du Klassenbeste.«

Irritiert versuche ich, einen Blick auf den Monitor zu erhaschen, doch sie dreht ihn mit einem entschuldigenden Lächeln zu sich. »Datenschutz.«

»Aber das sind doch meine eigenen Daten«, protestiere ich, doch sie schüttelt bestimmt den Kopf. Mit einem Mal sieht sie gar nicht mehr freundlich aus. »Trotzdem. Jedenfalls ist das eine tolle Leistung. Und gelingt nicht vielen Mädchen deiner Herkunft.«

»Ach?«, kann ich mir nicht verkneifen zu sagen, »ich dachte immer, in Vahvin hat jeder die gleichen Chancen und kann durch harte Arbeit seinen Lebensstandard verbessern.«

Sie lächelt nachsichtig. »Theoretisch ja. Fleiß und Ausdauer sind ein Faktor. Begabung ein anderer, und die kann man nun einmal nicht groß beeinflussen. Sie wird einem in die Wiege gelegt. Weshalb es Sinn macht, sich mit einem genetisch hochwertigen Partner zusammenzutun.«

»Äh. Ja.«

»Und deshalb steht ja nun auch der Fusion-Break bevor, nicht wahr?« Sie zwinkert anzüglich, was ich ausgesprochen unangenehm finde.

»Hast du denn schon jemand Bestimmtes im Auge?«

»Ich … ich …«, stammele ich und spüre, wie ich puterrot anlaufe. Muss ich das beantworten? Gehört das zur Untersuchung dazu?

»Aha. Ich hoffe, er bietet ausgezeichnetes Genmaterial. Du möchtest deine eigenen Anlagen nicht verschwenden, indem du dich mit Mittelmäßigkeit paarst.«

Ich starre sie an. Darüber habe ich noch gar nicht nachgedacht. Ich weiß nur, dass ich in Adriel verknallt bin, seit ich denken kann. Und dass ich es auch wäre, wenn er nicht aus einer Elite-Familie käme.

»Schon gut. Das ist natürlich deine Privatangelegenheit. Genug geplaudert.« Sie wechselt abrupt den Tonfall und erhebt sich. »Wir machen einen allgemeinen Check-up. Das kennst du ja schon. Danach eine gynäkologische Untersuchung. Ich überprüfe, ob deine Geschlechtsorgane gut entwickelt und gesund sind. Wenn alles in Ordnung ist, bekommst du die Zulassung zur Partnersuche und ein Implantat zur Verhütung. Es wird jährlich erneuert, bis es Zeit für das erste Kind ist. Idealerweise in etwa um das dreiundzwanzigste Lebensjahr.«

»Ja, ich weiß.« Die Situation scheint ihr lange nicht so absurd vorzukommen wie mir. Zu wissen, dass ich in fünf Jahren ein Baby bekommen werde, aber nicht, von wem, findet sie wohl ganz normal. Prompt erscheint vor meinem inneren Auge das Bild eines Babys mit sehr hellen, blauen Augen. Adriels Augen.

Die Untersuchung ist nicht besonders angenehm, aber lange nicht so schlimm, wie ich es mir vorgestellt habe. Als sie mir vollkommene Gesundheit bescheinigt, fällt mir ein Stein vom Herzen. Ich verabschiede mich von Sadia und gehe beschwingt den Gang hinunter.

Pling.

»Herzlichen Glückwunsch, Yma«, sagt Smarty mit einer mir fremden, samtweichen Stimme, »dein Zugang zu Tender ist jetzt freigeschaltet. Mit Tender erhältst du Zugriff auf Tausende gesunder, junger Männer deines Jahrgangs. Klick dich durch unsere Datenbank und finde ein Date für heute Abend. Unser Tipp: Vervollständige dein Profil bei Tender. Je mehr Informationen dein künftiger Partner über dich hat, desto besser. Viel Spaß mit Tender!«

Mein Herz macht einen aufgeregten Hüpfer. Jetzt geht es also los. Ich beschleunige meine Schritte und eile am Pförtner vorbei in Richtung Ausgang.

»Junge Dame«, ruft er mir hinterher. »Hände desinfizieren nicht vergessen.«

»Ach ja. Entschuldigung.« Eilig trete ich an den Spender heran und tue wie geheißen. »Auf Wiedersehen.«

Ich trete hinaus ins Freie und atme tief durch. Die Nachmittagssonne hat ihre sengende Strahlkraft verloren, aber heiß ist es nach wie vor.

Suchend sehe ich mich nach Kimi um, doch sie steht noch nicht am vereinbarten Treffpunkt. Vielleicht dauert es länger. Ich setze mich in den Schatten eines Baumes neben den Treppenstufen, die zum Gesundheitsamt führen, lehne mich zurück und schließe die Augen.

Pling.

»Hallo, Yma, du hast eine Anfrage für ein Date. Sieh dir an, wer sich mit dir treffen will.« Mein Herz rast, während ich auf das Display tippe. Ein Bild von Adriel erscheint. »Yma, willst du morgen Abend mit Adriel tanzen gehen? Sage ja für ja und nein für nein.«

»Ja«, sage ich.

»Yma, du bist morgen Abend mit Adriel verabredet. Ihr trefft euch um acht Uhr im Roxy. Viel Spaß bei deinem ersten Date. Vervollständige nun dein Profil bei Tender, um noch mehr Verabredungen zu bekommen.«

Ich schließe das Programm, sehe mich um, und weil niemand in meiner unmittelbaren Nähe ist, springe ich auf, reiße die Arme hoch und vollführe einen kleinen Freudentanz. Dann setze ich mich wieder hin. Ich kann es kaum erwarten, Kimi von meiner Verabredung mit Adriel zu erzählen. Wer weiß, vielleicht hat sie ja auch schon ein Date für morgen Abend.

Was für eine Frage. Natürlich hat sie. Vermutlich sogar zwanzig. Mit den langen, dunklen Locken und der kurvigen Figur werden die Jungs jetzt, da sie endlich dürfen, bei ihr Schlange stehen. Ich bin gespannt, wem sie letzten Endes ihre Gunst erweisen wird.

Ich beende meinen Tanz und sehe mich suchend nach Kimi um. Aber Kimi kommt nicht.

6

Als die Dämmerung hereinbricht, steige ich schließlich auf mein Fahrrad. Vielleicht habe ich Kimi auch missverstanden, und sie liegt längst wieder am Pool der Villa ihrer Eltern, während ich hier Wurzeln schlage.

Ich fahre durch den weitläufigen Charles-Darwin-Park, in dem trotz Hitze und anhaltender Wasserknappheit die Blumen blühen, das Gras saftig grün ist und die Bäume stolz in den Himmel ragen. Hinter der Anlage biege ich rechts ab und fahre Richtung Osten.

Vom guten Ausgang der J-Untersuchung und der Aussicht auf meine morgige Verabredung beflügelt, trete ich kräftig in die Pedale. Wie jeden Nachmittag, wenn ich von der Schule nach Hause fahre, habe ich das Gefühl, zwischen den Welten zu pendeln. Die Umgebung verändert sich, die Vegetation nimmt ab, schließlich nur noch grauer Stein, so weit das Auge reicht.

Mächtige Plattenbauten stehen dicht an dicht. Ich bin am Ziel. Lasse meinen Blick die Betonfassaden hinaufgleiten. Erinnere mich an Kimis entsetzten Blick, als sie das erste Mal bei mir zu Hause war. Aber so schlecht ist es gar nicht hier in der Hochhaussiedlung, in der ich mit meiner Mutter wohne. Die

Treppenhäuser sind sauber, auf manchen der winzigen Balkone leuchten rote, gelbe und blaue Blumen, Farbtupfer in einer tristen Welt.

Ich schultere mein Fahrrad, betrete das Treppenhaus und erklimme, immer zwei Stufen auf einmal nehmend, die Treppen zum fünften Stockwerk. Im dritten Stock macht mich meine Smartwatch mit einem leisen Piepton darauf aufmerksam, dass meine Herzfrequenz den anaerobischen Bereich verlassen hat. Ich drossele mein Tempo, gehe eine Stufe nach der anderen und verringere meine Herzfrequenz auf 143 Schläge pro Minute.

Vor unserer Wohnungstür angekommen, krame ich in meinem Rucksack nach dem Schlüssel, zögere dann und klopfe stattdessen an die Tür. Einmal, zweimal, dreimal. Ich lausche, ob von innen Schritte zu hören sind.

Vielleicht ist es ein bisschen albern. Kimi jedenfalls verdreht jedes Mal die Augen, wenn ich in meinem eigenen Zuhause an die Tür klopfe und warte, bis meine Mutter mir öffnet. Aber ich finde es schön, von ihr begrüßt zu werden. Wenn die Tür aufschwingt und sie vor mir steht. Dunkelhaarig, zierlich und mittlerweile einen halben Kopf kleiner als ich. Wie ihre Augen strahlen, wenn sie mich sieht, wie ihr Mund sich zu einem Lächeln verzieht, bevor sie die Arme hebt und mich an sich drückt.

Plötzlich wird mir bewusst, dass mein Zuhause nicht mehr lange mein Zuhause sein wird. Wenn alles gut geht, werde ich nach dem Fusion-Break meinen Partner fürs Leben gefunden haben. Werde mit ihm zusammenziehen, die Schule beenden, Karriere machen, Kinder kriegen. Bei dem Gedanken schwirrt mir der Kopf, nicht nur, weil es natürlich Adriel ist, der in diesem Traumszenario meiner Zukunft die Hauptrolle spielt. Reg dich ab, Yma, rufe ich mich selbst zur Ordnung. Ihr habt euch noch nicht einmal geküsst. Dennoch, es stehen viele Veränderungen bevor, in so kurzer Zeit.

Die Tür öffnet sich.

»Hallo, Mama«, sage ich, um mich gleich darauf zu verbessern, »ich meine natürlich Winona.« Ab dem vollendeten vierzehnten Lebensjahr sprechen wir unsere Eltern mit dem Vornamen an. Ich habe mich immer noch nicht daran gewöhnt. Normalerweise lächelt Winona darüber. Aber nicht heute.

»Hallo, Yma.« Sie klingt angespannt. »Komm herein. Du hast Besuch.« Mit dem Kopf deutet sie in Richtung Wohnzimmer.

Ich spähe an ihr vorbei. Eine Frau mit streng zurückgebundenem Haar und perfekt sitzendem Hosenanzug thront auf dem ausziehbaren Sofa, auf dem meine Mutter nachts schläft. Mir rutscht das Herz in die Hose. Sofort denke ich an den Vorfall mit dem Jungen, die Straße vor dem Einkaufszentrum, die Überwachungskameras. Das kann doch nicht sein, schießt es mir durch den Kopf. Ich habe nichts Verbotenes getan. Ja, vielleicht war ich kurz davor, aber ich habe es nicht getan. Was also will sie von mir?

Mama öffnet die Tür ein Stück weiter, und ich trete zögernd ein. Mein T-Shirt ist verknittert und durchgeschwitzt, die Jeans hat am Saum Ölflecken von der Fahrradkette. Ich könnte keinen krasseren Kontrast zu der kühlen, trockenen Dame im Wohnzimmer bilden, aber das kann ich nun leider auch nicht ändern.

Pling macht meine Smartwatch in dieser Sekunde. »Bravo,

Yma«, sagt Smarty, »du hast dein Tagespensum von fünfzehntausend Schritten erfüllt.«

Die Frau lächelt.

»Guten Tag«, sage ich heiser.

Meine Mutter betritt hinter mir das Zimmer. Ich kann ihre Nervosität förmlich spüren. »Yma, das ist Lolo Kaß.«

»Es freut mich sehr, deine Bekanntschaft zu machen«, sagt Lolo.

»Äh, danke. Ich meine, ganz meinerseits«, stammele ich, während meine Gesichtsfarbe vermutlich im Sekundentakt die Farbe wechselt. Könntest du bitte aufhören, so verdammt schuldbewusst auszusehen, schimpfe ich mit mir selbst, während ich mich ihr gegenüber hinsetze.

Meine Mutter bleibt stehen, wie in Alarmbereitschaft.

»Wollen Sie sich nicht auch hinsetzen?«, erkundigt sich Lolo, und Mama kauert sich auf die äußerste Ecke des einzigen noch verbliebenen Sessels. »Also, Yma«, Lolo wendet sich mir zu, ein breites Lächeln auf den Lippen ohne jegliche Beteiligung ihrer kühlen blauen Augen, »wie geht es dir so?«

»Mir?«, frage ich wenig intelligent. »Gut. Ganz gut.« *Piiiip*, macht meine Smartwatch und straft mich Lügen. Ich werfe einen schnellen Blick darauf. Mein Puls liegt bei 150 Schlägen pro Minute. In Ruhestellung. »Blödes Ding«, murmele ich, »es muss wohl mal wieder in die Wartung.«

Lolo lächelt noch immer. Voller Verständnis. Jetzt beugt sie sich sogar nach vorne und legt mir eine Hand auf den Unterarm. »Es ist alles in Ordnung, Yma. Deine Aufregung muss dir nicht peinlich sein.«

Mit großen Augen sehe ich sie an. »Nein?«, frage ich.

Sie schüttelt den Kopf. »Überhaupt nicht. Glaub mir, als ich vor zwanzig Jahren einen ähnlichen Besuch bekommen habe, ging es mir ganz genauso wie dir jetzt.«

»Tatsächlich?« Wovon spricht sie? Ich verstehe kein Wort.

»Du bist uns aufgefallen, Yma«, fährt sie fort. Ich spüre, wie der Boden unter mir zu schwanken beginnt.

»Aufgefallen?«, wiederhole ich heiser.

»Was möchtest du mit deinem Leben anfangen? Nach der Schule, meine ich«, wechselt Lolo das Thema, und bevor ich noch den Mund für eine Antwort öffnen kann, fügt sie hinzu: »Ich meine, nachdem du einen Partner gefunden hast.« Sie lächelt nachsichtig. »Mir ist durchaus klar, dass diese Sache in deinem Alter eine gewisse ... Priorität hat. Aber das geht vorbei.« Sie wirft meiner Mutter einen Blick zu, die die Augen niederschlägt.

»Ich will dich nicht länger auf die Folter spannen«, sagt Lolo und zieht einen Zettel aus ihrer Tasche. Erst auf den zweiten Blick realisiere ich, dass es sich gar nicht um Papier handelt. Sie faltet das Ding auseinander, es leuchtet auf, und sie beginnt, darauf herumzutippen. Ein Smartpad? Ungläubig betrachte ich das hauchdünne Teil mit dem leuchtenden Globus-Firmenlogo, und Lolo lächelt zufrieden.

»Ein Prototyp«, erläutert sie. »Aber durchaus noch verbesserungswürdig. Ich habe diese Woche schon drei davon kaputt gekriegt.« Sie zuckt bedauernd mit den Schultern. »Wie dem auch sei ...«

»Sie sind von Universo?«, platzt es aus mir heraus.

»Erraten«, gibt sie trocken zurück. »Ich bin ihre firmeninterne Headhunterin.«

Ich schnappe hörbar nach Luft. Noch bevor ich diese Nachricht verdauen kann, spricht sie weiter.

»Wir könnten uns gut vorstellen, dass du in unser Unternehmen passt, und deshalb bieten wir dir einen Vertrag an.«

»Aber ich bin doch noch gar nicht mit der Schule fertig«, gebe ich verwirrt zurück.

»Get them, while they are young.« Lolo lächelt. »Deine herausragende Begabung im Bereich Technik und Informatik qualifiziert dich natürlich für eine Laufbahn bei Universo. Zudem sind alle deine schulischen Leistungen hervorragend, du bist durchgehend Klassenbeste gewesen. Entweder bist du klüger als alle anderen ...« Sie macht eine Pause. Ich überlege, ob ich widersprechen sollte.

»Oder aber«, fährt sie fort, »du hast den stärkeren Willen. So oder so, jemanden wie dich wollen alle. Und nachdem du heute, wie ich sehe, auch die Gesundheitsprüfung mit Bravour bestanden hast ...«

Ich zucke zusammen, sage aber nichts. Von wegen Datenschutz!

»... wirst du dich nach dem Abschluss vor Angeboten nicht retten können. Deshalb möchten wir schneller sein.«

»Aha.« Meine Eloquenz ist mal wieder atemberaubend.

»Die Firma finanziert dir für das letzte Schuljahr eine hübsche Wohnung im Cape Coral.« Mir bleibt der Mund offen stehen. Habe ich das richtig verstanden? Cape Coral ist der teuerste Neubaukomplex Johtajas und schließt direkt an das Villenviertel der Elite an. Meine Mutter gibt einen ungläubigen Laut von sich. »Dir und deinem Liebsten.« Lolo legt den Kopf schief und lächelt wissend. »Vielleicht ein gewisser Adriel?«

Ich werde rot und wundere mich über gar nichts mehr.

»Ab sofort und auch während deines anschließenden Studiums bekommst du ein Gehalt gezahlt, das viele deiner Mitschüler nicht einmal am Höhepunkt ihrer Karriere verdienen werden.« Sie hält inne, wirkt plötzlich verlegen, ihr Blick fliegt über unsere spärliche Einrichtung, die beengten Räume. Dann beugt sie sich vor, sieht mir tief in die Augen. »Du kannst all das hinter dir lassen. Nicht viele Mädchen von hier bekommen eine solche Chance. Wenn du ja sagst, Yma, dann wirst du zur Elite gehören.«

Mein Blick streift Winona, die vollkommen fassungslos und mit Tränen in den Augen auf ihrer Sofakante hockt. Die mir mein, wenn auch nicht luxuriöses, so doch relativ sorgenfreies Leben ermöglicht hat, obwohl mein Vater starb, als ich gerade zwei war. Die tagsüber am Fließband und danach bis spätabends in einer Wäscherei arbeitet, damit ich mich auf die Schule konzentrieren, Karriere machen kann. Es eines Tages besser haben werde.

Universo. Cape Coral. Elite.

»Im Gegenzug erwarten wir natürlich, dass du die Schule als Beste abschließt. An ein bis zwei Abenden in der Woche wirst du an einem Development-Center teilnehmen, in dem wir unsere zukünftigen Spitzenkräfte schulen. Also?«, fragt Lolo, und in ihren Augen blitzt ein Funke von Ungeduld auf. Wahrscheinlich fragt sie sich, warum ich nicht längst auf dem Boden liege und ihr die Füße küsse. Doch etwas hält mich davon ab. Auch wenn Lolo recht hat und ich so was wie eine natürliche Begabung für alles Technische habe, ist es nicht unbedingt das, was ich für den Rest meines Lebens machen will. Was ich lieber täte, kann ich allerdings auch nicht sagen. Und wäre es nicht vollkommen verrückt, ein solches Angebot auszuschlagen? Mein Talent nicht zu nutzen?

Wieder ein Blick zu Winona. Sie nickt. Natürlich. Wie könnte meine Antwort anders lauten als Ja?

»Ja«, sage ich. »Ich meine, gerne. Ich meine, danke.«

»Nichts zu danken.« Lolo steht auf und streicht ihren Rock glatt. Offensichtlich zufrieden mit sich und der Welt. »Du hast dir alles selber verdient. Wir von Universo tun niemandem einen Gefallen.«

Ich nicke. Das werde ich mir merken.

7

Kimi bleibt spurlos verschwunden. Meine Nachrichten bleiben unbeantwortet, obwohl ich jedes Mal eine Mitteilung bekomme, dass sie sie abgehört hat. Was ist da los? Ist sie aus irgendeinem Grund sauer auf mich? Ich zerbreche mir den Kopf, aber mir fällt partout nichts ein, was Kimis Unmut hätte erregen können.

»Verdammt, aaah«, fluche ich laut, als ich mir zum zweiten Mal das Oberlid in der Wimpernzange einklemme.

»Was ist?« Meine Mutter erscheint im Badezimmer und verharrt mitten in der Bewegung. Ihr Blick wandert über mein Outfit, und ich blicke nervös an mir hinunter. Zupfe an dem ungewohnt tiefen Ausschnitt des grünen Kleides herum, das mir Kimi gekauft hat. Ebenso wie die hochhackigen Schuhe an meinen Füßen, die zwar wie versprochen ein schlankes Bein, aber leider auch schmerzende Zehen machen. Jetzt schon.

»Du siehst toll aus«, sagt Winona und nickt anerkennend.

»Findest du?«

»Ja, schon.« Sie mustert mich erneut.

»Aaaaber?«, frage ich gedehnt, und sie schüttelt wie ertappt den Kopf.

»Nein. Entschuldige. Nichts aber. Du siehst wirklich toll aus.«

»Aaaaber?«, lasse ich nicht locker.

»Aber gar nicht wie du selbst«, rückt sie schließlich damit heraus.

»Ich kann doch nicht in Jeans und Turnschuhen zu meiner ersten Verabredung gehen«, verteidige ich mich, wende mich wieder meinem Spiegelbild zu und setze erneut die Wimpernzange an meinem schon böse geröteten Auge an.

Winona beobachtet meine Bemühungen eine Weile schweigend, dann entwindet sie mir sanft das Foltergerät. »Komm, ich helfe dir.«

Erleichtert lasse ich mich auf den Badewannenrand fallen und hebe ihr mein Gesicht entgegen. Geschickt biegt sie meine Wimpern nach oben, tuscht sie mit der bereitgelegten Wimperntusche und schminkt auch meine Lippen in einem dezenten Rosenholzton. Dann löst sie meinen Pferdeschwanz und fährt mit beiden Händen durch meine kupferroten Haare.

Als ich mich erneut im Badezimmerspiegel betrachte, muss ich ihr recht geben. Mit mir selbst hat der Anblick nicht viel zu tun. Aber ich würde nicht unbedingt behaupten, dass das ein Nachteil ist. Einen Augenblick versinke ich in meinem Spiegelbild, drehe mich nach rechts und links und höre plötzlich wieder Kimis Kommentar in meinem Kopf, als ich in dem Kleid aus der Umkleide herauskam. »Wenn du das anziehst, werden die Jungs Stilaugen bekommen, wetten? Jetzt sieht man endlich mal, was für eine unglaubliche Figur du hast. Du siehst aus, wie von Photoshop gemacht, ehrlich. Da kann man ja neidisch werden.«

Ich finde nicht, dass Kimi mit ihrer üppigen Oberweite und

den geschwungenen Hüften auf irgendwen neidisch sein muss. Am wenigsten auf mich. Trotzdem war ich geschmeichelt von ihrem Urteil.

»Ist was nicht in Ordnung?«, erkundigt sich meine Mutter und holt mich damit in die Gegenwart zurück. »Du guckst ja plötzlich so komisch. Gefällst du dir etwa nicht?«

»Doch, doch, schon. Ich hab nur gerade an Kimi gedacht.«

»Hat sie sich immer noch nicht gemeldet?« Auf Winonas Stirn entsteht eine besorgte Falte.

Ich schüttele den Kopf, checke sicherheitshalber noch mal meine Smartwatch, obwohl ich genau weiß, dass keine Nachricht eingegangen ist.

Pling macht es in diesem Moment.

»Oh, Gott sei Dank«, sage ich erleichtert, doch es ist nicht Kimi. Sondern eine Textnachricht von Adriel.

Hey, Yma. Ich freu mich auf heute Abend. Hole dich lieber bei dir zu Hause ab, wenn es dir recht ist?! Bis dann. Sekundenlang starre ich auf die Buchstaben.

»Und? Wo ist sie? Alles in Ordnung?«

Ich lasse den Arm sinken und schüttele den Kopf. »Nein«, sage ich. »Das heißt, ich weiß es nicht. Das war nicht Kimi.«

Wenn ich mir nicht solche Sorgen um meine Freundin machen würde, wäre ich jetzt vermutlich ganz aus dem Häuschen vor Glück. Schließlich besteht für Adriel überhaupt keine Veranlassung, mir zu schreiben. Wir sehen uns ja sowieso in einer Stunde. Er könnte die Zeit besser nutzen, indem er zum Beispiel sein Tender-Profil aktualisiert. Oder andere Dates für die nächsten Abende klarzieht. Ich könnte mich also jetzt sehr freuen. Eigentlich.

Ich wende mich Winona zu, die nachdenklich den Kopf

schüttelt. Sie sieht jetzt wirklich besorgt aus, und ich sehe sie forschend an.

»Mama, ich meine Winona«, sage ich, und sie hebt den Kopf. »Was denkst du gerade?«

»Ach …«

»Und sag jetzt nicht ›nichts‹«, unterbreche ich sie. »Ich kann es dir ansehen. Weißt du, wo Kimi ist?«

»Nein.« Sie schüttelt den Kopf. »Aber ich fürchte, ich weiß, warum sie abgetaucht ist.«

Ich nicke stumm. Tief im Inneren weiß ich es natürlich auch. Und wenn ich ganz ehrlich zu mir bin, hatte ich die Vermutung bereits gestern Nachmittag. Nachdem ich eine Stunde vor dem Gesundheitsamt auf Kimi gewartet, sogar noch einmal zurück in den Wartebereich gegangen bin und dort nach ihr gesucht habe. Warum sollte sie mich versetzen, meine Nachrichten ignorieren? Dafür kann es nur einen Grund geben. Die Untersuchung ist nicht gut gelaufen.

Aber was kann so schlimm sein, dass Kimi, meine beste Freundin seit Kindheitstagen, nicht mit mir darüber sprechen will? Ich hole meinen Laptop – im Vergleich zu dem papierdünnen Gerät von Lolo kommt er mir tonnenschwer und fast schon antiquarisch vor – und schalte ihn ein. Natürlich bin ich auch über meine Smartwatch mit dem Vahvin-Wide-Web verbunden, aber eine Recherche ist am Computer doch noch einfacher. Ich rufe die Seite des Gesundheitsamtes auf und gebe J12 in das Suchfeld ein.

»Junge Erwachsene von Vahvin unterziehen sich im selben Jahr, in dem sie das achtzehnte Lebensjahr vollenden, der letzten Jugenduntersuchung J12. Hierbei werden neben den üblichen Tests (Blutwerte, Herz-Kreislauf-System, Muskelstatus etc.) die Fortpflanzungsorgane sämtlichen erforderlichen Tests unterzogen. Bei den männlichen Jugendlichen wird die Anatomie von Penis und Hoden sowie die Qualität der Spermien überprüft, bei weiblichen Jugendlichen die Funktionalität der Eierstöcke, Durchlässigkeit der Eileiter sowie die Anatomie der Gebärmutter. Des Weiteren werden die Jugendlichen auf sämtliche bekannten sexuell übertragbaren Krankheiten hin untersucht.« Bei diesem Satz stocke ich und hebe den Kopf.

»Sexuell übertragbare Krankheiten?«, frage ich Winona, die über meine Schulter mitgelesen hat. »Das haben die bei mir aber nicht untersucht.«

»Doch. Das haben sie ganz bestimmt.«

»Aber wozu?« Verständnislos schüttele ich den Kopf. »So eine Krankheit kann doch sowieso keiner von uns haben.«

Weil Winona mich mit hochgezogenen Augenbrauen ansieht, sehe ich mich genötigt, näher ins Detail zu gehen. Obwohl die ganze Sache absolut nicht zu meinen Lieblingsthemen zählt. Schon gar nicht, um mit meiner Mutter darüber zu sprechen.

»Es sind *sexuell übertragbare* Krankheiten«, sage ich betont. »Das heißt, man kann sie nur beim Geschlechtsverkehr bekommen.«

Winona lacht. »Danke für die Aufklärung, mein Schatz«, sagt sie. »Es ehrt dich, dass zu annimmst, jeder würde sich so akribisch an die Vorschriften halten wie du.«

»Wie meinst du das denn jetzt?«, frage ich.

»Ach, Yma. Ich glaube, nicht jeder ist so pflichtbewusst und regeltreu wie du.«

Ich starre sie an. Fassungslos.

Und dann komme ich mir plötzlich unfassbar dumm vor. Ich sehe Kimi vor meinem inneren Auge. Meine lebensfreudige, sinnliche, abenteuerlustige Freundin, die seit Monaten kaum noch von etwas anderem als von Jungs redet. Wieso war ich mir eigentlich so hundertprozentig sicher, dass sie nur davon redet? Die Antwort ist einfach. Weil sie meine beste Freundin ist. Weil wir uns immer alles erzählt haben. Zumindest habe ich ihr alles erzählt. Aber was, wenn dieses Vertrauen nicht auf Gegenseitigkeit beruht hat? Was, wenn Kimi noch ein anderes Leben geführt hat?

Ich schüttele den Kopf, um die Gedanken zu vertreiben. Weil Winona mich immer noch unverwandt ansieht, wende ich mich wieder dem Monitor zu.

»Bei Bestehen der J12 erhält der Jugendliche Zugang zum Programm Tender und darf an der Partnersuche teilnehmen«, lese ich den letzten Satz auf der Seite vor. »Und wenn nicht?«

Winona zuckt mit den Achseln.

Ich atme tief durch. »Okay. Mal angenommen, Kimi hat die J12 nicht bestanden. Heißt das jetzt, sie darf sich keinen Partner suchen?«

Winona nickt. »Aus genau diesem Grunde gibt es ja die Untersuchungen. Oder wie würdest du es finden, wenn du dich mit einem Mann zusammentust, der sich im Nachhinein als unfruchtbar herausstellt?«

»Äh…« Ich bin vollkommen durcheinander. Kimi unfruchtbar? Kimi krank? Meine Kimi mit dem goldenen Löffel? Das kann nicht sein. Wenn ich mir über meine eigene Zukunft oft im Unklaren war, so war ich doch vollkommen sicher, dass ihr Leben immer so weitergehen würde wie bisher. Geld im Überfluss, ein toller Job, ein wunderbarer Mann und viele süße Kinder. Kimi ist immer oben geschwommen. Und auch wenn ihre Leistungen in der Schule gerade mal durchschnittlich waren, hätte ich doch nie gedacht, dass sie untergehen kann. Aber genau das wird passieren, passiert mit jedem Bürger von Vahvin, der krank ist. Wir absentieren uns von den Kranken und Schwachen, weil es das Gesetz der Natur ist. Sie leben am Rand der Gesellschaft, bis sie sterben.

Meine Mutter sieht mich mitfühlend an und streicht mir über die Wange. »Noch wissen wir gar nicht, ob es wirklich so ist«, sagt sie. »Warte erst mal ab, ob Kimi sich doch noch meldet.«

8

Ich versuche immer noch, mich zu sammeln, als es an der Tür klingelt. »Das ist Adriel«, sage ich. »Ich geh dann mal.«

»Mach das, mein Schatz.« Winona umarmt mich zum Abschied, schiebt mich auf Armeslänge von sich und nickt aufmunternd. »Du siehst wirklich wunderschön aus. Genieß deinen Abend. Du musst jetzt an dich denken.«

Das ist leicht gesagt, alles, woran ich denken kann, ist Kimi. Und wie ich ihr helfen kann. Obwohl ich es nur gedacht habe, beiße ich mir auf die Lippen.

»Viel Spaß, ja?«

Ich nicke. »Ja. Danke.«

Langsam gehe ich durch den Flur, die Schmerzen in meinen Zehen werden mir plötzlich wieder bewusst. Ich erwäge kurz, doch noch die Schuhe zu wechseln, entscheide mich dann dagegen. Bevor ich die Tür öffne, wird mir plötzlich die Enge des winzigen Windfangs bewusst. Die Kargheit der Hochhaussiedlung. Adriels Eltern gehören, wie die von Kimi, zur Oberschicht. Plötzlich schäme ich mich für unsere ärmliche Behausung, und als mir das bewusst wird, schäme ich mich noch mehr. Hinter der Bleiverglasung der Wohnungstür bewegt sich Adriels Schatten.

»Ich kann dich sehen, Yma, weißt du«, höre ich ihn sagen. »Willst du nicht aufmachen?«

Als ich öffne, hält Adriel mir eine langstielige rote Rose entgegen. In Sekundenschnelle nimmt mein Gesicht die gleiche Farbe an.

»Entschuldigung. Zu viel?« Er zieht die Rose zurück und zaubert stattdessen eine rosafarbene Freesie hinter seinem Rücken hervor. »Dann versuche ich es lieber erst mal damit.« Lächelnd überreicht er mir die Blume, tritt einen Schritt auf mich zu und beugt sich zu mir herunter. Eine Sekunde lang glaube ich, dass er mir einen Kuss geben will, doch er spricht nur leise in mein Ohr. »Du siehst toll aus.«

Die Disco ist ganz anders, als ich sie von den Filmen aus früheren Zeiten her kenne. Dort zucken unaufhörlich potenziell Epilepsie auslösende Lichtblitze im Takt von lauter Musik, an der Bar fließt Alkohol in Strömen, dehydrierte Menschen pressen ihre schweißnassen Leiber gegeneinander, lassen die Hüften kreisen, die Luft ist rauchgeschwängert.

Im Roxy ist die Musik kaum höher als auf Zimmerlautstärke gedreht, und die ausschließlich in Richtung der Tanzfläche gedrehten Boxen sorgen dafür, dass im gemütlichen Lounge-Bereich kaum etwas davon zu hören ist. Hier kann man sich entspannt unterhalten, ohne sich anschreien zu müssen. An der Vitamintheke holt Adriel uns einen Saft.

»Rote Bete, Sellerie und Apfel«, erläutert er, als er mir das leuchtend pinke Getränk in die Hand drückt. »Ingwer ist, glaub ich, auch noch drin.«

»Danke.« Ich probiere einen Schluck.

Adriel sieht mich unverwandt an.

»Ähm. Lecker«, sage ich verlegen und schaue interessiert in Richtung Tanzfläche. Dort gibt es rein gar nichts zu sehen, aber lieber starre ich dorthin als erneut in Adriels irritierend hellblaue Augen.

»Was ist denn da so Spannendes, dass du dich gar nicht losreißen kannst?« Adriel rückt näher an mich heran, legt wie selbstverständlich den Arm auf die Rückenlehne hinter mir und bringt seinen Kopf dicht an meinen. Er folgt meinem Blick. »Also, ich sehe rein gar nichts, und das, obwohl man mir gerade mal wieder hundert Prozent Sehkraft auf beiden Augen bescheinigt hat.« Ich werfe ihm einen Seitenblick zu, er kneift übertrieben die Augen zusammen.

»Äh, nein, da ist auch gar nichts«, sage ich und rolle innerlich über mich selbst die Augen. Meine Schlagfertigkeit scheine ich definitiv zu Hause gelassen zu haben.

»Dann bin ich ja beruhigt.« Er wendet sich mir zu und grinst. Sein Gesicht ist nur wenige Zentimeter von meinem entfernt, sein Atem riecht nach Ingwer. Er schaut auf meine Lippen, für den Bruchteil einer Sekunde nur. Er will mich küssen. Eindeutig. Er wird mich küssen. Gleich wird passieren, wovon ich seit Jahren heimlich träume. Mein Herz wummert in der Brust, aber es ist nicht nur Vorfreude. Sondern Panik.

»Meine Füße tun weh«, platzt es aus mir heraus.

Prompt tritt Adriel den Rückzug an und lehnt sich zurück. Weg von mir. Innerlich stöhne ich auf. Was bin ich nur für ein Esel? Was sollte das denn jetzt?

»Kann ich mir vorstellen«, sagt Adriel nach einem Blick auf meine Schuhe.

Ich sehe ebenfalls hin, als hätte ich sie noch nie gesehen. »Findest du es nicht merkwürdig, dass es immer noch hochhackige Schuhe gibt?«, frage ich, lasse ihm aber keine Zeit für eine Antwort. »Ich meine, das ist doch vollkommen bescheuert. Immer heißt es, dass die Gesundheit das höchste Gut des Menschen ist. Wir rauchen nicht, wir trinken nicht, wir essen keine Tierprodukte, wir treiben Sport, meditieren …«

Adriel nickt und schaut mich an, als wäre irgendetwas von dem, was ich erzähle, auch nur annähernd interessant. Was es nicht ist. Es ist langweilig. Und absolut nichts Neues. Weder für Adriel noch für irgendeinen anderen Bürger von Vahvin. »Jedenfalls«, fahre ich trotzdem fort, »ist es doch erwiesen, dass hohe Schuhe die Füße kaputt machen. Und den Rücken. Und dabei gibt es nicht einmal mehr Chirurgen, die einem dann die Bandscheibe wieder heil machen könnten.« Plötzlich wird mir bewusst, was ich da von mir gebe. »Das ist nicht systemkritisch gemeint. Ich meine nur. Ist doch merkwürdig, oder? Wieso gibt es immer noch hochhackige Schuhe?«

Adriel legt den Kopf schief und mustert mich. »Nun, dafür habe ich nur eine einzige Erklärung. Dahinter steckt natürlich das Patriarchat. Männer, denen es egal ist, dass die Frauen in zehn Jahren einen Bandscheibenvorfall bekommen und zu Hilflosen werden. Solange sie nur jetzt in diesem Moment den knackigsten Hintern der Welt haben.«

Ich starre ihn an, und mir fehlen die Worte. Diesmal aber wirklich. Das hat er jetzt nicht gerade gesagt. Ich überlege, ob ich nicht einfach aufstehen und gehen und zu Hause schleunigst mein Tender-Profil vervollständigen sollte.

Da rutscht Adriel von unserem Sofa herunter und lässt sich vor mir auf die Knie nieder. Was wird das denn jetzt? Ganz vorsichtig greift er nach meinem Fuß, löst das Riemchen über meinem Spann und zieht mir erst den einen, dann den anderen Schuh aus. Mein Fuß liegt in seiner Hand, und er streicht einmal sanft mit der anderen darüber, bevor er ihn loslässt und zu mir hochschaut. Vermutlich sehe ich aus wie ein Huhn, wenn es donnert.

»Du gefällst mir sowieso am besten in Turnschuhen.«

»Aha.« Ich ringe um Fassung. »Und wie soll ich nach Hause kommen?«

»Keine Sorge. Ich trage dich.«

Vier Stunden später tut er genau das. Unter dem etwas peinlichen Jubel einiger unserer Klassenkameraden, die unseren merkwürdigen Abgang beobachten, trägt Adriel mich auf seinen Armen aus dem Roxy hinaus. Vor dem Ausgang sucht er per Smartwatch nach einem in der Nähe stehenden Fahrzeug.

»Mist«, sagt er, »das nächste Auto steht einen Kilometer entfernt.«

»Okay, danke«, sage ich. »Du kannst mich jetzt runterlassen.«

»Ach was. Du bist leicht wie eine Feder.«

Von mir aus. Ich kenne unangenehmere Situationen. Ich lege meine Arme um seinen Hals, genieße die Nähe und Wärme seines Körpers und das gleichmäßige Schaukeln. Das jedoch mit der Zeit immer ungleichmäßiger wird. Immer wieder muss Adriel nachfassen, damit ich ihm nicht aus den Armen rutsche. Sein Atem geht schneller, seine Stirn glänzt feucht.

»Von wegen Feder, was?«, grinse ich.

»Geht schon.«

»Adriel, ich kann doch selbst laufen. So schlimm sind die

Schuhe nun auch wieder nicht. Und es sind ja nur noch ein paar hundert Meter.«

»Eben.« Ich bin kurz abgelenkt, denn ein Schweißtropfen rinnt von seiner Schläfe über den Kieferknochen bis hinunter zu seinem Hals.

»Oder ich laufe barfuß«, schlage ich vor.

Adriel bleibt stehen, sieht mich an und grinst. »Ach, wenn du doch einfach den Mund halten und mich dir beweisen lassen könntest, was für ein toller Kerl ich bin.«

»Das weiß ich doch auch so«, rutscht es mir heraus. »Ich meine, dafür musst du dir keinen Bruch heben.«

»Du findest mich also toll?« Er strahlt von einem Ohr zum anderen, und noch immer denkt er nicht daran, mich runterzulassen.

»Du bist ganz okay«, gebe ich in gespielt gelangweiltem Tonfall zurück und schlenkere mit den Beinen. »Und jetzt will ich alleine gehen.«

»Kommt überhaupt nicht in Frage.« In der kurzen Pause scheint Adriel neue Kräfte gesammelt zu haben, denn er setzt seinen Weg mit mir fort. »Die Ritterlichkeit gebietet es mir, dem schwachen Geschlecht beizustehen.«

»Hast du mich gerade schwach genannt?« Mit hochgezogenen Augenbrauen sehe ich ihn an.

»Na ja.« Er grinst. »Auf jeden Fall schwächer als ich.«

Na warte! Ich lächele zuckersüß.

»Du hast genau zwei Sekunden, um mich loszulassen«, sage ich, lasse ihm aber nicht einmal mehr eine einzige. Stattdessen schlinge ich ihm meine Arme um den Hals und drücke zu. Gemeinsam taumeln wir zu Boden. Adriels Ellenbogen kracht mir schmerzhaft in den Rippenbogen, doch ich beiße die

Zähne zusammen, werfe mich herum und nehme ihn in den Schwitzkasten.

Ich glaube, er ist zu höflich, um sich zu wehren. Oder vielleicht auch zu verblüfft. Adriel ist ein guter Jiu-Jitsu-Kämpfer, während ich nur die üblichen Kurse in Selbstverteidigung belegt habe. Zudem ist er natürlich viel größer und stärker als ich, wenn er wollte, könnte er mich sogar im Schlaf auf die Matte schicken.

Tut er aber nicht.

Einen Moment lang liegt er unter mir, dann hebt er die rechte Hand und klopft damit auf den Rasen. Einmal, zweimal, dreimal. Das Zeichen der Kapitulation.

Ich löse meinen Griff und rücke von ihm ab. »Von wegen schwach, hm?«, frage ich triumphierend.

Adriel richtet sich auf und greift sich an den Hals. Wendet den Kopf probehalber hin und her, als wolle er überprüfen, dass alle Wirbel noch am rechten Fleck sitzen.

»Aua«, sagt er, und plötzlich trifft es mich wie ein Schlag in den Magen.

Meine Güte, ich bin das schlimmste Date ever! Erst fasele ich von den hohen Schuhen, die, nebenbei bemerkt, nicht er mich anzuziehen gezwungen hat, dann kommt er auf diesen wirklich süßen Einfall, mich zum Auto zu tragen, und mir fällt nichts Besseres ein, als meine Selbstverteidigungskenntnisse an ihm auszulassen?

Noch immer sitzen wir beide auf dem Rasen, etwa einen Meter entfernt voneinander.

»Entschuldigung«, sage ich. »Ich hoffe, das war nicht … Ich meine, habe ich dir weh getan?«

Er sieht mich an. Er kann doch nicht sauer sein, oder doch?

Sollte es mir wirklich gelungen sein, innerhalb eines Abends alles zu verbocken, wovon ich seit Jahren geträumt habe?

»Hör mal, es tut mir wirklich leid«, wiederhole ich. Adriel streckt mir seine Hand entgegen.

Ach so, natürlich. Das mindeste, was ich tun kann, ist, ihm aufzuhelfen.

Ich rappele mich auf, greife zu, seine Finger umschließen meine. Sehr fest. Ein Ruck, ich verliere das Gleichgewicht, falle nach vorne und gegen Adriel, der mich auffängt und auf den Rücken dreht. Er beugt sich über mich, es ist so dunkel, dass das intensive Blau seiner Augen hellgrau wirkt. Seine linke Hand streicht über meine Stirn und dann über meine Haare.

»Yma«, sagt er. Und dann noch einmal: »Yma.«

Ich schließe die Augen, und wir küssen uns. Es ist der beste Moment meines Lebens. Ich will nicht, dass er vorbeigeht, doch nach kurzer Zeit, viel zu kurz, löst er sich von mir.

»Yma«, sagt er und sieht mich prüfend an.

»Die bin ich«, sage ich.

»Mach das nicht noch mal!«, flüstert er.

»Okay«, sage ich.

9

Seltsamerweise denke ich am nächsten Morgen nicht als Erstes an Adriel, als ich die Augen aufschlage. Sondern an Kimi. Sofort überkommt mich ein schlechtes Gewissen. Weil ich den ganzen gestrigen Abend nicht an sie gedacht habe. Als würde es sie gar nicht mehr geben in meinem Leben. Was streng genommen auch der Fall ist. Wenn jemand zu den Hilflosen gehört, ist er ab sofort nicht mehr existent. Persona non grata. Leute aus der untersten Schicht sind keine Freunde. Höchstens Bedienstete. Mir war bloß nicht klar, dass es so einfach jemanden treffen könnte, den ich kenne. Den ich am besten kenne.

Ich frage mich, wem ich denn nun von meinem ebenso merkwürdigen wie aufregenden Date mit Adriel erzählen soll. Meiner Mutter, logisch. Aber da werde ich mit Sicherheit das eine oder andere Detail überspringen. Mir fällt auf, dass ich kaum Freundinnen habe. Eigentlich habe ich nur eine einzige. Nämlich Kimi. Dazu ein paar gute Bekannte, mit denen ich mich in den Pausen unterhalte, mehr nicht. Mich hat das nie gestört. Neben der Schule, dem Sport und all dem anderen, was man so machen muss, bleibt nicht mehr allzu viel Zeit.

Kimi und ich haben uns an vielen Abenden getroffen. Täglich mehrfach Sprachnachrichten ausgetauscht oder telefoniert. Damit war meine knappe Freizeit hinreichend und zu meiner Zufriedenheit ausgefüllt. Und jetzt?

Meine Smartwatch signalisiert den Eingang einer Sprachnachricht. Kimi.

»Yma, hallo, ich bin es. Tut mir leid, dass ich mich nicht früher gemeldet hab. Ich war ein bisschen durcheinander, weißt du. Die Untersuchung ist, äh, nicht besonders gut gelaufen, sag ich mal.« Ihre Stimme klingt eigenartig, irgendwie monoton und vollkommen emotionslos. »Scheint, als würde meine Zukunft ein bisschen anders laufen, als ich mir das vorgestellt hatte. Tja. So ist das wohl manchmal. Also dann, ich wünsch dir jedenfalls ein gutes Leben. Und viel Spaß mit Adriel. Ich hab euch gestern vor dem Roxy gesehen, weißt du. Merkwürdige Art der Annäherung. Aber auch ganz cool. Mach's gut, Yma. Du … du warst eine tolle Freundin. Die beste.«

Fassungslos liege ich auf meinem Bett, starre an die Decke und versuche zu begreifen.

War das jetzt etwa der Abschied? Es klang beinahe so. *Mach's gut, Yma, du warst eine tolle Freundin.*

Tränen brennen heiß in meinen Augen, und ich dränge sie mit Mühe zurück. Obwohl ja überhaupt niemand hier ist, der sie sehen könnte.

Das kann nicht das Ende sein. Wieso nur hat Kimi noch nicht einmal gesagt, was genau mit ihr nicht stimmt? Und was sie jetzt vorhat. Ich erwäge, ihr eine Nachricht zu schicken, zögere aber und entscheide mich dann, sie direkt anzurufen. Eine Form der Kommunikation, die wir selten wählen. Aber ich muss jetzt einfach mit Kimi sprechen. Leider antwortet sie nicht. Mein Anruf wird auf die Mailbox umgeleitet, so dass ich nun doch nur eine Sprachnachricht hinterlassen kann.

»Kimi«, sage ich, »Gott sei Dank, dass du dich gemeldet hast. Hast du eine Ahnung, was ich mir für Sorgen gemacht habe?« Ich beiße mir auf die Zunge. Prima, Yma, das klingt wirklich überhaupt nicht egoistisch. »Sorry, ich meine, natürlich verstehe ich, dass du dich erst mal … sortieren musstest. Bitte sag mir doch, was los ist und was bei der Untersuchung herausgekommen ist. Es kann doch nicht so schlimm sein, dass man nichts dagegen tun kann. Lass uns uns treffen. Vielleicht kann ich dir ja irgendwie helfen.« Ich bin so aufgelöst, dass mir das Wort flüssig über die Lippen kommt. Nur mit Mühe halte ich die Tränen zurück. »Bitte, Kimi, melde dich bei mir. Wir finden eine Lösung, bestimmt.«

Keine drei Minuten später kommt eine Antwort. Dieses Mal per Textnachricht.

Yma, Baby, bitte achte auf deine Wortwahl. Es ist lieb, dass du mich unterstützen willst, aber da ist nichts zu machen. Wie war es noch mit Adriel? Habt ihr gevögelt?

Natürlich nicht, schreibe ich zurück.

Natürlich. Gutes Mädchen. Halt ihn ein bisschen hin, bis er sich sicher ist, nicht ohne dich leben zu können. Glaub mir, es wird sich für dich auszahlen.

Wie meinst du das?

Ich muss los. Mach's gut, Yma!

Nein, warte! Was willst du denn jetzt machen? Wo bist du?

Obwohl es nicht einmal zehn Sekunden gedauert hat, den Text zu diktieren, geht er nicht mehr durch. Die Nachricht wartet auf Zustellung. Ich starre auf den grauen Stern daneben, hypnotisiere ihn förmlich, damit er sich erst in einen, dann in zwei blaue Sterne verwandelt und anzeigt, dass Kimi meine Nachricht erhalten und gelesen hat. Aber nichts passiert. Meine Worte schweben irgendwo im Äther.

Kimi ist offline. Sie hat ihre Smartwatch abgeschaltet. Wann ist das zum letzten Mal passiert? Ich glaube, noch nie.

Es klopft an meiner Schlafzimmertür. Ich fahre zusammen und glaube für einen irrationalen Augenblick daran, dass Kimi davorsteht.

»Ja?«

»Guten Morgen!« Meine Mutter steckt den Kopf herein.

»Hallo, Mama.« Ich gebe mir Mühe, meine Enttäuschung zu verbergen.

»Winona«, korrigiert sie mich mit einem Lächeln, das ein ganz kleines bisschen wehmütig aussieht. Sie setzt sich auf meine Matratze. »Jetzt bist du also wirklich erwachsen.« Sie seufzt. »Und ich muss dich fliegen lassen.«

Plötzlich habe ich einen Kloß im Hals. »Noch nicht«, wehre ich ab.

»Nein«, sie schüttelt den Kopf, »ein paar Wochen habe ich dich noch. Wie war es denn gestern?«

»Gut.« Das Blut schießt mir in die Wangen.

Sie tut, als bemerke sie es nicht. »Ein netter Junge.«

»Ja, finde ich auch.« Sehr nett.

»Und seht ihr euch wieder?«

Ich will gerade mit den Achseln zucken, als meine Smartwatch einen Dreiklang von sich gibt und zu sprechen beginnt.

»Hallo, Yma, du hast eine Anfrage für ein Date. Sieh dir an, wer sich mit dir treffen will.« Ich tippe auf das Display. »Yma, willst du heute Abend mit Adriel ins Kino gehen? Sage ja für ja und nein für nein.«

»Ja«, sage ich und spüre, wie ich vor Freude erröte.

»Yma, du bist heute Abend mit Adriel verabredet. Er holt dich um acht Uhr zu Hause ab. Du darfst den Film auswählen. Viel Spaß bei eurem zweiten Date. Vervollständige nun dein Profil bei Tender, um noch mehr Verabredungen zu bekommen.«

Ich schließe die Tender-App und wende mich wieder meiner Mutter zu.

Sie lächelt. »*In unserer letzten Sommernacht* soll sehr gut sein«, sagt sie.

Ich verziehe zweifelnd das Gesicht. »Sollte ich nicht lieber einen Film aussuchen, der ihm auch Spaß macht?«

Sie lächelt. »Das ist eine gute Frage. Steh jetzt auf, lass uns frühstücken.«

»Erzählst du mir von Papa?«, bitte ich sie, doch sie schüttelt den Kopf

»Ein anderes Mal.«

10

Wie jeden Morgen nach dem Frühstück ziehe ich meine Sportsachen an und setze den Kopfhörer mit meiner Trainingsmusik auf. Dann laufe ich die Treppen hinunter und auf die Straße, vorbei an Dutzenden Hochhäusern, die genauso aussehen wie unseres. Ein paar Blöcke weiter befindet sich das Fitnessstudio im Souterrain eines ehemaligen Fabrikgebäudes.

Ich betrete die Halle mit der niedrigen Decke und den zusammengewürfelten Trainingsgeräten. Wie immer um diese Zeit ist es noch nicht sehr frequentiert, zwei frühe Vögel stemmen Gewichte, und Bo, der Trainer, sitzt gelangweilt hinter dem Tresen und blättert in einer Zeitschrift. Ein durchdringender Geruch von Schweiß, Gummi und Staub liegt in der Luft.

»Morgen, Yma!«

»Guten Morgen«, erwidere ich und stelle zwei der schmalen Oberlichter auf Kipp, damit wenigstens ein bisschen Sauerstoff hereinkommt. Routiniert desinfiziere ich die Handgriffe des Laufbands, stelle meine Wasserflasche in die vorgesehene Halterung, lege ein Handtuch bereit. Ich wähle eine Playlist aus und stelle das Trainingsprogramm ein. Sechzig Minuten Crosslauf mit langer Auf- und Abwärmphase.

Ich setze einen Fuß vor den anderen, den Blick auf die unverputzte Mauer gerichtet. Das Laufband zieht deutlich das Tempo an. Gleichmäßig trabe ich voran, ohne vom Fleck zu kommen. Die erste Steigung, ich spüre, wie meine Oberschenkelmuskeln arbeiten, wie Atmung und Puls sich beschleunigen. Ich versuche, mich dem Workout und dem Takt der Musik hinzugeben, die Gedanken abzuschalten und ganz in meinem Körper zu versinken, doch es klappt einfach nicht wie gewohnt.

Stattdessen denke ich an Kimi. Und daran, wie ungerecht es ist, dass sie von einem auf den anderen Tag aus meinem Leben verschwunden sein soll. Es ist, als wäre sie gestorben. Ein eisiger Schauer läuft mir über den Rücken. In Vahvin haben wir kein gutes Verhältnis zum Tod. Jedenfalls nicht zum Tod von jungen Menschen. Wenn ein junger Mensch stirbt, dann hat das meist mit einem tragischen Unfall zu tun. Oder mit einem Gewaltverbrechen. Natürlich ist mir klar, dass dies nur für unseren Teil von Johtaja gilt. Bei den Hilflosen ist das anders. Dort sterben ständig Leute. Andauernd. Vor allem an ihren Krankheiten, die sie überhaupt erst zu den Hilflosen gemacht haben. Aber auch an Hunger, Kälte und was weiß ich noch alles.

Obwohl mir der Schweiß mittlerweile in Strömen über den Körper läuft, bekomme ich eine Gänsehaut. Der kleine Junge fällt mir wieder ein. Es ist, als sei ich für einen Moment wieder dort, unter dem Baum. Ich sehe den furchtbaren Ausschlag in seinem Gesicht, wie rohes Fleisch, spüre die Hitze auf meiner Haut, die Sonne blendet meine Augen. Kimis vorwurfsvoller Blick, mit dem sie in Richtung der Überwachungskamera deutet.

Das ist es! Der Einfall überkommt mich so schlagartig, dass ich mitten in der Bewegung innehalte. Ein grober Fehler, wie sich in weniger als einer Sekunde herausstellt. Ich befinde mich auf dem Höhepunkt der Trainingseinheit, laufe bei einer Steigung von zwölf Prozent und einer Geschwindigkeit von fünfzehn Kilometer pro Stunde. Als ich so plötzlich stehen bleibe, werde ich mit Wucht nach hinten geschleudert. Ich stürze hinterrücks vom Gerät, knicke mit dem linken Fuß um und rudere hilflos mit den Armen, bevor ich hart mit der Seite auf den Boden krache. Mit dem Kinn pralle ich dabei gegen den Fuß eines Rudergerätes, das in zweiter Reihe hinter mir steht. Durch meinen ganzen Körper geht ein Ruck, als meine Kiefer krachend zusammenschlagen. Ein scharfer Schmerz durchfährt meine Zunge, und mein Mund füllt sich mit warmem, metallisch schmeckendem Blut.

Benommen bleibe ich liegen. Meine gesamte Seite tut weh. Ich unterdrücke ein Stöhnen. Aus dem Augenwinkel nehme ich wahr, wie die zwei Trainierenden zu mir herüberschauen.

»Alles in Ordnung?«, fragt einer von ihnen.

Ich nicke, obwohl ich mir dessen alles andere als sicher bin. Was soll ich auch sagen? *Es fühlt sich so an, als hätte ich mir mehrere Bänder im Fuß gerissen, die Hüfte gebrochen und ein Stück der Zunge abgebissen. Seid so gut und ruft einen Rettungswagen. Haha.*

Erleichtert wenden sich die beiden wieder ihren Gewichten zu, als Bo sich hinter seinem Tresen hervorbequemt. Er tritt an mein Laufband heran und drückt die Notfall-Stopptaste. Dann sieht er auf mich herunter.

»Sag mal, was machst du denn da?« Obwohl ich immer noch vollauf damit beschäftigt bin, meine Knochen zu sortieren, sehe ich bei seinem wütenden Tonfall erschrocken auf. »Bist du von allen guten Geistern verlassen? Wieso bleibst du mitten im Lauf einfach stehen? Wenn du dich umbringen willst, dann tu das bitte nicht während meiner Schicht!«

»Es war ein Versehen«, nuschele ich mühsam. »Reg dich ab.«

»Jetzt werd' mal nicht frech, ja?«, sagt Bo, aber dann wendet er sich ab und geht zurück hinter seinen Tresen. Erleichtert atme ich aus und werfe dann einen sorgenvollen Blick auf meinen linken Fuß, in dessen Gelenk es pocht und sticht. Verdammter Mist. Was ist, wenn ich mich ernsthaft verletzt habe? Ich widerstehe dem Impuls, mir an Ort und Stelle Schuh und Strumpf auszuziehen, um das Gelenk zu untersuchen. Zu viele Augenpaare ruhen neugierig auf mir. Stattdessen beiße ich die Zähne zusammen und verlasse mit aller Würde, die ich aufzubringen vermag, hocherhobenen Hauptes den Fitnessraum.

Der Weg nach Hause dauert lange, und als ich endlich in der Wohnung bin, gehe ich sofort in mein Zimmer, wo ich mich zitternd auf dem Bett niederlasse und meinen Fuß inspiziere. Er lässt sich bewegen, ohne dass es allzu weh tut. Ich humpele ins Badezimmer und hole unseren Erste-Hilfe-Kasten hervor. Erste Hilfe ist gut, denke ich mit Galgenhumor. Erste-letzte-und-einzige-Hilfe-Kasten wäre wohl der passendere Name. Mit fliegenden Fingern durchwühle ich den Inhalt und finde schließlich einen Druckverband, mit dem ich mein Gelenk umwickele. Dann versuche ich, den Fuß zu belasten. Es geht gut. Vermutlich ist es doch nicht so schlimm gewesen.

In diesem Moment öffnet sich die Tür. Meine Mutter betritt das Badezimmer und zuckt zusammen.

»Yma, du hast mich fast zu Tode erschreckt. Ich wusste nicht, dass du schon wieder hier bist. Das war aber ein kurzes Workout.«

Ich hebe den Blick, um etwas zu erwidern, doch ihr Schrei lässt mich verstummen. »Um Himmels willen, wie siehst du denn aus?«

»Wieso?« Ich gehe zum Spiegel und werfe einen Blick hinein. Den entsetzten Blick meiner Mutter kann ich nachvollziehen. Getrocknetes Blut klebt mir an Mundwinkel, Kinn und Hals. Aber das ist nicht das Schlimmste. Die linke Seite verfärbt sich gerade von dunkelrot ins Bläuliche. Erschrocken zucke ich vor meinem eigenen Anblick zurück.

»Ich hole was zum Kühlen«, sagt meine Mutter, die sich schnell wieder gefasst hat.

Eine Minute später hält sie eine Packung Tiefkühlerbsen vorsichtig an meine untere Gesichtshälfte. Ich zucke vor Schmerz zurück.

»Was ist denn nur passiert?«

»Kleiner Unfall«, nuschele ich.

»Klein? Das denke ich nicht.«

»Ich bin vom Laufband gefallen«, gebe ich zu.

»Vom Laufband gefallen«, echot sie ungläubig. »Aber wie kann denn so was passieren?«

Ich mache große Augen, denn erst jetzt fällt es mir wieder ein.

»Ich weiß, wie ich Kimi finden kann«, sage ich atemlos.

Eigentlich ist es so einfach, dass ich darauf nun wirklich früher hätte kommen können. Und ganz bestimmt war es nicht nötig, dafür vom Laufband zu segeln.

»Ich orte ihre Smartwatch«, erkläre ich Winona. »Warum ist mir das nicht eher eingefallen?«

»Wie willst du das denn machen? Das geht doch nur mit der eigenen.«

Nachsichtig sehe ich meine Mutter an und muss mich beherrschen, nicht überheblich den Kopf zu schütteln. »Das geht mit jedem, sofern man sich gegenseitig die Erlaubnis dazu gegeben hat. Und Kimi und ich können uns jederzeit orten.«

Missbilligend schüttelt Winona den Kopf. »Yma, wie oft soll ich dir das noch sagen? Du musst vorsichtiger mit deinen Daten umgehen. Was man damit alles machen kann.«

»Mama«, sage ich vorwurfsvoll. »Ich meine, Winona«, korrigiere ich mich, »dir muss doch klar sein, dass wir alle jederzeit sowieso geortet werden können, wenn es sein muss. Meinst du wirklich, dass noch irgendetwas von dem, was wir tun, privat ist?«

»Das glaube ich«, sagt sie mit fester Stimme. »Das muss ich glauben, wenn ich nicht verrückt werden will.«

»Von mir aus. Das müssen wir ja nicht jetzt klären. Smarty«, sage ich dann laut, »bitte orte Kimi für mich.«

»Orte Kimi«, wiederholt meine Smartwatch. »Ich sende dir die Adresse von Kimis derzeitigem Aufenthaltsort. Willst du ihn dir auf dem Atlas anzeigen lassen?«

Ich atme tief durch, bevor ich antworte.

»Ja.«

11

Trotz der Ermahnungen meiner Mutter, mich doch lieber zu schonen und von dem Sturz zu erholen, lasse ich mir sogleich von Smarty das nächstgeparkte Auto reservieren.

Einen Wagen leiste ich mir nur selten, aber das hier ist schließlich eine Notsituation.

Ich starte das Auto, das sich lautlos in Bewegung setzt. Gut, dass ich mir nicht den rechten Fuß verletzt habe, denke ich grimmig und gebe Gas. Ich komme zügig voran und verlasse schon bald die Stadtgrenze von Johtaja. Mein Herz schlägt schneller, als ich begreife, wohin die Reise geht. Zone Drei. In die Slums.

Der Asphalt der Straße ist mittlerweile an vielen Stellen aufgebrochen, hilflos holpert mein Wagen über die Schlaglöcher. Ich fahre einen Hügel hinauf und erkenne am Horizont das Armenviertel. Am liebsten würde ich umkehren. Bin ich von allen guten Geistern verlassen, hierherzukommen? Wer hier wohnt, hat nichts mehr zu verlieren. Aber viel zu gewinnen. Meine Smartwatch zum Beispiel. Und die paar Scheine in meiner Geldbörse. Das Herz klopft mir bis zum Hals. Ganz schön dumm von dir, Yma, denke ich.

In diesem Moment kommt mir aus der Ferne ein Wagen entgegen. Beim Näherkommen erkenne ich, dass es sich um ein Patrouillenfahrzeug handelt. Es wird langsamer, fast automatisch verringere ich ebenfalls mein Tempo, bis wir nebeneinander zum Stehen kommen. Zwei Männer in Armeeuniform sitzen im Führerhaus, der Beifahrer lässt das Fenster herunter und spricht mich an. Ich kann förmlich spüren, wie sein Blick mich scannt und einzusortieren versucht.

»Was ist denn mit Ihnen passiert?«, fragt er und deutet auf mein Gesicht.

Ich setze ein verlegenes Lächeln auf. »Unfall im Fitnessstudio.«

»Und wohin wollen Sie?«

»Wie bitte?«, frage ich, um Zeit zu gewinnen. Das Armenviertel aufzusuchen ist nicht verboten. Allerdings fällt mir beim besten Willen kein harmloser Grund ein, weshalb ich genau das tun sollte.

»Wohin fahren Sie?«

»Ich bin auf dem Weg nach Lahio«, behaupte ich.

Der Fahrer des Wagens lacht. »Nein, das sind Sie nicht. Haben Sie denn Ihr Navi nicht eingeschaltet?«

»Nein«, sage ich. »Meine Mutter behauptet immer, dass ich einen schlechten Orientierungssinn habe, und ich möchte ihr das Gegenteil beweisen.«

»Ihre Mutter hat leider recht. Sie müssen zurück und dann an der nächsten Abzweigung nach links. Hier geht es direkt zu den Slums.«

»Oh.« *Was du nicht sagst.* »Okay, danke.« Ich betätige den Fensterheber. Der Geländewagen mit den beiden Männern setzt sich in Bewegung. Ich wende umständlich in zehn Zügen, bis sie meinem Blickfeld entschwunden sind. Dann wende ich erneut und setze meinen Weg fort.

Einem ersten Impuls folgend, will ich den Wagen dort parken, wo die ersten Häuser beginnen, entscheide mich dann aber dagegen. Ich fahre durch von mehrstöckigen Häusern gesäumte Straßen. Die herrschende Armut ist fast mit Händen zu greifen. Überall warnen Schilder vor Einsturzgefahr, dennoch scheinen die meisten, auch die baufälligsten, Gebäude bewohnt zu sein. Berge von Müll liegen auf den Bürgersteigen herum. Eine riesige Ratte, fast so groß wie ein kleiner Hund, überquert die Straße direkt vor mir. Ich erschrecke so sehr, dass ich auf die Bremse trete und mit Schaudern beobachte, wie das Ungetüm in einen Hauseingang läuft.

Auf dem unbefestigten Bürgersteig geht eine Gruppe Frauen an mir vorbei, manche von ihnen sind eher noch Mädchen. Sie tragen Kopftücher gegen die Sonne, werfen mir einen misstrauischen Blick zu und setzen ihren Weg fort.

Mit einem unbehaglichen Gefühl fahre ich weiter. Hinter einer Kurve spielen ein paar Kinder mit einem kaputten Ball. Als sie mich sehen, kommen sie herbeigelaufen. Für einen Moment sieht es aus, als wollten sie das Auto umringen, die Türen aufreißen. Doch bevor sie mich erreichen, weichen sie plötzlich, wie von einer unsichtbaren Macht aufgehalten, zurück. Ich sehe in ihre schmutzigen Gesichter mit den weit aufgerissenen Augen. Hagere kleine Körper, von der Sonne verbrannt. Tränen treten mir in die Augen. Das Elend geht mir so nahe, dass ich kurzzeitig vergesse, warum ich überhaupt hergekommen bin.

»Noch zweihundert Meter bis zum Ziel«, sagt Smarty.

Vor einem heruntergekommenen Wohnhauskomplex aus rotem Backstein in einer ebenso heruntergekommenen Straße bleibe ich stehen.

»Das Ziel befindet sich rechts«, verkündet Smarty. Ich parke das Auto, das mir sogleich verkündet, dass ich mich außerhalb des Geschäftsgebietes befinde und deshalb die Miete nicht beenden kann.

»Das hatte ich auch ganz sicher nicht vor«, sage ich zu mir selbst und sehe mich um. Wie auch sonst sollte ich hier wieder wegkommen? Ich steige aus dem Auto und sehe an der bröckelnden Fassade des Gebäudes hoch. Hinter einem der scheibenlosen Fenster bewegt sich eine schmutzige Gardine, und ich komme mir irgendwie beobachtet vor. Ich überprüfe dreimal, ob das Auto auch wirklich verriegelt ist, bevor ich schnellen Schrittes die mit Unkraut überwucherte Wiese vor dem Haus überquere. Laut meiner Smartwatch sieht es so aus, als würde Kimi sich im rechts liegenden Gebäude aufhalten. Bevor mich der Mut verlässt, wende ich mich dorthin und trete vor die hölzerne Eingangstür. Mindestens fünfzig Klingeln mit mehrfach überklebten, schwer lesbaren Namensschildchen. Ohne große Hoffnung lasse ich meinen Blick darüber schweifen.

»Nathan, Nathan«, murmele ich halblaut, aber natürlich werde ich nicht fündig.

Ratlos bleibe ich vor der Tür stehen. Was mache ich denn jetzt? Wie komme ich ins Haus? Ich kann doch nicht einfach irgendwo klingeln.

Halbherzig stemme ich mich gegen den Türknauf und verliere beinahe das Gleichgewicht, als die Tür ohne jeden Widerstand aufschwingt. Zaghaft trete ich ein und stehe in einem langen Flur. Es riecht nach Urin und Schimmel. Zu beiden Seiten unzählige Türen. Rechter Hand eine Treppe. Laut Navi befindet sich Kimi etwa acht Meter über mir. Also vermutlich im dritten Stock.

Als ich oben angekommen bin, keuche ich vor Anstrengung. Anscheinend habe ich den ganzen Weg über die Luft angehalten. Ich sehe den Gang hinunter. Auch hier unzählige Türen. Ich lasse mich von meiner Smartwatch leiten, geradeaus, dann nach links. Noch ein Gang. Noch mehr Türen. Wie groß ist dieses Gebäude? Und wie viele Menschen leben hier? Und was ist eigentlich, wenn das baufällige Ding irgendwann einfach in sich zusammenstürzt?

»In sieben Metern hast du dein Ziel erreicht«, verkündet meine Smartwatch, als direkt neben mir ein markerschütternder Schrei ertönt. Na gut, nicht unmittelbar neben mir, aber hinter der Tür, die mir am nächsten ist. Der dunkelrote Anstrich ist an vielen Stellen abgeplatzt, und in der Mitte prangt eine Nummer. 356.

Ohne es wirklich zu wollen, trete ich näher und lausche. Noch ein Schrei, diesmal unterdrückter, und beruhigende Stimmen. Als ich direkt vor der Tür stehe, bemerke ich, dass sie einen Spaltbreit offen steht. Behutsam drücke ich dagegen.

Was machst du denn da, fragt mich eine innere Stimme, bist du vollkommen verrückt geworden? Das ist nicht Kimi. Kimi ist nicht hier. Sondern nebenan.

Ein neuer Schrei, dann ein Stöhnen. Langgezogen und gequält.

Wie magnetisch angezogen, betrete ich die Wohnung, stehe in einem winzigen Flur, so klein, dass ich mich kaum darin umdrehen kann. Eine weitere Tür, verschlossen, aber mit einem gläsernen Sichtfenster, durch das ein Sprung verläuft. Ich schaue hindurch in ein einzelnes, bis auf eine alte Matratze unmöbliertes Zimmer. In einer Ecke mehrere vollgestopfte Tüten, ein paar Kleidungsstücke, ein Kerzenstumpf auf dem Fußboden. Das einzige Fenster ohne Glas.

Auf der Matratze liegt eine Frau auf dem Rücken, die Beine angewinkelt und gespreizt, schweißüberströmt und schwer atmend, eine andere kauert neben ihr und hält ihre Hand, redet beruhigend auf sie ein. Am Fußende kniet ein Mann und schaut der liegenden Frau unter den Rock.

»Ich sterbe, ich sterbe«, stöhnt die Frau. Ihr riesiger Bauch hebt und senkt sich unter ihren schweren Atemzügen. »Hilfe, bitte, Hilfe!« Ihr letztes Wort verebbt in einem weiteren, langgezogenen Schrei.

»Du schaffst das, gleich ist es vorbei, gleich ist es vorbei«, sagt die zweite Frau. Der Mann richtet sich auf und sieht die Schwangere an. Er schüttelt den Kopf.

»Alya«, höre ich ihn sagen, und seine Stimme ist weich und ganz ruhig, »dein Kind steckt im Geburtskanal fest. Ich weiß, dass du erschöpft bist, aber du musst aufstehen und dich hinhocken. Vielleicht kann die Schwerkraft mithelfen, dein Baby nach unten rutschen zu lassen.«

Die Angesprochene wimmert, ergreift jedoch die Hand, die der Mann ihr hinstreckt.

Er zieht sie nach oben und hält sie an den Schultern fest. Dann dreht er sie mit dem Rücken zu sich, zieht einen Stuhl heran, setzt sich darauf und dirigiert die schwangere Frau, die schon wieder zu stöhnen begonnen hat, zwischen seine Beine in die Hocke.

»Es geht wieder los«, stöhnt sie.

»Gut«, sagt er, »das ist gut. Pressen, jetzt!«

Die Frau hockt jetzt auf dem Boden vor ihm, stützt sich mit den Armen auf seinen Knien ab und stößt einen markerschütternden Schrei aus.

»Hör auf damit«, sagt der Mann. »Spar dir deine Kräfte. Press es raus, los, jetzt! Ich helfe mit.« Er legt beide Unterarme von oben auf ihren Bauch und drückt sie herunter. Mit aller Kraft. Ich kann erkennen, wie die Adern an seiner Schläfe vor Anstrengung hervortreten.

Sie schreit erneut.

Ich beobachte die Szene und bin unfähig, mich auch nur einen Millimeter von der Stelle zu bewegen. Selbst wenn ich wollte, meine Füße scheinen mit dem Boden verwachsen zu sein.

»Es funktioniert«, ruft der Mann in diesem Augenblick, aber er ist kaum zu verstehen. Die Schreie der Frau sind mittlerweile ohrenbetäubend, sie brüllt, wie ich es noch nie in meinem Leben gehört habe. Sie sinkt noch tiefer in die Hocke, lässt die Knie des Mannes los und rafft ihren Rock nach oben. Greift dorthin, zwischen ihre Beine, und hört auf einmal auf zu schreien. Mit einer fließenden, ja, beinahe anmutigen Bewegung hebt sie die Hände, in denen sie etwas Kleines, Rotes, Lebendiges hält und drückt es an ihre Brust.

Von einer Sekunde auf die nächste verändert sich die Atmosphäre im Raum. Es ist bis hier draußen in den winzigen Windfang spürbar, in dem ich noch immer verharre und kaum zu atmen wage. Die junge Mutter lässt sich auf die Matratze zurückfallen und bettet das Baby neben sich, das von der anderen Frau mit einer löcherigen Decke umhüllt wird. Das bis hierhin so ernste Gesicht des Mannes entspannt sich, er greift sich in den Nacken, um die verspannten Muskeln zu lockern.

Dann wendet er sich wieder an die junge Frau, die fast ungläubig ihr Neugeborenes betrachtet. »Ich muss schauen, ob die Nachgeburt intakt ist«, sagt er, und sie nickt und zieht ihren Rock ein Stück nach oben.

Der Mann nimmt etwas in die Hand, das ich nicht richtig erkennen kann, und betrachtet es von allen Seiten. Dann nickt er und legt es zur Seite. Er schaut der Frau erneut unter den Rock, schüttelt kaum merklich den Kopf und greift nach seiner Ledertasche. Als ich sehe, was er darauf hervorholt, halte ich den Atem an. Eine Spritze. Ein Etui mit einer langen Nadel mit Faden.

»Alya, ich muss nähen, es blutet ziemlich stark. Du bekommst eine lokale Betäubung, dann wirst du nichts spüren. Die Spritze könnte ein bisschen weh tun.«

Atemlos beobachte ich, wie er die Betäubung setzt, wie Alya zusammenzuckt, ohne den Blick von dem Baby zu wenden, das mittlerweile an ihrer Brust zu trinken begonnen hat, und wie seine Hand mitsamt der furchterregend aussehenden Nadel meinem Blick entschwindet. Unter den Rock der Frau.

»Gleich hast du es geschafft.« Er arbeitet konzentriert.

Ich kann nicht glauben, was ich da sehe.

»So fertig.« Der Mann beendet seine Arbeit und packt die Utensilien zurück in seine Tasche. »Bitte achte auf absolute Sauberkeit, das ist wirklich wichtig, damit wir keine Infektion riskieren. Ich lasse dir sterile Tücher hier. Außerdem Vorlagen mit Kamillenextrakt gegen die Schwellung.« Er sieht von der Mutter zum Kind, und sein Blick wird weich. »Darf ich ihn mir kurz mal ansehen?«

Alya nickt.

Der Mann zieht behutsam die Decke ein wenig zur Seite, tastet das Baby ab und nickt. »Wir wollen ihn gar nicht beim Trinken stören. So weit sieht alles sehr gut aus. Ich komme morgen wieder, um nach ihm zu sehen.«

»Vielen Dank. Ich kann gar nicht sagen …« Doch bevor Alya auch nur den Versuch unternehmen kann, in Worte zu fassen, wie groß ihre Dankbarkeit ist, schüttelt der Mann den Kopf.

»Schon gut«, sagt er, greift nach seiner Tasche und wendet sich in Richtung Tür, so plötzlich, dass ich es nicht schaffe, mich rechtzeitig zu ducken.

Sein Blick trifft meinen. Ich erstarre.

12

Einen endlosen Moment lang sehen wir einander an. Er ist jünger, als ich gedacht hätte. Seine souveräne Art, die Ruhe, die er ausstrahlt und der muskulöse Körper haben mich getäuscht. Vermutlich ist er nur ein paar Jahre älter als ich. Aber die tiefe Melancholie in seinen dunklen Augen bildet einen merkwürdigen Kontrast zu seinem jungenhaften Gesicht.

Sein Lächeln gefriert. Sein Blick wird hart, und eine Welle der Angst schwappt über mich hinweg, als er wie ein Raubtier in meine Richtung stürzt.

Ich drehe mich um und laufe um mein Leben, raus aus der Wohnung und den langen Gang entlang in Richtung der Treppe.

»Bleib stehen!«, höre ich den Mann hinter mir mit sich überschlagender Stimme brüllen, doch ich renne die Stufen hinunter, ohne mich noch einmal umzusehen. Ich vergesse sogar, weshalb ich hergekommen bin, verschwende keinen Gedanken an Kimi. Nur weg hier!

»Auto öffnen«, befehle ich meiner Smartwatch, als ich nur noch wenige Meter von dem Fahrzeug entfernt bin.

»Türen werden geöffnet«, antwortet es, und die Blinker

leuchten einmal kurz auf. Aus dem Augenwinkel registriere ich ein paar Fahrräder, die an der Mauer vor dem Haus lehnen. Genau genommen registriere ich eins der Fahrräder. Es sieht ganz anders aus als die uralten, teilweise verrosteten Drahtesel, mit denen es zusammensteht. Ein blau lackiertes Rennrad mit Alurahmen. Ist er damit hergekommen? Und von wo? Egal. Ich verliere wertvolle Zeit. Die Haustür wird von innen aufgestoßen, genau im selben Moment, als ich die Tür des Wagens öffne und mich auf den Fahrersitz werfe.

»Dein Pulsschlag hat den anaeroben Bereich verlassen«, verkündet meine Smartwatch.

»Was du nicht sagst«, antworte ich keuchend, während ich von innen die Türen verriegele und den Wagen starte.

Ein Knall direkt über mir, so dass ich zusammenzucke. Durch das Fenster sehe ich das wutverzerrte Gesicht des Mannes, der wie verrückt auf das Autodach einschlägt. »Mach die verdammte Tür auf«, brüllt er.

Ich richte den Blick nach vorne und trete das Gaspedal durch.

»Du hast eine Nachricht von Kimi«, sagt Smarty ungerührt, während ich über die unbefestigten Straßen rase. Erst nachdem ich mehrere Male abgebogen bin, verringere ich das Tempo und kann wieder etwas freier atmen.

»Abspielen«, sage ich und höre gleich darauf Kimis Stimme.

»Yma, warum kommst du nicht rein? Du stehst doch direkt vor meiner Tür, oder?«

Nachdem ich genug Raum zwischen mich und den illegalen Heiler gebracht habe, um den Wagen am Straßenrand zu parken, schreibe ich Kimi eine Nachricht. Und tatsächlich taucht sie eine Viertelstunde später in meinem Rückspiegel auf, durch den ich noch immer nervös meine Umgebung beobachte. Ich reiße die Tür auf, laufe ihr entgegen und schlinge beide Arme um sie. Während ich sie fest an mich drücke, kommen mir vor Erleichterung beinahe die Tränen. Dann kann ich sie glucksen hören.

»Schon gut. Yma, du zerquetscht mich ja.« Ich drücke noch einmal besonders fest zu, bevor ich sie aus der Umarmung entlasse. »Autsch«, quietscht sie und reibt sich die Rippen, »das hast du jetzt aber mit Absicht gemacht. Ach du Scheiße«, fährt sie in verändertem Tonfall fort und reißt die Augen auf, »wie siehst du denn aus?«

»Was meinst du?«

»Dein Gesicht!«

Unwillkürlich greife ich mir ans Kinn, zucke sofort vor Schmerz zusammen. Richtig, daran hatte ich gar nicht mehr gedacht. »Kleiner Unfall«, sage ich und wechsle schnell das Thema. »Was hast du dir dabei gedacht? Wieso tauchst du einfach unter? Ich dachte, wir sind Freundinnen. Und was zum Teufel machst du … hier?« Mit einer Handbewegung umfasse ich die Umgebung. Marode Hochhäuser, ähnlich dem, aus dem ich eben Hals über Kopf geflohen bin, umstehen uns wie in die Jahre gekommene Riesen. Am Horizont eine Siedlung aus Wellblechhütten, wo es wahrscheinlich noch schlimmer ist als hier. Nirgendwo eine Grünfläche, überquellende Mülltonnen, in denen sich die Ratten tummeln.

»Ich bin krank, Yma«, sagt Kimi schlicht. »Das ist bei der J12 herausgekommen. Aber vermutlich hast du dir das schon gedacht.«

»Ja, schon«, gebe ich zu und empfinde plötzlich eine seltsame Scheu gegenüber meiner besten Freundin. »Aber was ist es denn? Es kann doch nicht so schlimm sein.«

»Es ist sogar noch schlimmer«, sagt sie. »Ich habe Krebs.«

Es trifft mich wie ein Schlag ins Gesicht. Innerlich taumele ich rückwärts. In Wahrheit bleibe ich einfach nur stocksteif stehen. »Das darf doch nicht wahr sein.«

»Leider doch. Es ist ein viral ausgelöster Krebs des Gebärmutterhalses.«

Ich schüttele heftig den Kopf. »Das kann nicht sein. Ich weiß, wovon du sprichst.«

»Natürlich weißt du das«, jetzt ist es Kimi, die leise lacht, »du bist ja unser Bio-Genie.« Sie sieht mich abwartend an. »Na los, sag schon.«

»HPV wird durch Geschlechtsverkehr übertragen«, sage ich ratlos, und sie nickt.

»Das stimmt.«

»Also hattest du …« Ich lasse den Satz unvollendet. Kimi nickt erneut.

»Ja. Hatte ich. Vielleicht hätte ich besser auf meine Mutter gehört. Oder auf dich.« Sie zuckt mit den Achseln. »Im Nachhinein ist man immer schlauer.«

»Warte, warte!« Ich hebe die Hand, um sie zum Schweigen zu bringen. Um Gelegenheit zu haben, die Flut an Gedanken und Gefühlen zu verarbeiten, die mich gerade überschwemmt. Kimi hat sich mit dem HP-Virus angesteckt. Sie hatte Sex. Aber mit wem? Und wann? »Wieso weiß ich davon nichts?«, platzt es aus mir heraus. »Wir sind doch Freundinnen. Die besten Freundinnen.«

Das dachte ich jedenfalls.

»Ja, Yma, wir sind Freundinnen.« Kimi sieht mich an, und

ich weiß ihren Ausdruck nicht zu deuten. Zärtlich? Mitleidig? Oder überheblich? »Aber wären wir das auch, wenn du es gewusst hättest?« Ich öffne den Mund, doch sie schüttelt den Kopf. »Warte! Antworte nicht gleich. Denk wenigstens kurz darüber nach. Wären wir Freundinnen geblieben, wenn du gewusst hättest, dass ich rumgevögelt habe? Nicht nur einmal. Ich gehöre nicht zu den bedauernswerten Geschöpfen, die einmal einen Fehler machen und dann gnadenlos dafür bestraft werden. Ich schlafe mit Jungs, seit ich vierzehn bin, Yma. Und ich bin dabei ziemlich wahllos. Es ist mir egal, wer sie sind und woher sie kommen. Es macht mir einfach Spaß.«

»Aber …«

»Es ist nicht verboten«, unterbricht sie mich, »ich habe nachgeschaut. Warten bis zum Fusion-Break ist zwar mittlerweile eine Art Tradition bei uns geworden, aber nirgendwo steht, dass wir das tun müssen.« Einen Moment schaut sie sinnierend in die Ferne. »Wobei ich zugeben muss, dass es vielleicht keine schlechte Idee gewesen wäre. Zu warten, meine ich. Nun habe ich mir mein Leben versaut, und es ist auch noch meine eigene Schuld.«

Ich schlucke schwer. »Und warum bist du hier?«, frage ich dann.

»Was denkst du wohl? Weil meine Eltern mich rausgeschmissen haben. Ich bin das kaputte Ei, das aus dem Nest geworfen wird, damit es dem gesunden Nachwuchs keinen Platz wegnimmt. Kann man ja auch verstehen.«

Ich schüttele den Kopf, denn ich verstehe es überhaupt nicht.

»Ich wette, mein Bruderherz hat sich schon mein Zimmer unter den Nagel gerissen«, sagt Kimi grimmig. »Er war schon immer scharf auf meine Dachterrasse.«

»Aber was machst du nun hier?«

»Ich wohne bei meinem Freund«, antwortet sie.

Ich weiß, es klingt komisch, aber von allem, was sie mir heute erzählt hat, ist es das Schlimmste.

»Du hast einen Freund?«

Sie nickt und hebt entschuldigend die Schultern. »Tut mir leid, Yma.«

Plötzlich werde ich wütend. »Hat er dich angesteckt?«

»Wer weiß das schon? Vermutlich nicht.« Bittend sieht sie mich an. »Er ist wirklich nett. Du würdest ihn mögen.«

»Das bezweifle ich.«

»Doch, wirklich. Willst du nicht vielleicht …?« Sie bricht ab, sucht nach Worten, hält mir ihre Hand entgegen. »Komm doch mit rein. Er würde dich gern kennenlernen.«

»Ach? Er weiß also von mir, ja? Schade, dass ich das umgekehrt von ihm nicht behaupten kann«, sage ich bissig und denke nicht daran, ihre Hand zu ergreifen. Und selbst wenn ich wollte, ich kann nicht zurück. Nicht, solange der Mann noch in dem Haus ist. Der … Heiler?

»Du kommst also nicht mit?«

Ich schüttele den Kopf.

Kimis eben noch bittender Blick wird hart. »Dann hatte ich also recht. Wir wären keine Freundinnen, wenn du die Wahrheit über mich gewusst hättest. Und da wunderst du dich, dass ich dir nichts erzählt habe.«

»Das ist nicht der Grund, und das weißt du«, sage ich wütend und reiße die Fahrertür des Wagens auf. »Ich habe dir alles von mir erzählt. Und du hast mich jahrelang belogen.« Ich steige ins Auto und schmettere die Tür hinter mir zu.

Kimis Gesicht erscheint an der Fensterscheibe, ihre grünen

Augen funkeln. »Überleg mal, warum, Yma! Was denkst du, wie es ist, deine Freundin zu sein? Neben dir muss sich jeder unzulänglich vorkommen. Es kann nicht jeder so sein wie du, Yma. So strebsam, so fleißig, so immer korrekt. Andere Leute schaffen das nicht so einfach.«

Ich springe aus dem Wagen und baue mich vor Kimi auf. »Für mich ist es auch nicht einfach«, sage ich. »Meinst du echt, ich stehe gern um sechs Uhr morgens auf? Meinst du, ich würde nicht lieber liegen bleiben, als zum Training zu gehen? Meinst du, mir macht es Spaß, immer nur zu lernen? Ich würde auch gern mal feiern und mich einfach amüsieren. Es mag ja sein, dass es schwerer ist, sich zu disziplinieren, wenn man mit dem goldenen Löffel im Arsch geboren wurde. Aber du hast keine Ahnung, wie es ist, von unten zu kommen.« Schwer atmend stehe ich vor meiner Freundin, die ob meines Ausbruchs ziemlich geschockt aussieht. »Ich tue, was getan werden muss, das ist alles«, herrsche ich sie an. »Es gefällt mir nicht immer, aber ich tue es.«

»Für dich gibt es nur Schwarz oder Weiß«, sagt Kimi kopfschüttelnd, »aber da gibt es noch so viel mehr. Nicht jeder ist so stark wie du. Ich bin nicht so stark wie du.«

»Ich bin nicht stark«, sage ich erschöpft.

»Doch.« Kimi sieht mich zärtlich an. »Du bist so stark, Yma. Du weißt es nur nicht. Komm doch mit, bitte.«

Ich ringe einen Moment mit mir, dann schüttele ich den Kopf. »Tut mir leid«, sage ich und steige wieder in mein Auto. »Ich kann nicht.«

13

Abends stehe ich vor dem Spiegel und ziehe angesichts meines in allen Regenbogenfarben schillernden Gesichts kurz in Erwägung, das Date mit Adriel abzusagen, aber ich kann mich einfach nicht dazu überwinden.

Es war ein beschissener Tag. Ich will ihn sehen. Bleibt zu hoffen, dass ihm das trotz meines wenig attraktiven Anblicks ebenso geht.

Als ich ihm um Punkt halb acht die Tür öffne, verwandelt sich sein Gesichtsausdruck schlagartig von vorfreudig in fassungslos. »Um Gottes willen, wie siehst du denn aus?«

»Ach«, sage ich wegwerfend, »ich bin vom Laufband gefallen.«

»Du bist vom …?« Er beißt sich auf die Lippen.

»Ja, ziemlich doof.« Defensiv verschränke ich die Hände vor der Brust. »Können wir jetzt bitte aufhören, darüber zu sprechen? Wir kommen noch zu spät.«

»Natürlich.« Er nickt zustimmend.

Ich schlüpfe in meine Turnschuhe, was er mit einem Grinsen kommentiert.

»Und? Für welchen Film hast du dich entschieden?«

»Ähm. Ich bin mir noch nicht sicher«, antworte ich.

»Der neue John Hunt soll echt super sein, habe ich gehört.«

»Tatsächlich?«, frage ich zweifelnd. »Ist die Geschichte nicht eigentlich immer dieselbe?«

»Mag sein.« Er grinst. »Aber sie ist so gut, dass man sie immer wieder ansehen möchte.«

»Ach ja? Ist sie das? Geheimagent rettet die Welt vor dem Bösen und kriegt zwischendurch ein paar schöne Frauen ins Bett?«

»Genialer Plot, oder?« Er beginnt zu lachen. »Wenn du dein Gesicht sehen könntest, Yma. Das ist Gold wert!«

»Freut mich, wenn ich dich amüsiere!«

»Eins noch«, sagt er, als die Tür sich hinter uns schließt, »tut es weh, wenn ich das hier mache?« Er küsst mich vorsichtig auf den Mund.

Ich schüttele den Kopf. »Nein. Das ist in Ordnung.«

»Gut«, sagt er. »Sehr gut.«

Zwanzig Minuten später sitzen wir in einem bis auf den letzten Platz gefüllten Kinosaal, zwischen uns eine riesige Portion Popcorn. Wir sehen einem gutaussehenden Geheimagenten dabei zu, wie er die Welt rettet und ein paar schöne Frauen verführt.

»Wirklich ein genialer Plot«, flüstere ich Adriel zu und verdrehe die Augen.

»Ich kann nichts dafür«, flüstert er zurück. »Du hast schließlich den Film ausgesucht.«

»Von wegen«, gebe ich zurück. »Du wolltest doch unbedingt diesen Quatsch angucken.«

»Schon, aber du hattest das letzte Wort.«

»Du hältst dich für besonders schlau, was?«, zische ich.

»Was soll man machen? Ich *bin* einfach schlau«, gibt er zurück und beugt sich zu mir herüber. Er legt die linke Hand an meinen Hals und küsst mich auf den Mund.

»Was machst du da?«, frage ich überrumpelt, als er mich für einen Moment freigibt.

»Ich küsse dich. Der Film ist langweilig«, sagt er.

»Ach so? Was für ein Glück, dass dir ein anderer Zeitvertreib eingefallen ist«, sage ich ironisch.

Er rückt ein winziges Stückchen von mir ab und schaut mir in die Augen. Es kostet mich alle Mühe, diesem hypnotischen Blick standzuhalten.

»Du gefällst mir, Yma.« Er lacht leise.

»Noch mal. Freut mich, dass ich dich amüsiere.«

»Mich freut es auch. Ganz außerordentlich.« Wir küssen uns. Immer wieder. Wir hören nicht damit auf, bis meine Smartwatch zu piepsen beginnt. Verdammt! Habe ich wirklich vergessen, sie auf lautlos zu schalten?

»Yma, dein Pulsschlag hat den anaeroben Bereich verlassen«, verkündet das verfluchte Ding laut und deutlich und so, dass jeder im Kino es hören kann. Natürlich finden alle Umsitzenden das wahnsinnig witzig und sparen nicht an blöden Kommentaren.

»Wow, was macht ihr denn da?«

»Ich möchte bitte, was sie hat!«

»Get a room!«

Ich schiebe Adriel von mir, nestele an meiner Smartwatch herum und wünsche mir ein großes schwarzes Loch herbei, in dem ich verschwinden kann.

»Lass uns abhauen.« Ohne seine Antwort abzuwarten oder auch nur darüber nachzudenken, wie unser Abgang wirken könnte, erhebe ich mich und drängele mich durch die Sitzreihe.

Adriel folgt mir. Unter dem Gejohle und Applaus der anderen Besucher verlassen wir das Kino.

Im Gegensatz zu mir scheint Adriel nicht im mindesten peinlich berührt zu sein.

»Hey, du bist ja rot wie eine Tomate. Wie süß«, sagt er, verstummt aber, als er meinen Gesichtsausdruck sieht. »Entschuldige.«

»Schon gut«, murmele ich. »Ich glaub, ich gehe lieber nach Hause.« Ich wende mich ab und mache mich auf den Weg.

»Warte, Yma. Du kannst doch nicht einfach weggehen. Bitte, jetzt bleib doch hier.«

Ich komme mir gemein vor, ihn einfach stehen zu lassen, trotzdem drehe ich mich nicht noch einmal um. In meinen Augen brennen Tränen. So schnell ich kann, entferne ich mich vom Kino. Und von Adriel. Was für ein verpfuschter Abend. Wie peinlich! Ein bisschen Rumgeknutsche, und mein Puls spielt vollkommen verrückt. Und dann sorge ich auch noch dafür, dass es alle mitbekommen. Warum habe ich nicht gleich ein T-Shirt angezogen, auf dem draufsteht: *Achtung! Hoffnungslos verknallt in Adriel!*

Ich könnte mich ohrfeigen, dass ich meine verdammte Smartwatch nicht auf lautlos geschaltet habe. Tatsächlich bin ich so wütend, dass ich mir das Ding am liebsten runterreißen und darauf herumtrampeln würde.

Als ich gerade überlege, diesen Plan in die Tat umzusetzen, beginnt Smarty zu leuchten und zu blinken. Offensichtlich will Tender mir irgendetwas mitteilen. Ganz automatisch öffne ich die App, obwohl ich mir gar nicht sicher bin, ob ich hören will, was sie mir zu sagen hat.

»Hallo, Yma, Adriel hat sich von Tender abgemeldet. Er hat die Frau seines Lebens bereits gefunden. Falls du diese Frau bist, melde dich bitte ebenfalls ab, damit wir dein Profil löschen können. Falls nicht, vervollständige dein Profil bei Tender, um noch weitere Dates zu bekommen.«

Vor lauter Verblüffung bleibe ich wie angewurzelt stehen und starre auf meine Smartwatch. Ich gebe zu, dass ich damit am wenigsten gerechnet hatte. Adriel hat die Frau seines Lebens gefunden? Meint er etwa mich?

Was mache ich jetzt? Unschlüssig trete ich von einem Bein aufs andere und entschließe mich dann, zum Kino zurückzugehen.

Adriel sitzt auf den weißen Steinstufen, die zum Kinopalast hinaufführen. Er starrt so konzentriert auf seine Smartwatch, dass er mich nicht kommen hört. Erst, als ich direkt vor ihm stehe, hebt er den Kopf und zuckt zusammen. Mir fällt auf, dass ich ihn noch nie zuvor anders als souverän und vollkommen als Herr der Lage erlebt habe. Jetzt blinzelt er unsicher zu mir hoch.

»Du hast also die Frau deines Lebens gefunden?«, frage ich nach einer Weile, und er nickt.

»Das habe ich.«

»Das, äh, ging aber schnell.«

»Weißt du, Yma«, sagt er und schaut auf seine Fußspitzen, »wir kennen uns seit der fünften Klasse. Und genauso lange mag ich dich schon. Das musst du doch gewusst haben.«

Ehrlich gesagt, habe ich es nicht gewusst. Ja, er hat meine Nähe gesucht, mich oft angeflirtet.

»Aber solltest du nicht noch mit anderen ausgehen? Schauen, was es noch so gibt, und dich dann entscheiden?«

In einer fließenden Bewegung gleitet Adriel von der Stufe, auf der er gesessen hat, und kommt auf mich zu.

»Ich habe mich entschieden.« Er lächelt zu mir herunter. »Aber wenn du dich noch ein wenig ... umschauen willst, werde ich dich natürlich nicht davon abhalten. Dazu ist der Fusion-Break schließlich da. Und du hast hart gearbeitet. Du bist Klassenbeste und hast dich niemals ablenken lassen.«

»Du etwa?«, rutscht es mir heraus, und es klingt leider viel empörter als beabsichtigt.

Er lacht leise und nimmt mein Gesicht in seine Hände. »Ach, Yma«, sagt er, »ich mag dich so sehr.«

»Das ist aber keine Antwort«, gebe ich zurück. »Also? Hast du dich ... ablenken lassen?«

»Ja«, gibt er schließlich zu und hat wenigstens den Anstand, dabei angemessen zerknirscht auszusehen. »Ja, das habe ich. Ab und zu.«

Es trifft mich wie ein Schlag ins Gesicht. Also hat sich auch Adriel, in welcher Form auch immer, mit Mädchen beschäftigt, obwohl es in unserer Gesellschaft ausdrücklich nicht erwünscht ist, solange wir minderjährig sind. Insgeheim habe ich so etwas wahrscheinlich schon vermutet. Ich meine, so, wie der Mann küssen kann, hat er das bestimmt nicht zum ersten Mal gemacht. Und vielleicht wäre es auch nicht so schlimm, wenn ich mir selbst nicht so unbeschreiblich dumm vorkommen würde. Dumm und unerfahren und einfach ... ja, naiv.

Adriel reißt mich aus meinen Gedanken, indem er die Arme um mich legt und mich an sich zieht. Sein Atem streichelt meine Haare, und ich entspanne mich.

»Es hat nichts bedeutet«, murmelt er an meinem Hals, »und wenn du ja sagst, gehöre ich von jetzt an nur noch dir.« Adriel hebt den Kopf und heftet seine eisblauen Augen auf mich. »Bitte sag ja.« Er beginnt, mich leidenschaftlich zu küssen. Ah, ich verstehe. Das soll wohl so eine Art Entscheidungshilfe sein. Und ich muss zugeben, dass der Kuss seine Wirkung auf mich nicht verfehlt.

»Yma, deine Herzfrequenz verlässt den anaeroben Bereich.«

Verdammt! Ich mache mich von Adriel los und tippe hastig auf der Smartwatch herum, um sie zum Schweigen zu bringen. Dann blinzele ich zu Adriel hoch.

Er schafft es nicht, sein Grinsen rechtzeitig von seinem Gesicht zu löschen. »Und?«, fragt er.

Ich warte ab. Wenigstens so lange, bis es in seinen Augen unsicher zu flackern beginnt. »Yma?«

»Ja, was denn?«, sage ich unschuldig und tue so, als würde ich mein zerstrubbeltes Haar ordnen.

Er legt den Kopf schief und sieht mich bittend an. »Komm schon«, sagt er, und nichts ist mehr zu erkennen von seiner sonst so unverwüstlichen Selbstsicherheit, die böse Zungen vielleicht Arroganz nennen würden. Er sieht verletzlich aus und jünger, als er ist. Mein Herz schmilzt. Ich greife nach seiner Hand.

»Ja«, sage ich.

14

In dieser Nacht liege ich hellwach im Bett. An Einschlafen ist nicht zu denken, und plötzlich wird mir klar, dass ich kein Auge zutun werde, ehe ich nicht mit Kimi gesprochen habe. Egal, wie wütend ich auf sie bin, sie ist meine beste Freundin.

»Kimi, ich bin es«, beginne ich meine Sprachnachricht unnötigerweise. Schließlich kann sie meinen Namen auf dem Display ihrer Smartwatch sehen.

Piep. Smarty signalisiert das Ende der Sprachnachricht. Na, die war ja gehaltvoll.

»Sorry, ich weiß, es ist spät«, sage ich. »Ich vermisse dich so, Kimi. Es passiert gerade so viel, und du bist die Einzige, mit der ich sprechen will. Es tut mir leid, dass ich einfach weggefahren bin. Ehrlich. Und … also, alles tut mir leid. Ich wünsche mir so, dass wir trotzdem Freundinnen sein können. Vielleicht …« Hier stocke ich. Vielleicht kann ja doch noch alles gut werden, würde ich am liebsten sagen, aber wie soll das gehen? Kimis Krankheit und ihr verpfuschtes Leben sind die neue Realität. Ich flüchte mich in ein Thema, von dem ich weiß, dass es Kimi interessiert, egal, was in ihrem Leben gerade schiefläuft. Jungs. »Adriel und ich sind jetzt zusammen. So richtig fest, wir haben uns von Tender abgemeldet. Und jetzt, na ja, ich hab ein bisschen Bammel, weil wir ja nun … bald … ich …« Ich gerate ins Stammeln, weiß nicht weiter und verstumme erneut. Solange, bis die Nachricht sich von selbst abschaltet. Noch während ich überlege, wie ich es formulieren soll, kommt Kimis Antwort. Keine Sprachnachricht dieses Mal. Ein Anruf.

»Yma! Bitte sag mir nicht, dass du dich bei Tender abgemeldet hast, ohne vorher wenigstens einmal mit ihm gevögelt zu haben!«

Ich muss grinsen. Sie klingt genau wie meine alte Kimi.

»Na ja.«

»Du musst ihn doch mal ausprobieren, bevor du dich auf ihn festlegst.«

»Er ist doch kein Dildo«, sage ich abwehrend, und sie lacht leise.

»Schätzchen, es gibt Hoffnung. Für deine Verhältnisse war das ja geradezu ordinär.«

»Danke.«

»Erzähl mir von ihm. Ich hoffe, ihr habt euch wenigstens geküsst.«

»Natürlich haben wir das«, sage ich empört.

»Bei dir kann man nie wissen. Und? Wie war es?«

»Traumhaft«, seufze ich. »Smarty piepst jedes Mal.«

Sie lacht erneut. »Gutes Zeichen. Trotzdem, Yma, du musst mit ihm vögeln.«

»Wir schauen uns morgen eine Wohnung an«, sage ich schnell.

»Was denn für eine Wohnung?«

Ich zögere kurz, ihr von dem Angebot von Universo zu erzählen. Wie muss das in Kimis Ohren klingen, dass dieses phantastische Leben vor mir liegt, während sie selbst …? Dann erzähle ich es aber doch.

»Und sie stellen mir eine Wohnung im Cape Coral zur Verfügung, die ich morgen besichtigen kann. Zusammen mit Adriel«, schließe ich meinen Bericht und lausche ein bisschen unsicher in den Hörer. »Kimi? Bist du noch dran? Hast du mich gehört?«

»Ja, ich habe es gehört.«

»Und was denkst du?«

»Ich denke, hoffentlich vögelt er gut.«

Am nächsten Morgen betrachte ich mich aufmerksam im Spiegel. Die Schwellung in meinem Gesicht ist zurückgegangen, und der Bluterguss am Kinn lässt sich ganz gut überschminken. Der Fuß fühlt sich an wie vorher. Also steht meinem morgendlichen Training nichts mehr im Wege.

Verschwitzt und hungrig komme ich um acht Uhr in unsere Wohnung zurück. Der Duft von frischem Kaffee steigt mir in die Nase.

»Guten Morgen«, erklingt Winonas Stimme, und gleich darauf erscheint ihr Gesicht im Türrahmen der Küche. »Smoothie?«, fragt sie.

»Gern«, antworte ich und gehe ins Badezimmer, um zu duschen.

Während das Wasser kläglich auf mich heruntertröpfelt, überkommt mich ein leiser Abschiedsschmerz. Bald werde ich in meiner eigenen Wohnung unter meiner eigenen Dusche stehen. In einer Luxuswohnung zwar, mit Marmorbad und perfektem Wasserdruck, aber ohne meine Mutter, die mir das Frühstück zubereitet. Nicht, dass ich dazu nicht selbst in der

Lage wäre. Aber darum geht es nicht. Es fühlt sich einfach schön an, umsorgt zu werden. Damit wird es nun bald vorbei sein. Ich bin selbst überrascht, wie schnell Universo alles in die Wege geleitet und mir einen Besichtigungstermin organisiert hat.

Sobald ich ausgezogen bin, gelte ich offiziell als erwachsen und muss mich um mich selbst kümmern. Schade eigentlich. Andererseits hat es natürlich Vorteile, auch für Winona, die endlich nicht mehr auf der Ausziehcouch im Wohnzimmer, sondern in einem richtigen Bett – meinem Bett – schlafen kann.

Als ich im Bademantel in den kleinen Flur trete, höre ich meine Mutter in der Küche fluchen.

»Verdammte Scheiße!« Da das so gar nicht ihrer üblichen Ausdrucksweise entspricht, eile ich schnell zu ihr und bleibe wie angewurzelt in der Tür stehen.

Alles ist voller Blut.

15

Na gut, ich habe übertrieben. Nicht *alles* ist voller Blut. Aber doch genug, um mir einen gehörigen Schreck einzujagen. Das vormals blütenweiße Schneidebrett, die gefrorenen Bananen darauf, das große Messer. Von Winonas rechter Hand tropft die dunkelrote Flüssigkeit auf die Fliesen zu ihren Füßen.

»Hochhalten«, sage ich, mache zwei lange Schritte auf sie zu und greife nach dem Handgelenk, um es über ihren Kopf zu heben. In Sekundenschnelle läuft das Blut auch über meinen Arm. Ich sehe Winona in die weit aufgerissenen Augen, sie ist sehr blass und zittert. »Alles in Ordnung, Mama?«

»Wir sind …«, bringt sie mühsam hervor, »eine etwas ungeschickte Familie, wie mir scheint.«

»Sieht ganz so aus.« Ich werfe einen Blick auf den langen Schnitt zwischen Daumen und Zeigefinger, aus dem noch immer das Blut läuft. Suchend sehe ich mich in der Küche um, greife nach einem sauberen Handtuch und drücke es auf die Wunde.

Meine Mutter gibt einen Schmerzenslaut von sich.

»'tschuldigung«, sage ich und lege ihr einen sehr provisorischen Verband an. Sie schwankt, und ich schiebe sie rückwärts auf einen der Küchenstühle.

»Setz dich. Ist dir schlecht?«

Sie nickt. »Siehst du. Deshalb habe ich dich immer vor scharfen Messern gewarnt«, versucht sie einen Scherz, aber ihr leichenblasses Gesicht macht mir trotzdem Angst.

»Ich würde nie auf die Idee kommen, gefrorene Bananen mit einem Messer zu bearbeiten«, gebe ich zurück.

»Das ist gut«, murmelt sie und stützt ihren Kopf in die gesunde Hand. »Ich glaube, ich lege mich besser mal hin.« Sie macht Anstalten, sich zu erheben, doch ich halte sie davon ab.

»Warte. Wir müssen erst nachschauen, ob es aufgehört hat zu bluten.« Ich versuche, das Handtuch wieder abzuwickeln, doch es klebt an der Wunde fest. Ratlos starre ich auf die Bescherung. Wenn ich den Stoff mit Gewalt ablöse, reiße ich alles wieder auf. »Komm, wir versuchen es mit Wasser«, sage ich und führe Winona zur Spüle. Dort öffne ich den Hahn und warte ab, bis das Wasser lauwarm ist. Unter dem Strahl gelingt es mir tatsächlich, das Handtuch zu entfernen. Ein dünnes Rinnsal Blut läuft in das silberne Spülbecken, aber es scheint nicht mehr so schlimm zu sein wie am Anfang. »Ich habe das Gefühl, wir tun da lieber nichts drauf«, sage ich und betrachte den klaffenden Spalt in ihrer Hand. Plötzlich wird mir auch übel, aber dafür ist jetzt keine Zeit. Ich muss mich um Winona kümmern. »Du musst nur darauf achten, deine Finger nicht zu bewegen. Sonst geht die Wunde wieder auf.«

Sie nickt folgsam.

Nachdem ich sie ins Bett gebracht und ein dickes, mit Handtüchern bedecktes Kissen unter ihrer verletzten Hand platziert habe, gehe ich zurück in die Küche. Im Mixer tauen die gefrorenen Beeren vor sich hin, aber um die Smoothies kümmere ich mich später. Ich werfe die blutdurchtränkten Bananen in den Mülleimer, spüle das Schneidebrett mit Wasser ab und wische den Boden mit einem feuchten Lappen. Das ist gar nicht so einfach wie gedacht. Blut und Wasser verbinden sich miteinander und bilden rosa Wolken auf den weißen Kacheln. Immer wieder muss ich den Lappen ausspülen und nachwischen, und als der Boden schließlich sauber ist, weisen die Fugen eine gruselige rosa Färbung auf, die ich auch mit Scheuermilch und Schrubben nicht mehr wegbekomme.

Na gut. Vermutlich sieht es nur in meinen Augen gruselig aus, weil ich weiß, woher die Verfärbung stammt. Ich kümmere mich nicht weiter darum, sondern mache für Winona einen Smoothie mit viel Spinat und Blaubeeren. Sie braucht jetzt eine Menge Eisen.

Zurück im Schlafzimmer stopfe ich ihr mehrere Kissen in den Rücken, so dass sie aufrecht sitzen kann. Und tatsächlich, nach ein paar Schlucken nehmen ihre Wangen wieder ein bisschen Farbe an. Sie inspiziert nun selbst die lange Wunde an ihrer Hand.

»Wie kann man nur so ungeschickt sein?« Winona schüttelt über sich selbst den Kopf.

Ich hole eine Rolle Verbandsmaterial. Während ich ihre Hand bandagiere, drängt sich wie aus dem Nichts ein Bild in mein Bewusstsein. Vater und Tochter spielen miteinander. Der Mann hält eine Puppe im Arm, auf die das Mädchen beruhigend einspricht, während es mit gewichtiger Miene ihren Arm verbindet.

Ich bin so perplex, dass ich mitten in der Bewegung innehalte. Mein Blick fliegt zum Nachttisch, zu dem Bild, auf dem die beiden zu sehen sind. Hatte ich gerade eine Erinnerung?

»Was ist los?«, fragt Winona, und ich schüttele den Kopf.

»Nichts.«

Sie seufzt und lässt sich auf dem Bett nach hinten fallen. »Ich ruhe mich wohl besser noch etwas aus. Ich muss Bescheid sagen, dass ich heute … einen Urlaubstag brauche.« Plötzlich ist ihre Stirn sorgenumwölkt. »Hoffentlich bekomme ich keine Probleme.«

»Bestimmt nicht«, sage ich im Brustton der Überzeugung, obwohl ich mir selbst nicht so sicher bin. Zögernd bleibe ich am Fuß des Bettes stehen. Irgendwie kann ich mich nicht dazu entschließen, sie allein zu lassen.

Da schlägt Winona sich mit der gesunden Hand vor die Stirn. »Deine Wohnungsbesichtigung. Das habe ich ja ganz vergessen. Bist du nicht schon spät dran?«

Just in diesem Moment meldet sich Smarty. »Yma, du hast in fünfzig Minuten einen Termin. Der Weg in Fahrradminuten beträgt zweiundvierzig Minuten. Du wirst circa 188 Kalorien verbrauchen. Möchtest du den Weg mit dem Rad fahren, oder soll ich dir ein Auto reservieren? Das nächste Auto steht zehn Fußwegminuten entfernt. Du wirst …«

»Ich fahre mit dem Rad«, unterbreche ich den Wortschwall.

»Du musst in spätestens sieben Minuten das Haus verlassen, um nicht zu spät zu kommen.«

Ich verdrehe die Augen. Manchmal kommt man sich von dem Ding ganz schön bevormundet vor.

Winona lächelt. »Wer braucht eine Mutter, wenn er Smarty hat?«, fragt sie. Einem Impuls folgend, beuge ich mich zu ihr herunter und drücke ihr einen Kuss auf die Wange.

»Ich«, sage ich. »Ich brauche eine Mutter.«

16

Du hast dein Ziel erreicht«, verkündet meine Smartwatch genau dreiundvierzig Minuten später, als ich vor Cape Coral, der unglaublich luxuriösen Wohnanlage, ankomme, die mein neues Zuhause werden soll. Durch einen Bogengang gelange ich in den riesigen, parkähnlichen Innenbereich mit Spielplatz, Gemüse- und Kräutergärten, Fitnessparcours und Kletterwand, der von allen Seiten von zehngeschossigen Wohngebäuden umschlossen wird. Mein Blick wandert über die strahlend weißen Fassaden, die großen Fensterflächen blitzen in der Sonne. Alles sauber, gepflegt und teuer.

»Na, wie gefällt dir unser neues Zuhause?« Ich zucke vor Schreck zusammen, als Adriel von hinten die Arme um mich legt. »Entschuldigung. Hast du geträumt? Von unserer Zukunft, hoffe ich doch?«

»Ja, vielleicht.« Ich drehe mich in seiner Umarmung um, so dass wir voreinander stehen.

»Vielleicht! Na warte!« In gespielter Empörung schaut er auf mich herab, dann küsst er mich. »Und?«, fragt er, nachdem er mich losgelassen hat.

»Ja«, sage ich ein bisschen atemlos. »Könnte ganz nett werden mit dir.«

Ein Stoß in meinem Rücken reißt uns unsanft aus dem nächsten Kuss. Ich sehe mich um und blicke in das erschrockene Gesicht eines kleinen, alten Mannes, der mehrere große Blumenkübel trägt und unter ihrem Gewicht offensichtlich kurzzeitig das Gleichgewicht verloren hat.

»Alter, was soll das? Pass gefälligst auf, wo du hinläufst«, herrscht Adriel den Weißhaarigen an, der den Kopf einzieht.

»Entschuldigung bitte vielmals, entschuldigen Sie«, murmelt er und wankt weiter den Kiesweg entlang.

»Warte! Wir sind noch nicht fertig«, ruft Adriel, und der Mann erstarrt mitten in der Bewegung. Vorsichtig sieht er über seine Schulter zu uns herüber.

»Adriel«, sage ich leise und einigermaßen überrascht über den wütenden Ausdruck in seinem Gesicht, »es ist doch nichts passiert. Lass ihn.«

»Er hat dich angerempelt«, sagt er aufgebracht.

»Aber doch nicht mit Absicht.« Ich lege ihm die Hand auf den Arm und nicke gleichzeitig dem Alten zu. »Nichts passiert.«

Sichtlich erleichtert geht der Mann weiter.

Adriel nimmt mein Gesicht in beide Hände. »Bist du wirklich okay?«

»Ja, natürlich. Es geht mir gut.«

»Yma und Adriel!« Eine platinblonde Frau im Nadelstreifenkostüm kommt auf uns zu. Ihre Pfennigabsätze klappern auf den Steinplatten, und ich könnte fast wetten, dass Adriel und ich gerade dasselbe denken. Irgendwas mit Stöckelschuhen, Bandscheibenvorfällen und Patriarchat.

»Ich bin Enie, die Immobilienmaklerin. Herzlich Willkommen in Coral. Wie ihr seht, ist es eine der modernsten

Wohnanlagen von Johtaja. Erst vor zwei Jahren fertiggestellt und mit allem ausgestattet, was der moderne Mensch so braucht. Nicht ganz billig natürlich, aber«, mit einer fließenden Bewegung holt sie ein Touchpad hervor und tippt auf das Display, »wie ich sehe, gibt es ja finanziell keine Schwierigkeiten. Universo. Gratuliere, Yma.«

Ich werde ein bisschen rot.

»Und Adriel«, sie tippt erneut, »ach … Na, da kommt bestimmt auch bald ein Jobangebot. Nicht wahr?« Sie lächelt, um ihren Fauxpas zu überspielen.

»Nicht nötig«, sagt er. »Ich habe mir ja eine erfolgreiche Frau zugelegt.« Er zwinkert mir zu, und ich muss lachen. Adriel ist nun wirklich der Letzte, der sich Sorgen um seine Karriere machen muss. Er gehört seit Jahren zu den besten fünf Prozent der Klasse, und das Selbstbewusstsein, einfach alles zu schaffen, wurde ihm in die Wiege gelegt. Im schlechtesten Fall übernimmt er die Firma seiner Eltern, die halb Vahvin mit Marmor beliefert.

»Kommen noch mehr Leute zur Besichtigung?«, frage ich Enie.

Sie schüttelt so heftig den Kopf, dass ihre sorgfältig gedrehten Korkenzieherlocken fliegen. »Nein, die Wohnung ist speziell für dich reserviert. Für euch«, korrigiert sie sich hastig. »Du musst nur noch ja sagen. Ihr.« Sie lacht nervös und stöckelt dienstbeflissen vorneweg. »Bitte hier entlang.«

»Laufen einem die Bediensteten hier immer zwischen den Füßen herum?«, fragt Adriel, während Enie uns zum Vorderhaus führt. Ein wenig befremdet sehe ich ihn an.

»Natürlich nicht. Ihr wisst ja, die Anwesenheit eines Dienstleisters soll man nur an seiner getanen Arbeit spüren.«

Ich spüre, wie ich rot anlaufe. Obwohl ich selbst nie Bedienstete war, so kenne ich natürlich aus unserem Bezirk Dutzende von ihnen. Zu hören, wie herablassend die Oberschicht über sie spricht, als wären sie gar keine Menschen, versetzt mir einen Stich.

»Weißt du, meine Mutter ist auch so eine … Dienstleisterin«, flüstere ich Adriel zu. Einen Moment wirkt er betroffen, dann greift er nach meiner Hand.

»Du hast recht, Entschuldigung.«

»Gab es ein Problem?«, fragt Enie und hält ihre Smartwatch an den Türöffner.

»Nein, gab es nicht, schon gut«, antwortet Adriel.

»Bitte identifizieren Sie sich!«, sagt die Tür.

»Das Schließsystem besteht aus drei Komponenten«, erklärt Enie, während sie gleichzeitig den Daumen auf das Kontrollfeld legt und geradeaus in den Scanner schaut.

»Fingerabdruck korrekt. Iriserkennung korrekt.«

»Es kommt niemand herein, der hier nichts zu suchen hat. Ein beruhigendes Gefühl, nicht wahr?«

Wir folgen ihr zum Aufzug und fahren hinauf in den neunten Stock. Die Fahrstuhlkabine ist komplett verspiegelt, und obwohl sie mindestens vier Quadratmeter umfasst, habe ich plötzlich ein klaustrophobisches Gefühl. Tausende von Enies, Adriels und Ymas umfangen mich, und als die Türen sich mit einem leisen *Pling* wieder öffnen, atme ich erleichtert aus und nehme mir vor, das nächste Mal die Treppe zu nehmen.

»Hier geht es lang.« Enie führt uns den Gang hinunter. Dicker, hellgrauer Teppich schluckt die Geräusche unserer Schritte, sogar die von Enies Pfennigabsätzen. Es herrscht eine eigenartige Stille.

»Die Etagenwohnungen haben eine Fläche von hundertfünfzig Quadratmetern«, erläutert Enie, »hier im Obergeschoss kommt noch eine Galerie von dreißig Quadratmetern und eine ebenso große private Dachterrasse hinzu. Naturgemäß sind die Penthouse-Wohnungen die teuersten im ganzen Komplex.« Enie bleibt vor einer Wohnungstür stehen, drückt den Daumen auf den Scanner, ein leises Klicken ertönt. Sie greift nach der Klinke und lächelt vielversprechend.

»Der Ausblick ist phänomenal.« Mit Schwung öffnet sie die Tür nach innen. Es fehlt nur noch, dass sie »Tadaaa« ruft.

Neugierig folge ich Adriel in die komplett möblierte Wohnung und sehe mich staunend um. Der dunkle Parkettfußboden glänzt spiegelblank, durch eine halboffene Tür sehe ich das mit Marmorfliesen ausgestattete Badezimmer. Geradeaus gelangt man ins Wohnzimmer, dem dieser Name nicht gerecht wird. Winonas ganze Wohnung würde dreimal in diesen einzelnen Raum hineinpassen. Rechterhand eine Küchenzeile in Bordeaux, mit einem Kochblock in der Mitte und dem langen Esstisch, an dem gut und gerne zehn Gäste Platz finden könnten. Links eine weiße Couch mit passenden Sesseln, auf dem Flachbildfernseher gegenüber flackert ein künstliches Kaminfeuer. Doch das Beste ist, wie Enie es angekündigt hat, der Ausblick durch die Fensterfront. Johtaja liegt uns in der Mittagssonne zu Füßen.

»Wir sehen nach Westen, das heißt, hier gibt es jeden Abend einen wunderschönen Sonnenuntergang zu genießen«, sagt Enie strahlend. »Und wenn ihr mir bitte ins Schlafzimmer folgen wollt«, sie macht eine einladende Handbewegung, und erst jetzt bemerke ich die Wendeltreppe, die sich hinter der Sitzecke in die Höhe schlängelt.

Ich gehe Enie hinterher, und während ich auf ihr Hinterteil sehe, um das sich ihr enger Rock spannt, wird mir bewusst, dass ich Adriel, der hinter mir läuft, einen ähnlichen Anblick biete. Nur eben in Jeans. Ich wende den Kopf, um ihn anzuschauen, und tatsächlich grinst er ertappt. Ich beeile mich, nach oben zu kommen. Auf der Galerie steht ein über mehrere Stufen zu erreichendes Podest mit dem breitesten Bett, das ich jemals gesehen habe, bezogen mit glänzender Satinbettwäsche. Gegenüber führt eine gläserne Tür auf die üppig bepflanzte Dachterrasse.

Adriel tritt von hinten an mich heran und legt die Hände auf meine Hüften. »Hübscher Hintern«, raunt er mir ins Ohr, und ich bin froh, dass Enie gerade damit beschäftigt ist, die Nachttischlampen anzuknipsen, die ein warmes Licht verbreiten. Jetzt tritt sie wieder zu uns heran und betrachtet das Ambiente nicht ohne Stolz.

»Da möchte man sich doch gleich ins Bett legen, nicht wahr?«, fragt sie mit einem breiten Lächeln.

»Genau das habe ich auch gerade gedacht«, sagt Adriel mit ernster Miene.

Ich beiße mir auf die Lippe, um nicht loszuprusten.

»Es gefällt euch also?«, fragt Enie geschäftsmäßig und zückt ihr Touchpad. »Wollen wir dann gleich das Geschäftliche regeln?«

»Ich, äh …«, sage ich.

»Warum eigentlich nicht?«, sagt Adriel.

»Wunderbar.« Sie berührt das Display, doch ich schüttele den Kopf.

»Einen Moment noch«, sage ich mit fester Stimme, »ich würde gern mal kurz darüber nachdenken.«

»Was gibt es denn da nachzudenken?«, fragt sie erstaunt.

»Ich …«

»Die Firma übernimmt alle Kosten«, beruhigt sie mich.

»Trotzdem.«

Enie macht einen Schritt auf die Wendeltreppe zu und greift nach dem Geländer. »Ich lasse euch dann mal alleine, um das zu besprechen.«

Nachdem sie unseren Blicken entschwunden ist und auch ihre Schritte sich entfernt haben, wende ich mich Adriel zu.

»Also«, ich mache eine allumfassende Handbewegung, »was sagst du?«

»Ich sage, lass es uns tun. Ich zahle natürlich die Hälfte der Miete.«

»Aber die wird doch sowieso von Universo übernommen.«

»Du glaubst doch nicht, dass ich mich von dir aushalten lassen? Das kommt gar nicht in Frage.«

»Schon gut.« Angesichts seines empörten Gesichtsausdrucks muss ich lachen.

Adriel greift nach mir und zieht mich an sich. Ich kann seinen Atem riechen, nach Pfefferminz und Zitrone, und seine Haut. Den Mund dicht an meinem Ohr, flüstert er: »Ich glaube, es ist eine gute Idee. Du und ich.«

»Das glaube ich auch«, sage ich. »Aber findest du nicht, dass das alles ein bisschen zu schnell geht?«

»Ehrlich gesagt, kann es mir gar nicht schnell genug gehen.«
Hm. Was soll ich dazu sagen? Ich nehme all meinen Mut zusammen.

»Wir haben doch noch nicht mal …«

Er entlässt mich aus seiner Umarmung, schiebt mich ein Stück von sich weg und sieht mich an. »Noch nicht mal … was?«

»Zwing mich nicht, es auszusprechen«, sage ich.

»Yma, hat dir schon mal jemand gesagt, dass du unbeschreiblich süß bist?«

»Nicht in letzter Zeit«, antworte ich. »Aber Gerüchten zufolge war ich ein ausgesprochen niedliches Kleinkind.«

»Ich schätze, du bist in jedem Alter ausgesprochen niedlich«, sagt Adriel. Er nimmt meine Hand, hebt sie an die Lippen und küsst sie. Dann zieht er mich erneut an sich. »Wir müssen nichts überstürzen«, sagt er leise. »Wir haben Zeit. So viel du willst.«

»Ehrlich?«, frage ich.

»Ja, ehrlich. Versteh mich nicht falsch, ich kann es kaum erwarten und werde vermutlich ziemlich oft kalt duschen.«

Ich versetze ihm einen Schlag auf den Oberarm.

Grinsend reibt er sich die Stelle. »Was ich sagen will: Ich warte auf dich. Bis du bereit bist. Okay?«

»Okay«, flüstere ich. Es fühlt sich an, als hätte ich einen riesigen Felsblock auf den Schultern getragen, der jetzt mit lautem Krachen herunterfällt.

»Und?«, fragt Enie und kommt die Treppe zu uns herauf. Erst erscheint ihr Kopf und dann, mit dem bekannten Geklapper, der Rest von ihr.

»Wir nehmen sie«, antworte ich.

17

Auf dem Nachhauseweg verschwindet das Hochgefühl in meinem Bauch mit jedem Meter, den ich unserer Wohnung näher komme.

Nein, nicht unserer. Winonas Wohnung. Jetzt ist es also amtlich. Die Kindheit ist vorbei und damit auch der Schutz, unter dem ich mein ganzes bisheriges Leben lang gestanden habe. Ab sofort bin ich ein vollwertiges Mitglied der Gesellschaft mit eigener Wohnung und eigenem Einkommen. Bei dem Gedanken wird mir ein wenig mulmig zumute.

Als ich unser Haus betrete, stolpere ich beinahe über eine Gestalt, die, mit dem Rücken an die Wand gelehnt, im Eingangsbereich hockt.

»Kimi«, sage ich schockiert, als ich in das Gesicht meiner Freundin schaue. Sie sieht nicht gut aus. Ihre Haut ist blass, die Augen rot und geschwollen, ihr Blick verzweifelt. »Meine Güte, Kimi«, ich ziehe sie hoch und nehme sie in den Arm. »Was ist passiert?«

Sie schüttelt den Kopf und bricht in Tränen aus. Ich stehe wie erstarrt, spüre, wie das Weinen ihren ganzen Körper schüttelt, höre ihr verzweifeltes Schluchzen. Es zerreißt mir das Herz. Und mir wird klar, dass ich in all den Jahren, die wir uns kennen, Kimi noch nie schwach und verletzlich erlebt habe. Ja, tatsächlich habe ich sie bis hierher noch nie weinen gesehen. Und jetzt, da sie in meiner Umarmung zittert wie ein verängstigtes Tier, weiß ich mit der neuen Situation nicht umzugehen. Ich bin die Kluge, sie ist die Starke, so ist es immer schon gewesen.

»Ach, Kimi«, sage ich hilflos und tätschele unbeholfen ihren Rücken. Sie löst sich aus meiner Umarmung, wischt sich mit dem Ärmel über das tränennasse Gesicht und versucht ein Lächeln, das gründlich misslingt.

»Entschuldigung«, sagt sie, und ich schüttele heftig den Kopf.

»Nein, Quatsch«, sage ich. »Komm mit hoch. Und dann erzähl mir, was los ist.« Noch während ich es ausspreche, komme ich mir dumm vor. Ich weiß doch, was los ist. Mit ihrer Diagnose ist Kimi geradewegs im Abseits unserer Gesellschaft gelandet. Aussortiert von der Natur. Sie muss sich einen sogenannten niederen Job suchen, und selbst da ist es fraglich, ob ein Arbeitgeber sie einstellen wird. Kranke stehen bei uns auf der untersten Stufe, noch weit unter denen, die den hohen Leistungsansprüchen nicht genügen und von der Schule fliegen. Solche Menschen werden Dienstleister, so wie der Gärtner im Park von Cape Coral oder meine Mutter in der Wäscherei. Viele arbeiten für eine der riesigen Reinigungsfirmen und putzen fortan für einen Hungerlohn die Gebäude von Johtaja. Sorgen dafür, dass Leute wie Adriel und ich abends durch streifenfreie Fenster den Sonnenuntergang betrachten können. Plötzlich fühle ich mich scheußlich.

»Ich will dir keine Umstände machen«, sagt Kimi, »ich wusste nur einfach nicht, wo ich sonst hinsoll.«

»Red doch keinen Unsinn«, antworte ich und schiebe sie energisch in Richtung Treppenhaus. Dann überlege ich es mir anders und drücke lieber den Knopf, um den Aufzug zu holen. Kimi sieht elend und entkräftet aus.

Wir fahren in den fünften Stock. Als wir die Wohnung betreten, kommt Winona uns entgegen. Ihre Hand ist dick verbunden, aber sie sieht deutlich besser aus als am Morgen.

»Da bist du ja wieder, wie war die Woh …? Oh. Hallo, Kimi!«

»Hallo«, sagt Kimi verlegen.

»Äh. Ich lasse euch wohl besser mal alleine.« Diskret zieht Winona sich ins Wohnzimmer zurück, und ich werfe ihr einen dankbaren Blick zu.

»Komm mit«, ich ziehe Kimi in die Küche und drücke sie auf einen Hocker. »Hast du Hunger?«

Statt einer Antwort knurrt ihr Magen laut und vernehmlich, und mit einem Mal erkenne ich, dass sie abgenommen hat. Und zwar mehr als nur ein bisschen.

»Was machst du denn?«, frage ich vorwurfsvoll. »Isst du etwa nicht mehr? Echt, Kimi, ich hätte dich für vernünftiger gehalten. Gerade, wenn du krank bist, musst du dich gesund ernähren.«

Kimi mustert mich mit einem ganz seltsamen Blick und stößt dann ein freudloses Lachen aus. »Yma, ich habe eine tödliche Krankheit. Keinen Schnupfen.«

»Schon«, sage ich lahm.

»Und außerdem«, fährt sie mit erhobener Stimme fort und sieht plötzlich wütend aus, »kannst du mir vielleicht mal verraten, wo ich das gesunde Essen hernehmen soll? Hm? Soll ich es mir vielleicht aus den Rippen schneiden?«

»Natürlich nicht, aber …« Mir fällt ein, wie oft Winona nur

Reis ohne alles gegessen hat, damit wenigstens ich frisches Obst und Gemüse auf dem Teller hatte.

»Aber ... was ist denn mit deinem Freund?«, frage ich hilflos, und sie lacht bitter.

»Mein Freund, ja. Das ist vorbei. Leider hat sich herausgestellt, dass mein sogenannter Freund eine Mücke ist.« Verständnislos sehe ich sie an. »Ein Blutsauger. Ein Loser, der über mich in die bessere Gesellschaft aufsteigen wollte. Tja. Du kannst dir seine Begeisterung vorstellen, als er gehört hat, dass ich krank bin. Und damit sogar noch hilfloser als er selbst.« Ihr treten Tränen in die Augen.

»Wer...?«, frage ich.

Sie atmet tief durch. »Enno«, antwortet sie und weicht meinem Blick aus.

Vor meinem inneren Auge erscheint ein muskulöser Mann mit blondem Pferdeschwanz, nackt bis auf eine Cargohose, der im Garten von Kimis Eltern den Pool reinigt, die Hecken schneidet und das Laub zusammenfegt, während wir im Bikini in der Hollywoodschaukel liegen und mathematische Formeln pauken.

»Tja. Jetzt weißt du, warum alle immer vor dem Gärtner warnen«, sagt Kimi trocken.

»Aber wie ... ich meine wann ... wieso?«, stammele ich völlig überfordert.

Kimi zuckt mit den Schultern. »Ich hab es dir doch gesagt«, meint sie leise, »ich war nicht besonders wählerisch. Er sah gut aus. Ich fand es aufregend. Mal mit so einem, du weißt schon. Aber dann war es plötzlich viel mehr. Er hat mich einfach umgehauen. Inzwischen weiß ich natürlich, dass nichts von dem, was er gesagt hat, ernst gemeint war. Er hat mich benutzt. Und ich war so verknallt in ihn, dass ich mich habe benutzen lassen. Er konnte alles von mir haben.«

»Geld?«, frage ich alarmiert.

»Ja, natürlich«, sagt Kimi. »Eine Menge Geld.«

»Aber das ist doch …«

»Verboten? Was du nicht sagst. Natürlich hab ich daran auch gedacht. Zuerst. Aber dann … Enno hat mich davon überzeugt, dass es nicht so wäre. Er sei ja kein Bettler. Sondern mein Freund. Meine große Liebe. Es sei keine Hilfe, sondern nur ein Geschenk unter Liebenden.«

Mit offenem Mund starre ich Kimi an.

Sie bemerkt meinen Blick und lacht. »Ja, da staunst du. Ich war ja nie die hellste Kerze auf der Torte, aber dass ich so blöd bin, hättest du auch nicht gedacht, oder?«

»Ich habe nie gedacht, dass du blöd bist.«

»Aber das bin ich.« Sie seufzt. »Seien wir mal ehrlich, vermutlich hätte ich die Schule eh nicht geschafft. Ohne deine Hilfe …« Sie stockt. »Ich meine, ich schramme doch immer gerade so eben an der Fünfzig-Prozent-Marke.«

Fünfzig Prozent, das ist die magische Grenze. Wer darunter fällt, zu den schwächeren fünfzig Prozent der Klasse zählt, der fliegt von der Schule und geradewegs hinein in ein Leben in der Unterklasse. Es stimmt, dass Kimi gefährdet war. Es stimmt auch, dass mehr als eine ihrer Hausarbeiten eigentlich aus meiner Feder stammten. Ein Betrug, mit dem ich auch meine eigene Zukunft aufs Spiel gesetzt habe. Aber umsonst. Kimi ist krank, und mit dieser Diagnose würde ihr auch ein Platz unter den besten fünf Prozent nichts mehr nützen. Gesundheit ist das höchste Gut. Fast automatisch öffne ich den Kühlschrank und hole eine große Schale mit verschiedenen

Beeren aus dem Gemüsefach hervor. Nehme mir eine Handvoll und stelle sie dann vor Kimi hin, die meine Gedanken zu erraten scheint.

»Antioxidantien«, sagt sie mit schiefem Lächeln, »Vitamine, Eisen. Das alles wird mir nicht mehr helfen.« Sie langt trotzdem zu, während ich ihr ein Sandwich mache. Sie schlingt es herunter, als habe sie seit Tagen nichts mehr gegessen.

Ich setze mich ihr gegenüber und sehe ihr zu.

»Danke«, sagt sie schließlich.

»Was wirst du jetzt tun?«, erkundige ich mich.

Sie zuckt unschlüssig mit den Schultern. »Auf den Tod warten vermutlich.« Erschrocken sehe ich sie an.

»Aber …«

»Keine Sorge, das wird wohl noch ein Weilchen dauern. Leider konnte ich nicht viel zu dem Thema herausfinden. Noch nicht einmal, ob die Krankheit früher heilbar war oder nicht. Na ja. Ist ja eigentlich sowieso egal. Oder?«

»Vermutlich.«

Sie sieht mich an, und ich spüre, dass wir beide das Gleiche denken. Dass es überhaupt nicht egal ist. Dass die Wut ungemein größer wäre, wenn wir wüssten, dass Kimi geholfen werden könnte. Wenn nur jemand es wollen würde. Ich weiche ihrem Blick aus.

»Du, Kimi«, sage ich nach einer Weile. »Ich werde übrigens ausziehen.«

»Ach?« Ihre düstere Miene hellt sich auf, und die Stimmung schlägt um. Für einen Moment sind wir einfach zwei Teenager, die die Köpfe zusammenstecken, um über Jungs zu reden. »Erzähl. Dann hat euch die Wohnung also gefallen? Ich will alles wissen, wirklich alles!« Sie greift erneut in die Schüssel mit den Beeren und lehnt sich dann auf ihrem Stuhl zurück, um es sich bequemer zu machen. »Na los, raus damit.«

»Sie ist einfach traumhaft.«

»Deine neue Firma lässt sich nicht lumpen, oder?« Nicht ein Hauch von Neid liegt in ihrer Stimme. »Und da habt ihr gleich zugeschlagen?«

Ich nicke.

Sie beugt sich zu mir und greift nach meinen Händen. »Ich freue mich für dich, Yma. Wirklich. Du hast immer alles richtig gemacht. Und nun hast du bald das Leben, von dem du geträumt hast. Und Adriel … liebst du ihn?«

Die direkte Frage überrumpelt mich, so dass ich zunächst eine Antwort schuldig bleibe. Ich sehe Adriel vor mir, die schlanke, muskulöse Gestalt, die stahlblauen Augen, das Grübchen in seiner Wange. Allein der Gedanke an ihn lässt mein Herz schneller schlagen.

Kimi beginnt zu lachen. »Auf jeden Fall bist du scharf auf ihn«, stellt sie fest, »du solltest dein Gesicht mal sehen.«

»Ich bin sehr verliebt in Adriel«, verteidige ich mich.

»Umso besser. Das mit dem Sex nutzt sich ab, glaub mir.« Sie mustert mich. »Ihr habt immer noch nicht, oder?«

Ich schüttele den Kopf.

»Darf ich dir einen Rat geben? Tu es einfach, Yma. Und erwarte nicht zu viel. Das erste Mal ist nicht so toll, als dass sich das Warten darauf lohnt. Man muss es einfach hinter sich bringen.«

»Das klingt ja sehr romantisch.«

»Ist es nicht.« Zur Bekräftigung schüttelt sie den Kopf, dass ihre dunklen Locken fliegen. »Es ist einfach nur seltsam. Und wenn beide es noch nie gemacht haben, also, ich kann dir sagen, das ist ein ziemliches Rumgestochere und …« Sie bricht ab, als sie meinen Gesichtsausdruck sieht, und zieht sofort die richtigen Schlüsse. »Er hat schon mal?« Sie kennt mich einfach zu gut.

Ich zucke mit den Achseln. »Ich weiß es nicht ganz genau, aber ich glaube schon.«

»Sieh mal an«, sagt sie leise, »na ja, vielleicht gar nicht so schlecht. Dann weiß er wenigstens, was er tut.«

»Aber was ist mit mir?«, frage ich am Rande der Verzweiflung. »Ich habe keine Ahnung, was ich tue.«

»Mach dir keine Sorgen, Yma.« Sie lächelt. »Du lernst doch so schnell.«

Ich will Kimi überreden, wenigstens ein paar Nächte hierzubleiben, aber sie schüttelt vehement den Kopf. »Das kommt überhaupt nicht in Frage, Yma! Bist du von allen guten Geistern verlassen?«

»Aber du bist meine Freundin. Wir kennen uns fast unser ganzes Leben lang. Da wirst du doch wohl bei mir übernachten dürfen.«

»Ja, und Enno hat mich jedes Mal gevögelt, wenn meine Eltern nicht hingesehen haben. Da werde ich ihm doch wohl ein paar Hunderter zustecken dürfen«, entgegnet sie. »Verstehst du die Parallele? Die Dinge ändern sich, wenn man nicht mehr zum gleichen Stand gehört. Hilfe ist Hilfe, und die ist verboten, Freundschaft hin, Liebe her.«

»Aber wo willst du denn jetzt hin?«, frage ich ratlos.

»Ich finde schon was. Schlimmer als die Bruchbude von Enno kann es eigentlich sowieso nicht mehr werden. Wirklich, Yma, mach dir keine Sorgen um mich.«

»Warte mal!« Ich greife nach ihrem Arm, schiebe den Ärmel

ihres Pullovers nach oben und starre auf das nackte Handgelenk. »Wo ist denn deine …?«, frage ich leise.

»Verkauft«, antwortet sie, und ich reiße erschrocken die Augen auf. Als sei dies von allen Neuigkeiten die schlimmste. Albern, ich weiß. Trotzdem, Kimi ohne Smartwatch, das ist einfach unvorstellbar.

»Ich brauchte das Geld«, sie lächelt entschuldigend. »Und natürlich kann ich die Gebühren auch nicht bezahlen.«

»Die gehen doch vom Konto deiner Eltern ab.«

»Nicht mehr.« Sie zuckt mit den Schultern, als wäre ihr das alles total egal, aber ich kann den Schmerz in ihren Augen sehen. »Die haben mich kaltgestellt. Brave Bürger, die sie sind, haben sie den Geldhahn im selben Moment zugedreht, in dem ich meine Diagnose bekommen habe.«

Ich schnappe nach Luft. Sicher, im Grunde hat sie recht. Gesetzestreue Bürger in Vahvin überlassen die Armen und Kranken sich selbst. Aber die eigenen Eltern? Beide sind erfolgreiche Ingenieure, arbeiten viel, verdienen eine Menge Geld, aber ich weiß, dass sie Kimi geliebt haben. Immer. Und das soll sich jetzt einfach geändert haben? Durch eine Krankheit, die man noch nicht einmal sehen kann? Ich kann es einfach nicht fassen. Und bin mir hundertprozentig sicher, dass meine eigene Mutter anders reagiert hätte.

»Es tut mir so leid«, sage ich leise.

»Ach, so ist nun mal das Leben«, sagt Kimi achselzuckend.

Sie rutscht von ihrem Stuhl herunter und greift nach der Jacke, die sie über die Lehne gehängt hat.

»Was machst du?« Erschrocken sehe ich sie an und erhebe mich ebenfalls. Sie sieht mich lange an und streichelt meine Wange. »Ich gehe, Yma«, sagt sie sanft.

18

Nur drei Tage später erwache ich in meinem neuen Zuhause. Obwohl es noch nicht einmal sieben Uhr ist, hält mich nichts mehr in meinem Bett. Adriel dreht sich verschlafen zu mir herum.

»Was machst du denn? Es ist doch mitten in der Nacht«, murmelt er.

»Ich gehe zum Training«, sage ich und schwinge die Beine aus dem Bett. »Kommst du mit?«

»Ich trainiere abends.« Er wirft sich auf die andere Seite und ist schon wieder eingeschlafen.

»Okay.« Ich werfe einen Blick durch die zur Dachterrasse führende Glastür, hinter der lautlos der Tag erwacht. »Bis später.«

Mit geschulterter Sporttasche verlasse ich die Wohnung, laufe in zügigem Tempo die neun Stockwerke hinunter, durch den gläsernen Gang, der die einzelnen Häuserblocks miteinander verbindet ins Gebäude D, in dessen oberster Etage sich das blockeigene Fitnessstudio befindet. Also noch mal zehn Stockwerke hinauf. Eins steht fest, ein großes Aufwärmprogramm brauche ich nicht mehr.

Mittels Fingerabdruck identifiziere ich mich als Bewohnerin, die Flügeltür aus Milchglas öffnet sich, und ich betrete den Fitnessraum. Bleibe mit offenem Mund wie angewurzelt stehen.

Von wegen Fitnessraum. Das hier ist etwas anderes als die miefige Halle mit den kunterbunt zusammengewürfelten Geräten, die ich von zu Hause her kenne. An der langen Fensterfront steht in Reih und Glied die neueste Generation von Laufbändern, Crosstrainern, Rudergeräten und Fahrrädern. Die Gerätschaften im Kraftbereich sehen aus wie von einem anderen Stern. Es riecht auch nicht nach Schweiß, abgestandener Luft und feuchten Handtüchern, sondern nach Zitrusfrüchten und Kräuteraufguss.

Ich trete an die digitale Anzeigentafel heran, die mir den Grundriss der Fitnessetage anzeigt. Linker Hand die Umkleiden, daran anschließend der Pool sowie eine Saunawelt mit Dampfbad, Salzgrotte und Eishöhle. Das Zentrum bildet natürlich der Fitnessbereich. Zur Rechten führt eine Tür zum Spa, wo man Massagen, Maniküren und Pediküren buchen kann. Es ist, als stünde ich mitten in einem Luxushotel.

»Herzlich Willkommen, Yma!« Ich zucke zusammen und sehe mich um. Doch keiner der gut zwei Dutzend trainierenden Menschen schenkt mir Beachtung. Mein Blick fällt auf die Tafel vor mir. Der Grundriss ist verschwunden, stattdessen lächelt mich eine Frau im Yoga-Outfit an. »Ich bin Lola und wünsche dir einen angenehmen Aufenthalt. Wenn du möchtest, kannst du mich als App auf deine Smartwatch herunterladen. Auf diese Weise kann ich dir bei deinem Training behilflich sein.«

»Möchtest du die App jetzt herunterladen?«, fragt Smarty, und ich habe das unangenehme Gefühl, das man hat, wenn sich zwei Menschen unterhalten und man einfach nur danebensteht und hin und wieder verlegen an seinem Drink nippt, um irgendetwas zu tun.

»Nicht jetzt«, sage ich, schultere meine Sporttasche und gehe in Richtung der Umkleidekabinen.

Auch hier modernste Ausstattung und cooles Design. Wow!

Eine junge Frau, nur ein paar Jahre älter als ich, kommt gerade, zusammen mit einer Wolke duftenden Wasserdampfs, aus dem Duschbereich und öffnet einen der Spinds. Ihr langes schwarzes Haar reicht ihr bis zur Taille, ihr Körper ist makellos. »Hallo«, sagt sie. »Neu hier?«

»Ja, wir sind gerade eingezogen.« Ich nicke und beginne, mich auszuziehen, während sie sich anzieht.

»Wo wohnt ihr?«

»Gebäude A. Neunter Stock.«

»Ach?« Ihr Blick schnellt zu mir herüber, sie mustert mich von Kopf bis Fuß. Da ich nur in meiner Unterwäsche vor ihr stehe, ist das ziemlich unangenehm. Deshalb greife ich schnell nach meinen Sportklamotten. »Neunter Stock, wow. Und das in deinem Alter. Du gehst doch bestimmt noch zur Schule, oder?«

Ich nicke.

Sie wendet sich wieder ihrem Spind zu und steigt in ein enges, schwarzes Etuikleid. »Mindestens einer von euch muss ja ein wahrer Überflieger sein. Ist es dein Mann? Oder du?«

»Na ja, äh …«

»Verstehe. Also du. Nur nicht so bescheiden.« Sie zwinkert mir zu, greift hinter sich und zieht den Reißverschluss ihres Kleides hoch, schlüpft in graue Stiefeletten. »Bei uns ist es mein Mann. Der Überflieger. Wir wohnen hier in D. Achter Stock.«

»Aha.« Ich kann meinen Blick nicht von ihrer eleganten Erscheinung losreißen. Schmerzlich werde ich mir meines uralten Trainingsoutfits, bestehend aus schwarzen Leggings und einem grauen verwaschenen Tanktop, bewusst. Ich knie nieder, um meine ebenfalls betagten Sneakers zuzubinden.

Mein Gegenüber sieht auf mich herunter. »Du solltest dir neue Klamotten besorgen«, sagt sie. »Nur ein Tipp.«

Ich spüre, wie mir das Blut in die Wangen schießt.

»Oh, entschuldige«, sagt sie ungerührt, »ich wollte dich damit nicht in Verlegenheit bringen. Ich bin nur für klare Worte. Du scheinst nicht zu wissen, wo du hier gelandet bist. Hier wohnt die Elite oder solche, die es werden wollen. Und wenn ich mir dich so ansehe, bist du wohl eher eine Art ... Emporkömmling?« Sie zieht gekonnt eine Augenbraue in die Höhe.

Das Rot meiner Wangen vertieft sich.

»Ich wollte dich nicht ärgern«, sagt sie und dreht das meterlange Haar zu einem Dutt oben auf dem Kopf zusammen. »Du kannst dich gern an mich wenden, wenn du mal irgendwelche Fragen hast.«

Ja, denke ich, entweder an dich oder an Lola.

»Ich muss jetzt los. War nett, dich kennenzulernen.«

»Geht so«, rutscht es mir heraus.

Sie sieht mich überrascht an, und dann lächelt sie.

»Tut mir leid«, sagt sie, »mein Mann sagt auch immer, ich bin zu direkt. Ich heiße Malania. Bis bald mal wieder.« Sie verlässt die Umkleide, und ich folge ihr.

Ich kann es mir nicht verkneifen, einen kleinen Rundgang zu unternehmen, bevor ich mit dem Training beginne. Das Schwimmbecken ist riesig. Ich nehme mir vor, morgen meinen Badeanzug mitzubringen. Schwimmen habe ich schon immer geliebt, aber in meinem früheren Fitnessclub gab es dazu natürlich keine Gelegenheit. Dafür aber im Pool von Kimis Eltern. An sie möchte ich jetzt lieber nicht denken.

Schließlich strebe ich zur Reihe der Laufbänder an der Fensterfront. Kaum habe ich eines davon betreten, leuchtet der Touchscreen auf, und ein weibliches Gesicht erscheint. Lola.

»Hallo, Yma«, sagt sie lächelnd. »Ich habe deine Mediathek durchsucht, um mir eine Vorstellung von deinem Musikgeschmack zu machen. Möchtest du, dass ich dir eine Playlist zusammenstelle?«

»Nein, danke«, sage ich knapp und drücke auf Abbrechen. Ihr Gesicht verschwindet mit einem leisen *Zwwwusch*. Ich stecke meine Knöpfe in die Ohren und wähle meine übliche Trainingsmusik aus. Dann stelle ich das Gerät auf sechzig Minuten Crosslauf ein, Schwierigkeitsstufe neun. Das ist viel höher, als ich für gewöhnlich trainiere. Ich kann selbst nicht genau sagen, woher dieser plötzliche Ehrgeiz stammt. Der Anblick von Malanias makellosem Körper? Die ungewohnt luxuriöse Umgebung? Der Abschied von Winona? Oder alles zusammen? Egal. Ich beginne zu laufen, lasse mich vom gleichmäßigen Tempo meiner Schritte und der Musik einlullen und in die Welt meiner Gedanken davontragen, während ich den Blick über die Stadt schweifen lasse, die gerade erst erwacht. Weiße zerfaserte Wolken hängen am Horizont und verhüllen die Sonne wie ein Schleier. Ein Schwarm Zugvögel fliegt durch die Luft, in perfekter Harmonie schwebt er durch den Himmel, wechselt Form und Richtung, als sei er ein einziges Wesen und nicht aus unzähligen Individuen zusammengesetzt. Jeder passt sich dem anderen an, ein Tanz des Gleichklangs.

Hier bin ich nun also, eine Bewohnerin von Cape Coral, und während ich bisher immer dachte, dies wäre das Ziel, kommt es mir plötzlich so vor, als stünde ich nun erst recht am Anfang. Anscheinend reicht ein gutes Zeugnis nicht aus, jetzt geht es darum, zu beweisen, dass ich wirklich hierhergehöre.

Aber tue ich das? Warum nur fühle ich mich so unwohl? Warum überkommen mich Schuldgefühle bei all dem Luxus, der mich umgibt? Wieso fühle ich mich, als würde ich Winona im Stich lassen? Und Kimi?

Ich verringere manuell das Tempo und wechsele das Programm. Zehn Minuten Abwärmen. Während ich immer langsamer dahintrabe, beruhigen sich auch Atmung und Herzschlag. Alles wird gut werden. Ich verfalle in schnelles Gehen, dann gemütliches Spazieren, schließlich kommt das Laufband zum Stehen.

Eine Frau Ende vierzig kommt schnellen Schrittes auf mich zu, sie trägt eine Art dunkelblauen Kittel, in der Hand hält sie eine Sprühflasche und Papiertücher. Ohne mich zu beachten, geht sie an mir vorbei und nebelt die Haltegriffe und das Display des Trainingsgerätes mit Desinfektionsmittel ein, wischt darüber, schaut hinunter auf die Lauffläche. Ich folge ihrem Blick. Sie ist gesprenkelt von meinem Schweiß, wie ich peinlich berührt feststellen muss.

»Ähm, ich mache das schon«, sage ich und will ihr das Spray abnehmen, doch sie schüttelt nur den Kopf, bückt sich und beginnt mit der Reinigung.

Ich stehe mit hängenden Armen da und sehe auf sie hinunter.

»Danke«, sage ich, als sie sich aufrichtet.

Erstaunt sieht sie mich an, schüttelt den Kopf und geht. Ich lege mir mein Handtuch über die Schultern, während ich ihr hinterhersehe.

»Bist du fertig?« Eine männliche Stimme reißt mich aus meinen Gedanken, und ich fahre erschrocken herum – um gleich darauf noch mehr zu erschrecken. Dunkle, lockige Haare, markantes Gesicht und dieser Ausdruck, als läge die Last der Welt auf seinen Schultern.

Ich zucke zurück.

Seine dunklen Augen weiten sich nur für den Bruchteil einer Sekunde, dann hat er sich wieder unter Kontrolle. »Bist du fertig?«, wiederholt er in neutralem Ton und deutet mit dem Kinn zu meiner Wasserflasche, die ich wieder in die Halterung neben dem Laufband gesteckt habe.

»Äh, ja. Ja, das bin ich.« Ich greife danach.

Ohne ein Wort wendet er sich ab, stellt seine Flasche an den gleichen Platz und betritt das Laufband. Das Gesicht eines Mannes erscheint auf dem Screen.

»Hallo, Len«, sagt der Mann, »willkommen zu deinem heutigen Training.«

Len drückt auf Abbrechen und wendet den Kopf in meine Richtung. Noch immer stehe ich wie angewurzelt da.

»Ist irgendwas?«, fragt er, und trotz seines nüchternen Tons kann ich die Emotionen spüren, die in ihm toben.

»Nein, nichts.« Ich senke den Blick und gehe schnell in Richtung der Umkleiden davon.

19

Als das heiße Wasser der Dusche auf mich niederprasselt, überfluten mich erneut die Bilder aus jener Nacht. Die schreiende Frau, das viele Blut, das neugeborene Baby.

Und Len, der ihm sanft mit dem Daumen über den Haarflaum streicht.

Len, der wie ein Besessener auf das Autodach einschlägt.

Len, in dessen Augen sich Wut und Angst abwechseln.

Len, der in Cape Coral wohnt. Ausgerechnet. Der mich wiedererkannt hat, ebenso sicher, wie ich ihn erkannt habe.

Mein Herz schlägt wie wild, doch ich frage mich, wovor ich eigentlich Angst habe. Schließlich bin ja nicht ich diejenige, die etwas Verbotenes getan hat. Sondern er. Demnach müsste er es sein, der hier mit weichen Knien unter der Dusche steht, und nicht ich. Und er hat Angst. Ich konnte es ihm ansehen, sosehr er sich auch bemüht hat, es zu verbergen.

Während ich mich abtrockne und anziehe, rede ich mir selbst beruhigend zu. Natürlich hat Len Angst vor mir. Ich könnte ihn anzeigen für das, was ich gesehen habe. Tatsächlich habe ich noch nicht einmal eine Sekunde daran gedacht. Wir werden einfach so tun, als wären wir uns noch nie zuvor begegnet. Ich habe nichts gesehen. Ganz einfach. Unsere kurze

Interaktion am Laufband ist unsere Vereinbarung. Es ist nichts geschehen.

Deutlich erleichtert trete ich, die Sporttasche geschultert, aus der Umkleide.

Gerade will ich den Weg in Richtung Treppenhaus einschlagen, doch ich überlege es mir anders. Meine Beine fühlen sich an wie Pudding, und nach einem Workout wie diesem wird es wohl erlaubt sein, ausnahmsweise den Lift zu nehmen. Ich steuere die Aufzugskabine an und drücke den Knopf. Die Türen öffnen sich sofort, und ich trete ein. Drücke den Knopf mit der Eins. Alleine mit mir und Tausenden gespiegelter Doppelgänger fahre ich in die Tiefe. Als die Zahl Sieben aufleuchtet, hält der Fahrstuhl an.

Die Türen öffnen sich, und Len steigt ein.

Das Blut gefriert mir in den Adern.

Er trägt nur eine Sporthose und ein Unterhemd und stellt sich direkt neben mich. Seine nackte Schulter berührt meine. Der Geruch eines herben Männerparfüms, gemischt mit frischem Schweiß, weht zu mir herüber. Er sieht starr geradeaus. Ich auch. Als die Türen sich schließen, treffen sich unsere Blicke über die Spiegelung. Der Fahrstuhl setzt sich in Bewegung.

Im gleichen Moment beugt Len sich vor, drückt mit der Handfläche auf den Nothalteknopf und fährt zu mir herum. Mit einem Ruck halten wir an. Len packt meine Schultern, stößt mich gegen die Innenwand der Kabine. Alles geht so schnell, dass ich unfähig bin, zu reagieren. Sein Unterarm schnellt hoch, legt sich vor meine Kehle und drückt zu. Ich stehe wie erstarrt, unfähig mich zu rühren.

Mach was, Yma, befehle ich mir selbst. Wehr dich!

Ich sehe zu meinem Angreifer hoch und muss einsehen, dass ich schlechte Karten habe. Len ist fast einen ganzen Kopf größer als ich. Der Arm, in den ich jetzt meine Fingernägel kralle, um den Druck auf meinen Hals zu vermindern, ist so hart wie Stahl.

Len beugt sich zu mir herunter, sein Gesicht ist jetzt direkt vor meinem. Seine Augen sind nicht braun, wie ich gedacht hatte, sondern sehr dunkelgrün. Ich frage mich, ob ich im Moment keine anderen Probleme habe, als die Augenfarbe dieses offenbar Wahnsinnigen zu analysieren.

»Kein Wort über das, was du gesehen hast«, flüstert er. »Zu niemandem. Oder du wirst es bitter bereuen. Hast du das verstanden?«

Was will er? Etwa eine Antwort? Vor meinen Augen tanzen bereits helle Sterne, und die Luft wird mir knapp. Ich zerre an seinem Unterarm.

»Ob du das verstanden hast?«, wiederholt er.

Ich zerre erneut, und endlich lockert er seinen Griff so weit, dass ich Luft holen kann. »Ja«, keuche ich.

Er sieht mich so finster an, als hätte ich nein gesagt. Mit seiner freien Hand drückt er den Nothalteknopf erneut, ohne mich jedoch aus den Augen zu lassen. Plötzlich schießen mir Tränen in die Augen, mein Hals brennt wie Feuer, und ich wende den Blick ab. Betrachte die Szenerie in der Spiegelung, das hilflos gegen die Wand gedrückte Mädchen und den Mann, der drohend vor ihr steht.

Der Aufzug nimmt seine Fahrt wieder auf und bringt uns in den ersten Stock. Kaum haben sich die Türen geöffnet, lässt der Druck auf meine Kehle nach. Stattdessen umfassen kräftige Hände meine Oberarme, ziehen an mir und stoßen mich aus der Kabine. Ich strauchele, verliere das Gleichgewicht und komme auf dem spiegelblanken Marmorboden zu Fall, ich kann meinen Sturz gerade noch mit den Händen auffangen.

Von einer Sekunde auf die andere verschwindet die lähmende Angst aus meinem Körper. Was fällt dem Kerl eigentlich ein? Ich fahre herum wie eine getretene Katze, bereit, mich auf Len zu stürzen. Er mag größer sein und stärker, aber das ist mir in diesem Moment egal. Ich will meine Nägel in sein Gesicht schlagen, ihn beißen. Durch den schmalen Spalt der sich schließenden Türen sehe ich seine Gestalt. Ich rappele mich auf, stürze vor, will die Hand ausstrecken, ihn aufhalten, aber es ist zu spät.

Schwer atmend lasse ich mich zurück auf den Boden sinken. Spüre den Schmerz in meinem Hals und auch im Knie, auf das ich gefallen bin. Alle Kraft scheint aus meinem Körper gewichen, und erst, als ich Stimmen höre, die in meine Richtung kommen, rappele ich mich mühsam auf.

Gesenkten Kopfes gehe ich an einem Paar vorbei. Sie sind so in ihr Gespräch vertieft, dass sie vermutlich sowieso nicht registrieren würden, dass mit mir etwas nicht stimmt.

Durch den gläsernen Gang gelange ich zurück in unser Gebäude, kann mich nicht überwinden, den Fahrstuhl zu betreten, nehme die Treppen.

20

Als ich unsere Wohnung betrete, steigt mir der Duft von frischem Kaffee in die Nase, und mir treten die Tränen in die Augen. Das ist nun also der erste Tag in meinem neuen Zuhause. Der erste Morgen mit Adriel, in unserem gemeinsamen Leben. Untrennbar verknüpft mit der Erfahrung, im Lift von einem illegalen Arzt angegriffen, gewürgt und bedroht worden zu sein.

»Guten Morgen!« Mit einem strahlenden Lächeln tritt Adriel aus dem Wohnbereich und auf mich zu.

Ich blinzele heftig, um die Tränen zu vertreiben, knie mich hin und ziehe umständlich meine Schuhe aus. Als ich wieder hochkomme, habe ich mich so weit im Griff, dass ich ihm in die Augen schauen kann.

»Frühstück ist fertig und steht schon auf der Dachterrasse bereit«, sagt er. »Sorry, dass ich nicht mit beim Training war, aber das ist einfach nicht meine Zeit. Ich bin nämlich ein Morgenmuffel.« Er grinst. »Hatte ich etwa vergessen, das in meinem Tender-Profil anzugeben?«

»Allerdings«, sage ich und lege die Arme um ihn. Lehne mich gegen ihn und schließe die Augen. Fühle mich geborgen in seiner Umarmung.

»Das tut mir wirklich leid«, sagt er, »aber es ist nicht wirklich ein Problem. Sprich mich einfach vor acht nicht an. Dann wird das mit uns wunderbar funktionieren.«

»Ich werde versuchen, es mir zu merken«, nicke ich. »Kann ich Kaffee haben?«

»Ja klar.« Er nimmt meine Hand, stockt und kneift die Augen zusammen. Das Blut schießt mir in die Wangen. »Was ist das?« Er deutet auf meinen Hals, ich greife automatisch dorthin, wende mich in Richtung des Garderobenspiegels. Die Haut sieht rot und mitgenommen aus.

»Ach, das«, sage ich geistesgegenwärtig und verdrehe gespielt die Augen. »Ähm, ich habe so ein Dings ausprobiert, wie heißt das noch, so ein Band aus Gummi.«

»Theraband?«

»Genau.« Ich nicke zustimmend.

»Was wolltest du damit machen? Dich aufhängen?«

»Sehr witzig. Nein. Es ist mir abgerutscht und voll gegen meinen Hals geknallt.« Ich finde selbst, dass ich nicht gerade überzeugend wirke, und rede deshalb schnell weiter. »In Zukunft halte ich mich lieber ans Laufband.«

»Na, da bist du ja auch nicht gerade geschickt drauf«, erinnert er mich. »In deinem Tender-Profil stand gar nichts von extremer Tollpatschigkeit.«

»Hast du ein Glück«, gebe ich zurück. »Dann sind wir wohl quitt.«

Während Adriel und ich unser erstes gemeinsames Frühstück auf unserer eigenen Dachterrasse einnehmen, wandern meine Gedanken immer wieder zurück zu Len. Nichts täte ich lieber, als geradewegs zur Polizei zu gehen, um ihn anzuzeigen. *Du wirst es bitter bereuen.* Seine Worte hallen in meinem Kopf nach. Wie meinte er das? War das eine leere Drohung oder steckt mehr dahinter?

Ich versuche, die beiden Bilder übereinanderzuschieben, das des Mannes, der Mutter und Kind in dieser schäbigen Wohnung das Leben gerettet hat, mit dem des gewalttätigen Tiers, das mich angegriffen hat. Es gelingt mir nicht.

»Yma?« Adriels Stimme holt mich zurück in die Gegenwart. Abwartend sieht er mich an.

»Entschuldige, was?«

»Hast du überhaupt irgendwas von dem gehört, was ich gesagt habe?«

»Ich habe gerade an Kimi gedacht«, sage ich, weil es das Erste ist, was mir einfällt.

»Du solltest sie lieber vergessen. Sie gehört jetzt nicht mehr zu uns.«

»Das weiß ich. Aber es ist nicht so einfach.«

Über den Tisch hinweg ergreift er meine Hand. »Das verstehe ich. Weißt du, ich hatte mal einen Lieblingsonkel. Er war der Bruder meines Vaters, ihm gehörte die Hälfte der Firma. Als Kind habe ich jeden Sonntag mit ihm in unserem Garten Fußball gespielt. Dann wurde er krank.«

»Was hatte er denn?«

»Keine Ahnung. Ich hab ihn nicht mehr wiedergesehen. Damals bin ich von zu Hause abgehauen, um ihn zu suchen.« Er grinst verlegen. »Da wusste ich halt noch nicht, wie es läuft. Aber ich war auch erst acht oder so.« Er zuckt mit den Schultern.

Bei dem Gedanken an den achtjährigen Adriel, der sich auf die Suche nach seinem kranken Onkel macht, bildet sich ein Kloß in meinem Hals.

»Nun schau nicht so traurig. Ich fragte dich gerade, was du heute noch vorhast.«

Ich zucke unbestimmt mit den Schultern. »Ich werde wohl in die Schule gehen.«

»Aber es sind Ferien«, erinnert er mich.

»Na und? Die Bibliothek ist geöffnet, und ich wollte schon mal ein paar Lektionen aus dem nächsten Schuljahr durcharbeiten.«

Adriel sieht mich so verblüfft an, dass ich unbehaglich auf dem Stuhl hin und her rutsche.

»Du nicht?«, frage ich, und er lacht leise.

»Ganz ehrlich, das wäre so ziemlich die letzte Idee, die mir für den heutigen Tag gekommen wäre«, sagt er kopfschüttelnd. »Allerdings begreife ich langsam, warum du jedes Jahr wieder Klassenbeste wirst.«

Verlegen sehe ich zu Boden. »Na ja.«

Er streckt die Hand nach mir aus, zieht mich zu sich herüber und auf seinen Schoß. »Du bist ein wirklich fleißiges Bienchen, oder?«

»Wenn du mir jetzt erzählst, dass du nicht lernen musst, um deinen Platz in der Rangliste zu halten, dann werde ich Universo sagen, dass sie die falsche Person von uns engagiert haben«, sage ich.

Er legt die Hand in meinen Nacken und küsst mich. »Ich lerne durchaus«, murmelt er zwischen zwei Küssen, »aber alles hat seine Zeit. Und für heute hatte ich mir eigentlich etwas anderes vorgestellt.«

Adriel schiebt mich sanft von seinem Schoß und steht auf. Er nimmt meine Hand und geht voran. Ins Schlafzimmer. Ich spüre Panik in mir aufsteigen. Wollten wir nicht warten? Aber wie lange? Und vor allem: worauf? Darauf, dass ich bereit bin? Und wann wird es so weit sein?

Tu es einfach, Yma, höre ich Kimis Stimme in meinem Kopf.

Ich betrete hinter Adriel die Galerie und registriere, dass das Bett ordentlich gemacht ist. Ich sehe darauf hinunter und dann zu Adriel.

»Und jetzt?«, platzt es aus mir heraus.

Er grinst und wirkt dabei seltsam verlegen. In mir steigt ein leiser Verdacht auf, den ich noch nicht zu greifen vermag.

»Willst du lieber noch warten?«, fragt Adriel.

Ich atme tief ein und schüttele den Kopf.

Bring es hinter dich.

»Nein«, sage ich.

21

Hinterher liegen wir stumm nebeneinander. So schlecht fand ich es eigentlich nicht. Eher ein bisschen seltsam, aber nicht unangenehm. Es hat nicht weh getan.

Ich drehe mich auf die Seite, stütze den Kopf in die Hand und sehe Adriel an, der an die Decke starrt. Ich beuge mich vor und küsse seine Schulter. Keine Reaktion.

»Was ist denn?«, frage ich leise, und er schüttelt den Kopf.

»Nichts. Schon gut. Es tut mir leid.« Er vermeidet standhaft meinen Blick. Eine Welle von Zärtlichkeit überrollt mich, und ich setze mich auf. Beuge mich über ihn und sehe ihm in die Augen.

»Nichts muss dir leidtun«, sage ich. »Außer vielleicht die Tatsache, dass du mich in dem Glauben gelassen hast, du hättest vor mir schon wer weiß wie viele Frauen flachgelegt.«

»Das hab ich nie behauptet«, protestiert er.

»Du hast so getan, als wüsstest du Bescheid. Und ich bin vor Angst fast gestorben, mich einfach nur dämlich anzustellen.«

»Den Part habe ich ja nun übernommen.« Er dreht sich auf die Seite und wendet mir den Rücken zu.

Ich kann mir kaum ein Grinsen verkneifen, obwohl ich verstehen kann, dass es ihm peinlich ist. Aber ich bin so unendlich froh, dass ich in diesem Bett nicht die Einzige war, die keine Ahnung hatte. Unser erstes Mal hatte nichts gemein mit den Liebesszenen aus den Filmen, in denen zwei Körper sich elegant und widerstandslos vereinen. Es war ungeschickt, hölzern, bisweilen fast komisch. Aber wir haben uns beide gleich doof angestellt. Und das ist es, was zählt.

Ich sehe auf Adriels nackten Rücken, lege ihm meine Hand zwischen die Schulterblätter und streichele sanft darüber. Ich spüre seinen Herzschlag, seinen Atem, rücke näher zu ihm heran, drücke mich an seinen Körper und schlinge den Arm um seine Brust. Ich küsse seinen Nacken, bringe meinen Mund dicht an sein Ohr.

»Ich liebe dich, Adriel«, flüstere ich.

Er wendet den Kopf, sieht mich fassungslos an. »Wie bitte?«

»Ich liebe dich«, wiederhole ich.

Der unglückliche Ausdruck verschwindet aus seinen Augen. »Ich wusste nicht, dass ich so gut bin«, sagt er grinsend.

Ich schüttele den Kopf. »Bist du nicht«, gebe ich zurück. »Aber ich habe gehört, Übung macht den Meister.«

Als wir endlich den Weg aus dem Bett gefunden haben, beschließe ich, die Schule für heute Schule sein zu lassen. Es ist unser erster Tag im neuen Leben. Wir sollten ihn genießen. Etwas gemeinsam machen. Adriel schlägt vor, dass wir unser neues Zuhause erkunden, und genau das tun wir dann auch.

Wir stellen fest, dass es in D, wo sich auch die Fitnessetage befindet, im Erdgeschoss einen Biomarkt mit einer riesigen Obst- und Gemüseabteilung gibt. Ich nehme mir vor, dort gleich morgen einen großen Einkauf für Winona zu machen. Achtzehn Jahre lang hat sie gesundes Essen auf meinen Tisch gestellt, während es bei den meisten Nachbarn jeden Tag Nudeln mit Ketchup oder Tütensuppe gab. Mein Herz macht einen leisen Hüpfer bei dem Gedanken, dass ich meiner Mutter nun endlich ein bisschen zurückgeben kann, ihr danken für alles, was sie für mich getan hat.

Adriel und ich schlendern weiter an einer Drogerie vorbei und landen schließlich vor einer Art Straßencafé namens *Bohème*. Dessen Terrasse aber selbstverständlich nicht zur Straße, sondern zum Park hinaus liegt. Unter riesigen Eichenbäumen kann man es sich dort an runden Holztischen gemütlich machen.

»Zutritt nur für Bewohner von Cape Coral und ihre Gäste«, steht auf einem Schild an der Tür. Es ist inzwischen später Nachmittag, die größte Hitze ist vorüber, die Sonne scheint strahlend vom Himmel, so dass wir beschließen, unseren Kaffee draußen zu trinken.

Mit geübten Handgriffen zaubert die Barista hinter dem Tresen zwei Hafer-Latte für uns. Adriel und ich greifen gleichzeitig nach unseren Geldbeuteln, doch sie winkt ab. Sieht beinahe angeekelt auf den Geldschein, den ich ihr reiche. »Nein, danke. Die Apartmentnummer und ein Fingerabdruck reichen.«

»Äh. Okay. A92«, sage ich und lege meinen Daumen auf den Scanner.

Wir treten hinaus in den Park und suchen uns einen Platz auf einer Holzbank unter einer alten Eiche. Adriel lässt sich neben mir nieder und streckt die langen Beine von sich.

»Hier lässt es sich ganz gut aushalten«, meint er grinsend.

Ich kann ihm nur zustimmen. »Wirklich herrlich.«

»Und du wolltest den Tag in der Bibliothek verbringen«, neckt er mich und legt den Arm um meine Schultern.

Ich wende mein Gesicht der Sonne entgegen. Meine Smartwatch piepst. Ich werfe Adriel einen Seitenblick zu.

»Mach ruhig«, sagt er.

Ich drücke das Display und höre die eingegangene Nachricht ab.

»Schätzchen, guten Morgen. Ich wollte nur fragen, wie die erste Nacht in deinem neuen Zuhause war«, sagt Winona. Ihre Stimme klingt seltsam belegt. »Ich hoffe, es geht dir gut. Melde dich mal, wenn du Zeit hast. Alles Liebe.«

Ich blicke einen Moment auf meine Smartwatch, bevor ich sie sinken lasse. Irgendetwas irritiert mich, aber ich kann nicht sagen, was es ist.

»Da kommt wohl jemand nicht mit dem leeren Nest klar«, bemerkt Adriel, was ich nicht besonders freundlich finde. Aber ich verbeiße mir einen entsprechenden Kommentar.

»Sie klang irgendwie komisch, findest du nicht?«, frage ich stattdessen.

Adriel zuckt mit den Achseln. »Wahrscheinlich hat sie geheult.«

Ein bisschen befremdet sehe ich ihn an, und gleichzeitig schießen mir bei der Vorstellung meiner weinenden Mutter die Tränen in die Augen.

»Nun lass dir doch nicht die Laune verderben«, sagt Adriel und stupst mich in die Seite. »Du bist erwachsen und für dich selbst verantwortlich. Das ist ein ganz normaler Vorgang, und Winona wird sich daran gewöhnen. Und dann wird sie dir auch nicht mehr hinterhertelefonieren.«

Ich verzichte darauf, ihm zu sagen, dass ich es eigentlich

ganz schön finde, mir hinterhertelefonieren zu lassen. Schweigend wende ich mich ab und starre auf meine Fußspitzen. Geht es Winona wirklich schlecht, weil ich ausgezogen bin? In meinen Ohren klang sie nicht verweint, aber doch irgendwie anders. Schwach. Ja, das ist es. Ihre sonst so energetische Stimme hatte einen schleppenden Klang. Ich beschließe, sie morgen zu besuchen. Gleichzeitig beschließe ich, dass Adriel nichts davon wissen muss.

Hinter uns klappt die Tür zum Café, und ein ganzer Schwall von Menschen, mit Kaffeetassen in den Händen, betritt die Terrasse. Sie alle tragen elegante, geschäftsmäßige Kleidung, vermutlich kommen sie geradewegs von der Arbeit. Auf der Suche nach einem Platz laufen sie über die Kieswege. Eine dunkelhaarige Frau tritt an einen runden Holztisch neben uns und rückt zwei Stühle ab. Sie wirft einen Blick zu uns herüber, nickt grüßend.

»Hey«, sagt sie dann, und in ihren Augen blitzt das Erkennen auf. »Wir kennen uns. Du bist doch Yma.«

Adriel sieht mich verwundert von der Seite an.

»Von heute Morgen«, hilft sie mir auf die Sprünge, ohne dass es notwendig wäre.

»Hallo, Malania«, sage ich und zwinge mich zu einem Lächeln. »So ein Zufall.«

»Nicht wirklich«, sagt sie. »Hier läuft man sich ständig über den Weg. Das *Bohème* ist nur für Bewohner unseres Blocks.«

»Ja, ich weiß.«

»Wir bleiben gern unter uns. Die meisten nehmen hier ihren After-Work-Coffee. Wir werden uns also vermutlich öfter sehen.« Sie wendet sich an Adriel und streckt ihm die Hand hin. »Ich bin Malania.«

»Adriel.« Er steht auf und ergreift ihre Hand. »Freut mich sehr.« Er schenkt ihr sein strahlendes Lächeln, und ich spüre einen Stich von Eifersucht. »Und woher kennt ihr beide euch?«

»Aus der Umkleidekabine«, antwortet Malania kokett.

Ich sehe zwischen den beiden hin und her. Erkenne das vertraute Blitzen in Adriels Augen. Sag es nicht, bete ich im Stillen.

»Oh, da wäre ich gerne dabei gewesen«, sagt er natürlich trotzdem.

»Das glaube ich dir gern«, flirtet Malania ungeniert zurück.

Ich möchte etwas sagen. Irgendetwas Treffendes, ungemein Schlagfertiges, Humorvolles, das dennoch unter die Gürtellinie geht. Leider fällt mir nicht das Geringste ein. Stattdessen verselbständigt sich mein Körper und macht etwas wirklich Dämliches. Er steht von der Bank auf und stellt sich dicht neben Adriel. Und als ob das nicht genug wäre, schiebt sich meine Hand von ganz alleine in seine, umschließt sie, hält sich an ihm fest wie ein Ertrinkender am Rettungsring.

Malania wirft einen Blick auf unsere verschlungenen Hände und lächelt amüsiert. »Schon kapiert, er gehört dir.«

Ich laufe knallrot an.

»Ich will ihn dir gar nicht wegnehmen. Da hätte *mein* Mann vermutlich auch etwas gegen. Ah, da ist er ja endlich.«

22

Ich folge ihrem Blick, sehe ihn auf uns zukommen. Er trägt einen dunkelblauen Anzug, in der Hand zwei übergroße Becher. Als er sieht, mit wem seine Frau sich unterhält, bleibt er mitten in der Bewegung stehen. Heißer Kaffee schwappt über seine Hände, doch er gibt keinen Laut von sich.

»Was machst du denn?« Malania geht ihm entgegen. Nimmt ihm die Tassen ab. »Hast du dich verbrannt?«

Er schüttelt den Kopf. »Nein, es geht schon. Alles gut.«

»Brauchst du eine Serviette?«

»Nein.« Er wischt seine Hände am Sakko ab, wirft mir einen schnellen Blick zu.

Ich stehe immer noch da wie erstarrt.

Adriel entzieht mir seine Hand. »Au!«

»Bitte?« Verständnislos sehe ich ihn an. Er reibt sich die Rechte. Ich blicke darauf hinunter. Auf seinem Handrücken zeichnen sich deutlich rote Male ab. Dort, wo ich meine Fingernägel in seine Haut verkrallt habe. »Oh, entschuldige. Das wollte ich nicht.«

»Hab es kapiert«, er zieht mich an sich und flüstert in mein Ohr. »Ich wusste gar nicht, dass du so besitzergreifend sein kannst. Irgendwie gefällt mir das.«

Er kapiert gar nichts. Wie könnte er auch. Er weiß nicht, wer da gerade an den Nachbartisch getreten ist. Und was heute Morgen passiert ist.

Ich zwinge mich zu einem Lächeln. »Entschuldige«, sage ich noch mal.

»Kommt doch rüber zu uns, wenn ihr Lust habt«, höre ich Malania sagen und stöhne innerlich auf. Adriel wartet meine Zustimmung gar nicht erst ab, sondern zieht mich die paar Meter zu dem Tisch herüber, an dem sich das Paar inzwischen niedergelassen hat.

»Das ist Len«, stellt Malania vor, »und das hier sind Yma und Adriel. Sie sind gerade erst eingezogen. Neunter Stock.« Sie macht eine bedeutungsschwangere Pause.

Len sitzt auf dem Stuhl, den eben noch tadellosen Anzug voller Kaffeeflecken. Ich kann förmlich spüren, welche Überwindung es ihn kostet, den Blick zu heben und mich anzuschauen. Er erhebt sich und streckt mir die Hand entgegen.

»Hallo, Yma. Ich glaube, wir sind uns heute Morgen schon begegnet.« Er registriert, wie mir die Gesichtszüge entgleisen, und fährt eilig fort. »Ich war nach dir auf dem Laufband. Vermutlich hast du mich gar nicht gesehen.«

»Doch. Ja.« Seine Hand schwebt noch immer zwischen uns in der Luft. Zu lange. Ich muss irgendetwas tun. Doch alles in mir wehrt sich dagegen, sie zu ergreifen. Vor meinem inneren Auge sehe ich wieder das Mädchen im Fahrstuhl. Tausendfach gespiegelt. Die Furcht in ihrem Blick.

»Was ist denn los mit dir?«, fragt Adriel und verscheucht das Bild aus meinem Kopf. »Geht's dir nicht gut?« Er sieht erst mich fragend an, dann Lens Hand.

Ich beiße die Zähne zusammen und ergreife sie. »Doch, alles

gut. Ich hatte mich nur gerade gefragt, woher wir uns kennen«, sage ich und sehe Len kühn ins Gesicht. Weide mich an der Angst in seinen Augen. »Vom Laufband, klar. Jetzt erinnere ich mich.«

Wir setzen uns und beginnen eine Unterhaltung. Das heißt, eigentlich redet vorwiegend Malania. Erzählt uns, wie sie und Len einander kennengelernt haben – »Nicht über Tender, sondern beim Einkaufen, könnt ihr euch das vorstellen?« –, wie lange sie schon in Cape Coral wohnen, was sie beruflich machen – sie arbeitet in der Werbebranche, er ist Security Technician Specialist.

»Ach, ehrlich?«, kann ich mir nicht verkneifen zu sagen und wende mich direkt an Len. »Ich hätte dich eher in der naturwissenschaftlichen Ecke vermutet.«

Weil alle Augen auf ihm ruhen, kann er mich nicht so drohend anschauen, wie er es vermutlich gern tun würde. Stattdessen zuckt er nur mit den Schultern.

»Wie kommst du denn auf die Idee?«, fragt Adriel erstaunt, was mich meinerseits zu einem Schulterzucken veranlasst.

»Keine Ahnung. Ist nur so ein Gefühl.« Erneut sehe ich Len an. »Und was ist dein Hauptbeschäftigungsfeld?«

»Wieso interessiert dich das?«, antwortet er mit einer Gegenfrage, woraufhin Malania ein etwas künstliches Lachen ausstößt und ihm die Hand auf den Unterarm legt.

»Man nennt das eine Unterhaltung, Schatz. Len ist nicht gerade eine Plaudertasche, wie ihr vielleicht schon mitbekommen habt«, erklärt sie an uns gewandt und rollt verstohlen mit den Augen. »Das gesamte Sicherheitssystem dieser Anlage hier wurde zum Beispiel von ihm entwickelt.«

»Aha«, mache ich, und dann sage ich nichts mehr.

Während Malania und Adriel weiter Smalltalk betreiben, starrt Len düster in seinen Kaffeebecher, ohne ein einziges Mal den Blick zu heben.

Ich beobachte, wie er nach einem Kaffeelöffel vor sich auf dem Tisch greift. Er dreht ihn um, taucht den Stiel in seinen Becher und rettet einen Marienkäfer vor dem Ertrinken. Der Käfer, mit einer kleinen Milchschaumkrone auf dem Panzer, krabbelt am Löffel entlang bis auf Lens Zeigefinger, wo er zunächst sitzen bleibt und sich von dem Schrecken erholt. Dann klappen seine Panzerdeckel auseinander, die langen Flügel kommen zum Vorschein, strecken sich aus, und der Käfer fliegt davon. Ich sehe ihm nach, bis er meinem Sichtfeld entschwunden ist. Dann trifft mein Blick den von Len. Seine Augenbrauen ziehen sich über der Nasenwurzel zusammen, und er steht so schnell auf, dass sein Stuhl nach hinten kippt und krachend auf dem Boden landet.

»Entschuldigt«, mit einer Hand hebt er ihn auf und stellt ihn zurück an seinen Platz, »ich muss los.«

»Aber wohin denn?«, ruft Malania ihm hinterher, doch er wendet sich nicht noch einmal um. Stapft nur schnellen Schrittes, die Hände in den Anzugtaschen vergraben, in Richtung Park davon. Frustriert zuckt Malania mit den Schultern, wirft uns dann ein entschuldigendes Lächeln zu. »Sozialkontakte sind nicht unbedingt seine Stärke. Ihr dürft das nicht persönlich nehmen. Er ist ein guter Kerl.«

Ich sehe Len nach, wie er davonstapft, und frage mich, ob sie damit möglicherweise recht hat.

23

Am nächsten Morgen, der zweite Morgen in unserem neuen Zuhause, fühlt sich alles so an, als wäre es nie anders gewesen. Mein Wecker klingelt um sechs, was Adriel ein verschlafenes Grunzen entlockt. Er dreht sich auf die andere Seite, während ich mich aus dem Bett rolle, in Jeans und T-Shirt schlüpfe und leise die Wendeltreppe hinuntergehe. Ich fülle meine Wasserflasche auf, schnappe mir die Sporttasche und mache mich auf den Weg zum Training.

Als ich aus der Umkleide trete und zu den Laufbändern gehe, erkenne ich, dass mein Plan nicht aufgegangen ist. Ich bin eine Stunde früher hier als gestern, um das Training beendet zu haben, bevor Malania und vor allem Len auftauchen.

Leider hatte Letzterer offensichtlich die gleiche Idee. Natürlich habe ich entgegen meinem Vorsatz doch nicht an den Badeanzug gedacht, und das einzige freie Laufband befindet sich dummerweise direkt neben dem von Len. Ich erwäge kurz, einfach umzukehren und in einer Stunde wiederzukommen, überlege es mir dann aber anders.

Hocherhobenen Hauptes trete ich an das Laufband heran, dessen Desinfektion in diesem Moment von einer weiteren Dame im dunkelblauen Kittel abgeschlossen wird.

»Danke«, sage ich zu ihr, platziere meine Wasserflasche in der Halterung und betrete die Lauffläche, ohne Len eines Blickes zu würdigen. Obwohl ich von gestern Muskelkater habe, wähle ich ein Intervalltraining Stufe 8. Das Laufband setzt sich langsam in Bewegung, die Aufwärmphase beginnt, und ich setze einen Fuß vor den anderen, während ich gleichzeitig in meiner Hosentasche nach den Ohrknöpfen krame.

»Guten Morgen«, sagt Len.

Ich erwäge, ihn vollkommen zu ignorieren, dann sehe ich doch zu ihm herüber und nicke knapp. Seine dunkelgrünen Augen durchbohren mich, und ich schaue schnell wieder nach vorne.

Ich lausche der Musik und trainiere verbissen, doch irgendetwas stimmt heute nicht mit mir. Obwohl die maximale Schnelligkeit noch lange nicht erreicht ist, bin ich kurzatmig und bekomme kaum Luft. Dennoch bringe ich es nicht über mich, den Schwierigkeitsgrad zu senken, während Len neben mir herläuft. Nur keine Schwäche zeigen. Ich kämpfe verbissen und könnte vor Erleichterung in Tränen ausbrechen, als er endlich sein Training beendet und in Richtung der Männerumkleiden verschwindet. Sofort drossele ich das Tempo auf wenige Stundenkilometer und ringe nach Luft. Ich zittere am ganzen Körper und kralle mich an den Haltegriffen fest. Was zum Teufel …?

Erst, als ich die Fitnessetage verlasse und sich die Aufzugtüren vor mir öffnen, kapiere ich, was mit mir los ist. Beim Anblick der vielen Spiegel beginnt mein Herz erneut zu rasen, meine Handflächen schwitzen, und meine Beine stehen wie angewurzelt. Um nichts in der Welt will ich erneut in diesen Fahrstuhl steigen.

Das ist es also. Ich habe schlicht und ergreifend Angst. Angst vor Len.

Mit zitternden Beinen betrete ich das Treppenhaus, nehme eine Stufe nach der anderen. Ich kann hier nicht bleiben. In einem Wohnblock, wo ich ihm jederzeit begegnen kann, im Fitnessstudio, im *Bohème*, im Park. Plötzlich überkommt mich eine allumfassende Sehnsucht nach meinem Zimmer bei Winona. Und nach meiner Mutter. Ich bleibe stehen und atme tief durch. Vielleicht hat Adriel recht. Es ist an der Zeit, erwachsen zu werden. Und ich bin nicht allein. Ich habe ihn. Ich beschleunige meine Schritte.

»Adriel«, flüstere ich leise und setze mich auf die Bettkante. Er rührt sich nicht. »Adriel«, versuche ich es noch einmal.

Er murmelt etwa Unverständliches und dreht mir den Rücken zu. Ich lege meine Hand darauf, streichele ihn sanft, doch anstatt wach zu werden, vertieft sich seine Atmung nach wenigen Minuten, und er beginnt, leise zu schnarchen.

Na gut, dann eben anders. Entschlossen stehe ich auf und betätige den Schalter für die elektrischen Rollläden. Mit einem leisen Surren heben sie sich, durch die schrägen Oberlichter scheint die helle Morgensonne herein. Adriel zieht sich die Decke über den Kopf.

»Adriel«, sage ich zum dritten Mal.

»Wie spät ist es?«, erklingt es dumpf unter der Decke.

»Gleich halb acht«, sage ich, »hör mal, ich muss …«

Mit einem Ruck setzt Adriel sich auf. »Was hab ich dir gestern gesagt?«, fragt er, und ich zucke zusammen.

»Ich weiß, aber ich muss dir etwas …«, beginne ich, doch er unterbricht mich.

»Was habe ich gesagt?«, wiederholt er.

Ich schließe den Mund und verschränke die Arme vor der Brust.

»Sprich mich nicht vor acht Uhr an«, beantwortet er seine eigene Frage. »Und ich hab es auch so gemeint.« Er wirft sich auf die andere Seite, zieht die Decke bis zum Kinn hoch und schließt demonstrativ die Augen.

Fassungslos sehe ich auf ihn nieder. Ich ziehe kurz in Erwägung, einen weiteren Vorstoß zu unternehmen. Ihm zu sagen, dass es wichtig ist, dass ich dringend mit ihm sprechen muss. Ihm erzählen, was mit Len passiert ist und dass ich keine Ahnung habe, was ich machen soll.

»Mach endlich das verdammte Rollo wieder runter.«

Ich mache auf dem Absatz kehrt und steige die Wendeltreppe hinunter.

»He, komm zurück. Was soll das? Yma!«

Außer mir vor Wut will ich am liebsten aus der Wohnung stürzen, überlege es mir dann aber anders. Bleibe im Flur stehen und atme zehnmal tief durch. Nur weil Adriel überzogen reagiert, muss ich nicht das Gleiche tun. Ich werde mir ein Frühstück zubereiten und ihm die Möglichkeit geben, sich zu entschuldigen. Dann werde ich ihm alles erzählen. Es wird mir besser gehen danach.

Mit meinem Müsli setze ich mich an den Esstisch vor dem großen Fenster, sehe der Stadt beim Aufwachen zu und warte auf das Geräusch nackter Füße auf Parkett. Darauf, dass Adriel mit verstrubbelten Haaren und zerknirschter Miene herunterkommt und sich anhört, was ich zu sagen habe. Ich warte vergeblich.

Nachdem ich mein Geschirr in die Spülmaschine geräumt habe, beschließe ich, dem schon jetzt verdorbenen Tag noch einen Sinn zu geben, indem ich in die Bibliothek fahre. Am liebsten würde ich Winona besuchen, doch die ist jetzt bei der Arbeit, und dort will ich sie nicht stören. Bevor ich aufbreche, gehe ich noch einmal hoch ins Schlafzimmer. Die Rollläden sind fest verschlossen. Adriel liegt auf dem Rücken und schläft tief und fest. Es ist kurz nach halb neun. Aber die Lust auf eine Unterhaltung ist mir vergangen.

24

Um fünfzehn Uhr verlasse ich die Schule, steige auf mein Fahrrad und nehme den vertrauten Schulweg nach Hause. Mein ehemaliges Zuhause. Schon nach achtundvierzig Stunden im Luxus kommt mir die Gegend, in der ich aufgewachsen bin, schrecklich trostlos vor.

Vor der Wohnungstür ziehe ich automatisch meinen Schlüssel hervor, überlege es mir dann aber anders und drücke den Klingelknopf. Erst in diesem Moment fällt mir auf, dass ich mein Kommen gar nicht angekündigt habe. Ich bin einfach davon ausgegangen, dass sie zu Hause ist. So wie in all den Jahren zuvor, die sie mich nach der Schule empfangen hat.

Aber jetzt ist es anders, Yma, denke ich. Du bist erwachsen, und Winona ist frei. Sie kann machen, was sie will, und sich nach der Arbeit mit Kollegen treffen oder sonst was anstellen. Sie hat dir gegenüber keinerlei Verantwortung mehr.

Ein Geräusch ertönt aus der Wohnung, und ich atme erleichtert aus. Sie ist also da.

»Mama?«, rufe ich durch die geschlossene Tür. »Winona? Ich bin es!«

Smarty piepst. Eine Textnachricht – von Mama. *Komm rein.* Etwas verwundert ziehe ich den Schlüssel erneut hervor, stecke ihn ins Schloss und betrete die Wohnung. Als Erstes fällt mir der Geruch auf. Irgendwie abgestanden und, ja, fast schon vergammelt riecht es hier.

»Ich glaube, in der Küche ist irgendwas verschimmelt«, rufe ich, während ich mich hinunterbeuge, meine Stiefel ausziehe und ordentlich neben denen von Winona abstelle. »Mama? Wo bist du denn?« Ich richte mich auf und werfe einen Blick in die Küche. Irgendwie kommt es mir komisch vor, dass Winona mir nicht entgegenkommt wie sonst. Mir ein Lächeln und eine Umarmung schenkt. Auch wenn jetzt alles anders ist. Eigentlich gibt es nur eine Erklärung. »Bist du auf dem Klo?«, frage ich, doch im selben Moment registriere ich die geöffnete Badezimmertür. Trotzdem werfe ich einen Blick hinein. Keine Winona. »Mama?«

»Ich bin hier«, erklingt ihre Stimme aus meinem ehemaligen Zimmer, und ihr Klang jagt mir einen eisigen Schauer den Rücken hinunter. Was ist mit ihr los? Mit drei langen Schritten bin ich an der Tür, reiße sie auf und bleibe wie angewurzelt im Rahmen stehen.

»Wie schön, dass du mich besuchst«, sagt sie und versucht ein Lächeln. »Tut mir leid, dass ich nicht aufstehe, ich bin wohl ein bisschen krank.«

»Ein bisschen krank?«, wiederhole ich. Der Geruch ist so stechend, dass ich mich zwingen muss, mir nicht einen Ärmel vor Mund und Nase zu halten. Das Gesicht meiner Mutter ist wächsern blass und von einem Schweißfilm überzogen, sie zittert am ganzen Körper. »Was ist mit dir?« Ich trete ans Bett, lege die Hand auf ihre Stirn, wie sie es als Kind so oft bei mir getan hat, und erschrecke. »Du glühst ja.«

»Ja, ich habe wohl etwas Fieber«, gibt sie zu.

»Etwas?«

»Ich fürchte …« Sie unterbricht, scheint mit sich zu ringen, dann zieht sie eine Hand unter der Bettdecke hervor. Ein unordentlicher Verband ist darum geschlungen. »Meine Hand heilt nicht so gut. Daran könnte es liegen. Aber es ist sicher nicht so schlimm«, beeilt sie sich zu sagen, als sie mein entsetztes Gesicht sieht. Von der verletzten Hand geht ein widerlicher Geruch aus.

Ich wende mich ab und gehe zum Fenster, um es zu öffnen. Frische Luft strömt herein.

»Mir ist kalt«, sagt Winona.

»Ja, ich weiß. Das liegt wohl am Fieber«, sage ich und wende mich ihr wieder zu. »Aber du brauchst Sauerstoff.« Ich atme tief durch und reiße mich zusammen. »Okay, ich denke, ich sollte mir die Wunde mal anschauen. Sie braucht einen neuen Verband.«

»Ich habe es versucht, aber mit einer Hand …« Sie bricht ab. Natürlich, sie will mir kein schlechtes Gewissen machen.

»Ja, klar«, sage ich schnell, setze mich auf die Bettkante und wickele den losen Verband ab. Als ich die Auflage von der Wunde nehme, wende ich mich entsetzt ab.

»Es sieht noch schlimmer aus als heute Morgen«, flüstert Winona, und ich zwinge mich, den Blick wieder auf ihre Hand zu richten. Durch den Mund zu atmen, um den fauligen Gestank nicht riechen zu müssen. Die Wundränder sind knallrot und geschwollen, die offene Wunde ist mit einem gelblichen Belag überzogen.

»O mein Gott«, sage ich tonlos.

»Halb so schlimm. Das wird …« Sie bricht ab, ihre Zähne klappern aufeinander, und ihr Körper zittert vor Kälte.

»Doch, Mama«, sage ich und bemühe mich, die Tränen zurückzuhalten. »Es ist sogar sehr schlimm. Seit wann geht es dir so? Warum hast du mir nichts gesagt?«

»Ach Kind, ich wollte dir nicht die ersten glücklichen Tage mit deinem Adriel verleiden.« Glückliche Tage. Ja. So ungemein glücklich sind sie gar nicht, würde ich am liebsten sagen, aber als Schulter zum Ausweinen fällt meine Mutter aus.

Für immer?

Ich sehe hinunter auf ihre bebende Gestalt, den schmalen Körper, die weit aufgerissenen, vor Fieber glänzenden Augen, und kalte Angst packt mich. Sie hat sich doch nur geschnitten. Wie kann sie jetzt daliegen und aussehen, als würde sie gleich sterben? Und was zum Teufel soll ich tun?

Mit einer schwachen Bewegung deckt Winona die Wunde wieder zu, doch ich halte sie davon ab. Ich habe keine Ahnung von solchen Dingen, aber der gesunde Menschenverstand sagt mir, dass es keine gute Idee ist, den klebrigen, stinkenden Verband zurück auf die Wunde zu legen.

»Lass das«, sage ich mit fester Stimme und denke fieberhaft nach. »Ich bin gleich wieder da.«

Ich verlasse das Schlafzimmer, knie im Flur nieder und krame in meinem Rucksack. Irgendwo muss ich ein Handdesinfektionsmittel haben. Tatsächlich ziehe ich schließlich die blaue Flasche hervor. Das Etikett ist so abgeschabt, dass ich kein Haltbarkeitsdatum mehr erkennen kann, aber darauf kann ich jetzt keine Rücksicht nehmen. Ich gehe zurück zu Winona.

»Sieht aus, als wäre da irgendwie Schmutz in die Wunde gekommen«, sage ich, als hätte ich auch nur die leiseste Ahnung, wovon ich spreche. »Es ist bestimmt gut, wenn wir das desinfizieren.«

Mit großen Augen sieht sie mich an.

»Oder was meinst du?«, frage ich, plötzlich unsicher geworden. Sie nickt. Zögernd öffne ich die Flasche, hole tief Luft und träufele ein wenig von der durchsichtigen Flüssigkeit in ihre Wunde. Eine Sekunde lang halten wir den Atem an, dann brüllt Winona los. So laut, wie ich es noch nie bei einem Menschen gehört habe. Tränen rollen ihr über das Gesicht, und sie schreit und schreit.

»Es tut mir leid«, stammele ich und ziehe die Flasche zurück. »Mama, hör auf, bitte, Mama. Mama!« Die Sekunden, die ich neben meiner vor Schmerz brüllenden Mutter sitze, kommen mir vor wie Stunden. Endlich wird sie leiser, tränenüberströmt und erschöpft lässt sie sich in die Kissen zurückfallen.

»Mach das nicht noch mal«, murmelt sie und schließt die Augen. Ihr Kopf kippt zur Seite, und Panik überrollt mich.

»Mama!« Ich werfe mich halb auf sie, greife ihr Gesicht mit beiden Händen und drehe es zu mir herum. »Mach die Augen auf, Mama, bitte.«

Sie hebt schwach ein Augenlid, und ich schluchze erleichtert auf.

»Muss schlafen«, haucht sie. Wenige Sekunden später atmet sie tief und gleichmäßig.

»Ja«, sage ich, lagere ihre verletzte Hand auf ein Kissen und ziehe ihr die Decke hoch bis unter das Kinn. »Du musst schlafen. Ich bin bald wieder zurück.« Leise verlasse ich das Schlafzimmer, werfe noch einen Blick zurück und schließe die Tür. Beeile mich, meine Stiefel und die Jacke anzuziehen, den Rucksack zu schnappen und aus der Wohnung zu stürzen. Ich weiß jetzt, was ich zu tun habe.

25

Bitte sei da, sei da, bete ich im Stillen, als ich schweißüberströmt das *Bohème* betrete. Es ist kurz nach fünf. Entsprechend voll ist es in dem Café. Suchend lasse ich den Blick über die Terrasse schweifen, auf der jeder Tisch belegt ist. Plötzlich kommt mir ein Gedanke, der mir den Schreck in die Glieder fahren lässt. Was mache ich eigentlich, wenn Adriel hier ist? Und ausdiskutieren will, was heute Morgen passiert ist? Unser Streit, wenn man es denn so nennen kann, erscheint mir nicht nur ein halbes Leben lang her, sondern auch vollkommen unwichtig. Zum Glück kann ich seinen dunkelblonden wirren Haarschopf nirgendwo entdecken. Wohl aber die lange, schwarze Mähne von Malania, die an einem Tisch neben dem Eingang sitzt. Umringt von einer Gruppe junger Frauen, die ebenso attraktiv, erfolgreich und selbstsicher aussehen wie sie selbst. Entschlossen gehe ich auf sie zu, halte aber ein paar Meter von ihnen entfernt plötzlich inne. Was soll ich sagen? Mich einfach dazusetzen? Und dann?

Der Zufall kommt mir zu Hilfe, als Malania ihren Blick hebt und mich entdeckt.

»Yma, hallo!« Sie winkt mich zu sich, und ich trotte gehorsam heran. »Mädels, das ist Yma. Sie wohnt in A92.« Die

Umsitzenden reagieren angemessen beeindruckt. »Und das sind meine Mädels. Anouk, Darla, Kiona …« Ich lasse die Vorstellungsrunde an mir vorbeirauschen, nicke jeder der Frauen, die mich neugierig mustern, höflich zu. »Setz dich doch.«

Ich zwinge mich, auf dem dargebotenen Stuhl Platz zu nehmen und einen entspannten Eindruck zu machen, obwohl alles in mir danach schreit, mich zu beeilen. »Ist Len gar nicht hier?«, frage ich so beiläufig wie möglich.

»Ist Adriel gar nicht hier?«, antwortet sie mit einer Gegenfrage und zwinkert mir zu. Als sei es ein Scherz, über den wir gemeinsam lachen können, dass sie gestern ungeniert mit meinem Freund geflirtet hat. Bevor ich antworten kann, fährt sie fort: »Wie schon gesagt, soziale Kontakte sind nicht gerade seine Stärke. Und mit so vielen Frauen ist er definitiv überfordert.«

»Hm. Ja, vermutlich.« Ich lächele bemüht. Aber wo ist er dann? »Und was macht er stattdessen?«, frage ich so plump, dass ich mich ohrfeigen könnte.

»Hände weg, der gehört mir«, antwortet sie dann auch prompt, klingt aber kein bisschen verärgert. Eher amüsiert. Ihre Freundinnen kichern, und ich spüre, wie ich rot anlaufe. Wahrscheinlich denken sie alle das Gleiche. Dass der Gedanke, ein achtzehnjähriges Mädchen in Jeans, T-Shirt und Pferdeschwanz könnte einer wunderschönen, eleganten und einfach umwerfenden Frau wie Malania ihren Mann streitig macht, einfach nur lächerlich ist. Ich gebe ihnen recht.

»Nein, ich meine, ja, das weiß ich doch«, stottere ich. »Ich wollte nur, also«, fieberhaft krame ich in meinem Kopf nach einer glaubhaften Erklärung. »Ich wollte nur wissen, was man hier im Coral noch so alles machen kann«, sage ich schließlich, »wir sind ja gerade erst eingezogen.«

Malania zieht milde lächelnd eine Augenbraue hoch. »Ich bezweifle, dass der Fight-Club die Freizeitbeschäftigung ist, die du suchst«, sagt sie, und ihre Clique stößt ein weiteres, gurrendes Lachen aus.

»Fight Club?«, frage ich nach, und mein Herz beginnt schneller zu schlagen.

»Das ist die Kampfsporthalle in C.«

»Das klingt spannend. Ich bin ziemlich gut in Jiu-Jitsu«, lüge ich, um sie zum Weiterreden zu animieren.

Sie schüttelt den Kopf. »Nicht der Kinderkram, den wir im Schulsport lernen. Im Fight-Club geht es richtig zur Sache. Ein kleines Mädchen wie dich nehmen die da in drei Minuten auseinander.«

Ich spüre, wie mein Hals eng wird. Plötzlich ist das Bild wieder da, Len und ich im Fahrstuhl, sein Arm an meiner Kehle.

Ich zucke zusammen, als Malania meinen Unterarm berührt. »Stimmt was nicht mit dir? Du siehst aus, als hättest du einen Geist gesehen. Keine Angst. Solange du dich vom Fight-Club fernhältst, wird dich auch keiner vermöbeln.«

»Wie beruhigend.« Wenn die wüsste.

»Was ist, holst du dir auch einen Kaffee?«

»Ich«, gerade will ich nach einer Ausrede suchen, als meine Smartwatch piepst. Ich werfe einen Blick darauf. Es ist die dreiundzwanzigste Nachricht von Adriel. »Ach Mist, das hab ich ganz vergessen«, sage ich und erhebe mich. »Tut mir leid, ich muss weg. War schön, euch kennengelernt zu haben.« Ich nicke in die Runde und hebe grüßend die Hand. »Bis bald, Malania.«

»Mach's gut.«

Eilig strebe ich über die Terrasse und durch den Park, an den Tennis- und Spielplätzen vorbei. Zum Gebäude C.

Der Anblick des Fahrstuhls macht mir noch immer ein mulmiges Gefühl, doch da ich keine Zeit zu verlieren habe, fasse ich mir ein Herz und steige ein. Neben dem K wie Keller verkündet ein Schild »Kampfsportcenter«. Ich fahre abwärts.

Als die Fahrstuhltüren aufgleiten, schlägt mir ein moderiger Geruch entgegen. Im Gegensatz zu den anderen Etagen mit ihren marmornen Bodenfliesen und den perfekt verputzten Wänden wirkt der Keller geradezu verwahrlost. Nackter Betonboden und klamme Kälte empfangen mich. Genau mir gegenüber eine blaue Metalltür, an der an mehreren Stellen der Lack abgeblättert ist. Es dauert einen Moment, bis ich begreife, dass sich ein Innenarchitekt hier genauso viel Mühe wie in allen anderen Etagen gemacht hat. Der Keller strahlt Gewalt aus, Verwahrlosung, vielleicht sogar Illegalität. Ich fühle mich wie in einem Computerspiel. Hier gehen sie also hin, die gelangweilten Bonzen, wenn sie mal was erleben wollen. Und bilden sich ein, sie wüssten auch nur das Geringste vom Leben auf der Straße.

Unter den Füßen spüre ich das dumpfe Wummern von Bässen. Eine Art Banner hängt quer über der Eingangstür. *Der Stärkere siegt.* Wie überaus feingeistig.

Mit einem mulmigen Gefühl in der Magengrube trete ich näher. Sehe mich suchend nach einem Fingerabdruckscanner um, kann aber nirgendwo einen entdecken. Mit wenig Hoffnung lege ich die Hand auf die Türklinke und drücke sie herunter. Die Tür ist so schwer, dass ich mich mit meinem gesamten Gewicht dagegenstemmen muss, aber sie lässt sich öffnen.

Ich schlüpfe durch den Spalt und stehe am Rande einer riesigen Halle. Das Monstrum fällt krachend hinter mir ins Schloss, doch niemand bemerkt meine Ankunft. Lauter Hip-Hop schallt aus den mannshohen Lautsprecherboxen in jeder Ecke des Raumes. Dutzende Boxsäcke hängen an Metallketten von der Decke, Männer mit freien Oberkörpern, schweißüberströmt, schlagen darauf ein. Die eine oder andere Frau kann ich auch entdecken. Auf blauen Matten absolviert eine Gruppe eine Art militärisch anmutendes Krafttraining. Im Zentrum der Halle befinden sich vier quadratische Boxringe, in denen jeweils zwei Kämpfer umeinander herumtänzeln. In dem am weitesten von mir entfernten Ring entdecke ich Len, der in diesem Moment auf seinen Kontrahenten losgeht. Sein Gegner ist breiter und größer, ein wahres Muskelpaket mit enormem Bizeps. Er holt zum Schlag aus, Len duckt sich im allerletzten Moment, weicht dem Hieb aus, fährt herum und nutzt den Schwung des anderen, um ihn mit einem Sprung auf seinen Rücken zu Fall zu bringen. Der Mann geht zu Boden, doch sofort rollt er sich herum, um Len nun seinerseits unter sich zu begraben. Der windet sich hervor, springt dem Gegner auf die Brust und drückt ihm den Unterarm an die Kehle. Bei diesem Anblick stoße ich, ohne es zu wollen, einen unterdrückten Schrei aus.

»Hast du dich verlaufen?«, fragt in diesem Moment eine Stimme direkt neben mir, und ich fahre erschrocken zusammen. Ein bulliger Typ in kurzen Hosen, mit Boxhandschuhen an den Händen, tritt auf mich zu. »Was willst du hier, Mädchen? Verschwinde.«

»Ich suche Len«, sage ich mit fester Stimme und verschränke die Arme vor der Brust, zum Zeichen, dass ich mich hier nicht wegbewegen werde. Eine lächerliche Geste, könnte mein Gegenüber mich doch mit dem kleinen Finger hochheben und aus dem Raum tragen, wenn er wollte. Will er aber nicht. Stattdessen mustert er mich einmal von oben bis unten, dann wendet er sich ab.

»Len«, brüllt er in Richtung des Boxrings. »Besuch für dich!« Trotz seines löwenartigen Organs werden die Worte von der wummernden Musik geschluckt. »Komm mit«, sagt er und winkt mir, ihm zu folgen.

An den Boxsäcken vorbei laufen wir zu den Boxringen. Lens Kontrahent röchelt mittlerweile unter seinem Griff, sein Gesicht ist knallrot, und die Augen treten aus ihren Höhlen.

»Gib auf«, herrscht Len ihn an.

»Niemals«, knirscht der andere.

»Len, Besuch für dich«, wiederholt mein Begleiter, als wir direkt an den Seilen stehen.

Len blickt auf und mir direkt in die Augen. Wir denken beide dasselbe. Wie verdammt ähnlich diese Situation der im Fahrstuhl ist. Nur dass es ein anderer Hals ist, den er mit seinem Unterarm zudrückt. Lens Oberkörper schnellt hoch und gibt seinen Gegner frei.

»Äh, hallo. Ich …«, beginne ich.

Im selben Moment nutzt der Untenliegende die unerwartete Chance. Sein Arm schnellt hoch, die geballte Faust trifft Len an der Schläfe. Er verdreht die Augen und fällt um wie ein nasser Sack.

26

Ich schlage erschrocken die Hand vor den Mund, während sein Gegner sich unter Lens schlaffem Körper hervorkämpft. Mit einem zufriedenen Grinsen rappelt er sich hoch.

»Na, ganz fair war das aber nicht«, rügt mein Begleiter, doch der andere zuckt nur mit den Schultern.

»Sieger ist Sieger.« Er stößt Len mit der Fußspitze an, wendet sich um und verlässt den Boxring. Empört sehe ich ihm hinterher, während der Bulle an meiner Seite in den Ring steigt.

»Len«, sagt er und beugt sich zu ihm hinunter. Der gibt ein leises Stöhnen von sich, richtet sich dann aber in den Sitz auf. »Steh auf, Mann. Wir brauchen den Ring.« Er deutet auf zwei Männer auf der anderen Seite, die es offenbar nicht abwarten können, sich gegenseitig zusammenzuschlagen.

»Ja, schon gut.« Len nickt, rappelt sich hoch, blickt dann auf, als würde er sich erst jetzt wieder erinnern, wer ihn abgelenkt hat.

»Tut mir leid«, sage ich automatisch und ziehe den Kopf ein. Ich rechne fest damit, dass er mich anschreien wird. Oder Schlimmeres. Aber er schüttelt nur den Kopf.

»Schon gut.«

»Macht den Ring frei«, drängelt der Mann, der mich hergebracht hat, erneut, »los, macht schon. Ihr könnt euch anderswo unterhalten.«

Auf etwas wackeligen Beinen klettert Len aus dem Ring und bleibt vor mir stehen. Eindeutig unschlüssig. Sein Jochbein ist rot und geschwollen.

»Was willst du?«, fragt er und greift sich ein Handtuch.

»Ich …« Ich sehe mich in der Halle um. Jeder ist mit sich selbst beschäftigt. Die Musik ist ohrenbetäubend, und was sie nicht schluckt, erledigen die klatschenden Geräusche von Schlägen auf Boxsäcke oder in Gesichter und Körper. Dennoch. »Nicht hier.« Ich schüttele den Kopf.

Er zuckt mit den Achseln und bedeutet mir, ihm zu folgen.

Mit einigem Unbehagen betrete ich die Umkleideräume, die keinen größeren Kontrast zu jenen in der Fitnessetage darstellen könnten. Ein paar wackelige Bänke, zerbeulte Spinde und eine Gemeinschaftsdusche, in die man hineinsehen kann. Was ich auch tue, natürlich nur, um zu überprüfen, ob wir Zuhörer haben.

Ohne mir Beachtung zu schenken, tritt Len an einen der Metallschränke heran, öffnet ihn mit einem kleinen Schlüssel und zieht ein weiteres Handtuch hervor. Seine Daumen fahren oben in seine Sporthose herein, als wollte er sie ausziehen. Dann verharrt er mitten in der Bewegung und wendet sich mir zu.

»Und?«, fragt er. »Was willst du?«

»Also …« Ich stocke. Hole einmal tief Luft, weiß nicht, wie ich anfangen soll. Sehe mich noch einmal um, ob wir tatsächlich alleine sind, trete einen Schritt auf ihn zu. »Du musst mir helfen«, wispere ich. »Meine Mutter, sie ist krank und …«

Weiter komme ich nicht. Mit einem lauten Knall lässt Len

die Tür seines Spinds zukrachen. »Verschwinde«, sagt er, so leise, dass ich ihn kaum hören kann. Er wendet mir den Rücken zu und geht in Richtung der Duschen. Einen Moment lang bin ich wie erstarrt, dann folge ich ihm.

»Bitte«, sage ich, »ich würde dich nicht fragen, wenn es nicht dringend wäre.« Weiß Gott, er ist tatsächlich der Letzte, den ich fragen will. Aber der Einzige, der mir helfen kann. Vielleicht. »Es geht ihr sehr schlecht«, fahre ich fort.

»Du sollst gehen«, gibt er zurück, als hätte er nichts gehört, und hängt sein Handtuch an einen Nagel an der Wand.

»Sie hat sich geschnitten. In die Hand«, ich hebe meine Rechte und deute mit dem Finger auf die Stelle. »Die Wunde hat sich entzündet und eitert. Sie hat hohes Fieber und ...«

Er fährt zu mir herum, seine dunklen Augen funkeln wütend. Er macht einen Schritt auf mich zu, ich zwinge mich, nicht zurückzuweichen. Er steht jetzt so dicht vor mir, dass ich seinen Schweiß riechen kann und die Feuchtigkeit spüre, die von seiner Haut ausgeht. Und ich sehe die winzigen, geplatzten Blutgefäße, die das Hämatom an seiner Schläfe langsam bläulich färben. »Ich habe dir gesagt, dass du nichts gesehen hast«, sagt er leise. »Ich sage es dir ein letztes Mal im Guten. Verschwinde. Jetzt.«

Ich spüre, wie mir ein einzelner Schweißtropfen die Wirbelsäule hinunterläuft. Meine Brust verengt sich, das Atmen fällt mir schwer. Trotzdem bleibe ich stehen, nicht bereit, auch nur einen Zentimeter zu weichen.

»Nein«, sage ich deutlich bestimmter, als ich es mir selbst zugetraut hätte.

Ein Zucken läuft über Lens Gesicht. »Nein?«, fragt er.

Ich schüttele den Kopf.

Er wendet sich mit einem Ruck ab, zieht seine Hose aus, lässt sie achtlos auf dem Boden liegen und tritt unter eine der Duschen. Ich widerstehe dem Drang, den Blick niederzuschlagen. Er glaubt also, dass er mich so in die Flucht schlagen kann? Da irrt er sich. Ich verschränke die Arme vor der Brust und bleibe mitten im Raum stehen. Len dreht die Dusche auf, winzige Wassertropfen, die von seiner Haut abprallen, benetzen mein Gesicht. Er tut so, als sei ich gar nicht da.

Meine Gedanken rasen. Was kann ich tun? Wie kann ich ihn zwingen, mir zuzuhören? Mitzukommen? Soll ich ihm drohen, dass ich ihn sonst auffliegen lasse? Etwas in mir hält mich davon ab, es zu tun. Aber was habe ich sonst für Möglichkeiten? Keine. Ich bin auf sein Mitgefühl angewiesen, und das ist eine Fähigkeit, die in unserer Gesellschaft nicht gern gesehen, ja, regelrecht verpönt ist. Ich denke an meine Mutter, wie sie fiebrig und elend in ihrem Bett liegt, und mir treten die Tränen in die Augen.

Len dreht sich um und wendet mir seine Vorderseite zu. Noch immer wende ich meinen Blick nicht ab, bemühe mich aber, ihn oberhalb seiner Taille zu belassen. Er mustert mich finster, während er seinen Körper einseift, den Schaum abspült, den Duschhahn zudreht.

Einem Impuls folgend, greife ich nach seinem Handtuch und reiche es ihm. Für eine Sekunde ist die Feindseligkeit aus seinem Blick verschwunden, er nimmt es mir ohne ein Wort ab und beginnt, sich abzutrocknen. Dann schlingt er sich das Handtuch um die Hüften und steckt es fest. Hinter seinem Ohr entdecke ich einen Klecks Schaum, den die Dusche nicht weggespült hat und der eine Erinnerung in mir wachruft. Das Bild eines im Milchschaum hilflos zappelnden Marienkäfers.

»Sie stirbt«, sage ich. »Meine Mutter stirbt, wenn du ihr nicht hilfst. Bitte.« Ich merke, wie ich die Fassung verliere. Len starrt mich an. Ich bin zu allem bereit. »Sie hat nicht mehr viel Zeit, das spüre ich.« Ich weiß nicht, wann ich angefangen habe zu weinen, aber ich spüre, dass mein Gesicht nass von Tränen ist. Ich sinke vor Len auf die Knie. »Bitte«, flehe ich ihn an, »du musst uns helfen, bitte.«

Ein Lufthauch zieht durch den Raum, als die Tür zur Umkleide sich öffnet und zwei Männer eintreten. Wir können hören, wie sie sich über den vorangegangenen Kampf unterhalten. Nur für Sekunden sind wir vor ihren Blicken geschützt, doch dann ...

»Hoppla, stören wir?«, sagt einer der Männer, während der andere anzüglich durch die Zähne pfeift.

Len reagiert blitzschnell. Ich spüre seine Hände an meinen Oberarmen. »Wie oft soll ich es dir noch sagen? Ich bin vergeben«, herrscht er mich an und zieht mich in den Stand. »Hör auf, mir hinterherzulaufen.« Er packt meine Hand, doch sein Griff ist erstaunlich sanft, als er mich an den feixenden Männern vorbei in Richtung Tür zieht. Perplex stolpere ich ihm hinterher. Er öffnet mit Schwung die Tür, doch anstatt mich mit einem Stoß hinauszubefördern, schiebt er mich aus der Umkleide und folgt mir. Während die Tür sich unendlich langsam hinter uns schließt und die Männer alles mit anhören, redet er weiter auf mich ein. »Ich will nichts mehr mit dir zu tun haben, verstanden? Und wenn du mir noch einmal hier auflauerst, dann werde ich ...«

Mit einem lauten Klicken fällt die Tür ins Schloss, und Len

unterbricht sich mitten im Satz. »In zehn Minuten im Supermarkt. Gemüseabteilung«, flüstert er kaum hörbar. Dann wendet er sich brüsk ab und geht zurück in die Umkleide.

Während ich reglos dastehe und das Geschehene zu verarbeiten versuche, höre ich ein paar obszöne Kommentare der Männer von drinnen und Lens abwehrende Antwort. Dann stürze ich durch die Halle davon.

27

Acht Minuten später stehe ich, mit zwei Einkaufstüten ausgestattet, in unserem blockeigenen Supermarkt *Superfoods* und betrachte die Auswahl. Ich zwinge mich, verschiedene Obst- und Gemüsesorten in meinen Korb zu legen. Für Winona. Auch wenn ich weiß, dass sehr viel mehr nötig sein wird als ein paar Vitamine, um sie wieder auf die Beine zu bringen.

Das Herz klopft mir bis zum Hals, und ich widerstehe der Versuchung, Winona eine Nachricht zu schreiben. Vielleicht schläft sie. Und wenn ich keine Antwort bekomme, dann werde ich verrückt, das weiß ich.

Ich spüre seine Präsenz, noch ehe ich ihn sehe.

»Entschuldigung, darf ich mal?« Len beugt sich über die Auslage und betastet prüfend die Nektarinen. Sein dunkles Haar ist noch feucht vom Duschen und lockt sich im Nacken und über den Schläfen.

»Ja, natürlich.« Ich fingere an einer Avocado herum und lege sie wieder zurück.

»Wo wohnt deine Mutter?«, flüstert er.

Vor lauter Erleichterung schluchze ich beinahe laut auf. Doch ich reiße mich zusammen und sehe zu ihm hoch.

»Schau mich nicht an«, zischt er, und ich richte meinen Blick auf die Pampelmusen.

»Im zweiten Bezirk, 79. Straße, Block 50, Wohnung 512B. Können wir gleich losgehen? Es geht ihr wirklich schlecht.«

»*Wir* gehen überhaupt nirgendwohin«, sagt er.

»Aber …«

»Du sollst mich nicht ansehen, verdammt nochmal.«

»Sie braucht Hilfe, und zwar jetzt«, erkläre ich den Süßkartoffeln und fange schon wieder an zu heulen. Verdammt.

Es dauert eine gefühlte Ewigkeit, bis er antwortet.

»Okay. Ich fahre zu ihr. Gib mir die Schlüssel.«

»Ich komme mit«, sage ich.

»Es ist auch ohne dich schon gefährlich genug. Du bleibst hier.«

Ich schüttele vehement den Kopf.

»Dir ist offenbar nicht klar, was ich riskiere. Ich gehe alleine oder gar nicht.« Eine Träne tropft auf die Äpfel vor mir. Len bemerkt es. Nur für eine Sekunde schaut er mich an. Mitgefühl in seinen Augen.

»Es geht nicht, versteh das doch«, murmelt er.

Ich greife in meine Tasche und hole den Schlüssel zu Winonas Wohnung hervor. Lasse den Bund in die Einkaufstasche gleiten, die er über der Schulter hängen hat. Er nickt.

»Ich kümmere mich um sie.« Er legt die Nektarine zurück an ihren Platz, wendet sich um und verlässt das *Superfoods*.

Ich sehe ihm hinterher, mein Herz klopft so laut in meiner Brust, dass ich das Gefühl habe, jeder müsse es hören. Doch niemand beachtet mich. Ich sende eine Nachricht an Winona.

Mama, ich habe einem Freund deinen Schlüssel gegeben. Er kommt vorbei wegen des Kühlschranks. Melde dich, wenn alles geklappt hat mit der Reparatur.

Sofort kommt eine Antwort zurück.

Okay.

In dieser Nacht tue ich kein Auge zu. Adriel und ich haben uns wieder versöhnt. Haben bei Kerzenschein auf dem Balkon gesessen, Curry gegessen und der Sonne beim Untergehen zugeschaut. Es wäre romantisch gewesen, wenn ich nicht die ganze Zeit an meine Mutter hätte denken müssen. Als der Himmel in allen Rottönen zu leuchten begann, hat er meine Hand genommen und sich entschuldigt. Mir gesagt, wie sehr er mich liebt und sich auf das Leben mit mir freut. Das war der Moment, in dem ich kurz in Erwägung gezogen habe, ihm von Winona zu erzählen. Und von Len. Ich weiß nicht, warum ich mich dagegen entschieden habe. Er ist mein Gefährte. Mein Mann. Sollte ich nicht alles mit ihm teilen? Er hat schließlich das Gleiche mit seinem Onkel erlebt. Und wäre froh über einen Heiler gewesen, der ihn vielleicht hätte retten können. Aber wie er gesagt hat: Damals war er auch erst acht oder so. Und wusste halt noch nicht, wie es läuft. Was, wenn er Len anzeigen würde? Was dann?

Ich habe gelächelt und genickt. Habe ihm verziehen, ein paar dumme Witze zum Thema Morgenmuffel gemacht und mich von ihm küssen lassen. Dann sind wir ins Bett gegangen. Von außen betrachtet war es viel besser als beim ersten Mal. Und genauso hat es sich für mich angefühlt. Als würde ich uns von außen betrachten. Ein junges Paar, noch etwas unsicher, aber auf einem guten Weg, den Körper des anderen kennenzulernen. Nachher hat er mich fest umschlungen und ist sofort eingeschlafen.

Ich winde mich aus seiner Umarmung und lausche seinen tiefen Atemzügen. Habe ein schlechtes Gewissen, weil ich die ganze Zeit mit meinen Gedanken woanders war. Was doch aber in meiner Situation verständlich ist, oder nicht? Ich komme um vor Sorge um meine Mutter und frage mich die ganze Zeit, ob Len ihr helfen kann. Ob sie noch lebt. Meine Kehle wird eng.

Um mich abzulenken, wende ich meinen Blick zu Adriel. Er sieht vollkommen entspannt aus, jung und verletzlich. Irgendwie tut es mir leid, ihn so von allem auszuschließen, was mich bewegt. Vielleicht werde ich ihm doch alles erzählen. Wenn es vorbei ist.

Ich schreibe noch eine Nachricht an Winona.

Alles gut, Mama? War er schon da, wegen des Kühlschranks?

Ich rolle mich auf die Seite, den Blick auf meine Smartwatch gerichtet. Die Minuten vergehen, doch es erscheint kein blauer Stern, der mir mitteilt, dass Winona die Nachricht gelesen hat.

Als ich aufwache, liege ich noch genauso da. Auf der Seite. Die Augen dicht vor dem Display der Smartwatch. In der ersten Sekunde erfasse ich, dass Winona meine Nachricht noch immer nicht gelesen, geschweige denn eine Antwort verfasst hat. Mein Herz setzt einen Schlag aus. Sicher, das kann vieles bedeuten. Vielleicht schläft sie nur. Dennoch, ich muss sofort zu ihr, und wenn Len mir den Kopf abreißt.

Mit einem Ruck richte ich mich auf. Adriel murmelt etwas im Schlaf und dreht sich auf die andere Seite. Es ist fünf Uhr morgens. Ich halte es nicht länger aus. Leise steige ich aus dem Bett und in meine Kleider.

Als ich die Wohnungstür öffne, fällt mein Blick auf eine Gestalt, die gegen die Wand gelehnt, auf dem Boden davor hockt. Als der schwache Lichtstrahl aus unserer Wohnung auf ihn fällt, erwacht Len und sieht zu mir hoch. Seine Augen liegen in tiefen Höhlen, er sieht erschöpft aus. Dennoch rappelt er sich auf, sieht mir in die Augen. Es fühlt sich an, als würde jemand einen Eimer mit Eiswasser über mir ausschütten. Sofort beginnt mein Körper, unkontrolliert zu zittern, ich schüttele den Kopf, hin und her, hin und her, doch kein Laut kommt über meine Lippen.

Len tritt vorsichtig auf mich zu, beugt sich an mir vorbei und zieht die Wohnungstür leise ins Schloss. Dann greift er nach meiner Hand, führt mich in Richtung Fahrstuhl. Die Türen öffnen sich, wir treten ein. Er drückt auf E, wir fahren in die Tiefe. Mit weit aufgerissenen Augen sehe ich Len an, der den Blick niederschlägt.

»Ich konnte nichts mehr für sie tun«, sagt er. »Es tut mir leid.«

28

Mein Schrei hallt durch die nächtliche Stille im Haus, und ich begreife, warum Len mich hierher, in den Fahrstuhl gebracht hat. Ich schreie und schreie, spüre, wie meine Knie unter mir wegknicken, wie ich auf den Boden sinke, wie meine Brust sich anfühlt, als werde sie von innen heraus mit einem Messer aufgeschlitzt.

Len kniet neben mir, legt einen Arm um mich und stützt mit der anderen Hand meinen Hinterkopf. Er drückt mein Gesicht an seine Brust, ich schreie in den Stoff seiner Jacke, der die Lautstärke schluckt und dafür sorgt, dass ich nicht das ganze Haus aufwecke. Meine Kehle brennt, als ich irgendwann verstumme und zu Tode erschöpft sitzen bleibe. Len lässt mich los.

»Wann warst du bei ihr?«, frage ich tonlos. »Etwa erst heute Nacht, als es für sie schon zu spät war?«

»Ich bin sofort hingefahren, nachdem wir uns getrennt haben«, antwortet er. »Aber ich konnte nichts mehr tun. Die Blutvergiftung war schon weit fortgeschritten. Ihre Organe haben versagt. Ich konnte nichts tun.«

Ich starre ihn an, mein Gesicht fühlt sich taub an.

Er schüttelt den Kopf. »Es tut mir wirklich leid, Yma.« Es ist das erste Mal, dass er meinen Namen sagt. »Sie ist nicht alleine gestorben. Sie lebte noch, als ich ankam.«

Ich schnappe nach Luft. Der Schmerz ist überwältigend.

»Ich habe ihre Hand gehalten. Sie war nicht allein.« Er legt mir seine Hand auf den Unterarm, doch ich schlage sie weg.

»Du hast ihre Hand gehalten?«, frage ich. »Und was hat ihr das genützt? Sie kannte dich nicht. Du warst ein Fremder. Du solltest ihr helfen. Nicht ihre verdammte Hand halten!« Mit Kräften, von denen ich nicht weiß, wo in meinem vor Schmerz betäubten Körper ich sie hernehme, stürze ich mich auf ihn. Schlage auf ihn ein, wo immer ich ihn erwische. Er lässt es eine Weile zu, dass ich mich an ihm abreagiere, doch nach einem harten Schlag gegen den Bluterguss in seinem Gesicht greift er blitzschnell nach meinen Handgelenken und hält sie fest. Ich winde mich wie ein Aal, dann erschlaffe ich mitten in der Bewegung. Len sieht mir in die Augen.

»Ich fühle deinen Schmerz«, sagt er, »doch es ist nicht meine Schuld. Ich habe alles getan, was in meiner Macht stand. Dafür könnte ich ins Gefängnis gehen oder Schlimmeres. Also hör auf.«

Ich nicke. Meine Augen brennen, bleiben aber trocken. Len lässt mich los und steht auf. Er reicht mir nicht die Hand, um mir aufzuhelfen, und ich bin zu kraftlos, um es alleine zu tun. Also bleibe ich zu seinen Füßen sitzen.

»Noch etwas«, er geht vor mir in die Hocke, sucht erneut meinen Blick, »neulich im Fahrstuhl, was ich dir gesagt habe …«

Ich winke ab. »Schon gut.«

»Nichts ist gut«, sagt er. »Ich habe es ernst gemeint, und ich wiederhole es hiermit. Zu niemandem ein Wort. Was ich tue, ist Hochverrat. Ich hoffe, dir ist klar, was das heißt?«

Ich schlage den Blick nieder. Natürlich ist es mir klar. Wer sich gegen das System stellt, dem droht die Todesstrafe.

»Halte dich fern von mir.« Er richtet sich auf, fährt sich mit der Hand durch die Haare.

Die Fahrstuhltüren öffnen sich mit einem leisen *Pling*. Der Flur des Erdgeschosses liegt dunkel und vollkommen verlassen vor uns.

»Kümmere dich um die Beerdigung«, sagt Len, und dann ist er verschwunden.

Ich verbringe den Vormittag damit, Winonas Wohnung so blitzeblank zu putzen, dass nirgendwo mehr ein Staubkorn zu sehen ist. Mein ehemaliges Kinderzimmer, in dem sie gestorben ist, meide ich vorerst. Als der Rest der Wohnung vor Sauberkeit strahlt, fasse ich mir ein Herz und öffne die Tür. Ich halte mir vorsorglich ein mit Parfüm getränktes Tuch vor den Mund, lasse es aber sinken, als ich das weit geöffnete Fenster sehe, vor dem die weißen Vorhänge im Frühlingswind sanft hin und her schwingen.

Meine Mutter liegt auf dem frisch bezogenen Bett, ihre verletzte Hand ist mit einem sauberen Verband umwickelt, ihr Haar gekämmt. Len muss das getan haben. Ich trete näher und betrachte ihr Gesicht. Sie sieht so friedlich aus, als würde sie schlafen. Langsam lasse ich mich auf der Bettkante nieder, lege meine Hand auf ihre Brust. Als gäbe es noch eine Chance, dass sie wirklich nur schläft. Dass ich ihren Atem spüren kann.

»Mami«, sage ich. Meine Stimme klingt wie die eines vierjährigen Mädchens, hilflos und hoch. »Mami.«

Lange sitze ich bei meiner Mutter, unfähig, mich zu rühren, aber auch unfähig, zu weinen.

Obwohl mein Körper sich vollkommen taub anfühlt und ich nicht glaube, dass ich mich in den nächsten Stunden vom Fleck bewegen kann oder will, suche ich im Vahvin-Net nach einem Bestatter. Ich wähle die erste Nummer in der Liste.

Zwei Tage später stehe ich mitten in einem Friedwald und umklammere die Urne meiner Mutter. Trotz der Hitze ist mir eiskalt. Es fühlt sich an, als kröche mir flüssiger Wasserstoff die Beine hoch, in alle Poren und bis hinein in die Knochen. Ich zittere unkontrolliert.

Nur Adriel ist bei mir, und wahrscheinlich würde er gern den Arm um mich legen, mich irgendwie trösten, aber ich kann im Moment keine Berührungen ertragen. Darum steht er ein wenig abseits, die Hände tief in die Taschen seiner dunklen Anzughose vergraben. Ich starre auf die kleine Metalltafel am Stamm einer riesigen Eiche, inmitten all der anderen Tafeln mit unzähligen Namen.

Winona Topi.

Das Gefühl der Übelkeit, das mich nicht mehr verlassen hat, seit ich sie da in ihrem Bett liegen gesehen habe, verstärkt sich. Mit Gewalt kämpfe ich es nieder. Ich kann jetzt hier nicht auf den Boden kotzen. Auf diese Erde, wo Tausende Töchter, Söhne, Ehepartner, Brüder, Schwestern, ja, und vielleicht auch Eltern die Asche ihrer Liebsten verstreut haben. Mit zitternden Fingern schraube ich den Verschluss der schlichten Kupferurne auf, die ich ausgewählt habe. Sehe hinein auf das bisschen Staub, das von meiner Mutter übrig geblieben ist.

»Mami«, will ich am liebsten flüstern, aber Adriels Anwesenheit hindert mich daran. Ich habe noch immer nicht geweint. Mein Kopf fühlt sich mittlerweile an, als würde er jeden Moment explodieren vor lauter ungeweinten Tränen.

»Good night, my darling, now it's time to sleep,
the sandman nears on silent feet,
he brings you dreams of fairies and he loves you so,
I love you too, no matter where I go.«

Das Lied ist plötzlich in meinem Kopf, unzählige Male hat Winona es mir vorgesungen, als ich noch ein kleines Mädchen war. Und jetzt singe ich es für sie. Nicht heiser, leise und beschämt. Meine seit Tagen wie zugeschnürte Kehle öffnet sich für diesen Moment, damit ich meiner Mutter ihr Abschiedslied singen kann. Es tönt durch die Stille des Friedwaldes, und auf einmal beginnt ein leichter Wind zu wehen. Lässt die Blätter rauschen und das Gras zu meinen Füßen flattern. Das ist der Moment. Ohne weiter darüber nachzudenken, ohne ein Wort, drehe ich die Urne mit einem Ruck herum. Kippe den Inhalt heraus, der vom Wind erfasst und als flirrende Wolke in die Luft geschleudert wird. Die Partikel stieben in alle Richtungen, funkeln in dem Sonnenstrahl, der durch das dichte Blätterdach der Eiche bricht. Nach wenigen Sekunden ist alles vorbei. Die Asche meiner Mutter hat sich aufgelöst, nichts ist mehr von ihr übrig. Dort, wo ich stehe, lasse ich die Urne fallen, mache auf dem Absatz kehrt und beginne zu rennen. Vorbei an Adriel, der mir verdattert hinterhersieht, vorbei an Dutzenden, an Hunderten von Bäumen mit Tausenden von Namensschildern, bis an den Rand des Friedwalds, auf den Parkplatz. Ich stürze zu einem Mülleimer, sehe vertrocknetes Laub auf seinem Grund liegen, bevor sich mein Magen umdreht.

Auf dem Heimweg sieht Adriel mich immer wieder verstohlen von der Seite an. Ich bemerke natürlich seinen Blick, kann mich aber nicht dazu überwinden, mit ihm zu sprechen.

»Yma, es tut mir schrecklich leid«, bricht er schließlich das Schweigen zwischen uns. »So unerwartet … es ist einfach ungerecht.«

Ich sehe ihn an und nicke.

»Aber … nun ja … so …«

Ich nicke erneut. »So läuft das halt«, bringe ich mühsam hervor. »Nicht wahr?«

Er hebt die Schultern. »Ich denke schon.«

»Tja.«

»Geht es dir denn gut?«, fragt er, um sich gleich darauf zu korrigieren. »Ich meine, den Umständen entsprechend, also, bist du okay? So weit?«

»Ja«, sage ich und nicke. »Alles okay so weit.«

»Ich mochte Winona.«

»Würdest du bitte auf die Straße gucken?«

»Yma.«

»Ja, schon gut. Danke.«

Er richtet seinen Blick wieder durch die Windschutzscheibe, und ich fühle mich schlecht, weil ich so unfreundlich zu ihm bin.

Ich bin froh, als wir zu Hause sind. Adriel meldet das Auto ab, und wir steigen aus.

»Morgen geht die Schule wieder los«, bemerke ich, um irgendetwas zu sagen.

»Das wird dich bestimmt auf andere Gedanken bringen«, nickt er.

Der Einfachheit halber nicke ich. »Bestimmt.«

»Du, ich würde dann jetzt mal zum Training … es sei denn, also, wenn du mich brauchst?«

»Nein, nein«, ich schüttele heftig den Kopf. »Geh nur.«

»Okay.« Er beschleunigt seine Schritte und geht durch das große Tor, das Cape Coral von der Außenwelt abschirmt.

Ich verlangsame meine Schritte noch mehr. Meine Beine fühlen sich schwer wie Blei an. Schließlich setze ich mich mitten auf den sauber geharkten Kiesweg. Noch nie in meinem Leben habe ich mich so einsam und verlassen gefühlt wie in diesem Augenblick.

»Yma«, höre ich jemanden wispern und sehe in die Richtung, aus der die Stimme gekommen ist. Hinter dem Stamm einer mächtigen Kastanie steht Kimi und winkt mich zu sich heran.

Nie im Leben war ich froher, sie zu sehen. Mit letzter Kraft springe ich auf, laufe zu ihr und falle in ihre Arme.

29

Eine Weile stehen wir eng umschlungen. »Es tut mir leid, Yma«, flüstert Kimi an meinem Ohr. »So furchtbar leid.«

»Ja. Mir auch. Danke, dass du da bist.« Es tut so gut, von ihr gehalten zu werden, dennoch löse ich mich nach einer Weile von ihr und schlage vor, im *Bohème* einen Kaffee zu trinken, aber meine Freundin ist nicht dazu zu bewegen.

»Vergiss es, Yma, das ist jetzt deine Welt, nicht meine. Und wenn jemand uns zusammen sieht …«

»Niemand kann dir ansehen, wo du wohnst. Oder dass du krank bist«, sage ich, aber sie schüttelt vehement den Kopf, so dass ich schließlich alleine gehe, um uns Kaffee zu holen.

»Hey, Yma, wer ist gestorben?«, fragt die Barista mit einem ironischen Blick auf mein Outfit – schwarze Jeans, schwarzes T-Shirt, schwarze Sneakers.

»Meine Mutter, danke der Nachfrage«, gebe ich zurück, und sie läuft puterrot an.

»Oh, Entschuldigung. Äh, die hier gehen auf mich.« Sie reicht mir zwei Becher Kaffee.

»Danke.«

Ich gehe zurück zu Kimi, und wir lassen uns ein wenig entfernt von der Wohnanlage auf einer Bank nieder.

Besorgt sieht meine Freundin mich von der Seite an. »Was ist denn bloß passiert?«, fragt sie. »Ich meine, Winona … sie war doch noch so jung.« Ihr treten schon wieder die Tränen in die Augen. Ich beobachte es fast neidisch. Das Pochen in meinem Hinterkopf erinnert mich jede Sekunde daran, dass ich es noch immer nicht konnte. Weinen. Ich zucke mit den Schultern, nehme einen Schluck von meinem viel zu heißen Kaffee und verbrenne mir die Zunge. Wundersamerweise hat der scharfe Schmerz etwas Beruhigendes an sich. Er lenkt mich kurz ab, ist so allumfassend, dass die Welt um mich herum verblasst. Ohne darüber nachzudenken, trinke ich erneut. Lasse die dampfende Flüssigkeit wie glühendes Eisen meine Kehle hinunterrinnen. Leere den ganzen Becher, bis mein Mund, meine Lippen, das Zahnfleisch, bis alles in Flammen steht und für einen kurzen Augenblick den Schmerz in meiner Brust verstummen lässt.

»Jugend schützt vor Krankheit nicht«, sage ich heiser zu Kimi, »das müsstest du doch am besten wissen.«

Schweigend sitzen wir nebeneinander. Ich verstehe selbst nicht, warum ich so abweisend bin. »Tut mir leid«, sage ich schließlich, »ich bin wohl einfach überfordert mit der Situation.«

»Natürlich bist du das.« Sie legt den Arm um meine Schultern und zieht mich an sich. »Und du musst dich für gar nichts entschuldigen. Ich kann nicht glauben, dass sie weg ist. Weißt du, dass ich dich früher immer um Winona beneidet habe?«

Irgendwie fällt es mir schwer, mir vorzustellen, dass Kimi, die immer alles hatte und mit ihren Eltern im reichsten Villenviertel der Stadt lebte, ausgerechnet mich um irgendetwas beneiden könnte.

»Doch, wirklich. Weißt du, wenn ich bei euch übernachtet habe, hat sie mich zugedeckt und mir einen Gute-Nacht-Kuss gegeben. Genau wie dir. Meine Mutter hat das nie getan.«

»Aber deine Nanny«, werfe ich ein, und sie zuckt mit den Schultern.

»Das ist nicht dasselbe. Winona war der liebste Mensch, den ich kenne.« Sie starrt vor sich hin. »Ich werde sie vermissen.«

»Ja. Ich auch.«

Plötzlich fällt mir ihr Handgelenk auf. Der weiße Streifen, der quer über die gebräunte Haut läuft.

»Sag mal, Kimi«, sage ich einem plötzlichen Einfall folgend, »wie wäre es, wenn ich dir eine neue Smartwatch kaufe?«

»Kommt gar nicht in Frage.«

»Keine Sorge, ich könnte dir das Geld für die monatlichen Raten in bar geben. Dann kann es niemand zurückverfolgen«, versichere ich ihr in der Annahme, dass sie sich Sorgen darüber macht. Doch sie schüttelt vehement den Kopf. Nimmt sogar den Arm von meiner Schulter.

»Weißt du, das ist der Grund, weshalb Leute wie ich mit Leuten wie dir nicht befreundet sein können. Ich will deine Almosen nicht.«

»Das sind doch keine Almosen«, wehre ich ab. »Und was soll das überhaupt heißen, Leute wie du?«

Sie springt auf und vergräbt die Hände tief in den Taschen ihres Rocks. »Du weißt genau, was ich meine.«

»Ich will doch nur, dass wir weiterhin in Kontakt bleiben können. Es ist kein Almosen. Eigentlich ist es durch und durch selbstsüchtig von mir.«

»Ja, ja.«

»Ehrlich, Kimi.«

»Ich sollte jetzt besser gehen.« Sie wendet sich ab.

Mit zwei Schritten bin ich bei ihr und greife nach ihrer Hand. »Nein, Kimi. Geh nicht, bitte.« Ich schlinge von hinten meine Arme um ihren Körper und presse mich an sie. Vor Überraschung bleibt sie stehen. »Bitte«, flüstere ich, »geh nicht weg. Ich fühle mich so allein. Wenn du gehst, habe ich niemanden mehr.«

Behutsam löst sie sich aus meiner Umklammerung, so dass sie sich zu mir umdrehen kann. Ihr Zorn ist verflogen. »In Ordnung«, murmelt sie, »ich bleibe.« Aber ich lasse sie nicht los, halte ihre Hand ganz fest, während wir langsam zurück zur Bank gehen und uns hinsetzen. »Tut mir leid«, sagt Kimi, »ich wollte nicht mit dir streiten. Und das ausgerechnet heute.«

»Schon gut«, sage ich.

»Aber eins musst du mir erklären, Yma«, sie schaut mich ernst an, »wieso hast du niemanden außer mir? Was ist mit Adriel?«

Tja, was ist mit Adriel? Das ist eine gute Frage.

Um acht Uhr lege ich mich ins Bett. Als Adriel gegen neun nach Hause kommt, bin ich noch wach, doch ich stelle mich schlafend. Er bewegt sich auf leisen Sohlen durch die Wohnung, um mich nur ja nicht zu wecken. Wahrscheinlich ist er ebenso wenig erpicht auf ein Gespräch mit mir wie umgekehrt. Gegen elf legt er sich behutsam neben mich. Ich halte die Augen geschlossen und atme so lange tief und gleichmäßig, bis ich höre, dass er dasselbe tut.

Der reißende Schmerz in meinem Inneren vergeht nicht, egal, wie sehr ich versuche, meinen Körper zu entspannen. Ich muss endlich weinen, sonst werde ich verrückt. Mit voller

Absicht beschwöre ich die Bilder meiner Kindheit herauf, um die Tränen hervorzulocken.

Ich bin vier Jahre alt, tapse mit nackten Füßen durch die Wohnung zur Schlafcouch meiner Mutter. Sie hebt die Decke, ich krabbele zu ihr, kuschele mich an ihren warmen Körper und wärme meine eiskalten Füße an ihren Beinen.

Winona, die mir an meinem ersten Schultag Kusshände zuwirft. Die sich jede Geschichte merkte, die ich ihr je erzählt habe, die die Namen meiner sämtlichen Klassenkameraden und Freunde kannte, die mich tröstete, wenn ich traurig war, beruhigte, wenn ich wütend war.

Ich stelle mir vor, wie sie jetzt die Arme um mich legen und mir über den Rücken streicheln würde. »Auch das geht vorbei, Yma, auch das geht vorbei.« Und dann würde sie zu summen beginnen, das Schlaflied, mit dem sie mich in meiner Kindheit in den Schlaf gesungen hat.

»Good night, my darling, now it's time to sleep,
the sandman nears on silent feet …«

Mit einem Ruck setze ich mich auf. Der Schmerz ist unerträglich, und weinen kann ich noch immer nicht. Zwischen den winzigen Spalten im Rollo fällt ein wenig Licht, ich blicke auf die Uhr. Viertel vor sechs. Ich muss zwischendurch wohl doch eingeschlafen sein.

Froh, dass man die Nacht für beendet erklären kann – zumindest, wenn man nicht Adriel heißt –, stehe ich auf, um zu trainieren.

Die Fitnessetage ist beinahe menschenleer. Nur einige wenige frühe Vögel arbeiten sich an den Geräten ab. Ich entdecke Len auf einem der Laufbänder und sehe schnell wieder weg.

Nach dem Umziehen strebe ich in Richtung Pool. Außer mir ist niemand da. Durch die verglaste Front sehe ich hinaus auf die Skyline von Johtaja, über der gerade erst der neue Tag erwacht. Ich zwinge mich, nicht an Winona zu denken. Die nie mehr erwachen wird.

Vom Beckenrand aus springe ich kopfüber ins Wasser, das kälter ist, als ich erwartet habe. Ich lege fast die Hälfte der Bahn unter Wasser zurück, tauche auf. Beginne mit weit ausholenden Bewegungen zu kraulen, finde meinen Rhythmus. Atmen, zwei, drei, vier. Atmen, zwei, drei, vier.

Heute beginnt wieder die Schule. Das Abschlussjahr. Das wichtigste Jahr. Dazu die Arbeitsgruppe bei Universo, an der ich von nun an wöchentlich teilnehmen werde. Ich muss mich konzentrieren. All meine Energie darauf verwenden, die Beste zu bleiben.

Nur was nützt es dir, fragt plötzlich eine Stimme in meinem Inneren. Ein kleiner Schnitt, und mit ein bisschen Pech bist du eine Woche später tot.

Ich komme aus dem Takt, bekomme Wasser in die Nase und beginne zu husten. Weiter. Vielleicht sollte ich gar nicht nachdenken. Bahnen zählen. Atmen, zwei, drei, vier.

Ich schwimme bis zur Erschöpfung. Es ist nach sieben, als ich bibbernd und mit zitternden Beinen zurück in die Umkleidekabine gehe.

Nach dem Duschen wickele ich mich in mein Handtuch und öffne den Spind. Ein Briefumschlag segelt daraus hervor und landet vor meinen nackten Füßen. Erstaunt sehe ich darauf, hebe ihn auf und drehe ihn um, so dass ich die Beschriftung lesen kann. Für eine Sekunde bleibt mir buchstäblich das Herz stehen, als ich die geschwungene Handschrift erkenne. Winonas Handschrift.

Für meine Tochter Yma.

Mit zitternden Fingern reiße ich den Umschlag auf und hole ein eng beschriebenes Blatt Papier hervor. Ich gehe rückwärts, bis meine Kniekehlen an die schmale, in der Mitte des Raumes aufgestellte Bank stoßen, setze mich darauf und entfalte den Brief. Meine Hände zittern so unkontrolliert, dass ich die Worte nicht lesen kann. Ich lege sie auf meinen Schoß, um das Blatt ruhig zu halten.

> *Meine geliebte Yma,*

lese ich.

> *Es tut mir so leid, dass ich dich nun verlassen muss. Und gleichzeitig bin ich glücklich über jeden einzelnen Tag, den ich mit dir erleben durfte. Und nun bist du erwachsen, und ich bin stolz auf dich. Du wirst deinen Weg machen . Du bist klug und fleißig, eine unschlagbare Kombination. Aber noch wichtiger als das ist mir, dass du glücklich bist. Ich wünsche dir, dass du Adriel liebst und er dich. Dass du ein Kind haben wirst oder mehrere. Früher wolltest du mindestens sechs, erinnerst du dich? Ich glaube, du hättest gern Geschwister gehabt. Mein Liebling, die Zeit, in der wir leben, ist nicht einfach. Oder doch nur für jene, die oben schwimmen. Ich bete, dass du für immer zu ihnen gehören wirst. Sei nicht traurig um mich. Ich liebe dich, wo immer ich auch hingehen mag.*
>
> *Deine Mama*

Der Brief ist noch nicht ganz zu Ende, doch etwas hat sich verändert. Die sonst so gleichmäßigen Buchstaben weichen auf der Linie umherspringenden Zeichen, als würde die Hand der Schreiberin zittern, zwischendurch absetzen und gleichzeitig vor etwas davonlaufen. Vor dem Tod, denke ich, und ein eisiger Schauer läuft mir über den Rücken. Das Postscriptum hat sie Augenblicke vor ihrem Tod verfasst, man sieht es deutlich. Ich zwinge mich zum Weiterlesen.

> *PS: Yma, Len ist hier. Ich danke dir, auch wenn es zu spät ist. Dies ist der stolzeste Moment meines Lebens. Du hast einen kühlen Kopf, doch auch ein weiches Herz. Du bist wie dein Vater. Frag Len. Mama*

Ich starre auf den Brief. Eine Träne löst sich aus meinem inneren Augenwinkel, rollt die Nase entlang, hängt für eine Sekunde zitternd an meiner Nasenspitze, bevor sie auf das Geschriebene fällt. Direkt auf Lens Namen. Die Buchstaben verschwimmen in einem winzigen, hellblauen See. Und dann fühlt es sich an, als würde eine Welle über mir zusammenschlagen, eine Woge aus Tränen, die mich umfängt, einhüllt und ertränkt. Dort auf der Bank kippe ich einfach zur Seite und lasse mich von ihr davonspülen.

Mit rot geweinten Augen und zu Tode erschöpft, sitze ich zwei Stunden später im Klassenzimmer. Nicht nur der Platz neben meinem ist leer. Offensichtlich ist Kimi nicht die Einzige, die an der J12 gescheitert ist. Unsere Jahrgangsstufe ist deutlich ausgedünnt, aber niemand verliert ein Wort darüber. *So läuft das halt.*

Viel interessanter scheint zu sein, wer sich im *Fusion-Break* mit wem zusammengetan hat. Ich bemerke die neidischen Blicke einiger meiner Klassenkameradinnen, als Adriel sich vor dem Kursraum mit einem Kuss von mir verabschiedet.

»Du Glückliche«, sagt Marla, die am Pult hinter mir sitzt. »Ich hatte ja schon Gerüchte gehört, aber dass du es wirklich geschafft hast, dir Adriel zu schnappen …« Sie seufzt übertrieben, und ich lächele ein wenig bemüht.

»Und du?«, frage ich.

»Liam«, sagt sie ohne große Begeisterung. »Aber sag Bescheid, falls es bei euch doch nicht läuft. Ich würde liebend gerne mit dir tauschen.« Sie zwinkert mir zu.

»Nein, das würdest du nicht«, sage ich ein bisschen schärfer als beabsichtigt. »Meine Mutter ist gestorben. Meine beste Freundin ist todkrank. Ich denke wirklich nicht, dass im Moment irgendjemand gern an meiner Stelle wäre.«

Für einen Moment wirkt sie betroffen. »Tut mir leid«, murmelt sie.

»Danke.«

»Aber …«

»Ja?« Auf das Aber bin ich jetzt aber wirklich gespannt.

»Na ja, auch das sind nur Gerüchte, aber … du hast doch jetzt einen Vertrag bei Universo, oder? Wohnst in Cape Coral? Zusammen mit Adriel?«

Ungläubig starre ich sie an. Anscheinend hält sie mich noch immer für beneidenswert. Zum Glück beginnt in diesem Moment der Unterricht, so dass ich darauf nicht antworten muss.

30

Mit bebenden Händen versuche ich, den Schlüssel ins Schloss der Wohnungstür zu stecken. Endlich gelingt es mir, ich drehe ihn herum und stoße die Tür auf. Ein Stöhnen empfängt mich, doch statt blanken Entsetzens breitet sich eine unbändige Freude in mir aus. Wer schreit, der lebt. Ich bin nicht zu spät, meine Mutter lebt.

Ohne Schuhe oder Jacke auszuziehen, stürze ich zu ihr ins Schlafzimmer, wo sie auf dem Bett liegt, leichenblass.

»Mama«, rufe ich, »ich dachte, du bist tot, Mama.«

»Ich lebe, mein Liebling«, sagt sie schwach. »Aber du musst etwas für mich tun.«

»Alles«, sage ich und sinke vor ihrem Bett auf die Knie, »ich tue alles, was du willst, Mama.«

Sie sieht mich an, ihr Blick ist undurchdringlich, als sie mir etwas Schwarzes, Übelriechendes entgegenstreckt. Fetzen eines schmutzigen Verbands hängen daran. Ungläubig starre ich auf das unförmige Ding und begreife erst langsam, dass es die Hand meiner Mutter ist. Dieser dunkle, faulige Klumpen aus Knochen und Sehnen. Ich schlage die Hand vor den Mund.

»Es ist alles gut, Yma«, sagt meine Mutter, »jetzt bist du ja da. Du kannst mir helfen.«

»Aber wie?«, flüstere ich. »Wie denn nur?«

Sie lächelt, es ist ein schauriges Lächeln, das ihr todkrankes Gesicht in eine Fratze verwandelt. Dann zieht sie ein langes Messer unter der Bettdecke hervor und hält es mir hin.

»Du musst sie abschneiden«, wispert sie. Sie zwingt es mir in die Hand, die Klinge ist uneben und verrostet. »Los, schneid sie ab. Hier.« Sie deutet auf ihren Ellenbogen. »Schneid sie ab, sonst tötet sie mich. Schneid sie ab, schneid sie ab!«

Meine Hand zittert so heftig, dass ich die Bettwäsche mit dem Messer zerschneide. Es ist so scharf, dass alles, was ich damit berühre, sofort in Fetzen geht. Mit einiger Mühe bringe ich es in Position, oberhalb der Ellenbeuge meiner Mutter. Sehe die blauen Adern, die unter der Haut hervorschimmern. Sobald ich sie durchschneide, wird sie verbluten, keine Frage.

»Ich kann nicht«, schluchze ich. »Bitte, Mama, das kann ich nicht. Es wird dich umbringen.«

Winona sieht mich mit großen Augen an. »Tu es«, sagt sie flehend.

Ich schüttele den Kopf.

Ihr Ausdruck verändert sich, wird hart, als sie mir die Klinge entreißt. »Was bist du doch für eine Enttäuschung. Genau wie dein Vater«, sagt sie, und mit einer einzigen fließenden Bewegung stößt sie sich das Messer bis zum Heft in die Brust. Sofort strömt dunkles Blut aus ihrem Mund.

»Nein! Nein! Nein!« Immer wieder schreie ich das eine Wort, trete und schlage um mich.

»Yma, wach auf, beruhige dich. Es war nur ein Traum!« Ein Gewicht lastet auf meinem Körper, drückt mich nieder, hält meine Arme fest. Ich öffne die Augen, das Licht der Schlafzimmerbeleuchtung blendet mich, ich sehe in Adriels Gesicht. »Du hast nur geträumt, es ist alles in Ordnung.«

Ich atme stoßweise, dann nicke ich.

Er lässt mich los, rollt sich von mir herunter und greift nach meiner Hand. »Willst du darüber reden?«, fragt er, und ich schüttele den Kopf. »Willst du einen Tee?«

»Wasser bitte«, antworte ich, und er beugt sich über mich, angelt die Wasserflasche von meinem Nachttisch, öffnet den Verschluss und reicht sie mir. Ich nehme einen kleinen Schluck. Meine Kehle fühlt sich wund und rau an, als hätte ich stundenlang geschrien. »Danke.«

Ein bisschen ratlos sieht er mich an, hebt die Hand und streicht mir sanft über die Haare. Sein schönes Gesicht ist blass, die Augen halb geschlossen und glänzend vor Müdigkeit. Mich überkommt eine seltsame Zärtlichkeit. Es ist mitten in der Nacht, und doch sitzt er hier und tröstet mich.

»Es geht schon wieder«, sage ich. »Ich glaube, wir können weiterschlafen.« Die Bilder des Traums beginnen schon, sich auf gnädige Art aus meinem Bewusstsein zu entfernen.

»Bist du sicher?«

»Nicht wirklich«, gebe ich zu. »Aber ich versuche es.«

Wir legen uns zurück ins Bett und löschen das Licht. Ich schließe die Augen, sehe Winonas Gesicht und höre ihre Stimme.

Du bist eine einzige große Enttäuschung.

Ich öffne die Augen und starre in die Dunkelheit. Adriel legt von hinten den Arm um mich und kuschelt sich an mich. Ich bin froh, dass er da ist.

Der Traum kommt wieder. Er kommt jede Nacht. Ich habe Angst, ins Bett zu gehen. Irgendwann bin ich so mürbe, dass ich mir vornehme, den verdammten Arm einfach abzuschneiden. Nur, um die Worte meiner Mutter nicht mehr zu hören. Natürlich ist mir klar, dass es nicht ihre letzten Worte an mich sind. Dass es allein mein Unterbewusstsein ist, das den Traum heraufbeschwört. Weil ich sie nicht gerettet habe.

Doch ich schaffe es nicht. Nicht einmal im Traum. Sie verwünscht mich und stößt sich das Messer in die Brust, und jedes Mal wieder erwache ich schreiend. Ich bin zermürbt, und Adriel auch. Als er mir eines Morgens mit einem deutlichen Hämatom über dem linken Auge am Frühstückstisch gegenübersitzt, das ich ihm um mich schlagend in der Nacht zugefügt habe, bekomme ich plötzlich Angst, ihn zu verlieren.

»Ich schlafe ab heute Nacht hier unten«, sage ich mit einem entschuldigenden Lächeln und reiche ihm ein Glas frisch gepressten Orangensaft. Fragend sieht er mich an. »Auf der Couch im Arbeitszimmer. Nur solange die Träume anhalten«, beeile ich mich zu sagen.

Er zögert, einen Moment sieht es aus, als wollte er widersprechen, dann nickt er. »Ja«, sagt er, »ist vielleicht keine schlechte Idee.«

Von diesem Moment an verbringe ich die Nächte im Zimmer neben dem Bad. Es ist Büro, Gästezimmer, zukünftiges Kinderzimmer, wie immer man es bezeichnen will. Doch anstatt mich auf der Couch auszustrecken, verbringe ich die Nächte im Sitzen. Eine Decke um den Körper geschlungen und den Blick starr aus dem Fenster in die Dunkelheit gerichtet.

Mehrere Wochen vergehen. Ich weiß, dass ich damit aufhören muss. Ich bin so erschöpft, dass ich tagsüber kaum noch dem Unterricht folgen kann. Wenn es so weitergeht, werde ich mir nicht nur die Gesundheit ruinieren, sondern vielleicht auch meine Zukunft. Zum ersten Mal in meinem Leben liefere ich in den wöchentlichen Prüfungen nur ein durchschnittliches Ergebnis ab. Noch schlimmer wiegt allerdings die Tatsache, dass mein Einstieg in die Arbeitsgruppe bei Universo weit weniger glanzvoll ausgefallen ist, als von mir erwartet wurde. Führungsqualitäten habe ich jedenfalls sicher nicht unter Beweis gestellt, als ich übermüdet und stumm wie ein Fisch mit dreißig weiteren hoffnungsvollen Aspiranten zum Brainstorming in dem riesigen Konferenzraum saß. Nicht einmal Lolo Kaß, obwohl die Selbstbeherrschung in Person, konnte ihre Enttäuschung über meine *Low Performance* verbergen. Ich muss mich zusammenreißen. Meine glänzende Zukunft bei Universo, als Mitglied der Elite, steht auf wackeligen Beinen.

Am Nachmittag nach dem unsäglichen Auftritt bei meinem Arbeitgeber lerne ich in der Bibliothek der Schule bis in den frühen Abend hinein. Dann packe ich meine Sachen und laufe nach Hause. Ich nehme mir fest vor, zu schlafen, und weiß dennoch, dass ich es wieder nicht über mich bringen werde. Dass ich es nicht ertrage.

Als ich den Park betrete, hält ein Solar-Moped mit quietschenden Reifen neben mir. Len. Ich spüre, wie mein Mund trocken wird. Er nimmt den Helm ab, nickt mir knapp zu und wendet sich betont ab. Als würden wir uns nicht kennen. Natürlich, wir sind keine Freunde. Aber er hat die Hand meiner Mutter gehalten, als sie starb. Ich frage mich, ob es mir helfen würde, noch einmal mit Len zu sprechen. Jene furchtbare Nacht in allen Einzelheiten durchzugehen. Ihn zu fragen, was meine Mutter in ihrem Abschiedsbrief gemeint hat. Aber er will nicht mit mir reden, und ich muss sehen, wie ich mit dem Schmerz fertigwerde.

Ich sehe Len hinterher, wie er durch die Parkanlagen läuft und in Gebäude C verschwindet. Das bringt mich auf eine Idee. Und ich folge ihm wie ferngesteuert.

Der Fahrstuhl steht mit geöffneten Türen bereit. Len muss die Treppen genommen haben. Ich trete ein, drücke auf K, fahre in die Tiefe. Im Keller angekommen der vertraute Geruch, das Wummern der Bässe. Die Metalltür schließt sich in diesem Moment hinter Len. Ich trete ein.

31

Die Atmosphäre ist aufgeladen, heiß und aggressiv. Schwitzende Leiber arbeiten sich an den Boxsäcken ab oder prügeln in den Ringen aufeinander ein.

Anders als beim letzten Mal wird mein Eintreten sofort bemerkt. Eine Frau in schwarzer, enger Trainingskleidung tritt auf mich zu. Ihr Bizeps würde manchen Mann vor Neid erblassen lassen. Ihre Nase sitzt krumm in dem ansonsten hübschen Gesicht mit den dunklen Augen, als wäre sie mehrfach gebrochen und dann schief wieder zusammengewachsen.

»Was willst du?«, fragt sie mich.

»Kämpfen«, gebe ich zurück.

Sie mustert mich mit hochgezogenen Augenbrauen. »Hast du eine Partnerin?«

Ich nicke. »Ja. Dich.«.

»Gut.« Sie grinst breit. »Aber nicht heulen, wenn's weh tut.«

Wenn sie erwartet hat, dass ich einen Rückzieher mache, muss ich sie enttäuschen. Ich verziehe keine Miene, sondern lasse meinen Blick durch den Raum schweifen. In dem Boxring, der uns am nächsten steht, geht gerade ein sehr schlanker, nicht mehr ganz junger Mann unter dem Schlag seines Gegners zu Boden. Der Kampf ist beendet.

Ich deute mit dem Kopf in Richtung Ring. »Wollen wir?«

»Willst du dich nicht umziehen?«, fragt sie.

Statt einer Antwort ziehe ich mir das Shirt über den Kopf, kicke die Schuhe von den Füßen. Stehe in Jeans-Shorts und Unterhemd vor ihr.

»Ich bin bereit.«

Ein kurzes Grinsen, dann nickt sie und geht voraus. Ich folge ihr.

Was zum Teufel machst du da?, fragt eine Stimme in meinem Inneren, als ich auf die dicke Matte klettere und durch die Seile schlüpfe, die den Ring begrenzen. *Bist du von allen guten Geistern verlassen?*

Vermutlich.

Ich trete in die Mitte des Rings, hebe die Arme und sehe meine Kontrahentin auffordernd an.

»Immer langsam«, meint sie gelassen und verneigt sich grüßend vor mir, mit vor der Brust zusammengelegten Händen. »Ich heiße Nia.«

»Yma«, gebe ich zurück, ohne meine Deckung aufzugeben.

Sie zuckt mit den Schultern, lässt die Hände sinken, um gleich darauf mit der zur Faust geballten Rechten zuzuschlagen. In meinen Rippenbogen. Der Schmerz durchzuckt meine Seite, ich krümme mich. Nia steht jetzt dicht vor mir, schlägt mir abwechselnd in die linke und rechte Körperseite. Innerhalb von Sekunden steht mein Brustkorb in Flammen, und ich kann nicht mehr atmen. Keuchend ringe ich nach Luft. Nia schubst mich von sich weg, ich taumele rückwärts, lande in den Seilen und rutsche auf den Boden.

»Was wird das denn?«, höre ich jemanden rufen. Einen Mann. Da ist meine Gegnerin auch schon über mir, holt mit der rechten Faust aus, nimmt Maß und schlägt mir ins Gesicht. Ich spüre, wie meine Lippe aufplatzt, schmecke Blut. Sie hebt erneut die Hand, sie ist rot von meinem Blut.

»Nia, das ist genug!« Jemand tritt an den Ring. Ein Schlag trifft meine Schläfe, und alles wird schwarz.

Ich schlage die Augen auf, blinzele, schließe sie geblendet vom Neonlicht, das von der Decke leuchtet. Ich hebe die Hand, um meine Lippe zu befühlen, und stöhne unterdrückt auf.

»Da bist du ja wieder.« Jemand beugt sich über mich. Dunkle Haare, grüne Augen, ernster Blick.

»Len«, nuschele ich und gebe einen Schmerzenslaut von mir. Ich schmecke Blut.

»Nicht reden«, sagt er. »Sonst reißt die Lippe wieder auf.«

Ich nicke gehorsam und richte mich langsam auf. Es tut weh, aber es geht. Len betrachtet mich kopfschüttelnd.

»Yma«, sagt er leise, »mir ist schon klar, warum du das getan hast. Ich kann es sogar verstehen.« Dankbar sehe ich ihn an. »Aber tu mir den Gefallen, belasse es bei diesem einen Mal.« Er greift nach dem Rand meines Unterhemdes und zieht es hoch. »Sieh dir das an«, sagt er.

Ich senke den Blick. Der Anblick verursacht mir Übelkeit, mein Oberkörper sieht aus, als wäre jemand auf mir herumgetrampelt.

»Das wird verheilen«, raunt Len, »aber es hätte übel ausgehen können. Eine gebrochene Rippe bohrt sich in die Lunge, sie kollabiert, Pneumothorax, und das war es dann.«

Ich lache auf. Ein freudloses Lachen, das meine Lippe aufreißt. Mein Mund füllt sich mit warmem, metallisch schmeckendem Blut.

»Ja, das war es dann«, sage ich bitter, »es sei denn, man hat zufällig einen Heiler zur Hand.«

Len zieht scharf die Luft ein, sieht sich um, ob irgendjemand uns belauscht, und bringt sein Gesicht dicht vor meines. »Ist dir eigentlich klar, was passiert, wenn jemand dich hört?«

»Was hast du zu meiner Mutter gesagt?«, frage ich, ohne auf ihn einzugehen. Er schlägt die Augen nieder. »Ich habe ihre Hand gehalten.«

»Frag Len«, sage ich. »Was soll ich dich fragen?«

Er zuckt mit den Schultern, ohne mich anzusehen. »Woher soll ich das wissen?«

»Warum hast du ihre Hand nicht amputiert?«, frage ich einem plötzlichen Impuls folgend. »Hätte sie das nicht retten können?«

»Ich werde hier kein einziges Wort mehr mit dir darüber sprechen«, er erhebt sich. »Und du suchst dir ein anderes Ventil für deinen Schmerz, ist das klar? Ich kann nicht jedes Mal hier sein und auf dich aufpassen.«

32

Am nächsten Morgen erwache ich von den Sonnenstrahlen, die durch das Fenster auf mein Gesicht fallen. Verwirrt setze ich mich auf und wünsche mir im nächsten Moment, es nicht getan zu haben. Alles tut weh. Dennoch breitet sich in mir ein Hochgefühl aus, als ich feststelle, dass es bereits halb acht Uhr morgens ist. Ich habe geschlafen. Traumlos geschlafen.

Von einer unendlichen Dankbarkeit erfüllt, wanke ich ins Badezimmer, wo ich vor meinem eigenen Spiegelbild zurückschrecke. Nia war gestern ganz offensichtlich nicht zu Scherzen aufgelegt. Ich lasse kaltes Wasser in meine Hände laufen, kühle die geschwollene Lippe, wasche das verkrustete Blut, so gut es geht, von meiner Haut. Trotzdem sehe ich noch immer aus wie ein Opfer häuslicher Gewalt und bin froh, dass heute Sonntag und damit der einzige schulfreie Tag der Woche ist.

Ein Blick hoch auf die Galerie bestätigt mir, dass Adriel noch schläft. Leise, um ihn nicht zu wecken, ziehe ich mich an und frühstücke. Seltsam, wie sehr wir nebeneinanderher leben statt gemeinsam. Andererseits ist es vielleicht besser, wenn Adriel mich vorerst nicht in diesem Zustand sieht. Ich werde ihm erzählen, dass ich vom Fahrrad gefallen bin. Langsam muss er wirklich denken, dass ich der größte Tollpatsch unter der Sonne bin.

Ich werfe einen Blick auf meine Smartwatch und stelle erstaunt fest, dass ich mehrere neue Sprachnachrichten habe.

»Hier spricht Nader, ich rufe von der Hausverwaltung an. Wir mussten feststellen, dass die Wohnung Ihrer Mutter bis heute noch nicht ausgeräumt wurde. Ich muss Sie bitten, dies bis spätestens Ende des Monats nachzuholen, ansonsten werden wir eine Entrümpelungsfirma beauftragen. Die Kosten werden wir selbstverständlich Ihnen in Rechnung stellen. Die Möbel können Sie drin lassen, aber der persönliche Krempel hat zu verschwinden.«

Ich fluche unterdrückt. Bis Ende des Monats? Das ist übermorgen. Hastig stürze ich den Kaffee herunter und mache mich auf den Weg.

Als ich die Wohnung betrete, die achtzehn Jahre lang mein Zuhause gewesen ist, überkommt mich ein beklemmendes Gefühl. Alles sieht noch genau so aus, wie ich es an jenem Tag verlassen habe, als das Bestattungsunternehmen Winonas Leichnam abholte. Und doch ist alles anders. Ihre Mäntel an der Garderobe, die Schuhe darunter, der Schlüssel auf der Kommode, die Handtasche daneben. Als warteten sie nur darauf, dass ihre Besitzerin aus der Küche kommt. Nach ihnen greift, die Wohnung verlässt und ihren Tag beginnt. Doch Winona ist gestorben und mit ihr all die Gegenstände ihres täglichen Lebens. Beinahe spüre ich die Trauer in jedem Ding, das nun nutzlos geworden ist, seit sie nicht mehr da ist.

Ich streife durch die wenigen Räume, vergrabe meine Nase in ihrem Schal, sprühe ein wenig von ihrem Parfüm auf mein

Handgelenk, rieche daran, wasche es gleich wieder ab. Mit viel Seife, doch danach riecht es noch mehr wie sie. Ich greife in meine Handtasche, hole das Desinfektionsgel hervor und übertünche den Duft mit dem scharfen Geruch von Ethanol.

In diesem Moment begreife ich, dass ich nichts behalten kann von dem, was Winona gehörte. Entschlossen hole ich eine Rolle Müllbeutel aus der Küche und mache mich an die Arbeit. Räume systematisch Zimmer für Zimmer leer, befülle Säcke mit Handtüchern, Badartikeln, Büchern und Geschirr. Als ich gerade Winonas Lieblingsbecher in Papier einwickeln will, stocke ich. Sehe auf das alte Ding hinunter, das schon ganz zerkratzt ist. Ein kleines Stück vom Henkel ist abgebrochen. Der Abdruck einer winzigen Kinderhand prangt leuchtendrot auf dem weißen Porzellan. Meiner Hand. Ich zögere und stelle den Becher auf den Küchentresen.

Im Schlafzimmer reiße ich die Schranktüren auf, greife hinein, hole Kleider, Shirts und Pullover, die dort ordentlich aufgereiht auf den Bügeln hängen, heraus. Stopfe sie in einen großen Müllsack. Dann die Hosen. Jacken. Schuhe. Der Schrank leert sich schnell, meine Mutter hat nicht viel besessen. Als die Kleider verstaut sind, steht dort nur noch eine Kiste. Ganz hinten in der Ecke, als hätte Winona sie vor den Blicken Fremder verbergen wollen. Mich erfasst eine eigenartige Scheu, als ich das Behältnis hervorziehe. Es ist kein Kasten, wie ich zunächst gedacht habe, sondern eher eine Art Koffer. Oder eine Tasche. Oder irgendwas dazwischen. Sie hat zwei Henkel und einen Verschluss aus Metall. Und ein Schloss. Nein, kein Schloss. Sondern eine Plakette. Ich ziehe das Ding ganz heraus und ins Licht. Das Bild einer Hand ist darauf zu sehen, die Innenfläche mir zugewandt, Daumen, Zeige- und

Mittelfinger sind ausgestreckt, Ring- und kleiner Finger gebeugt. Eine Schwurhand.

Zögernd öffne ich den Koffer. Mit einem Schnappen springt der Verschluss auf.

Es dauert einen Moment, bevor ich begreife, was ich vor mir habe. Und wo ich eine ganz ähnliche Tasche schon einmal gesehen habe. Vor kurzer Zeit, und doch ein halbes Leben entfernt. In einem heruntergekommenen Zimmer im Armenviertel.

Ich sehe Verbandsmaterial, Tabletten, Skalpell, verschiedene Geräte, deren Funktion ich nicht kenne, Scheren, Schläuche, Desinfektionsmittel, Handschuhe. Aus einem Fach an der Seite ragt die Spitze eines Fotos. Ich ziehe es hervor. Winona lächelt mich an. Sie sieht sehr jung und sehr glücklich aus. Auf dem Arm hält sie ein Baby in einem gestreiften Strampelanzug. Mit zitternden Fingern drehe ich das Bild um. *Hierher kehrst du zurück*, steht dort in Winonas schöner Handschrift. Mein Mund fühlt sich trocken an.

Was hat das zu bedeuten? Warum hat meine Mutter in ihrem Kleiderschrank eine Tasche mit medizinischen Gerätschaften, verbotenen Gerätschaften, versteckt? Obwohl ich tief in meinem Inneren bereits weiß, was all das zu bedeuten hat, weigert sich mein Hirn, die entsprechenden Schlüsse zu ziehen. Noch nicht. Es gibt zu viel zu tun. Ich schließe den Koffer, trage ihn in die Küche und verbanne jeden Gedanken an meinen Fund, während ich den Rest der Wohnung ausräume.

Am späten Abend ist es vollbracht. Mein Zuhause existiert nicht mehr. Dort sind jetzt nur noch ein paar Räume mit alten Möbeln darin. Keine Wärme mehr und keine Sicherheit.

Die Hausverwaltung wird möbliert vermieten, vielleicht an eine weitere alleinerziehende Mutter mit zwei Jobs in der unteren Kategorie. Sie werden ihr das mühsam verdiente Geld für Betten, Schränke und Tische berechnen, die sonst auf den Müll gewandert wären. Aber ich kann es nicht ändern. So ist das System. In meinem Kinderzimmer verharre ich länger, sehe auf das Bett, das Winona eigens abgeschliffen und immer wieder in einer anderen Farbe angemalt hat. Rosa, grün, pink, weiß, blau und zuletzt in einem warmen Braunton. Das Bett, in dem sie gestorben ist.

Etwas dickflüssiges Warmes läuft mir über das Kinn. In Gedanken versunken habe ich die Wunde an meiner Lippe wieder aufgebissen. Ich wische das Blut mit dem Ärmel ab und wende dem Zimmer und meiner Kindheit den Rücken zu.

Draußen ist es dunkel. Vor dem Haus erwische ich ein Auto und fülle es mit den Müllsäcken. Winonas alte Tasse und den Arztkoffer stelle ich in den Fußraum des Beifahrersitzes.

»Bitte nennen Sie ihr Ziel«, fordert mich das Auto auf.

»Zum nächsten Recyclinghof«, sage ich.

»Folgen Sie der Straße bis zur Ampel. Dann links fahren.«

Ich gebe Gas und folge der Wegbeschreibung. Als ich gerade auf die Einfahrt des Recyclinghofs einbiegen will – »Sie haben Ihr Ziel erreicht« –, stocke ich und wende den Wagen.

»Bitte wenden.« Ich schalte das Navigationssystem aus.

33

Als ich durch die Straßen fahre, fühle ich mich noch unwohler als beim letzten Mal. Es ist dunkel. Nirgendwo ein Auto. Natürlich nicht. Im Ghetto kann sich niemand eines leisten, und außer mir ist vermutlich niemand so verrückt, nachts hierherzukommen. Schon gar nicht bei Dunkelheit. Hier sind schon Menschen für einen halben Laib Brot oder ein paar Geldscheine getötet worden. Ich bin kurz davor, umzukehren, besinne mich dann aber eines Besseren. Die Menschen hier sind arm, und ich habe ein ganzes Auto voller Kleider und Gebrauchsgegenstände. Was spricht dagegen, die Sachen zu verschenken?

Das System ist dagegen, antwortet eine ungebetene Stimme aus meinem Inneren. Almosen zu verteilen ist ebenso verboten, wie ärztliche Hilfe zu leisten. Es gilt das Gesetz des Stärkeren, und das aus gutem Grund.

Ich versuche, die Gedanken beiseitezuschieben. Natürlich weiß ich das alles. Ich weiß vom Zusammenbruch der Sozial- und Gesundheitssysteme in der Vergangenheit. Durch die Unterstützung aller, der Kranken, der Schwachen, der Alten, hätte die Menschheit sich um ein Haar selbst ausgelöscht. Dem strikten Durchgreifen der Regierung ist es zu verdanken, dass die natürliche Weltordnung wiederhergestellt wurde.

Aber wem hilft es denn, wenn ich Winonas Sachen in den Müll werfe? Niemandem. Trotzdem verlangsame ich meine Fahrt. Weil mir klar wird, dass mein Vorhaben illegal ist. Sollte ich einer Patrouille begegnen, könnte ich ziemlichen Ärger bekommen. Dennoch kann ich mich nicht entschließen, umzukehren.

Plötzlich nehme ich auf dem Bürgersteig neben mir eine Bewegung war. Ein dunkler Schatten beugt sich über einen überquellenden Mülleimer, wühlt darin herum und holt den Inhalt heraus. Wirft ihn auf den Fußweg.

Ein paar Meter weiter bringe ich das Auto zum Stehen und sehe im Rückspiegel dabei zu, wie die Gestalt in eine Papiertüte greift, etwas daraus hervorholt und es in den Mund steckt. Ohne nachzudenken, schalte ich den Rückwärtsgang ein und fahre zurück. Halte direkt neben dem Mülleimer und lasse das Fenster herunter.

»Hey«, sage ich und erstarre. Es ist ein Kind. Ein kleines Mädchen von vielleicht acht Jahren. Sie kaut. Schluckt. Schaut enttäuscht in die Tüte und wirft sie über die Schulter. Dann taucht sie erneut in die Abfalltonne.

»He du«, sage ich und steige aus dem Wagen.

Sie scheint mich erst jetzt zu bemerken, denn sie fährt hoch und sieht mich aus schreckgeweiteten Augen an. Aber sie läuft nicht davon, betrachtet mich nur misstrauisch.

»Hab keine Angst«, sage ich und gehe zum Kofferraum des Autos. »Ich habe etwas für dich.« Ich durchstöbere die Säcke und finde schließlich den aus Winonas Vorratsschrank. Gläser mit eingelegtem Obst und Gemüse. Kekse, Knäckebrot, Nudeln und Reis. Eigentlich wollte ich die Vorräte mit nach Hause nehmen. Jetzt ziehe ich sie hervor und stelle sie auf den Bürgersteig.

»Essen«, sage ich, als das Mädchen sich nicht rührt. Ich trage den Sack zu ihr hinüber und stelle ihn zu ihren Füßen ab.

»Wer bist du?«, fragt sie.

Weil ich ihr meinen Namen nicht verraten will, zucke ich nur mit den Schultern. »Das tut nichts zur Sache«, sage ich und komme mir vor wie in einem schlechten Film. Erneut deute ich auf den Sack. »Nimm schon. Es ist in Ordnung.«

Sie wirft einen Blick hinein. Ich höre, wie sie nach Luft schnappt, dann greift sie den Sack mit beiden Händen und wirft ihn sich über die Schultern. Die Gläser klappern, sie schwankt unter dem Gewicht, aber sie wendet sich ohne ein weiteres Wort um und verschwindet in der Dunkelheit.

Ein bisschen ratlos sehe ich ihr hinterher. In den Häusern, die uns umgeben, flackert Licht hinter einigen Fenstern. Ich weiß nicht, ob das die ganze Zeit so war oder ob ich Aufmerksamkeit auf mich gezogen habe. So schnell ich kann, hole ich die anderen Säcke aus dem Auto und stelle sie an den Straßenrand. Irgendjemand wird sie finden.

Als ich gerade zum Auto zurückgehen will, sehe ich auf der Straße in einiger Entfernung ein Licht auf mich zukommen. Ein einzelnes Licht. Es ist ein Fahrrad, das sich mit einem ziemlichen Tempo nähert. Als ich die Fahrertür öffne, um einzusteigen, fährt es an mir vorbei. Ein schlanker Mann sitzt tief über den Lenker gebeugt. Sein Blick trifft meinen. Er verreißt das Lenkrad, gerät ins Schlingern und kann gerade noch einen Sturz verhindern, indem er vom Rad springt.

»Warum zum Teufel bist du hier?«, fragt Len.

Ich zucke mit den Achseln. »Jedenfalls nicht, um dich zu verfolgen, falls es das ist, was du befürchtest«, gebe ich unerschrocken zurück.

»Sondern?«

Ohne es zu wollen, gleitet mein Blick zum Bürgersteig hinüber. Zu den sechs säuberlich aufgereihten Säcken.

»Was ist das?«

»Bist du von der Polizei?«, frage ich schnippisch. »Ich muss jetzt los.« Ich mache Anstalten, mich ins Auto zu setzen, doch er hält mich auf, indem er nach meinem Handgelenk greift.

»Darf ich mal?« Ehe ich es verhindern kann, hat er Smartys Verschluss gelöst.

»He, was soll das?«, protestiere ich, als er meine Smartwatch ausschaltet und den Akku entfernt.

»Mitten in der Nacht hier unterwegs zu sein, könnte unangenehme Fragen aufwerfen. Dir ist doch hoffentlich klar, dass du über dein Wearable überall zu orten bist?«

Ich spüre, wie mir das Blut in den Kopf schießt. Da hätte ich tatsächlich auch selbst drauf kommen können.

»Bin ja nicht vollkommen verblödet«, murmele ich, als er mir Smarty in seinen Einzelteilen reicht. Aber Len scheint mir gar nicht mehr zuzuhören. Stattdessen schaut er durch das Autofenster und zieht scharf die Luft ein, als er die Tasche meines Vaters auf dem Beifahrersitz entdeckt.

»Und wenn sie dich damit erwischen, werden die Fragen noch sehr viel unangenehmer.«

34

In diesem Moment leuchten zwei Scheinwerfer in der Ferne auf. Mein Herz beginnt heftig zu klopfen, als das Fahrzeug näher kommt.

»Militär?«, flüstere ich mit mühsam unterdrückter Panik in der Stimme, doch es ist keiner der üblichen Geländewagen der Armee. Sekunden später braust eine Limousine mit einem Mann hinter dem Steuer an uns vorbei.

»Keine Sorge«, sagt Len und sieht dem Auto hinterher, »der will genauso unerkannt bleiben wie du. Oder wir«, setzt er nach einer kurzen Pause hinzu.

»Ist er auch ein … Heiler?«, frage ich, und Len lacht trocken.

»Nein«, antwortet er. »Das kann man ziemlich sicher ausschließen. Wohl eher ein reicher, notgeiler Sack.«

Verständnislos sehe ich ihn an, aber er scheint das nicht näher erläutern zu wollen. Ich hole tief Luft und erlaube meinem Verstand endlich, die Schlussfolgerungen aus meinem Fund zu ziehen.

»Aber mein Vater war einer, oder? So wie du. Das ist seine Tasche.« Noch während ich es ausspreche, beginnen meine Gedanken zu rasen. Warum hat Winona nichts gesagt? Wieso hat sie mir nie davon erzählt, wer mein Vater wirklich war? Und das, was sie erzählt hat? Alles Lügen? Schönredereien?

»So ist es. Du fragst dich, warum Winona es dir verheimlicht hat.«

Tränen treten in meine Augen. Hastig wische ich sie mit dem Handrücken fort.

»Sie haben ihn erwischt, Yma.«

Ich schnappe nach Luft.

»Entschuldige«, sagt Len, »das war wohl nicht sehr einfühlsam von mir.«

Ich starre ihn an.

»Muss ich wirklich nachfragen?«, frage ich mühsam beherrscht, »oder wirst du jetzt endlich anfangen zu reden?«

»Entschuldige.«

»Sag noch einmal dieses Wort, und ich fange an zu schreien.«

»Dein Vater wurde dabei erwischt, wie er illegal medizinische Hilfe leistete. Er wurde verhaftet, und deine Mutter hat seitdem nichts mehr von ihm gehört. Das war vor fünfzehn Jahren.«

»Das heißt, er ist gar nicht tot?« Meine Gedanken rasen. Jahrelang habe ich mit meiner Mutter eine Metalltafel an einem Baum besucht, ohne dass die Asche meines Vaters auch nur in der Nähe gewesen wäre? Habe einen nicht existenten Autofahrer verflucht, der angeblich meinen Vater überfahren und dann Fahrerflucht begangen hat? Was zum Teufel …?

Len zuckt mit den Schultern. »Wahrscheinlich schon. Ich weiß es wirklich nicht. Winona auch nicht. Wir hatten nicht mehr viel Zeit, sie war nur noch kurz bei Bewusstsein. Vielleicht wurde er hingerichtet. Oder er ist noch im Gefängnis.«

»Seit fünfzehn Jahren?«, stoße ich hervor.

»Dir ist offensichtlich nicht klar, wie schwer sein Verbrechen in den Augen der Obrigkeit wiegt. Oder meins. Es ist Hochverrat.«

»Was bedeutet die Plakette?«, frage ich unvermittelt und deute auf den Arztkoffer im Wageninneren.

»Die Schwurhand.«

»Ich weiß«, sage ich. »Aber was ist das für ein Schwur?«

»Ein Gelöbnis, das die Ärzte in der Alten Welt vor ihrem Eintritt in die Berufswelt abgaben. Es besagt, dass man sein Leben in den Dienst der Menschheit stellt und dass die Gesundheit des Patienten, eines jeden Patienten, das oberste Anliegen ist.«

»Noch vor der eigenen Familie«, sage ich leise.

»Nein! *Für* die eigene Familie«, widerspricht er heftig. »Wir leben in einer perversen Welt, Yma. Es widerspricht der menschlichen Natur, sich nur um das eigene Wohl und nicht um das des Nachbarn zu kümmern. Wenn es nicht in unserer Natur läge, anderen zu helfen, dann würden unsere Kinder als Nestflüchter geboren werden und nicht für zehn Jahre und länger von uns abhängig sein.«

»Das ist doch etwas ganz anderes«, gebe ich zurück. »Und darum geht es doch auch überhaupt nicht.«

»Genau darum geht es«, insistiert er. »Ich weiß um die Probleme der Alten Welt. Die Menschen wurden immer älter, Millionen von Menschen, die vor Armut, Hunger und Kriegen flüchteten, mussten ebenfalls versorgt werden. Pandemien überlasteten die Krankenhäuser, das System brach zusammen. Aber nur, weil die Starken und Reichen nicht bereit zum Umdenken waren.«

»Warum sollten sie auch? Wer hart arbeitet und sich nach

oben gekämpft hat, wieso sollte der jemandem helfen, der dafür zu schwach ist?« Ich fühle mich plötzlich in ein Diskussionstraining in der Schule versetzt, in dem man eine zugewiesene Position vertreten muss, ungeachtet, ob sie der eigenen entspricht oder nicht. Ich argumentiere, wie ich es gelernt habe. Nicht, weil ich daran glaube.

»Wieso stellst du Winonas Sachen an den Straßenrand, wo Leute sie finden werden, die sie in deinen Augen gar nicht verdient haben?«, antwortet Len mit einer Gegenfrage. »Die Leute hier sind doch selbst schuld, wenn sie zu faul zum Arbeiten sind. Oder zu krank.«

Ich beiße mir auf die Lippe und stöhne auf. Die Wunde von meinem Kampf hatte ich schon wieder vergessen.

»Na?« Er blickt mich herausfordernd an.

»Da war ein Mädchen«, sage ich schließlich, »sie hat da vorne aus dem Müll gegessen. Sie war höchstens acht.« Schon wieder schießen mir die Tränen in die Augen, ich wende mich ab, damit Len sie nicht sehen kann.

»Du brauchst deine Gefühle nicht zu verstecken«, sagt er, »es ist vollkommen normal, dass sie dir leidtut. Und dass du helfen möchtest. Es ist die menschliche Natur. Auch wenn das System versucht, uns vom Gegenteil zu überzeugen. Wir sind empathische Wesen. Das Leid anderer lässt uns nicht kalt.«

»Es können aber doch nicht alle überleben«, sage ich verzweifelt. »Es gibt nicht genug für alle.«

»Es gab immer genug für alle«, antwortet er, »das Problem ist, dass die Elite sich mit dem Teilen schon immer schwergetan hat.« Er lacht freudlos. »Der Überfluss der Reichen ist das Eigentum der Armen. Das hat mal irgendein Kirchenvater gesagt. Verstehst du? Wenn dem so wäre, dann gäbe es weder

Zone Drei noch Zone Eins. Jeder könnte eine Heizung haben und Essen im Kühlschrank. Aber die Reichen wollen einen beheizten Pool, und das zu jeder Jahreszeit. Dann müssen andere eben frieren. Und die Maßnahme, Alte und Kranke sich selbst zu überlassen, hat in keiner Weise zur Verringerung der Armut geführt. Im Gegenteil.« Er greift nach meiner Hand. »Deine Mutter hatte eine Blutvergiftung, Yma. Rechtzeitig erkannt, wäre es früher ein Leichtes gewesen, sie zu behandeln. Zehn Tage Antibiotikum, rechtzeitig verabreicht, und sie wäre so gesund gewesen wie vorher.«

»Wieso erzählst du mir das?«, flüstere ich.

Er beugt sich zu mir. Und flüstert ebenfalls: »Willst du es wirklich wissen?«

35

Weil Smarty noch immer ausgeschaltet ist, weiß ich nicht einmal, wie spät es ist. Ziemlich spät vermutlich. Adriel wird sich fragen, wo ich bin. Wahrscheinlich versucht er in diesem Moment, mich anzurufen. Macht sich Sorgen, weil ich nicht erreichbar bin. Ich sollte jetzt wirklich schleunigst nach Hause fahren.

Stattdessen fahre ich in die entgegengesetzte Richtung. Das rot blinkende Rücklicht von Lens Fahrrad weist mir den Weg. Die Straße wird immer unwegsamer, mein Auto holpert hilflos über Schlaglöcher und Steine, und obwohl ich die Fenster geschlossen habe, dringt plötzlich ein stechender Gestank ins Wageninnere, der mir den Atem raubt. Mit jedem weiteren Meter, den ich zurücklege, intensiviert er sich und hebt mir beinahe den Magen. Ein Blick nach links bestätigt, was ich schon vermutet habe. Müllberge, so weit das Auge reicht. Ich bemühe mich, durch den Mund zu atmen, empfinde Mitleid mit Len, der sich ohne den Schutz einer Autokarosserie durch die faulige Luft kämpft. Nachdem wir Johtajas größte Mülldeponie hinter uns gelassen haben, bringt Len sein Fahrrad zum Stehen. Ich bremse ebenfalls, schüttele jedoch den Kopf, als er mir bedeutet, auszusteigen. Len tritt an den Wagen heran.

»Steig aus«, ruft er mir durch das Fenster zu. »Mit dem Auto kommst du nicht weiter.«

Ich sehe nach vorne. Vor einer Viertelstunde hätte ich geschworen, dass ein kleines Mädchen, das in einem Mülleimer nach Essbarem sucht, das Schlimmste ist, was ich heute zu Gesicht bekommen werde. Irrtum.

Len schlägt ungeduldig mit der Hand auf das Wagendach. »Ich habe nicht die ganze Nacht Zeit. Kommst du jetzt mit oder nicht?«

Für eine Sekunde krallen meine Finger sich am Lenkrad fest, dann reiße ich mich zusammen. Stelle den Motor ab und öffne mit einem Ruck die Autotür, so dass Len zur Seite springen muss. Der scharfe Gestank schwappt über mich wie eine Welle, dringt in jede Pore, brennt in den Augen und löst einen Würgereiz aus.

»Ich weiß, es ist widerlich. Aber man gewöhnt sich daran«, sagt Len.

Ich schüttele den Kopf und kämpfe verzweifelt gegen den Brechreiz an.

»Doch, wirklich. Jetzt komm endlich. Und vergiss nicht, den Wagen abzuschließen.« Immerhin reicht er mir ein Tuch, das ich vor Mund und Nase pressen kann. Die Nacht ist stockfinster.

»Wir sind spät dran.« Len geht voran.

»Aber ich kann nichts sehen«, gebe ich zurück und bleibe wie angewurzelt stehen. »Soll ich mir vielleicht den Hals brechen? Ist das der Plan?«

Ich höre ihn leise lachen. »Nein«, sagt er, »das ist nicht der Plan.« Dann flammt eine Taschenlampe auf. Ihr Lichtkegel sucht mich, weist mir den Weg.

Dicht an dicht, aus Holzlatten und Wellblech zusammengezimmerte Hütten, zerfranste Stofffetzen statt Türen und Fenster. Ich sehe durch einen Spalt ins Innere einer der Behausungen und bleibe ungläubig stehen, weil ich kaum glauben kann, was ich sehe. Acht Menschen auf gerade mal vier Quadratmetern. Eine Frau schläft im Sitzen, mit dem Rücken an die Wand gelehnt. In ihren Armen entdecke ich ein ebenfalls schlafendes Baby, das die Zahl der Bewohner auf neun erhöht.

»Komm weiter.«

Die Wege zwischen den Baracken sind unbefestigt und von Unrat übersät.

»Ist es noch weit?«, flüstere ich gepresst.

»Nein.« Ich spüre, wie seine Hand im Dunkeln nach meiner greift. Er zieht mich hinter sich her, biegt mehrfach links und rechts ab. Schon nach kurzer Zeit habe ich die Orientierung verloren und klammere mich an ihn wie eine Ertrinkende. Unwillkürlich greife ich nach meinem nackten Handgelenk, fühle mich merkwürdig allein.

Etwas huscht über meinen Turnschuh, und ich kann nur mit Mühe einen Schrei unterdrücken.

»Alles in Ordnung?«, fragt Len. Nichts ist in Ordnung, würde ich am liebsten sagen. Gleichzeitig fällt mir auf, dass der Gestank, obwohl noch immer beißend, tatsächlich in den Hintergrund meines Bewusstseins getreten ist.

»Bestens«, presse ich zwischen den Zähnen hervor. »Ich mag nur keine Ratten.« Ein Schauer läuft mir über den Rücken.

»Kann ich verstehen«, wispert Len. »Aber jetzt sind wir auch da.«

Ich blicke hoch und versuche, irgendetwas in der Dunkelheit zu erkennen. Len zieht mich weiter, der Lichtkegel seiner

Taschenlampe fällt auf einen uralten Bauwagen, der nur noch vom Rost zusammengehalten wird.

»Was ist das?«

»Das ist«, Len lacht ein bisschen freudlos, »der erbärmliche Abklatsch einer Notfallambulanz, wie es sie früher zu Tausenden gab.«

»Eine Notfallambulanz?«, echoe ich ungläubig. Er nickt, klopft an, und zwei Sekunden später wird die Tür von innen aufgestoßen. Eine Frau mit von tiefen Falten durchzogenem Gesicht, die grauen Haare zu einem Dutt am Hinterkopf aufgesteckt, in Jeans und fleckigem Pullover, sieht auf uns herab.

»Ich dachte schon, du kommst nicht mehr. Wer ist sie?«, fragt die Frau und mustert mich misstrauisch.

»Eine Freundin«, antwortet Len und ignoriert meinen überraschten Blick.

»Yma«, stelle ich mich vor und nicke ihr zu.

Sie tut so, als sei ich gar nicht da. »Dies ist kein Ort, an den man Freunde bringt.«

»Sie wird uns nicht verraten«, sagt Len in einem Ton, der besagt, dass die Diskussion damit für ihn beendet ist. Die Frau zuckt mit den Achseln und tritt aus dem Wohnmobil heraus. Als sie an mir vorbeigeht, bemerke ich, dass sie lange nicht so alt ist, wie ich auf den ersten Blick gedacht habe. Das Leben hat tiefe Furchen in ihre Haut gegraben, aber ihre Bewegungen sind kraftvoll.

»Nenn mich Lore«, sagt sie in meine Richtung. »Ist nicht mein richtiger Name, aber auf *Du da* höre ich nicht.« Sie greift sich etwas vom Boden und drischt damit ohne Vorwarnung auf mehrere Wellbleche ein, die an der Seite des Bauwagens aufgestellt sind. Der Lärm ist ohrenbetäubend, und ich weiche erschrocken zurück.

»Schon gut, das ist nur das Signal, dass wir hier sind.«

Mit einer Handbewegung bedeutet Len mir, ihm zu folgen.

Das Innere des Bauwagens steht in krassem Gegensatz zu seinem zerfallenen Äußeren. Neonröhren an den Decken spenden gleißendes Licht, der Stromgenerator brummt leise und stetig. Es riecht sauber, nach Desinfektionsmittel und Seife, im Regal an der Rückwand finden sich säuberlich aufgestapelt Verbandszeug, Flaschen und Tiegel. Davor eine Liege mit verstellbarer Rückenlehne. Len stellt seine Tasche auf dem Boden ab und greift nach einer Art Mantel, der an einem Haken an der Wand hängt. Er zieht ihn über, schließt die Knöpfe und wirft mir einen seltsamen Blick zu. Irgendwie verlegen. Ich stehe noch immer ziemlich fassungslos mitten im Raum.

»Wenn sie das hier entdecken …«, sage ich tonlos.

Len nickt. Er weiß natürlich genau, wen ich mit *sie* meine. »Dann sind wir das ganze mühsam zusammengesammelte Zeug los. Und wenn wir nicht schnell genug machen, dass wir wegkommen, vermutlich auch unser Leben.«

Ich schlucke schwer.

»Keine Sorge. Seit ich dabei bin, haben wir nur einen einzigen Standort verloren. Razzien sind in den Tiefen der Slums eher selten, und sämtliche Hütten zu kontrollieren würde Tage in Anspruch nehmen. Bisher haben wir Glück gehabt.«

»Wie beruhigend«, sage ich ironisch, während von draußen Stimmengewirr zu uns hereindringt.

»Es geht los. Mach auf«, fordert Len mich auf, und ich öffne die Tür. Draußen stehen mindestens zwei Dutzend Menschen, ordentlich in einer Schlange aufgereiht. Und es kommen immer mehr dazu. Sie alle heben den Kopf und sehen mich an. Len tritt neben mich und lässt seinen Blick über die Wartenden schweifen. Über die Hälfte von ihnen sind Frauen mit einem Kind, das sie je nach Alter auf dem Arm tragen oder an der Hand halten. Du meine Güte, um diese Uhrzeit sollten sie ihre Kinder lieber schlafen lassen, statt sie in die Nacht hinauszubringen, fährt es mir durch den Kopf. Gleich darauf erschrecke ich über meine eigenen Gedanken. Ich sehe hinunter auf die junge Frau, die ganz vorne steht. Sie hält ein vielleicht zweijähriges Mädchen im Arm, dessen Gesicht vor Fieber glüht. Sicher wüsste sie ihre Tochter in diesem Moment auch lieber im Bett, aber was hat sie für eine Wahl? Ohne darüber nachzudenken, gehe ich die beiden Stufen herunter und trete zu der Mutter heran. Lege dem Mädchen eine Hand auf die Stirn, an der klebriger, kalter Schweiß klebt.

»Sie hat hohes Fieber«, sage ich und könnte mich gleich darauf ohrfeigen. Das weiß die Mutter schließlich selbst.

»Schon seit drei Tagen«, antwortet sie und sieht mich flehend an. »Bitte.« Sie hält mir das Kind entgegen, das mich mit glasigen Augen ansieht. Seine Lippen sind rau und aufgesprungen. Ich hebe hilflos die Schultern und drehe mich zu Len um.

»Len.« Er steht schon hinter mir, wirft einen Blick auf die Kleine.

»Kommen Sie«, sagt er und macht eine einladende Handbewegung. Im selben Moment höre ich einen unheimlichen, langgezogenen Laut, den ich nicht sofort zuzuordnen weiß. Was ist das? Ein Tier? Wieder dieses Ächzen, näher dieses Mal. Len hebt alarmiert den Kopf, die Wartenden wenden sich ebenfalls in die Richtung, aus der das Stöhnen kommt. Es wird lauter, verändert sich, wird zu einem gurgelnden Röhren, das mir durch Mark und Bein geht.

»Lasst uns durch«, ruft eine Männerstimme. Die Menge teilt sich. Ein Mann und eine Frau stützen jemanden in ihrer Mitte, der noch immer diese grausigen Laute von sich gibt. Noch verbirgt sie die Dunkelheit.

»Bringt ihn rein«, befiehlt Len, nachdem er einen Blick auf den Patienten geworfen hat. Ich stehe wie angewurzelt da und versuche zu verarbeiten, was meine Augen sehen. Der Mann trägt graue Arbeiterkleidung, das Hemd ist vor der Brust geöffnet, irgendwie ausgefranst. Die Haut an Oberkörper, Hals und Gesicht ist knallrot, glänzend und von mit Wasser gefüllten Blasen überzogen.

»O mein Gott«, keuche ich und schlage die Hände vor den Mund.

»Das hilft überhaupt nicht«, fährt Len mich an. »Geh aus dem Weg.«

Während der Mann den Verletzten auf die Liege hievt, wendet Len sich noch einmal zu mir.

»Kommst du?«

Entsetzt sehe ich zu ihm hoch, schüttele nachdrücklich den Kopf. Er zieht die Augenbrauen zusammen, eine steile Falte entsteht über seiner Nasenwurzel. »Na schön«, knurrt er, greift hinter sich und reicht mir eine Flasche Mineralwasser.

»Dieser Mann wurde mit Säure verätzt.« Es klingt, als gäbe er mir die Schuld daran. »Ich muss mich um ihn kümmern. Gib jedem Kind mit Fieber oder Durchfall Wasser zu trinken. Das wirst du hoffentlich schaffen?«

»Ja, natürlich«, sage ich.

»Wenigstens etwas.« Die Tür knallt zu. Erst jetzt bemerke ich, dass die grauhaarige Frau, die ich Lore nennen soll, direkt neben mir steht. Sie entzündet mehrere im Boden stehende Fackeln, damit wir in der Dunkelheit etwas sehen können.

»Dann wollen wir mal.« Ihre grauen Augen blitzen im Feuerschein. »Und mach dir nichts draus. Er meint es nicht so. Das alles hier setzt ihm ganz schön zu.«

Ich nicke und schlucke schwer. Ja, das kann ich mir vorstellen. Mein Blick gleitet über die Wartenden, es werden immer mehr. Was hat Len vor? Will er etwa die ganze Nacht hierbleiben? Wieder denke ich an Adriel. Ich muss ihm Bescheid sagen, wo ich bin. Oder besser gesagt, ich muss ihm eine glaubwürdige Lüge auftischen. Am besten behaupte ich, dass ich in Winonas Wohnung übernachte.

»Bitte«, werde ich in meinen Gedanken unterbrochen. Die Mutter mit dem fiebernden Kind tritt zu mir heran. Ich gebe mir einen Ruck und zwinge mich zu einem Lächeln.

»Hier«, ich fülle einen der Becher mit Wasser, »sie muss dringend etwas trinken.«

Gemeinsam mit Lore gehe ich die Reihen ab und verteile Wasser. Befühle Kindergesichter, die so heiß sind wie ein Stein in der Mittagssonne, versuche, mir meinen Ekel vor den Ausdünstungen der Kranken nicht anmerken zu lassen.

»Leer«, sagt Lore und dreht die Flasche auf den Kopf. »Hol mal Nachschub.« Von Bitte und Danke hat hier auch noch nie jemand etwas gehört. Trotzdem gehe ich zurück zum Bauwagen, klopfe an und betrete das Innere.

»Ich brauche noch mehr Wasser.«

Len schaut nicht hoch, deutet nur mit dem Kinn in die entsprechende Richtung. Eigentlich sollte ich mir eine Flasche schnappen und schleunigst wieder gehen. Ich weiß nicht, warum ich es nicht tue. Warum ich stattdessen näher an die Liege herantrete. Vielleicht ist es das Stöhnen des Mannes, das leise Weinen der Frau, die seine Hand hält. Ich würde gern irgendetwas Tröstendes sagen, deshalb komme ich noch einen Schritt näher. Lege meine Hand auf die Schulter der Frau.

»Schon gut«, sage ich leise. Der Verletzte wendet mir sein Gesicht zu, doch seinen Blick suche ich vergeblich. Die Augen unter den verätzten Lidern sind milchig weiß, und ich begreife, dass für diesen Mann nichts mehr gut werden wird.

Immerhin habe ich nicht Hals über Kopf die Flucht ergriffen. Ich bin dageblieben, habe Stunde um Stunde Kindern Wasser eingeflößt und Vitamintabletten verteilt. Habe Smarty zusammengebaut, eine Nachricht an Adriel geschrieben – *Immer noch nicht fertig mit der Entrümpelung, schlafe heute hier, Akku leider fast leer. Kuss* –, darauf gewartet, dass diese albtraumhafte Nacht endlich zu Ende geht.

Nun sitze ich am Steuer des Mietwagens, Lens Klapprad ist hinten im Kofferraum verstaut, und plötzlich beginnt dieser doch sonst so wortkarge Mann zu reden.

»Der Verletzte ist bei einem Chemiekonzern angestellt. Für einen Hungerlohn arbeitet er vierzehn Stunden am Tag, natürlich ohne Schutzkleidung. Seine Lunge ist schon lange hin, wegen der giftigen Dämpfe. Und heute ist irgendein morscher Schlauch geplatzt, und der arme Kerl wurde von Kopf bis Fuß mit Propionsäure übergossen. Selbst wenn er durchkommt, sein Augenlicht ist nicht mehr zu retten. Natürlich haben sie ihn gefeuert, denn so kann er nicht mehr arbeiten. Er hat drei kleine Kinder. Seine Frau ist wieder schwanger. Verdammt, das ist alles so ungerecht.«

Ich umklammere das Steuer so fest, dass meine Fingerknöchel weiß hervortreten. Ich wünschte, er würde aufhören zu reden. Noch immer sehe ich die eingetrübten Augen des Mannes vor mir und spüre, wie mir Galle die Speiseröhre hochsteigt. Ob es an dem Gestank liegt, der von der Mülldeponie, die wir gerade passieren, herüberweht, oder an der Erinnerung, ich weiß es nicht.

»Wir tun, was wir können, aber das ist nicht viel.«

»Wer ist wir?«

»Eine Untergrundorganisation, die den Menschen medizinisch hilft. In diesem Teil der Slums sind es zurzeit nur Lore und ich. Es gibt noch weitere Standorte. Aber es ist schwierig. Sämtliches Wissen müssen wir uns aus dem Darknet mühsam zusammensammeln. Und natürlich fehlt es an Ausrüstung und Medikamenten. Dem Mann konnte ich nichts als Paracetamol gegen die Schmerzen geben. Das ist, als wollte man einen Waldbrand mit der Wasserpistole löschen. Echte Medizin, so was wie Morphium oder gar Antibiotika, gibt es nur auf dem Schwarzmarkt. Meistens abgelaufene Ware aus dem Ausland. Kostet ein Vermögen und ist nur schwer zu bekommen. Und wenn man damit erwischt wird … Na ja.« Er bricht ab. Ich weiß, dass wir beide das Gleiche denken. Dann verschwindet man einfach von der Bildfläche. So wie mein Vater. Ich würge den Kloß in meinem Hals hinunter.

Nach einer gefühlten Ewigkeit bringe ich das Auto zum Stehen. Wir sind wieder zu Hause. Cape Coral. Während Len sein Fahrrad aus dem Kofferraum holt, stehe ich einfach nur da und atme die klare Nachtluft ein. Nie zuvor war mir bewusst, wie unglaublich gut es hier riecht. Blumig und frisch. Vielleicht bilde ich es mir ein, aber ich habe das Gefühl, als würden die Aromen des Kräutergartens, der sich direkt hinter dem Eingangsportal unseres Wohnkomplexes befindet, zu mir herüberwehen. Der Duft von Minze, Salbei und Lavendel streichelt meine Nase.

Len hat sein Fahrrad aufgeklappt und kommt zu mir heran. »Danke fürs Mitnehmen.«

Ich nicke stumm. Er sieht mich an, irgendwie erwartungsvoll. Was will er von mir? Soll ich ihm etwa ebenfalls danken? Fürs Mitnehmen? Für den grauenhaften Gestank, für all das Leid? Ich presse die Lippen fest aufeinander.

Len stellt sein Rad auf den Ständer, geht um das Auto herum und holt die Arzttasche aus dem Fußraum des Beifahrersitzes. Nicht seine, die hat er längst in seinem Rucksack verstaut. Die Tasche, die ich in Winonas Wohnung gefunden habe. In meiner Müdigkeit hätte ich sie beinahe vergessen. Er drückt mir sanft die Henkel in die Hand.

»Jetzt weißt du also, was deine Mutter meinte«, sagt er. Irritiert sehe ich ihn an. »In ihrem Brief.«

Vor meinem inneren Auge erscheint die zittrige Handschrift meiner Mutter. *Dies ist der stolzeste Moment meines Lebens. Du hast einen kühlen Kopf, doch auch ein weiches Herz. Du bist wie dein Vater. Frag Len. Mama.*

»Nein«, stoße ich hervor und schüttele heftig den Kopf. Wieder sehe ich die verätzten Augen vor mir, höre das gurgelnde Stöhnen, sehe in die verzweifelten Augen der Frau des Patienten. »Das kann ich nicht.«

»Ich weiß«, sagt Len, »es ist furchtbar, aber …«

»Nichts aber«, unterbreche ich ihn. »Versteh mich nicht falsch, ich finde es sehr mutig, was du tust. Und ich werde kein Sterbenswörtchen verraten. Aber ich kann das nicht tun. Es ist zu schrecklich.«

»Eben weil du es so schrecklich findest, kannst du es«, sagt Len.

»Ich will aber nicht«, stoße ich hervor. »Verstehst du? Ich habe mein Leben lang dafür gekämpft, das zu erreichen, was ich jetzt habe. Ich habe einen Freund. Eine Karriere. Ich bin ein Mädchen aus ärmlichen Verhältnissen. Keiner hätte es mir zugetraut, aber ich habe es aus eigener Kraft geschafft.«

Im Licht der Straßenlaterne kann ich erkennen, wie Lens Miene sich verschließt. »Ich verstehe. Herzlichen Glückwunsch.«

»Du kannst doch nicht verlangen, dass ich all das einfach so aufs Spiel setze«, sage ich und frage mich, warum mein Hals sich plötzlich so eng anfühlt.

»Ich verlange gar nichts von dir. Wie könnte ich?«

Er greift nach der Tasche meines Vaters. »Ich hoffe, du hast nichts dagegen, wenn ich die an mich nehme. Du hast dafür ja keine Verwendung. Und wir brauchen jede verdammte sterile Auflage, die sich darin befindet, das hast du ja gesehen.«

Ich lasse zu, dass er mir den Koffer aus den Händen nimmt.

»Danke. Nun kannst du vor dir selbst wenigstens behaupten, so eine Art Fördermitglied zu sein. Ich frage mich, ob dein Vater stolz auf dich wäre.«

36

He, was machst du denn hier? Wolltest du nicht in Winonas Wohnung übernachten?«, murmelt Adriel verschlafen, als ich neben ihn unter die Bettdecke schlüpfe.

»Ich hatte Sehnsucht«, flüstere ich und schmiege mich an ihn.

»Das freut mich.« Er dreht sich auf den Rücken, damit ich meinen Kopf auf seine Brust legen kann. Ich lausche seinem Herzschlag, spüre seine glatte, warme Haut an meiner. Es ist ein friedlicher Moment.

Am nächsten Tag drohen mir im Unterricht mehr als einmal die Augen zuzufallen, aber ich reiße mich zusammen. Ich habe nicht so hart gearbeitet, um auf den letzten Metern zu versagen. Das kommt überhaupt nicht in Frage.

Lens abfällige Worte kommen mir wieder in den Sinn. *Ich frage mich, ob dein Vater wohl stolz auf dich wäre.*

Wieso fragt mich eigentlich keiner, ob ich stolz auf meinen Vater bin? Der mich verlassen, seine Familie geopfert hat? Seine Entscheidung, Heiler zu werden, hatte schließlich nicht nur für ihn Konsequenzen. Hat Len allen Ernstes erwartet, dass ich denselben Weg einschlagen würde? Das wäre doch vollkommen verrückt, ich könnte alles verlieren.

Noch immer bin ich tief in Gedanken versunken, als ich nach dem Unterricht meinen Spind abschließe.

»Hey, was machst du denn für ein Gesicht?« Adriel legt von hinten den Arm um mich. Verwirrt starre ich ihn an, und er wird ein bisschen rot. »Entschuldige«, sagt er zerknirscht, »du hast wohl gerade an deine Mutter gedacht. Tut mir leid.«

»Schon gut.«

»Ich finde, wir sollten etwas Schönes unternehmen heute. Etwas, das dich von gestern ablenkt.«

»Wie meinst du das?«, frage ich alarmiert.

»Es war bestimmt nicht einfach für dich, die Wohnung deiner Mutter auszuräumen.«

»Ach so. Ja, nein, das stimmt. Du hast recht.« Vor lauter Erleichterung werden meine Beine schwach. »Woran hattest du denn gedacht?«

»Wir könnten zum Beispiel ins SPA gehen und uns ein bisschen entspannen, was meinst du?«, schlägt Adriel vor. »Zuerst ins Dampfbad, ein ayurvedischer Kopfguss und zum Abschluss eine Massage. Ich habe alles schon organisiert und den Termin reserviert. Natürlich nur, falls du Lust hast.«

»Klingt gut.« Er strahlt über das ganze Gesicht, und ich bin ehrlich gerührt von seinem Versuch, mich aufzumuntern.

Eine Stunde später treten wir gemeinsam durch die goldbeschlagene Tür, die vom Fitnessbereich in das angrenzende SPA führt. Hier ist es angenehm warm, und die feuchte, schwere Luft umhüllt uns mit ihrem Duft nach Sandelholz, Lavendel und Bergamotte. Ich schiebe den Gedanken an Menschen, die neben einer Mülldeponie leben müssen, so weit wie irgend möglich von mir weg.

Hinter dem glänzend weißen Empfangstresen erwartet uns eine dunkelhaarige Schönheit in einer himbeerroten Uniform, deren Namensschild sie als Thalula ausweist.

»Einen schönen guten Abend«, sie lächelt pflichtschuldigst, »wie kann ich Ihnen helfen?«

»Wir haben reserviert. A92.«

Sie nickt und studiert den vor ihr liegenden, aufgeschlagenen Kalender. »Da habe ich Sie. Oh.« Ihr Lächeln verrutscht.

»Gibt es ein Problem?«

»Aber nein. Bitte warten Sie einen Moment.« Sie erhebt sich und verschwindet eilig in einem kleinen Raum hinter der Rezeption.

Adriel lehnt sich lässig gegen den Tresen, streckt die Hände nach mir aus und zieht mich an sich.

»Na?«, sagt er.

»Na«, gebe ich zurück.

Wir warten. Stimmen dringen durch die halb geschlossene Tür zu uns heraus. Die unserer Rezeptionistin und eine andere, männliche Stimme. Sie klingt verärgert.

»Aber wo zum Teufel ist sie?«

»Sie ist nach Hause gegangen.«

»Nach Hause?«, blafft der Mann ungläubig.

»Es ging ihr sehr schlecht, da habe ich gesagt …«

»Du? Du hast ihr gesagt, dass sie ihren Arbeitsplatz verlassen soll? Und das, obwohl sie noch Kundschaft hatte?«, brüllt der Mann.

»In diesem Zustand konnte sie doch nicht …«

»Halt den Mund! Ruf Naeli an und sag ihr, dass sie gefeuert ist. Dann übernimmst du die Massage. Das ist deine letzte Aufgabe! Danach kannst du ebenfalls deine Sachen packen!«

»Aber …«

»Geh mir aus den Augen!«

»Nein, bitte nicht. Ich habe zwei Kinder, ich brauche diese Arbeit.«

»Dein jämmerliches Leben interessiert mich nicht. Und jetzt raus hier.«

Sekunden später geht die Tür wieder auf, und Thalula kommt heraus.

»Entschuldigen Sie bitte die Wartezeit«, sagt sie und versucht ein Lächeln. »Es ist nun alles für Sie bereit. Wenn Sie mir folgen wollen?«

Meditative Panflötenmusik, warmes Öl auf meiner Haut, Hände, die kräftig und sanft zugleich die verspannten Muskeln meines Rückens kneten. Es könnte alles so schön sein. Leider gelingt es mir nicht, mich zu entspannen. Sobald ich die Augen schließe, erscheinen die Bilder der letzten Nacht auf der Innenseite meiner Lider. Und wenn ich die vertrieben habe, denke ich über Thalula nach und wie man ihren widerlichen Chef dazu bringen könnte, die Kündigung zurückzunehmen.

Nach der Massage sitzen wir, in flauschige Bademäntel gehüllt, im Ruheraum. Adriel greift nach meiner Hand. »Und«, fragt er, »war das eine gute Idee?«

Ich nicke und lächele. Schließlich kann er nichts dafür, dass ich nicht abschalten kann. »Eine ausgezeichnete Idee.«

Er grinst zufrieden.

»Aber diese Masseurin, Thalula …«, ich weiß nicht recht, wie ich es formulieren soll, »meinst du, wir sollten mal mit dem Geschäftsführer sprechen?«

»Warst du mit ihr nicht zufrieden?«

»Doch, doch«, versichere ich. »Ich dachte nur, vielleicht könnten wir ihn überreden, sie nicht rauszuwerfen.«

Adriel zieht die Augenbrauen in die Höhe. »So gut war sie nun auch wieder nicht.«

»Aber du hast doch gehört, was sie gesagt hat. Dass sie Kinder hat und …«

Er wirkt jetzt ehrlich erstaunt. »Das ist doch nun wirklich nicht unser Problem.«

»Das nicht, aber…«, setze ich an, da unterbricht er mich schon wieder.

»Du weißt doch, wie es läuft. Die Starken herrschen, die Schwachen dienen. Und wer nicht funktioniert, der fliegt eben raus.«

»Und landet in der Gosse?«, platzt es aus mir heraus. »Oder verhungert?«

Adriels Blick verfinstert sich. »Was ist denn auf einmal los mit dir?«

Ich beiße mir auf die Unterlippe. »Nichts«, sage ich leise. »Schon gut.«

37

Am folgenden Nachmittag, nach Schulschluss, fahre ich an Cape Coral vorbei und weiter ins Villenviertel.

Vor der Hofeinfahrt, die zum Anwesen von Kimis Eltern führt, bleibe ich stehen. Sehe die geschwungene, von Bäumen umsäumte Auffahrt hinauf. Unzählige Wochenenden habe ich hier verbracht, und doch fühlt es sich seltsam fremd an. Als habe die Villa etwas verloren, seit Kimi nicht mehr hier wohnt.

Natürlich hat Adriel recht. Die Starken herrschen, die Schwachen dienen. So ist das System. Aber Kimi ist meine beste Freundin, egal, auf welcher Seite sie steht. Ich muss wissen, ob es ihr gut geht.

Während ich mein Rad abstelle, höre ich in der Ferne das Brummen eines Rasenmähers. Probehalber drücke ich den Klingelknopf, eine Minute später erscheint das Gesicht von Djuna, der Haushälterin, auf dem Monitor der Gegensprechanlage. »Ja, bitte?«

»Hallo, Djuna, hier ist Yma.«

»Yma. Was willst du denn hier?« Sie klingt abweisend. Anscheinend habe ich in diesem Haus mittlerweile ebenso wenig verloren wie Kimi.

»Ähm«, ich räuspere mich, »ich hatte Kimi ein Buch geliehen, das ich unbedingt brauche.«

»Kimi wohnt nicht mehr hier.«

»Das weiß ich selbst«, ich gebe mir Mühe, die Ungeduld in meiner Stimme zu unterdrücken, »ich möchte nur kurz in ihr Zimmer, um es zu holen.«

»Ich glaube nicht, dass …«

»Bitte, Djuna, ich will doch nur nachschauen.«

»Na gut.« Sie drückt den Summer, das riesige Gittertor schwenkt auf, und ich spurte die mit weißen Kieseln bedeckte Auffahrt zur Villa hinauf. Lasse meinen Blick durch den Garten schweifen, zu dem Pool, in dem ich so viele Kilometer geschwommen bin. Dem im Sommer wie Winter beheizten Pool. Schnell schiebe ich den Gedanken an Len zur Seite, nehme mit zwei langen Schritten die Stufen, die auf die das Haus im Kolonialstil umgebende Veranda führen.

In der geöffneten Tür steht Djuna, in blütenweißer Schürze und mit einem gestärkten Häubchen auf dem Kopf. Sie wirkt noch immer nicht sehr überzeugt, ob es eine gute Idee ist, mich ins Haus zu lassen.

»Danke, Djuna, es wird nicht lange dauern«, ich drängele mich an ihr vorbei in die Eingangshalle, die mir plötzlich riesig vorkommt.

Ich ziehe meine Schuhe aus und laufe auf Strümpfen über den glatten Marmorboden. Ich bin mir selbst nicht sicher, was ich mir von diesem Besuch verspreche. Wahrscheinlich hoffe ich darauf, irgendeinen Hinweis auf Kimis Verbleib zu finden. Ich nehme die geschwungene, mit weichem Teppich ausgelegte Treppe hinauf in die obere Etage, wo sich Kimis Zimmer befindet.

Befand.

Fassungslos stehe ich im Türrahmen des Raumes, in dem Kimi die letzten achtzehn Jahre gewohnt hat. Vergewissere mich, dass ich nicht die falsche Tür erwischt habe. Aber nein, dies hier war bis vor kurzem ein Mädchenzimmer mit dunklem Parkettfußboden, flauschigen weißen Teppichen, einem breiten Himmelbett, antikem Schminktisch und eigener Dachterrasse.

Jetzt gibt es hier nur noch eine breite, weiße Leinwand und drei Reihen gemütlich aussehender, mit rotem Samt bezogener Kinosessel. Die Wände sind mit schweren, dunklen Vorhängen verkleidet, vermutlich zur akustischen Isolierung.

Ich schlucke schwer. Kimis Vater hat sich also den Traum von einem eigenen Heimkino erfüllt. Und damit die letzten Spuren seiner Tochter beseitigt.

»Es ist nichts mehr da.« Ich zucke zusammen. Unbemerkt ist Djuna hinter mich getreten und blickt bekümmert in den veränderten Raum. »Vielleicht ist das Buch in der Bibliothek?«

»Bitte?« Wovon redet sie? Gerade noch rechtzeitig fällt mir ein, mit welcher Ausrede ich hergekommen bin. »Ach so. So wichtig ist es auch nicht. Danke, Djuna.«

Durch das geöffnete Fenster dringt das Geräusch des Rasenmähers zu uns herauf und bringt mich auf eine andere Idee. »Ich werde es einfach noch einmal kaufen. Auf Wiedersehen.«

Fliegenden Schrittes laufe ich die Treppe wieder hinunter und aus der Villa. Aber ich nehme nicht die Auffahrt, wende mich stattdessen nach links und marschiere in Richtung Pool.

Zuerst sehe ich nur seinen nackten, von Schweiß glänzenden Rücken.

»Enno«, rufe ich, doch das Knattern des Rasenmähers übertönt meine Stimme. Ich trete näher und berühre seinen Arm. Er fährt zu mir herum, erkennt mich und stellt das Gartengerät aus.

»Yma«, er lächelt breit und zeigt seine weißen Zähne. »Hallo.«

»Hallo«, sage ich abweisend. »Weißt du, wo sie ist?«

»Wo wer ist?«

»Stell dich nicht dumm. Du weißt genau, von wem ich rede.«

»Nicht die leiseste Ahnung.« Er schüttelt den Kopf und schaut auf mich herunter.

»Hör zu, ich weiß von dir und Kimi«, zische ich, »ich weiß, dass du sie ausgenutzt und dann einfach weggeworfen hast.« Ein Schatten fällt über sein ebenmäßiges Gesicht. »Sag mir einfach, wo sie ist.« Ich spüre, dass meine Drohgebärden in unvereinbarem Kontrast zu der Tatsache stehen, dass ich eine Information von ihm brauche.

Er mustert mich feindselig. »Ich werde dir sagen, wo sie steckt«, sagt er schließlich, und mein Herz macht vor Erleichterung einen kleinen Satz, »aber vorher wirst du mir mal zuhören. Auch wenn ihr Reichen immer glaubt, eure Wahrnehmung sei die einzig richtige, kann ich dir versichern, dass jede Geschichte zwei Seiten hat.«

Ich brauche einen Moment, um zu kapieren, dass er mit *ihr Reichen* tatsächlich mich meint.

»Ich habe Kimi nicht ausgenutzt. Sie fand es aufregend, mal mit so einem wie mir zu schlafen. Glaub nicht, dass es ihr dabei um mich als Person ging. Sie wollte den Kick, das war alles. Ich war ihr Boytoy, sie hat mich zu sich gerufen, wann immer ihr danach war. Ansonsten hat sie mich im besten Fall ignoriert und im schlimmsten Fall niedergemacht.«

Ein unangenehmes Gefühl beginnt sich in mir auszubreiten. Und die Erinnerung an mehr als einmal, dass Kimi alles andere als nett mit den Hausangestellten umgegangen ist.

»Nach der Diagnose war dann alles anders«, fährt Enno fort, »ihre Eltern haben sie rausgeschmissen, und sie stand plötzlich vor meiner Tür und erwartete, dass ich ihr helfe. Ich habe ihr angeboten, ein paar Nächte bei uns zu bleiben, obwohl wir wahrhaftig keinen Platz haben. Ich habe drei kleine Geschwister. Meine Mutter ist gestorben, mein Vater hat seinen Job verloren, weil irgendjemandem seine Nase nicht gefallen hat. Wir sind aus unserer Wohnung in Zone Zwei rausgeflogen und wohnen jetzt in zwei baufälligen Räumen ohne Heizung. Ich versorge fünf Menschen mit einem Lohn, der eigentlich gerade mal für einen reicht. Nach ein paar Tagen hatte Kimi keine Lust mehr auf Reis und Bohnen und auf die Enge und das Kindergeschrei. Sie ist eine verzogene Göre, die ihr Leben lang Puderzucker in den Arsch geblasen bekommen hat und deshalb glaubt, es stehe ihr zu, wie eine Prinzessin behandelt zu werden.« Er sieht zu Boden. »Sie hätte mich niemals hier übernachten lassen. In diesem Schloss, in dem jede Nacht zehn Zimmer leer stehen. Für die Reichen wäre es so einfach, zu teilen. Sie würden es nicht einmal merken.«

Ich spüre, wie ich rot anlaufe. Obwohl ich selbst ohne viel Geld aufgewachsen bin und weiß Gott noch nicht lange im Luxus lebe, fühle ich mich schuldig und weiche seinem Blick aus. »Wo ist sie?«, wiederhole ich.

Er nennt mir eine Adresse, wendet sich wieder dem Rasenmäher zu und setzt ihn in Gang. Beginnt, seine Runden über die Wiese zu drehen.

»Danke«, sage ich, ohne dass er es hören könnte, »auch, dass du dich um sie gekümmert hast.«

38

Die von Enno genannte Adresse entpuppt sich als ein Mehrfamilienhaus am Rande der zweiten Zone. Roter Klinker, Balkonbepflanzung, heile Fensterscheiben. Kein Vergleich zu dem Loch, in dem Enno mit seiner Familie lebt. Von den Slums neben der Mülldeponie ganz zu schweigen. Ich inspiziere die Klingelschilder und werde fündig. Drei Namen stehen dort, unter anderem der von Kimi. Ich drücke den danebenliegenden Knopf.

»Hallooo«, flötet es gleich darauf aus der Gegensprechanlage. Das ist nicht Kimis Stimme. Vermutlich eine Mitbewohnerin.

Noch bevor ich sagen kann, wer ich bin, surrt der Türöffner. Ich betrete das Treppenhaus. Es riecht gut, nach Putzmittel und Räucherstäbchen. Als ich in der zweiten Etage ankomme, öffnet sich mit Schwung eine der Wohnungstüren aus weiß lackiertem Holz. Eine blonde Frau im kurzen schwarzen Kleid steht im Rahmen, ihr Lächeln verrutscht, als sie mich sieht, und sie schließt schnell die Tür bis auf einen schmalen Spalt.

»Ja, bitte?«

»Entschuldigung«, stammele ich. »Ich möchte zu Kimi. Sie wohnt doch hier, oder?«

»Schon.« Die andere mustert mich misstrauisch. Sie ist ungefähr in meinem Alter, doch die starke Schminke in ihrem hübschen Gesicht mit den hohen Wangenknochen lässt sie älter wirken. »Sie ist beschäftigt.«

»Womit?«

Sie zieht eine mit dunklem Kajal sorgfältig nachgemalte Augenbraue in die Höhe. »Na, was glaubst du wohl?«

Ich zucke die Achseln. »Keine Ahnung. Äh, kann ich vielleicht in der Wohnung warten? Bis sie … fertig ist?«

Noch während mein Gegenüber darüber nachdenkt, schrillt erneut die Türglocke, was sie sichtlich nervös zu machen scheint.

»Verdammt.« Entschlossen greift sie nach mir und zerrt mich in die Wohnung. Drängt mich durch einen schmalen Flur, von dem an jeder Seite zwei Türen abgehen, in eine Küche am Ende des Ganges. »Bleib hier«, befiehlt sie und deutet auf den rechteckigen Tisch in der Ecke. »Nimm dir Kaffee, wenn du willst. Aber lass dich nicht blicken, verstanden?«

Ich nicke, sie schließt mit Nachdruck die Tür, und ich höre sie den Flur in Richtung Wohnungstür zurücklaufen. Höre gedämpft ihr langgezogenes *Halloooo* und das Surren des Türöffners. Ich widerstehe der Versuchung, mein Ohr an die Wand zu legen und zu lauschen. Stattdessen sehe ich mich in dem kleinen Raum um. Das Inventar wirkt zusammengewürfelt, aber gar nicht so schlecht. Eine in die Jahre gekommene Küchenzeile, ein Tisch aus Holz mit vier Stühlen drum herum. Ein paar Kerzen in leeren Flaschen und auf der Fensterbank ein verstaubter Strauß Kunstblumen. Ich schenke mir Kaffee aus der Filtermaschine ein, ziehe einen Stuhl ans Fenster und schaue hinaus. Versuche, meine Gedanken zu ordnen. Dies ist also Kimis neues Zuhause? Und wer ist ihre Mitbewohnerin? Was machen sie hier?

Nachdem ich den Kaffee getrunken habe, drücke ich mein Ohr gegen die Tür. Öffne sie vorsichtig, sehe den Flur hinunter. Niemand ist zu sehen. Doch in diesem Moment öffnet sich die Tür zu meiner Rechten, und ich erhasche einen Blick auf Kimi, bevor ich mich hastig zurückziehe. Sie spricht mit jemandem. Einem Mann.

»Ich weiß noch nicht, wann ich das nächste Mal kommen kann«, sagt er. »Vielleicht am Wochenende.«

»Ich bin hier«, antwortet Kimi.

Sie gehen in Richtung Haustür. Vorsichtig spähe ich durch den Türspalt. Kimi trägt eine Art Kimono aus rotem Satin. Der Mann hat von vielen grauen Strähnen durchzogene Haare und steckt in einem teuer aussehenden Nadelstreifenanzug. Kimi lehnt sich gegen ihn und rückt seine Krawatte gerade. Er küsst sie und flüstert etwas, das ich nicht verstehen kann, was aber von Kimi mit einem gurrenden Lachen quittiert wird. Der Klang jagt mir einen Schauer über den Rücken. Sie öffnet dem Mann die Tür, winkt ihm zu und wirft ihm Kusshände hinterher. »Auf Wiedersehen, Wayan.«

»Auf Wiedersehen, Kimi. Du warst unglaublich. Wie immer.«

Mir wird übel.

Kimi schließt die Tür, lehnt sich mit dem Rücken dagegen und atmet tief aus. Mit einem schnellen Schritt trete ich aus der Küche. Kimi starrt mich an.

Statt einer Umarmung oder wenigstens einer Begrüßung rafft Kimi den Kimono vor ihrem halbnackten Körper zusammen und eilt an mir vorbei in die Küche. Tritt an den Kühlschrank, öffnet ihn und holt eine Flasche daraus hervor. Sie füllt ein langstieliges Glas mit der perlenden hellen Flüssigkeit.

»Willst du Sekt?«

»Alkohol?«, frage ich unnötigerweise, schüttele dann den Kopf. »Bestimmt nicht. Ich meine, nein, danke.« Ich sehe ihr zu, wie sie den Inhalt des Glases hinunterstürzt, um es gleich darauf erneut zu füllen. Ihr Ausdruck entspannt sich. Sie trinkt erneut. Ich entdecke, dass der Warnhinweis auf der Flasche – *Alkohol schadet Ihrer Gesundheit* – mit roten Herzen überklebt ist.

»Was machst du hier, Yma?«

»Dich suchen. Ich hab mir Sorgen um dich gemacht.«

»Das ist nett von dir.« Ihr feindseliger Blick wird weich. Ich weiß nicht, ob es an mir liegt oder an dem dritten Glas Sekt. »Es geht mir gut, Yma.«

»Ist das ... dein Freund?« Vage deute ich in Richtung Wohnungstür.

Sie lacht freudlos. »So was Ähnliches. Komm mit.« Sie lässt das Glas stehen, nimmt nur die Flasche mit und geht voraus in ihr Zimmer.

Der Duft eines süßlichen Parfüms liegt in der Luft, hängt schwer zwischen den dunkelroten Vorhängen und Polstermöbeln. In der Mitte des Raums ein breites Bett. Die schwarze Bettwäsche zerwühlt. Ein Bündel Geldscheine auf dem Kopfkissen.

Kimi greift danach, zählt und nickt zufrieden. »Er ist so großzügig«, sagt sie versonnen und trinkt dieses Mal direkt aus der Flasche. Als sie meinen fassungslosen Blick sieht, kommt sie auf mich zu und legt den Arm um meine Schultern. Zieht mich freundschaftlich an sich. »Nun schau nicht so. Ich habe doch gesagt, es geht mir gut. Es könnte so viel schlimmer sein. Schau doch, wie ich wohne. Sicher, es ist vielleicht nicht vergleichbar mit der Villa meiner Eltern, aber so etwas hätte ich mir sowieso nie leisten können. Ich bin nicht klug genug. Nicht so klug wie du. Aber im Vergleich zu der Bruchbude, in der Enno haust … Ich sage dir. Nein.« Sie schüttelt den Kopf, ihre dunklen Locken fliegen. »Ich habe großes Glück gehabt. Eine schöne Wohnung, Schaumwein im Kühlschrank, eine leichte Arbeit.«

»Aber diese Arbeit …«, mein Mund ist so trocken, dass ich nicht weitersprechen kann.

»Ach, es gibt Schlimmeres«, sagt sie wegwerfend. »Wenn ich darüber nachdenke, wie oft ich es umsonst getan habe. Und dabei sind Männer bereit, ein kleines Vermögen dafür auf den Tisch zu legen.« Sie schüttelt vielsagend die Geldscheine in ihrer Hand. Wie ein Vermögen sehen sie mir nicht aus. »Frauen tun es seit Jahrtausenden. Ich hätte doch keine andere Chance. Du hast keine Ahnung, wie es ist, Yma. Auf der anderen Seite. Ich kann es dir nicht vorwerfen, ich wusste es ja selbst nicht. Ich dachte immer, ihr seid arm. Eure winzige Wohnung in diesem schrecklichen Hochhaus.« Sie lächelt entschuldigend. »Aber das ist nichts gegen … es ist einfach schrecklich. Die Menschen haben überhaupt kein Geld. Sie leben im Müll. Und sie haben Hunger.«

Ich kann gerade noch das *Ich weiß* zurückdrängen, das auf meinen Lippen liegt. Aus irgendeinem Grund scheue ich davor zurück, Kimi zu erzählen, dass ich dort war. In den Slums. Dass ich all das Elend gesehen habe, von dem sie spricht.

»Warum sollte jemand eine Frau mit meinem Gesundheitszeugnis einstellen, die sowieso über kurz oder lang ausfallen wird? Für mich blieben höchstens die allerniedrigsten, am schlechtesten bezahlten Arbeiten übrig. Kloputzen am Bahnhof. Oder Leichenwaschen. Nein, danke. Noch sieht man mir nichts an. Ich bin jung und schön und muss das ausnutzen, solange es geht. In den Slums würde Wayan das Gleiche für ein Zehntel des Preises bekommen. Da machen manche schon für einen Kanten Brot die Beine breit.« Bei diesen Worten von Kimi dreht sich mir fast der Magen um. Und es steigt eine Erinnerung in mir hoch. Ein luxuriöses Auto, ein Mann am Steuer, mitten in der Nacht auf dem Weg in die Slums. *Ein reicher, notgeiler Sack.*

Mit einem grimmigen Lächeln nimmt Kimi einen weiteren Schuck. »Trotzdem kommt er lieber zu mir. Er ist wirklich gut zu mir.«

»Er ist nicht gut zu dir«, sage ich heftiger als beabsichtigt. »Er nutzt einfach nur deine Lage aus. Meine Güte, der Typ könnte dein Vater sein.«

»Nur dass der sich einen Scheiß um mich kümmert«, gibt Kimi scharf zurück. »Wayan hilft mir, verstehst du das nicht? Ohne ihn wäre ich verloren.«

»Was ist das für eine Hilfe? Er kauft deinen Körper.«

»Na und? Alles hat schließlich seinen Preis. Was zählt, ist, dass er mir Geld gibt, damit ich ein Dach über dem Kopf habe. Und etwas zu essen. Warum sollte er das sonst tun? Aus Nächstenliebe vielleicht? Wach auf, Yma. Die gibt es nicht in unserer Welt.«

39

Als ich nach Hause komme, hat Adriel alles für einen gemütlichen Abend zu zweit vorbereitet. Auf dem Couchtisch stehen frische Blumen und mehrere Boxen vom Lieferservice, es duftet verführerisch nach gebratenem Gemüse und orientalischen Gewürzen.

»Da bist du ja. Hast du Hunger?«

Ich nicke, kicke meine Schuhe von den Füßen und lasse mich neben ihn auf das Sofa sinken. Er füllt eine Schale mit Reis und Curry und reicht sie mir.

»Danke«, sage ich. »Sieht das lecker aus! Das ist jetzt genau das Richtige.«

»Und danach?« Adriel lächelt mich an, und seine Augen blitzen. Er küsst erst meinen Mund, dann meinen Hals. Ich lehne meinen Kopf zurück. Wünsche für einen Moment, ich könnte einfach genießen, was ich habe. Das Leben im Luxus, die Beziehung mit Adriel. Könnte nur an mich denken und nicht an die anderen.

Wach auf, Yma. Nächstenliebe gibt es nicht in unserer Welt.

Es kostet mich einiges an Überwindung, mich aus Ariels Umarmung herauszuwinden und bedauernd die Schultern zu heben.

»Sorry«, sage ich, »ich muss noch mal weg. Eine Abendschicht bei Universo einlegen.«

»Heute? Jetzt noch?«

Ich nicke. »Ja, leider.«

»Aber ich dachte, ihr trefft euch nur einmal in der Woche.«

»Das war am Anfang«, die Lüge geht mir glatt über die Lippen, »ich hatte das ursprünglich auch so verstanden. Aber jetzt haben sie aufgestockt. Mindestens viermal in der Woche.«

»Die spinnen ja wohl.«

»Die bezahlen mir eine Menge Geld«, antworte ich. »Und diese Wohnung.«

»Auch wieder wahr. Schade nur, dass du so wenig davon hast.«

»Alles hat eben seinen Preis.«

Eine halbe Stunde später verabschiede ich mich von Adriel. Hinter der verglasten Rückwand des Wohnzimmers geht die Sonne unter, der Himmel über Johtaja leuchtet in allen nur erdenklichen Farben, ein Bild vollkommener Schönheit.

Ich verlasse den Wohnblock, mein Rad neben mir herschiebend, durch das Eingangsportal. Ein paar Meter weiter schließe ich es an einem Fahrradständer an, gehe hinter einem Baumstamm in Deckung und warte. Nur ein paar Minuten später höre ich ein Surren, und ein Solar-Moped fährt auf mich zu. Ich trete aus meinem Versteck hervor auf die Straße, doch im selben Moment gibt der Fahrer Gas. Das Fahrzeug macht einen Satz und schießt genau auf mich zu. Ich stoße einen unterdrückten Schrei aus, sehe hinter dem Visier seines schwarzen Helms Lens schreckgeweitete Augen, bevor er scharf bremst und gleichzeitig den Lenker herumreißt. Der

Hinterreifen rutscht unter ihm weg, und ich sehe wie in Zeitlupe, wie Fahrer und Fahrzeug zur Seite kippen.

Erschrocken stürze ich auf Len zu, doch er ist schneller als ich. Rappelt sich hoch. »Was sollte das denn?«

»Entschuldigung, ich …«

»Warum springst du einfach auf die Straße? Willst du dich umbringen? Oder mich?«

»Weder noch.« Ich schüttele den Kopf.

Er zieht sein Gefährt hoch und betrachtet es kritisch von allen Seiten. Das Schutzblech ist vollkommen zerkratzt. »Es kommt gerade erst aus der Werkstatt.«

Probeweise lässt er den Motor an. Er klingt ganz normal. Zum Glück. Len steigt wieder auf, wirft mir einen kurzen Blick zu. »Mit dir alles okay?«

»Äh, ja. Danke.«

»Gut. Also dann …«

»Warte.«

»Was ist denn noch?«

Ich hole tief Luft. »Nimmst du mich mit?«

Das Gesicht des kleinen, etwa neunjährigen Mädchens ist leichenblass unter dem struppigen schwarzen Haar. Sie presst den mit einem Lappen umwickelten Arm an sich, während sie aus weit aufgerissenen Augen zu uns hochschaut. Die Mutter, eine junge Frau, sie kann kaum älter als Mitte zwanzig sein, erklärt mit zitternder Stimme, dass ihre Tochter sich beim Spielen geschnitten hat und die Wunde nicht aufhört zu bluten. Len nickt und wendet sich dem Kind zu.

»Wie heißt du denn?«, fragt er sanft. Die Kleine antwortet nicht. Auf ihrer Haut ist ein leichter Schweißfilm zu erkennen, und erst jetzt sehe ich, dass sie zittert. »Sie hat einen Schock«, sagt Len zu der Mutter. »Bitte legen Sie sie hier auf die Liege.« Während er die Füße der kleinen Patientin hochlagert, hole ich eine der Decken, die in der Ecke des Bauwagens aufgestapelt sind, und decke das Kind damit zu. Die Mutter hat mittlerweile zu weinen angefangen, versucht aber, sich zu fangen.

»Sie heißt Lou.«

»Also, Lou«, sagt Len, »ich möchte mir deinen Arm einmal ansehen. Darf ich das?« Noch immer dieser starre Blick, dann nickt sie zögernd.

Len entfernt den blutgetränkten Lappen. Hellrotes Blut pulsiert aus der Schnittwunde, die vom Handgelenk bis fast in die Ellenbeuge reicht. Schockiert sehe ich darauf hinunter, sofort steigen die Bilder unaufhaltsam auf. Winona, gefrorene Bananen voller Blut, rosa Wolken auf den Küchenfliesen. Meine Unfähigkeit, zu helfen. Die Leiche meiner Mutter in einem frisch bezogenen Bett.

»Yma.« Die Stimme dringt wie aus weiter Entfernung an mein Ohr. Ich zittere fast noch stärker als die kleine Patientin. »Yma«, wiederholt Len und packt mich am Arm. Die Berührung holt mich zurück in die Gegenwart. Len fixiert mich mit seinem Blick, lässt mich nicht entkommen. »Schaffst du es?«, fragt er.

Ich atme tief durch, dränge die Erinnerung zurück. »Ja, natürlich«, sage ich, und es klingt fast aggressiv.

»Gut«, gibt er im gleichen Tonfall zurück. Er zieht dünne Handschuhe aus Gummi an und bedeutet mir, das Gleiche zu tun. Dann greift er nach einer Spritze, die sich in einer silbernen Schale auf dem Rolltisch neben der Liege befindet. Lous

Mutter stößt einen erstickten Laut aus, woraufhin Len sie genervt anfährt.

»Soll ich Ihrer Tochter helfen oder nicht?«

Die Frau verstummt, nickt langsam. Ihre Augen füllen sich mit Tränen. Für seine Unsensibilität würde ich Len am liebsten einen Rippenstoß verpassen. Stattdessen gehe ich auf die Frau zu und lege ihr die Hand auf den Arm. »Schon gut«, murmele ich. »Sie setzen sich am besten dorthin.« Sanft, aber bestimmt schiebe ich sie auf einen Stuhl am anderen Ende des Bauwagens. »Sehen Sie, von hier aus kann Lou Sie gut sehen. Trinken Sie einen Schluck Wasser und versuchen Sie, sich zu entspannen. Ihre Tochter ist in guten Händen.« Ich reiche ihr das Getränk, fülle noch einen weiteren Becher, in den ich einen Strohhalm stecke, und gehe zurück zu Len, der die Spritze mit dem lokalen Betäubungsmittel aufgezogen hat.

»Warte«, sage ich zu ihm. »Lou sollte auch etwas trinken.« Er wirft mir einen schwer zu deutenden Blick zu, dann nickt er zustimmend.

Ich stütze ihren Kopf, und sie trinkt durstig. Als sie zurück auf die Liege sinkt, wirkt sie ruhiger. Das Zittern hat aufgehört.

»Okay, Lou«, sagt Len behutsam, »du hast dich ja ganz schön doll geschnitten. Ich werde das wieder heil machen, und damit es nicht mehr weh tut, betäube ich jetzt die Stelle, in Ordnung?«

Der Blick des Mädchens flackert unruhig. »Mami?«, fragt sie.

»Deine Mami sitzt dort hinter mir, siehst du sie?«

»Ja.«

»Gut. Sie ist bei dir und passt auf dich auf. Und schau mal, das hier ist Yma.« Er deutet auf mich, und Lou schaut zu mir auf.

»Hallo«, sagt sie.

»Und kannst du mir sagen, welche Haarfarbe Yma hat?«

»Rot.«

»Ausgezeichnet.« Len lächelt sie an. »Und jetzt musst du mir einen Gefallen tun, Lou.« Möglichst unauffällig legt Len sich den Arm des Mädchens zurecht. »Seit ich Yma kenne, frage ich mich, wie viele Sommersprossen sie da auf ihrer Nase hat. Kannst du zählen, Lou?«

»Ja, natürlich.«

»Das trifft sich gut. Würdest du die Sommersprossen für mich zählen?«

Lou schaut zu mir herauf und kneift die Augen zusammen.

»Vielleicht kann Yma ja ein bisschen näher herankommen«, schlägt Len vor, während er gleichzeitig die hauchfeine Nadel der Spritze an den Wundrand setzt. Ich schaue schnell weg und beuge mich über Lou.

»Eins, zwei, drei, vier, fünf, aua …!«

»Gleich vorbei.« Len arbeitet schnell und konzentriert. »Nur weiter, also, fünf …«

»Sechs, sieben, acht, neun, zehn.« Sie hält inne und seufzt. »Es sind zu viele«, sagt sie dann. »Die kann ich nicht alle zählen.«

»Mehr als zehn, das ist schon mal gut zu wissen.« Len spült die Wunde mit einer Flüssigkeit, Lou zuckt noch nicht einmal zusammen. Die Betäubung scheint zu wirken. »Vielleicht könnten wir raten, wie viele es sind?« Mit dem Kinn nickt er in Richtung des Regals. Ich reiche ihm ein Tablett mit Nadel und Faden. »Meinst du, es sind tausend Sommersprossen?«

Lou begutachtet mich kritisch. »Nein. Ich glaube, es sind dreihundert Millionen Sommersprossen.«

Lens Blick begegnet meinem für den Bruchteil einer Sekunde, der Ansatz eines Lächelns tritt auf sein Gesicht. »Da könntest du recht haben, Lou. Du kannst wirklich sehr gut zählen. Gehst du denn zur Schule?«

»Nein, ich arbeite als Näherin«, erzählt sie. »Aber mein Bruder ist vier Jahre lang zur Schule gegangen. Er hat mir das Zählen beigebracht. Und wie man meinen Namen schreibt.«

»Das ist toll.« Len hat die Wundränder zusammengenäht und legt eine sterile Kompresse auf die Wunde. »Schon vorbei, das hast du super gemacht. Yma wird dir jetzt einen tollen Verband anlegen.«

»Ich?«, rutscht es mir heraus.

»Ja. Du«, antwortet Len und räumt seinen Platz.

Während ich die Mullbinde um Lous Arm wickele, wendet er sich an ihre Mutter. »Die Wunde muss um jeden Preis sauber gehalten werden, verstanden?«

»Ja, verstanden. Vielen, vielen Dank, dass Sie ihr geholfen haben. Zum Glück ist es der linke Arm gewesen …«

»Sie darf mindestens eine Woche nicht zur Arbeit gehen«, unterbricht Len sie scharf.

»In Ordnung«, kommt es zögernd und nicht sehr überzeugend zurück.

»Kommen Sie mit raus!« Er drängt die Frau förmlich vor sich her aus dem Bauwagen, wodurch ich mich genötigt fühle, Lou ein bisschen abzulenken.

»Du warst richtig tapfer«, sage ich zu ihr. Dann fällt mir etwas ein. »Ich finde, dafür hast du dir eine Belohnung verdient.« Aus meinem Rucksack krame ich einen der Energieriegel hervor, die ich immer dabeihabe, und reiche ihn ihr. Ihre

Augen leuchten auf, und sie macht sich sofort hungrig darüber her.

Unterdessen werden die Stimmen vor dem Wagen immer lauter, durch den geöffneten Türspalt kann ich Len unterdrückt fluchen hören. »Verdammt nochmal. Dann tun Sie eben, was Sie nicht lassen können. In zwei Tagen muss der Verband gewechselt werden.«

Er kommt wieder herein, und für eine Sekunde kann ich den Sturm sehen, der in seinem Inneren tobt, bevor er sich wieder unter Kontrolle hat und Lou ein bisschen gezwungen anlächelt. »So, dann wollen wir doch mal sehen. Das hat Yma gut gemacht, oder?«

Lou nickt und richtet sich auf. »Kann ich jetzt gehen?«

»Ja. Übermorgen musst du noch einmal wiederkommen. Kannst du deine Mutter daran erinnern? Falls sie es vergisst?«

Das Mädchen nickt erneut und springt von der Liege.

»Hoppla, nicht so schnell.« Ich trete zu ihr, bereit, sie aufzufangen, aber der Energieriegel scheint seinem Namen alle Ehre zu machen.

»Auf Wiedersehen, Lou. Gute Besserung!«, sage ich.

»Tschüs.«

Kaum hat sie den Bauwagen verlassen, schlägt Len mit der Faust auf den Tisch, dass die Instrumente darauf klirren. »Verdammt«, sagt er schon wieder, »wozu flicke ich das Kind zusammen, wenn es sowieso in einer Woche an einer Infektion sterben wird.«

Ich starre ihn fassungslos an und spüre, wie mir das Blut in die Füße sackt.

Er sieht hoch. »Entschuldige. Unsensibel.«

»Schon gut«, murmele ich.

»Ich verstehe ja, dass der Familie das Wasser bis zum Hals steht. Trotzdem, das Kind zur Arbeit zu schicken ist Wahnsinn, aber genau das wird die Mutter tun, wahrscheinlich schon morgen, jede Wette … Was machst du denn?«

Ohne zu überlegen, bin ich aus dem Bauwagen gestürzt. Davor warten, im flackernden Schein der Fackeln, geduldig mindestens zwei Dutzend Patienten. Die mir am nächsten stehende Frau hebt erwartungsvoll den Kopf, doch ich stürze an ihr vorbei, die Schlange der Wartenden entlang, bis ich Lou und ihre Mutter eingeholt habe.

»Einen Moment noch.« Kurz zuckt mein Blick zwischen der Frau und dem Mädchen hin und her, dann beschließe ich, dass Lou hören sollte, was ich zu sagen habe. »Lou darf auf keinen Fall zur Arbeit, das verstehen Sie doch?«

Ihre Mutter zuckt mit den Schultern, Tränen stehen in ihren Augen. »Ja. Aber …« Sie bricht ab, aber ich weiß auch so, was sie sagen will. *Aber wir brauchen das Geld.*

»Was verdient Lou in der Näherei?«, frage ich.

»Acht Creds in der Woche.«

Ich bemühe mich, mir meinen Schock nicht anmerken zu lassen. Das ist so gut wie nichts. Und doch habe ich nicht einmal lumpige acht Credits in bar dabei. Seit ich in Carol wohne, ist Bargeld fast aus meinem Leben verschwunden. Und ich bezweifle stark, dass mein Gegenüber ein Konto besitzt, auf das ich ihr Geld transferieren könnte. Ohne zu zögern, hebe ich die Hände und löse den Verschluss meiner schmalen, silbernen Halskette. Sie ist nicht besonders wertvoll, aber zwanzig Credits sollte sie dafür bekommen. »Hier. Verkaufen Sie die Kette. Und lassen Sie Lou zu Hause.«

Trotz der Dunkelheit kann ich die Augen der Frau vor mir

aufleuchten sehen. Bevor sie danach greifen kann, ziehe ich die Kette aus ihrer Reichweite. »Versprochen?«, frage ich, und sie nickt.

»Ja. Versprochen«, flüstert sie.

Ich gebe ihr den Schmuck, sehe den beiden hinterher, bis sie von der Schwärze der Nacht verschluckt worden sind. Fühle mich ein bisschen schuldig für den rüden Ton, den ich ihr gegenüber angeschlagen habe. Doch gleichzeitig bin ich unendlich erleichtert, dass Lou nicht das Schicksal meiner Mutter teilen wird.

Leichtfüßig gehe ich zurück zum Bauwagen, vor dem sich mittlerweile leichte Unruhe breitmacht. »Es geht sofort weiter«, sage ich und gehe hinein.

Len ist damit beschäftigt, Geräte zu sterilisieren. »Es wäre nett, wenn du nicht einfach wegrennen würdest«, blafft er mich an, kaum dass die Tür hinter mir zugefallen ist. Meiner guten Laune kann er damit keinen Dämpfer versetzen.

»Entschuldigung«, sage ich einfach nur. Und dann: »Du hast das so toll gemacht.« Kaum sind die Worte draußen, kommen sie mir seltsam vor. Wer bin ich denn schon, dass ich so ein Lob aussprechen kann? Ich wappne mich für eine zynische Erwiderung, stattdessen lächelt Len. Ganz kurz nur, aber immerhin.

»Danke«, sagt er.

»Sie wird sie nicht zur Arbeit schicken. Lou, meine ich. Ich habe ihr meine Kette zum Verkaufen gegeben, und sie hat es mir versprochen.«

Mit großen Augen sieht Len mich an. »Na, du traust dich was«, sagt er. »Almosen verteilen. Das ist streng verboten.«

Ich brauche eine Sekunde, bis ich merke, dass er einen

Scherz gemacht hat. »Haha, wirklich witzig«, antworte ich dann und dränge das Unbehagen zurück, das in mir hochgekommen ist.

»Das war gut von dir.« Er richtet sich auf und streckt den Rücken. »Lass uns weitermachen. Bleibt zu hoffen, dass ich heute nicht noch mal nähen muss.«

»Warum denn?«

Sein Blick verdüstert sich. »Weil wir kein Betäubungsmittel mehr haben. Darum.«

Aber neben Fieberkrämpfen, gebrochenen Gliedmaßen und nässenden Ausschlägen gibt es auch noch weitere Schnittwunden. Leider. Zum Glück sind wenigstens keine Kinder mehr dabei. Len vernäht Wunden bei vollem Bewusstsein, während ich, zusammen mit Lore, die Aufgabe habe, die vor Schmerz brüllenden Patienten festzuhalten.

Als wir uns gegen ein Uhr nachts auf den Rückweg machen, bin ich schweißgebadet und am Ende meiner Kräfte. Sorgfältig verschließt Len den Bauwagen, löscht die Fackeln vor der Tür und leuchtet den Weg zu seinem Moped. Als er mir den Ersatzhelm reicht, betrachtet er mich prüfend und ein wenig mitleidig. »Du bist vollkommen fertig, oder?«, fragt er.

»Geht schon«, antworte ich knapp. »Ein bisschen müde.«

Eigentlich bin ich in erster Linie enttäuscht. Enttäuscht von mir selbst. Wenn ich heute etwas gelernt habe, dann, dass ich nicht die geringste Ahnung habe. Während Len und Lore die Menschen verarztet, ihnen wirklich geholfen haben, habe ich ahnungslos in der Gegend herumgestanden und als Krönung einen Eimer mit frisch sterilisierten Geräten auf den Boden fallen lassen. »Können wir jetzt los? Ich muss ins Bett.«

Ohne ein weiteres Wort schwingt Len sich auf sein Moped, ich steige hinter ihm auf, und wir brausen durch die lautlose Nacht. Ich atme krampfhaft durch den Mund, während wir die Mülldeponie passieren, dann durchqueren wir das Viertel, in dem Enno mit seiner Familie wohnt. Ich betrachte die baufälligen, riesigen Häuserblöcke. Noch vor wenigen Tagen, als ich zum ersten Mal hier war, dachte ich, dass hier die Ärmsten der Armen wohnen. Und doch ist, wer in einer dieser heruntergekommenen Wohnungen mit Brettern vor den Fenstern lebt, noch lange nicht am Tiefpunkt angekommen. Hier gibt es fließendes Wasser und zeitweise sogar Strom, ein Luxus, von dem die Slumbewohner nur träumen können.

Das Aufleuchten von Scheinwerfern holt mich zurück in die Gegenwart, und kurz darauf braust ein Bus, leer bis auf den Mann hinterm Steuer, an uns vorbei.

»Was macht der denn hier?«, rufe ich gegen den Fahrtwind an.

»Arbeiter abholen!«

»Um diese Uhrzeit?«

»Was denkst du denn, warum Cape Coral schon auf Hochglanz poliert ist, wenn du aufwachst?«

Ich beiße mir auf die Lippen. Wieso schafft der Mann es eigentlich immer, dass ich mich fühle wie ein verwöhntes Gör aus dem Villenviertel? Was ich ja nun wirklich nicht bin. Dennoch muss ich zugeben, dass ich mir bisher nicht allzu viele Gedanken darüber gemacht habe, dass ich die spiegelblanken Glasfassaden unseres Wohnblocks, ebenso wie die täglich frisch gebohnerten Marmorböden, den Reinigungskräften verdanke, die mitten in der Nacht per Bus zu uns gekarrt werden, um im Dunkeln ihre Arbeit zu verrichten.

Zurück in Cape Coral reiche ich Len meinen Helm.

»Und?« Er sieht mich herausfordernd an.

»Was und?«

»Kommst du wieder mit, oder hat dir das kleine Abenteuer gereicht?«

»Ich habe wirklich genug davon, mich von dir so herablassend behandeln zu lassen«, platzt es aus mir heraus.

»Verstehe. Also war es das.« Er dreht mir den Rücken zu, klappt den Sitz seines Mopeds nach oben, um die Helme darin zu verstauen.

»Sieh mich gefälligst an«, sage ich. »Es ist mir egal, was du von mir hältst.« Noch während ich es ausspreche, merke ich, dass das nicht stimmt. Aber egal. »Wenn ich dich zitieren darf: Was du tust, ist Hochverrat. Was wir tun, ist Hochverrat. Lass mich ausreden«, herrsche ich ihn an, als er den Mund öffnet, und tatsächlich schließt er ihn wieder. »Bei der Sache mitzumachen ist eine schwerwiegende Entscheidung. Ja, ich habe eine Weile dafür gebraucht. Ich musste darüber nachdenken. Das macht mich nicht zu einem schlechten Menschen. Und ich bin auch nicht oberflächlich oder ignorant, auch wenn du das von mir denkst. Mir blutet das Herz, wenn ich all das Elend sehe. Es wäre mir lieber, wenn ich all das verdrängen und in mein schönes Leben zurückkehren könnte. Ich kann es aber nicht. Und deshalb komme ich wieder mit. Übermorgen. Selbe Zeit, selber Ort. Gute Nacht!«

Damit wende ich mich um, lasse ihn einfach stehen und strebe in Richtung des Bogengangs, der zur Wohnanlage führt.

»Gute Nacht, Yma. Schlaf gut«, ruft Len mir leise hinterher.

40

In den kommenden Wochen führe ich ein Doppelleben und bin selbst überrascht, wie gut es funktioniert. Adriel schluckt die Ausrede mit der Arbeitsgruppe bei Universo ebenso widerspruchslos wie mein Angebot, in den betreffenden Nächten im Gästezimmer zu schlafen, um ihn nicht zu stören. Er würde zwar sowieso nicht wach werden, dennoch ist es besser so. Ein Arbeitseinsatz bis in die frühen Morgenstunden käme ihm mit Sicherheit verdächtig vor.

Mein tägliches Schwimmtraining reduziere ich von neunzig auf dreißig Minuten und komme so in den Nächten, in denen ich mit Len unterwegs bin, auf vier bis fünf Stunden Schlaf. Zu wenig. Viel zu wenig. Man sollte meinen, dass ich mittlerweile wie eine wandelnde Leiche herumlaufe, stattdessen fühle ich mich energiegeladen. Vielleicht liegt es an dem Adrenalin, das durch die ständige Angst, gefasst zu werden, beinahe ununterbrochen durch meinen Körper fließt. Aber das ist es nicht ausschließlich. Vor allem fühle ich mich zum ersten Mal in meinem Leben erfüllt. All die Dinge, denen ich in der Vergangenheit hinterhergerannt bin, für die ich so hart gearbeitet habe, erscheinen plötzlich so unwichtig. Natürlich lerne ich weiterhin wie eine Besessene, und auch den ersten

Eindruck bei Universo konnte ich ausbügeln, indem ich beim nächsten Seminar mit Fachwissen und Eloquenz nur so um mich geworfen habe. Aber all das mache ich jetzt nicht mehr, um dieses irgendwie unwirkliche Ziel zu erreichen: *es* zu schaffen, zu den Starken zu gehören, oben mitzuschwimmen. Sondern, um meine Tarnung aufrechtzuerhalten.

»Hey.« Len ist schon da, als ich zu unserem Treffpunkt komme.

»Hey«, sage ich auch und nehme den Helm entgegen. Dann warte ich geduldig, während Len die eingefrorenen Kameras der Wohnanlage via Touchpad wieder einschaltet. Mittlerweile habe ich kapiert, warum er sich schon seit Jahren beinahe jede Nacht davonschleichen kann, ohne dass es jemandem aufgefallen ist. Ziemlich praktisch, dass das Sicherungssystem von ihm entwickelt wurde.

»Alles klar, wir können los.«

Wir sprechen wenig miteinander. Auf der Fahrt, aber auch sonst. Sobald wir in den Slums angekommen sind, geht es nur noch um die Arbeit. Die Patienten. Mittlerweile habe ich viel gelernt, und Len und ich sind ein eingespieltes Team. Wenn wir ankommen, hat Lore im Bauwagen schon alles vorbereitet, und auf das Signal finden sich meist innerhalb weniger Minuten die ersten Patienten ein. Vor zwei Wochen habe ich draußen Sitzgelegenheiten bereitgestellt, natürlich keine Stühle, aber was ich eben so gefunden habe. Eine umgestürzte Plastikwanne, zwei übereinandergestapelte, kaputte Autoreifen, solche Sachen. Nicht genug für alle, aber wer schwer verletzt oder vollkommen entkräftet ist, muss zumindest nicht im Stehen warten.

Gerade will ich einen Patienten in den Bauwagen führen,

dessen Arm in einem seltsamen Winkel vom Körper absteht, als eine Frau aus der Dunkelheit angelaufen kommt. Sie bleibt mitten in unserem provisorischen Warteraum stehen, stützt die Hände auf die Knie und ringt nach Luft.

»Patrouille«, keucht sie.

Während um mich herum die Menschen aufspringen und in alle Himmelsrichtungen auseinanderlaufen, stehe ich wie erstarrt. Es fühlt sich an, als würde eine kalte Hand nach meinem Herz greifen und zudrücken.

Jetzt ist es also aus. Ich werde nicht nach Coral zurückkehren, sondern verschwinden, so wie mein Vater verschwunden ist.

Der Mann mit der ausgekugelten Schulter, den ich eben noch gestützt habe, bewegt sich unter Schmerzen von mir weg. Aus dem Augenwinkel sehe ich Lore und Len auftauchen. Er löscht eilig die Fackeln vor dem Eingang der Ambulanz und verschließt die Tür, während sie gegen eine der Sitzgelegenheiten tritt. In hohem Bogen fliegt die Getränkekiste durch die Luft. Natürlich, denke ich, und es fühlt sich an, als müssten die Gedanken in meinem Hirn sich den Weg durch eine zähe Masse bahnen. Diese Sitzgelegenheiten in Reih und Glied. Viel zu auffällig. Lore greift nach einem Autoreifen und rollt ihn weg. Dann noch einen. Ich höre das Rattern eines Motors näher kommen. Dicke Reifen, die über unebenen Boden holpern.

»Okay.« Plötzlich steht Len vor mir. Ein wenig atemlos, aber nicht einmal annähernd so panisch wie ich. Er lässt seinen Blick über den Vorplatz der Ambulanz schweifen, dann nickt er Lore zu. »Müsste gehen so. Yma, alles okay?«

Ich starre ihn an. Was ist das für eine Frage? Nichts ist okay, überhaupt nichts. Sie werden uns schnappen. Werden mich schnappen. Ein Mädchen aus Cape Coral, mitten in der Nacht in den Slums von Johtaja. Dafür kann es keine gute Erklärung geben. Ein Blick in den Bauwagen hinter uns wird genügen und … Ich nehme mir nicht die Zeit, den Gedanken zu Ende zu denken. Was stehe ich hier herum? Das Motorengeräusch wird lauter. Ich nehme all meine Willenskraft zusammen, löse mich aus meiner Starre und spurte los. Weg vom Bauwagen. Hinein in die Dunkelheit.

»Yma, warte«, höre ich Len hinter mir herrufen, aber ich sehe mich nicht um.

Ich kann kaum die Hand vor Augen sehen, geschweige denn den Weg, über den meine Füße dahinfliegen. Überall Steine und Geröll, mehr als einmal knicke ich um, strauchele, rappele mich wieder auf. Weiter! Glaube ich wirklich, ich kann ihnen entkommen? Zu Fuß? Erst hier und jetzt, während meiner Flucht durch die Nacht, wird mir klar, wie gefährlich das ist, was wir tun. Was werden sie mit mir machen? Das knatternde Armeefahrzeug hinter mir kommt näher. Abbiegen, befehle ich mir selbst, du musst abbiegen, sonst haben sie dich gleich. Wieder falle ich, lande auf Knien und Händen. Spitze Steine bohren sich in meine Haut, und ich stoße einen unterdrückten Schrei aus. Mühsam kämpfe ich mich hoch, spüre den scharfen Schmerz im rechten Knie. Humpele los. So bin ich nicht schnell genug. Sie werden mich erwischen. Mich einsperren. Oder umbringen. Der Geländewagen ist jetzt ganz nah. Ich kann schon das Aufstieben der Steinchen unter seinen Rädern hören. Nur noch ein paar Meter, dann wird das Licht der Scheinwerfer mich erfassen und …

Ein Schatten taucht neben mir aus der Dunkelheit, jemand packt meinen Arm und zieht mich zur Seite. In das Innere einer der Wellblechhütten hinein, die den Weg säumen. Bevor ich schreien kann, legt sich eine Hand fest auf meinen Mund und ein Arm um meinen Hals. Ein Mann flüstert in mein Ohr. »Ganz ruhig.«

Reflexartig stoße ich meinen Ellenbogen nach hinten. Ein Fluch, der Griff um meinen Hals verstärkt sich. Die Luft wird mir knapp, und ich winde mich wie ein Aal in der Umklammerung.

Vor dem kaputten Vorhang des Eingangs wird es hell, dann wieder dunkler, als die Patrouille an uns vorbeirumpelt.

Hilfe, schreit es in meinem Inneren, während ich gegen meinen Angreifer kämpfe, der mich zu Boden ringt. Das Blatt hat sich gewendet. Meine Verfolger erscheinen mir plötzlich als Retter.

Fahrt nicht weg! Hier, ich bin hier! Helft mir!

Ich wehre mich mit Händen und Füßen, erstickte Laute dringen aus meiner Kehle. Der Mann liegt jetzt mit seinem gesamten Gewicht auf mir, er ist groß und schwer. Plötzlich ein Klicken, eine Flamme leuchtet auf. Erhellt das erbärmliche Innere der Hütte. Das Gesicht einer Frau, die ein Feuerzeug hält. Und das des Mannes über mir. Ich sehe sein Gesicht. Braune Augen. Freundliche Augen.

»Psst«, flüstert er und nimmt seine Hand von meinem Mund. »Keine Angst. Wir helfen dir.«

»Razzien sind in den Tiefen der Slums eher selten, ja?«, sage ich zu Len, als ich eine halbe Stunde später wieder vor ihm stehe. Leider klingt es nicht halb so sarkastisch, wie ich mir vorgenommen hatte. Meine Beine fühlen sich noch immer an wie Pudding.

»Sind sie doch auch.« Len zuckt mit den Schultern. »Mit ziemlicher Sicherheit haben wir jetzt wieder für einige Wochen Ruhe.«

»Wie schön.«

»Niemand hat gesagt, dass du vor der Patrouille herjoggen sollst. Die Kunst besteht darin, dass wir unsichtbar bleiben. Unter dem Radar fliegen. Wir schließen ab, dann verstecken wir uns in einer der Hütten.«

»Ja. Danke für das Update«, sage ich bitter. Endlich kapiert auch Len und sieht jetzt ehrlich zerknirscht aus.

»Entschuldige, Yma. Das habe ich wirklich komplett vergessen. Es ist nur … irgendwie fühlt es sich so an, als wärest du schon ewig mit dabei. Und als wüsstest du schon alles.«

»Ja, ja.« Ich bemühe mich, weiter sauer auf ihn zu sein, dennoch stiehlt sich ein Lächeln auf mein Gesicht. »Jetzt willst du dich wieder ranschmeißen.«

Ich wende mich an Samu, der mir geholfen und mich schließlich zurück zum Bauwagen gebracht hat, nachdem die Soldaten unverrichteter Dinge abgezogen sind. »Tausend Dank für die Hilfe«, sage ich und sehe zu ihm auf. »Das war wirklich …«

»… absolut selbstverständlich«, sagt er schlicht. »Jeder andere hätte dasselbe getan.« Ich sehe ihm nach, wie er in der Dunkelheit verschwindet.

»Nicht in meiner Welt«, flüstere ich.

41

Meine Beinahe-Begegnung mit der Patrouille hält mich nicht davon ab, auch in der folgenden Nacht mit Len in die Slums zu fahren.

Während ich Instrumente sterilisiere, kreisen meine Gedanken um die Möglichkeit, dass wir gefasst werden könnten. Ich frage mich, wie Adriel die Nachricht von meiner Verhaftung aufnehmen würde. Ob er mich im Gefängnis besuchen käme? Dürfte er das überhaupt? Und falls ja, würde er es wollen nach all den Lügen, die ich ihm in den letzten Wochen aufgetischt habe? Ich dränge die Gedanken beiseite. Erwischt werden ist keine Option.

Es ist eine gute Nacht, was bedeutet, dass nicht viele Menschen unsere Hilfe brauchen. Ein paar fiebernde Kinder, eine ausgekugelte Schulter, viel zu viel Unterernährung, die wir nicht heilen können, die wir aber mit kalorienreichen Riegeln ein wenig zu lindern versuchen. Ansonsten ist kaum etwas los. Lore ist bereits nach Hause gegangen. Im Gegensatz zu uns lebt sie hier im Armenviertel und arbeitet in einer der riesigen Textilfabriken.

Um kurz vor elf, als wir gerade die letzte Patientin versorgen, wird die Tür des Bauwagens von außen aufgerissen. Ein kleiner, vor Schmutz starrender Junge steht davor und ringt keuchend um Atem.

»Mitkommen, bitte, meine Mama«, japst er und krümmt sich vor Seitenstechen.

»Was ist mit ihr?«, fragt Len und nickt gleichzeitig der Patientin auf der Liege zu, dass sie aufstehen kann.

»Ein Baby«, keucht der Junge.

»Sie bekommt ein Baby?«

»Ja.« Er nickt, und weil es ihm nicht schnell genug geht, betritt er den Wagen und zieht Len am Arm. »Bitte. Ich glaube, sie atmet nicht mehr.«

Wie von der Tarantel gestochen springt Len auf und greift nach seiner Tasche. »Ist es weit? Bring mich zu ihr.«

Ich spüre, wie mein Herz schneller schlägt, während ich den beiden in die Nacht hinaus folge. Plötzlich ist die Erinnerung an meine erste Begegnung mit Len wieder da.

»Wir müssen da lang. Bitte schnell«, drängelt der Junge.

Da taucht von der anderen Seite jemand aus der Dunkelheit auf. Ein junger Mann, groß und mit breiten Schultern, der ein Bündel auf dem Arm trägt.

»Bitte, helfen Sie«, sagt er und tritt zu uns heran. In eine Decke gehüllt hält er mir sein Kind entgegen. Es ist in einem erbärmlichen Zustand.

»Len?«, sage ich hilflos. Er wirft einen Blick auf das kleine Mädchen, während der Junge ihn an seinem Hemd wegzuzerren versucht.

»Bitte«, fleht er. »Meine Mama. Sie stirbt.«

»Bitte, helfen Sie«, wiederholt der Mann.

Lens Zerrissenheit ist fast mit Händen zu greifen, dann geht ein Ruck durch seinen Körper.

»Kümmere dich um sie«, sagt er. »Ich gehe zu der Geburt.«

»Was?« Ich gebe mir nicht einmal Mühe, mein Entsetzen zu verbergen. »Das kann ich nicht.«

Er packt mein Handgelenk und sieht mir fest in die Augen. »Du kannst. Und du musst.«

Gemeinsam mit dem Jungen taucht er in die Finsternis.

Lass mich nicht allein, will ich ihm hinterherrufen, doch ich bringe keinen Ton hervor. Der Vater des Mädchens sieht ihm nach, in seinen Augen spiegelt sich die Verzweiflung, die ich empfinde. Wieder fällt mein Blick auf das kleine Mädchen. Was soll ich nur tun? Ich bin ja nicht einmal sicher, ob sie überhaupt noch lebt.

»Bringen Sie sie rein«, sage ich.

Während der Mann seine Tochter auf die Liege bettet, versuche ich, meine Panik niederzukämpfen, indem ich mich auf das konzentriere, was ich gelernt habe. Fragen stellen. Zuallererst muss ich herausfinden, was ihr fehlt. Dann entscheiden, was zu tun ist.

»Was ist passiert?«, frage ich, und der Mann sieht mich verständnislos an. »Ich meine, was hat sie denn?« Meine Güte, ich klinge wirklich, als könnte ich nicht bis drei zählen. Vermutlich würde er das gern von mir wissen. Ich trete an das Mädchen heran und schlage die Decke zurück. Als Erstes fällt mir die Magerkeit ihres winzigen Körpers auf. Natürlich ist hier in den Slums kein Kind wohlgenährt, aber dieses hier scheint nur noch aus Haut und Knochen zu bestehen. »Du meine Güte«, entfährt es mir, und ich beiße mir auf die Zunge. Nicht hilfreich.

»Durchfall«, beantwortet der Mann meine Frage. Wie heißt

er überhaupt? Und das Mädchen? Ist es Zeitverschwendung, ihn zu fragen? »Und Erbrechen.«

»Seit wann?«

»Seit fast drei Tagen.«

Und da kommen Sie erst jetzt, würde ich ihn am liebsten anherrschen. Len würde das vermutlich tun. Ich lasse es, weil es uns nicht im Geringsten weiterbringt. Natürlich hatte er Angst, hierherzukommen. Nicht nur Len, Lore und ich riskieren unseren Hals, sondern auch jeder, der sich von uns helfen lässt. Medizinische Versorgung zu erhalten ist ebenso strafbar, wie sie zu leisten. Die Angst um seine Tochter musste erst größer werden als die davor, möglicherweise im Gefängnis zu landen.

»Wie heißt sie?«, frage ich nun doch.

»Leyla.«

»Leyla, kannst du mich hören?«, spreche ich sie an, doch sie reagiert nicht auf mich. Ihre Augen sind halb geschlossen und starren irgendwo ins Leere. Die Lippen sind aufgesprungen und rissig. Ich nehme einen Becher mit Wasser und führe ihn an ihren Mund.

»Sie kann nichts bei sich behalten, nicht mal einen Schluck Wasser. Schon seit Tagen.«

Schnell ziehe ich den Becher zurück. Leyla hat zu würgen begonnen, obwohl sie nicht mehr als ein paar Tropfen geschluckt haben kann.

Obwohl ich nichts gesagt habe, scheint ihr Vater meine Gedanken lesen zu können. »Heute Morgen war es noch nicht so schlimm«, verteidigt er sich. »Wir mussten doch zur Arbeit, ich habe sie eben erst so gefunden.«

»Okay, schon gut. Jetzt sind Sie ja da.«

Ich hebe eine Hautfalte am Oberarm des Kindes hoch. Wie zu erwarten war, bleibt die Falte für einige Sekunden stehen, bevor sie sich wieder glättet. Im Kopf spule ich mein Wissen ab. Schwere Dehydration, Hypotonie, delirischer Zustand. Maßnahmen: Infusionstherapie. Ich stürze zum Regal, um Nadel, Kanüle und Natriumchloridlösung zu holen. Nicht darüber nachdenken, dass ich noch nie zuvor eine Infusion gelegt habe. Hoffen, dass ich es richtig machen werde.

»Was machen Sie?«, fragt Leylas Vater.

Wenn ich das bloß wüsste, denke ich, während ich ihren Arm auf ein Polster lege und nach einer Vene suche. Noch rechtzeitig fällt mir ein, dass die Infusion nicht intravenös, sondern subkutan, also in die Unterhaut zu erfolgen hat. Was hoffentlich weniger Fehlerpotenzial meinerseits birgt. Also suche ich mir eine Stelle an der Vorderseite des Oberschenkels und desinfiziere sie sorgfältig mit hochprozentigem Alkohol. Ziehe meine Handschuhe an.

»Ihre Tochter hat eine Menge Wasser und Salze verloren. Da sie nichts bei sich behalten kann, müssen wir das über eine Infusion ausgleichen.« Eins, zwei, drei, ich atme tief aus und steche die Nadel in die Haut. Leyla zuckt nicht einmal zusammen, was aber durchaus nicht zu bedeuten hat, dass ich es gut gemacht habe. Sie ist schließlich halb bewusstlos. Mit zitternden Fingern hänge ich den Infusionsbeutel an den Ständer und öffne das Ventil. Die Flüssigkeit beginnt zu tropfen. Mit Tape fixiere ich den Zugang und sehe auf das halbtote Kind hinunter. Bete, dass es etwas nützt. Sie stößt einen wimmernden Laut aus, und plötzlich höre ich Lens Stimme in meinem Kopf.

»Die Infusion muss ganz langsam zugeführt werden, sonst

besteht die Gefahr, dass das Gehirn anschwillt oder sich ein Lungenödem bildet.« Obwohl alles in mir danach schreit, das Kind so schnell wie möglich mit Flüssigkeit zu versorgen, drehe ich den Regler herunter.

Pling. Pling. Pling. Unendlich langsam fällt ein Tropfen nach dem anderen in das Ventil, von dort in den Schlauch und in Leylas ausgezehrten Körper hinein.

»Das dauert jetzt eine Weile«, sage ich zu ihrem Vater. »Sind noch weitere Familienmitglieder erkrankt?«

Er schüttelt den Kopf.

»Haben Sie noch mehr Kinder?«

»Ja, vier. Sie sind gesund.«

Ich nicke. »Damit können wir eine Virusinfektion beinahe ausschließen. Vielleicht eine Lebensmittelvergiftung?«

Er zuckt hilflos mit den Schultern. »Die Kinder essen alles, was sie finden können.«

Ich beiße mir auf die Lippen. Ja, das kann ich mir vorstellen. Vermutlich auch den vergammelten Kram, der bei uns in der Mülltonne landet. Und daran sterben sie dann beinahe.

Nach drei Stunden ist die Infusion durchgelaufen und Leyla aus ihrem Delirium erwacht.

»Papa«, sagt sie, und der hünenhafte Mann fängt an zu weinen. Er beugt sich über seine Tochter, streichelt ihre Haare, ihr Gesicht.

Ich habe einen riesigen Kloß im Hals und möchte ebenfalls weinen. Vor Erleichterung, vor Glück. Vor nachträglicher Panik.

In diesem Moment öffnet sich die Tür des Bauwagens, und Len kommt herein. Er sieht erschöpft aus. Mit einem Blick erfasst er die Situation, den glücklichen Vater, das Mädchen mit der Infusionsnadel im Oberschenkel.

»Und?«, fragt er.

»Schwere Dehydration, wahrscheinlich aufgrund einer Lebensmittelvergiftung. Aber es geht ihr schon ein bisschen besser.«

»Ja. Das sehe ich.«

Ich wende mich wieder der kleinen Patientin zu und entferne den Schlauch aus ihrer Haut. »Jetzt ziept es ein bisschen. Schon vorbei.«

»Ich bin müde«, sagt sie.

»Dann schlaf jetzt.«

Sie schließt die Augen. Ich hole eine Flasche unserer selbstgemachten Elektrolytlösung aus Wasser, Zucker, Salz und Orangensaft hervor und reiche sie dem Vater. »Versuchen Sie, ihr die einzuflößen. Nicht zu viel auf einmal, immer nur einen Teelöffel. Wenn es nicht besser wird, kommen Sie noch mal für eine Infusion. Und lassen Sie sie um Gottes willen morgen tagsüber nicht allein.« Das ist mir so rausgerutscht, mir ist klar, dass es schwer für die Leute ist, von der Arbeit fernzubleiben. »Wenigstens ein älteres Geschwisterkind sollte bei ihr bleiben.«

»Natürlich. Wir werden es irgendwie hinkriegen. Vielen, vielen Dank, äh …«

»Yma«, sage ich und lächele ihn zum ersten Mal in dieser Nacht an.

»Vielen Dank, Yma.«

Er nimmt seine Tochter auf den Arm und trägt sie aus dem Bauwagen. Ich sehe den beiden hinterher, Leyla hat sogar schon genug Kraft, um mir kurz zuzuwinken. Ich winke zurück. Spüre, wie Len hinter mich tritt.

»Sieht aus, als hättest du heute ein Leben gerettet. Herzlichen Glückwunsch.«

Ich wende mich zu ihm um. Die Wut auf ihn, weil er mich alleine gelassen hat, ist verschwunden. Auch die Angst, die Verzweiflung und Panik. Ich fühle mich leicht und unfassbar glücklich.

»Danke«, sage ich.

»Ein unglaubliches Gefühl, oder?«, fragt er, und ich nicke.

»Einfach unvergleichlich. Und du?«, fällt mir dann ein.

»Ich … was?«

»Hast du auch ein Leben gerettet?«

Er lächelt breit. »Nein, nicht eins. Sondern zwei.«

Es ist spät, als wir endlich nach Hause fahren. Noch später als sonst. Vermutlich werde ich aber heute sowieso nicht schlafen können. Ich hüpfe vom Motorrad herunter und reiche Len meinen Helm.

»Also dann, bis übermorgen. Schlaf gut.«

Er grinst. »Wow, Leben retten bekommt dir gut. Du bist ja richtig freundlich heute.«

Ein bisschen irritiert sehe ich ihn an. »Wie meinst du das? Bin ich das sonst denn nicht?«

Er lacht. »Nicht besonders, nein. Eher kratzbürstig.«

Noch während ich überlege, was ich darauf antworten soll, nehme ich im Augenwinkel eine Bewegung wahr. Neben dem Haupteingang löst sich eine Gestalt aus dem Schatten und kommt auf uns zu. Ich erkenne sie sofort. Die langen Beine, sein vertrauter Gang. Adriel. Vor Schreck setzt mein Herz einen Schlag aus.

»Verdammt«, flüstere ich, »da kommt Adriel.«

42

Len handelt, ohne nachzudenken. Er greift nach mir, umschlingt mich mit seinen Armen. Ich bin zu überrascht, um zu reagieren.

»Es tut mir leid«, sagt er an meinem Ohr, »aber er darf auf keinen Fall die Wahrheit erfahren.« Ich verstehe nicht, was er meint, bis ich seinen Mund auf meinem spüre. Er zieht mich an sich, seine Hände liegen auf meinen Hüften. Für einen Moment fühlt es sich so an, als würde die Zeit stillstehen. Seine Lippen sind warm und weich, und obwohl ich nie darüber nachgedacht habe, überrascht mich die Zartheit seiner Berührung. Gleichzeitig rasen meine Gedanken. Sobald Adriel uns entdeckt, wird ein Chaos losbrechen. Ich überlege, ob es nicht eine andere Möglichkeit gegeben hätte, aber es ist sowieso zu spät.

Jemand ruft meinen Namen. Es ist Adriel, und er klingt wütend. Natürlich tut er das. Ich höre, wie er im Laufschritt näher kommt.

Er packt mich am Arm und schleudert mich zu sich herum.

»Aua«, sage ich, mehr vor Schreck als vor Schmerz. Einen Aufschrei, den ich mir lieber hätte verkneifen sollen.

»Lass sie los«, sagt Len.

»Das wäre wohl eher mein Text, oder etwa nicht?«, fragt Adriel.

»Hör mal, Adriel …« Ich habe keine Ahnung, was ich ihm eigentlich sagen soll. Es ist nicht so, wie es aussieht? Was ja sogar der Wahrheit entsprechen würde. Nur ist es genau das, was nicht herauskommen darf. Die Wahrheit. Niemals. Ich schlage den Blick nieder. »Es tut mir leid«, sage ich stattdessen. »Wirklich, es tut mir so leid, Adriel. Es war nur dieses eine Mal, wirklich.«

»Ach ja? Und das soll ich dir glauben? Was weiß ich, wo du dich in den Nächten herumtreibst, in denen du angeblich im Gästezimmer schläft? Um mich nicht zu stören.«

»Bitte, du musst mir glauben.«

»Ich muss gar nichts«, sagt er und wendet sich ab. Tritt auf Len zu, bleibt dicht vor ihm stehen. So dicht, dass sich beinahe ihre Nasen berühren.

»Morgen um Mitternacht«, sagt Adriel. »Auf dem Dach.«

Ich schnappe nach Luft. Das kann nicht sein Ernst sein.

Len schüttelt den Kopf. »Auf keinen Fall«, sagt er. »Hör zu, ich werde sie nie wieder anrühren, ich verspreche es.«

»Das reicht aber nicht!«, brüllt Adriel so laut, dass ich zusammenzucke. »Wir werden kämpfen. Morgen Nacht.«

»Nein, das werden wir nicht tun«, entgegnet Len.

Adriel hebt die Hand und versetzt ihm eine schallende Ohrfeige. Das Geräusch hallt unheimlich durch die Nacht.

»Adriel«, flüstere ich entsetzt.

»Du hältst dich da raus«, sagt er, ohne den Blick von Len zu nehmen, der unbeweglich dasteht. »Du weigerst dich also?«, fragt er. Len nickt. Erneut hebt Adriel die Hand. Schlägt ihm ins Gesicht. Noch einmal und noch einmal. Len rührt sich nicht. Noch ein Schlag. Noch ein Schlag. Gerade, als ich es nicht mehr aushalte, als ich nach vorne stürzen und Adriel aufhalten will, hebt Len blitzschnell den Arm. Packt Adriels Handgelenk, der erneut zum Schlag ausgeholt hat.

»Hör zu«, knirscht er, »du hast allen Grund, sauer zu sein, aber ich warne dich. Schlag mich noch einmal, und bei Gott, wir werden kämpfen.«

»Adriel, nicht!«, rufe ich, doch zu spät. Adriel hebt die andere, seine freie Hand. Klatsch!

»Um Mitternacht«, sagt Len. Er wirft mir einen undurchdringlichen Blick zu, ich schüttele fassungslos den Kopf.

»Nein«, sage ich.

Ohne ein weiteres Wort verschwindet Len in der Nacht. Adriel sieht mich an. Die Wut ist aus seinen Augen gewichen und hat dem Schmerz Platz gemacht. Und der Fassungslosigkeit.

»Ich verstehe dich nicht, Yma.«

»Ich schwöre, es ist nicht so, wie du denkst«, sage ich nun doch. Er schüttelt den Kopf, wendet mir den Rücken zu und geht davon.

Er spricht nicht mit mir. Nicht in dieser Nacht und nicht am nächsten Tag. Immer wieder versuche ich, Kontakt aufzunehmen, doch Adriel tut so, als sei ich Luft für ihn. Sitzt am Esstisch. Löffelt sein Müsli, trinkt Kaffee. Ich setze mich ihm gegenüber. Er schaut durch mich hindurch. Zum tausendsten Mal denke ich darüber nach, ihm einfach die Wahrheit zu sagen, entscheide mich dagegen. *Was wir tun, ist Hochverrat*, hallt Lens Stimme in meinem Kopf. Das stimmt, aber es ist trotzdem richtig. Es ist gut. Allerdings bin ich mir nicht sicher, ob Adriel das genauso sehen wird. Wenn es nur um mich ginge, würde ich es vielleicht riskieren.

»Geh nicht hin heute Nacht«, sage ich stattdessen. »Es ist Wahnsinn.« Und genau das ist es. Zwar ist Adriel ein ausgezeichneter Kampfsportler, aber mit seinen einstudierten Choreographien wird er gegen Lens Straßenkampftechnik nicht viel ausrichten können. »Ich habe ihn kämpfen gesehen. Du hast keine Chance gegen ihn. Bitte geh nicht.«

Adriels Blick, der eben noch durch mich hindurchzugehen schien, fokussiert sich. »Danke für dein Vertrauen«, sagt er. »Ganz offensichtlich habe ich gegen ihn ja auf keinem Gebiet irgendeine Chance.«

»Das ist nicht wahr«, ich schüttele den Kopf.

Adriel steht abrupt auf, stellt sein Geschirr in die Spülmaschine, dann dreht er sich zu mir um. Der hasserfüllte Blick, mit dem er mich ansieht, seit er Len und mich küssend gesehen hat, ist verschwunden. Er macht einen Schritt auf mich zu, dann kniet er plötzlich vor mir. Seine Hände legen sich um meine Taille, er drückt seine Wange an meinen Bauch.

»Warum hast du mich überhaupt gewählt, Yma?«, flüstert er. »Warum sind wir hier eingezogen? Du willst mich doch gar nicht.«

Sein Schmerz schneidet mir ins Herz. Und ich fühle mich schuldig. Adriel hat ja keine Ahnung, wie ihm geschieht. Eben waren wir noch Yma und Adriel, das aufstrebende Traumpaar der Elite. Und jetzt küsse ich fremde Männer und das Bild, das er von uns hatte, zerbricht vor seinen Augen. »Doch. Ich will dich.«

»Ich dachte, es läge am Tod deiner Mutter. Dass du so verschlossen bist. Und an der Sache mit Kimi. Aber jetzt …«

»Adriel«, ich lege meine Hände auf sein Haar, streichle die weichen, dunkelblonden Locken, »es war nur ein einziger Kuss. Und er hatte nichts zu bedeuten. Du hast recht, ich stehe im Moment einfach neben mir. Ich mache dumme Sachen. Aber es wird nie wieder vorkommen. Wirklich.« Während ich so rede, fühlt es sich fast so an, als hätte ich tatsächlich eine Affäre mit Len. »Geh nicht zu dem Kampf, Adriel. Ich bitte dich.«

Er hebt den Kopf. »Ich muss«, sagt er.

»Wem musst du etwas beweisen?«, frage ich.

»Mir selbst.«

Um halb zwölf klingelt es bei uns an der Tür, und Adriel begrüßt seinen Freund Keanu mit ernster Miene. Er wird ihn zu dem Kampf begleiten. Ich kann nicht fassen, dass er das wirklich durchziehen will. Nichts ist mehr übrig von der Stimmung am Morgen. Nach unserem Gespräch am Vormittag ist Adriel wieder dazu übergegangen, mich zu ignorieren. Auch jetzt würdigt er mich keines Blickes.

Mit staubtrockenem Mund und brennenden Augen stehe ich in unserem Flur und sehe mit an, wie er Schuhe und Jacke anzieht, Keanu mit einem Nicken bedeutet, dass er bereit ist. Der wirft mir einen Blick zu, den ich nicht zu deuten vermag. Irgendwo zwischen hilflos und verächtlich. Er folgt Adriel, die Tür schlägt zu. Er hat sich nicht einmal verabschiedet.

Ich gebe ihnen ein paar Minuten Vorsprung, bevor ich mich ebenfalls auf den Weg mache. Ich gehe aber nicht gleich hinauf zur öffentlichen Dachterrasse. Stattdessen nehme ich die Verbindung zu Gebäude D und laufe das Treppenhaus hinauf. Ich hoffe, Len zu begegnen. Auch wenn ich noch nicht sicher bin, was ich ihm sagen will. Dass er Adriel verschonen soll? Wie soll das gehen bei einem Kampf, der erst endet, wenn einer von beiden nicht mehr aufsteht?

Ich begegne Len nicht. Als ich vor seiner Wohnungstür angekommen bin, lege ich vorsichtig mein Ohr daran und lausche. Kein Geräusch dringt dahinter hervor. Doch, da. Ein Rascheln, als würde sich jemand Schuhe und Jacke anziehen. Ich trete schnell einen Schritt zurück, warte, bis sich die Tür öffnet, und erstarre.

Malania sieht mich an. »Hallo, Yma.« Ihr Gesicht zeigt keine Regung.

Ich schlucke schwer. »Ist er da?«, frage ich.

Sie schüttelt den Kopf. »Er ist schon oben. Vielen Dank dafür übrigens.« Ihre Stimme trieft vor Ironie.

»Moment mal. Ich habe doch …«

»Kein Verhältnis mit ihm? Das ist mir klar. Glaub mir, ich kenne Lens Geschmack, und du entsprichst ihm leider überhaupt nicht.«

»Ich …«

»Hör zu, Len ist ein guter Mensch. Zu gut, wenn du mich fragst. Er riskiert sein Leben, um anderen zu helfen, und das schon seit Jahren. Aber er ist schlau genug, um sich nicht erwischen zu lassen. Und du?« Sie mustert mich abschätzend. »Wie lange bist du jetzt dabei? Zwei Wochen? Drei? Und schon haben wir den Salat. Dir ist offensichtlich nicht klar, in welcher Gefahr ihr schwebt. Und dass du die gesamte Organisation gefährdet hast.«

Die Ungerechtigkeit ihres Angriffs macht mich sprachlos. Sie tut ja gerade so, als wäre das alles meine Schuld. Eine kleine Stimme in meinem Inneren meldet sich zu Wort. Vielleicht war ich wirklich zu leichtsinnig? Ein paar Geschichten über Abendveranstaltungen bei Universo, mehr Vorkehrungen habe ich tatsächlich nicht getroffen, um meine nächtlichen Ausflüge zu tarnen. Andererseits hat Malania leicht reden. Sie weiß schließlich über Len Bescheid. Es wäre viel einfacher, wenn ich Adriel ebenfalls einweihen könnte. Wieso traue ich ihm eigentlich nicht zu, die Perversion des Systems zu erkennen?

»Ich kann nur hoffen, dass du in deiner kindlichen Dummheit nicht versucht hast, Adriel die Wahrheit zu sagen?«, unterbricht sie meine Gedanken, und ich schüttele ertappt den Kopf.

»Nein, natürlich nicht«, sage ich etwas zu schnell.

»Wenigstens etwas. Jetzt komm mit. Es geht gleich los. Wenn du Len helfen willst, dann spielst du die reumütige Beziehungszerstörerin. Und zwar überzeugend.«

Sie geht an mir vorbei in Richtung Fahrstuhl. Ich folge ihr.

»Aber«, wage ich schließlich zu sagen, »wie kann ich Adriel helfen?«

Sie sieht mich von der Seite an, schüttelt den Kopf. »Der ist leider ein Opfer der Umstände. Du kannst ihm nicht helfen. Du kannst nur hoffen, dass er nicht allzu häufig wieder aufsteht.«

Der Fahrstuhl kommt, die Türen öffnen sich, und Malania steigt ein. Als ich ihr folgen will, schüttelt sie den Kopf.

»Du nimmst die Treppe.«

43

Als ich auf der Dachterrasse ankomme, glaube ich, meinen Augen nicht zu trauen. Die Nachricht von dem bevorstehenden Kampf hat sich wie ein Lauffeuer ausgebreitet, und mindestens fünfzig Schaulustige haben es sich auf den Loungemöbeln gemütlich gemacht. Viele sind hier aus der Anlage, einige andere kenne ich aus meiner Jahrgangsstufe, sie stecken die Köpfe zusammen und tuscheln, als sie mich herankommen sehen.

Malania steht mit ihren Freundinnen an einem Stehtisch. Ich erkenne sie von unserem Treffen im *Bohème* wieder. Seitdem scheint eine Ewigkeit vergangen zu sein.

Sie mustern mich. Als ich vorbeigehe, höre ich eine von ihnen laut sagen: »Ich weiß wirklich nicht, was er an ihr findet. Sie sieht ja fast noch wie ein kleines Mädchen aus.«

Ich entdecke Adriel und Keanu an dem gläsernen Geländer der Terrasse. Adriel sieht angespannt und blass aus, seine Miene verfinstert sich, als er mich sieht, und er wendet mir brüsk den Rücken zu. Auf der anderen Seite des Daches steht, ganz alleine, Len. Ich bin versucht, zu ihm zu gehen, unterlasse es dann aber doch. Die Situation ist ausweglos. Einer von beiden wird liegen bleiben. Und auch, wenn Len ein mitfühlender Mensch ist, sich für die Armen und Kranken einsetzt, so wird er sich nicht zusammenschlagen lassen, um Adriel zu schonen. Um mir einen Gefallen zu tun. Warum sollte er? Ich habe alles verdorben.

Ich sehe auf die Uhr, und kalter Schweiß bricht mir aus. Es ist drei Minuten vor Mitternacht. Aus dem Kreis um Malania löst sich ein junger Mann in einem dunklen Anzug und geht zu Keanu herüber. Der nickt.

Die beiden Kämpfer und ihre Begleiter betreten die in der Mitte der Dachterrasse frei geräumte und mit Kreidestrichen umrandete Fläche.

Jemand beginnt zu johlen, andere fallen mit ein. Sie heben ihre Gläser und trinken. Eine Welle der Übelkeit schwappt über mich hinweg, als ich in die Gesichter der Zuschauer blicke. Hier sitzen sie, in ihren teuren Klamotten, um sich von diesem Spektakel unterhalten zu lassen. Weder kümmert es sie, dass einer der beiden dabei schwer verletzt werden könnte, noch dass ein paar Kilometer Luftlinie von ihnen Menschen um ihr nacktes Überleben kämpfen.

Lens Freund, ich glaube, er heißt Maddox, ergreift das Wort und richtet es an Keanu, der von der Situation überfordert wirkt.

»Len möchte sich gütlich mit Adriel einigen und daher fragen, ob die Sache mit einer öffentlichen Entschuldigung ausgeräumt werden kann.«

Ich halte die Luft an. Keanu wirft Adriel einen fragenden Blick zu. *Sag ja, sag ja,* bete ich im Stillen. *Komm schon, sei kein Idiot, sag ja.*

»Buh«, brüllt jemand im Loungebereich, und ich habe nicht übel Lust, ihm an die Kehle zu gehen. Adriel reagiert noch immer nicht. Die Spannung ist beinahe mit Händen zu greifen. Dann, im Zeitlupentempo, schüttelt Adriel den Kopf. Tosender Applaus brandet auf, während ich vor lauter Enttäuschung zu zittern beginne.

Du Idiot, denke ich, *du verdammter Idiot. Das wäre deine Chance gewesen, heil aus der Nummer herauszukommen. Deine einzige Chance.*

»Dann wird gekämpft«, stellt Keanu fest, und die Menge jubelt erneut. Ich beobachte sie ungläubig und muss an die Gladiatorenkämpfe im alten Rom denken. Hört auf, will ich am liebsten schreien. Seid ihr nicht bei Trost? Habt ihr kein Mitleid? Nein, haben sie nicht.

»Der Kampf gilt als beendet, wenn einer der Kontrahenten kampfunfähig ist. Möge der Stärkere gewinnen.« Keanu und Maddox schütteln sich die Hände und verlassen den Kampfplatz. Len und Adriel ziehen Jacken und Shirts aus, ich kann erkennen, wie einige der anwesenden Mädchen Stielaugen bekommen. Len hält Adriel seine Hand hin, was dieser ignoriert. Len zuckt mit den Schultern, deutet eine Verbeugung an. Tritt einen Schritt zurück, auf die linke Seite des auf dem Boden angebrachten Kreidestrichs. Adriel stellt sich auf die andere Seite. Trotz der Kälte stehen ihm Schweißperlen auf der Stirn. Er fängt meinen Blick auf, ich versuche, alles in diesen Blick zu legen, was ich in diesem Moment fühle. Dass es mir leidtut. Dass ich hoffe, dass er das hier übersteht. Seine Miene verfinstert sich, dann wendet er sich seinem Kontrahenten zu.

»On your marks«, ruft Keanu laut. Die beiden Kämpfer heben die Fäuste. »Go.«

Lens Faust kracht an Adriels Schläfe, so dass dieser rückwärtstaumelt und beinahe den Halt verliert. Wie ein Wiesel springt Len ihm hinterher, lässt ihm keine Zeit, sich zu sammeln, schlägt erneut zu. Mitten ins Gesicht. Ein Übelkeit erregendes Geräusch ertönt, Blut spritzt aus Adriels Nase. Ich schließe die Augen, reiße sie aber wie unter Zwang sofort wieder auf. Ich will es nicht sehen, und doch muss ich es. Adriel schlägt ungeschickt nach Lens Oberkörper, der ausweicht und ihm den Ellenbogen in die Nierengegend rammt. Adriel geht zu Boden, Len stürzt sich auf ihn, jemand schreit.

»Nein!«

Das war ich.

Len, die Faust zu einem weiteren Schlag erhoben, sieht auf. Sein Blick trifft meinen. Hör auf, flehe ich stumm, hör auf, du bringst ihn um.

»Bring es zu Ende«, brüllt jemand. »Na los!«

Len löst sich von Adriel und geht in seine Ecke des provisorischen Rings. Adriel stöhnt.

Bleib liegen, verdammt, stell dich tot.

Er rappelt sich auf, kommt schwankend zum Stehen. Torkelt auf Len zu, der ihn ungläubig mustert. Fast unmerklich den Kopf schüttelt.

»Weitermachen«, brüllt Maddox.

»Er ist fertig«, sagt Len. »Der Kampf ist vorbei.«

Adriel schüttelt den Kopf und spuckt einen Schwall Blut vor Lens Füße.

»Bis zur Kampfunfähigkeit. So sind die Regeln!«, nuschelt er.

»Du bist kampfunfähig.« Len sagt es beinahe sanft.

»Nein, bin ich nicht.« Adriel hebt die Arme.

Len wirft mir einen schnellen Blick zu. Die Menge um uns

herum tobt, doch ich nehme alles nur noch wie durch einen Schleier wahr.

»Wie du willst«, sagt Len und macht einen Schritt nach vorne. Mit einer schnellen Drehbewegung nimmt er Adriel in den Schwitzkasten, drückt mit Zeige- und Mittelfinger einen Punkt an dessen Hals. Adriel verdreht die Augen, Len lässt ihn auf den Boden rutschen. Das Publikum verstummt.

»So«, sagt Len, »kampfunfähig. Sind wir uns einig?« Sein Freund nickt. Keanu sieht betreten auf Adriel hinunter, der wie ein nasser Sack daliegt und sich nicht rührt. Meine Augen sind blind von Tränen.

»Der Stärkere hat gewonnen«, ruft Maddox, greift nach Lens Handgelenk und reißt es in die Siegerpose. »Denn es ist das Gesetz der Natur.«

Len verzieht keine Miene, während die Menge ihm frenetisch zujubelt. Ich sehe mich ungläubig um. Es sind zum Teil Adriels Freunde, seine Klassenkameraden, die seine Niederlage feiern. Der Ekel steigt mir sauer die Kehle hoch, und ich schlucke heftig.

Unter donnerndem Applaus verlässt Len den Kampfplatz. Adriel liegt noch immer zusammengesunken und wie leblos auf dem Boden.

Ich spüre, wie mir das Blut in die Wangen schießt, als Len an mir vorbeigeht, den Blick demonstrativ abgewandt. Zu der Traube aus jungen Frauen, in deren Mitte, wie eine Perle in der Auster, Malania steht. Die Menge teilt sich, macht den Weg frei. Len sinkt auf die Knie.

Der Jubel ist verebbt, es ist absolut still. Jeder scheint den Atem anzuhalten. Sekundenlang geschieht nichts, ein schier endloser Blick zwischen Malania und ihrem vorgeblich untreuen Gefährten. Sie streckt die Hand aus, er küsst sie. Die Leute sind zufrieden, Gläser klirren aneinander, man feiert die Wiedervereinigung des Paars. Was für ein Schmierentheater!

Ich wende den Blick ab, gehe zu Adriel, der noch immer reglos daliegt. Ich sinke auf die Knie und beginne zu weinen.

44

Ich sitze noch dort, als die Sonne aufgegangen ist und die Menge der Schaulustigen sich langsam auflöst, um nach Hause zu gehen. Ich beobachte Adriels Brustkorb, wie er ruhig und gleichmäßig atmet. Mein Gefühl sagt mir, dass er längst wieder bei Bewusstsein ist. Dass er wartet, bis sie alle gegangen sind. Sein Gesicht sieht übel aus, er hat einen dunklen Bluterguss über dem rechten Auge, und seine Nase ist seltsam schief.

Ich sehe mich um. Wir sind allein. Gerade will ich zaghaft an seiner Schulter rütteln, als sich Schritte nähern und Len auf uns zueilt. Er schaut nach links und rechts, bevor er sich neben mich hockt.

»Ich wollte nur nach ihm sehen«, wispert er und betrachtet Adriels schlimm zugerichtetes Gesicht. »Ich habe die Blutzufuhr zu seinem Gehirn verlangsamt, es war die einzige Möglichkeit, dieses Fiasko vorzeitig zu beenden.«

Ich schüttele heftig den Kopf, lege den Finger an die Lippen, aber er versteht nicht, was ich sagen will.

»Seine Nase ist gebrochen«, fährt er fort. »Ich muss das richten, sonst wird er Schwierigkeiten damit haben.« Er betrachtet kritisch Adriels Verletzungen, dann sieht er mich an. »Wir können uns nicht wiedersehen, Yma. Verstehst du das?«

Ungläubig starre ich ihn an. Was soll das? Ahnt er, dass Adriel wach ist? Sagt er das, um ihn glauben zu lassen, dass unsere *Affäre* ein für alle Mal vorbei ist? Oder …

»Sag, dass du mich verstanden hast, Yma. Vergiss, was du gesehen hast.«

Ich spüre, wie alle Kraft aus meinem Körper weicht. »Aber …«, sage ich, doch er unterbricht mich sofort.

»Es war dumm von mir, dich mitzunehmen.« Seine Stimme ist so hart und kalt wie seine Augen. »Ich glaube, du hast keine Vorstellung davon, was du angerichtet hast.«

Mir schießen die Tränen in die Augen. Ich habe doch gar nichts gemacht, will ich am liebsten sagen. Ich kann nichts dafür. Aber ich bringe keinen Ton heraus.

»Sag, dass du es verstanden hast«, wiederholt Len, und ich nicke.

»Ich habe verstanden.«

Er richtet den Blick zurück auf Adriels Gesicht, tastet über seinen Nasenrücken, drückt zu. Ein widerwärtiges Knirschen ist zu hören, gefolgt von einem ohrenbetäubenden Schrei. Adriel reißt die Augen auf und schlägt die Hände vor das Gesicht. Er dreht sich auf die Seite, weg von uns, und stöhnt vor Schmerzen. Hilflos lege ich ihm die Hand auf den Rücken. Als ich mich wieder zu Len umdrehen will, ist er schon verschwunden.

Es dauert eine Weile, bis Adriel sich so weit beruhigt hat, dass er aufstehen kann. Ich will ihm helfen, doch er schüttelt mich ab, als sei ich ein lästiges Insekt. Also trotte ich hinter ihm her in Richtung Aufzug. Adriel zuckt kurz zusammen, als er sein Gesicht im Spiegel sieht.

»Es wird schon wieder«, sage ich leise.

»Ach ja? Wird es das?«, fragt er bissig, und ich halte lieber meinen Mund. Ich frage mich, was er gehört hat. War er wach, als Len zurückgekommen ist, um seine gebrochene Nase zu richten? Würde er mich dann jetzt nicht mit Fragen löchern? Oder würde er seine Gedanken für sich behalten? Warten, bis er sie irgendwann gegen Len verwenden kann. Und gegen mich? Forschend sehe ich ihn an und bemerke entsetzt, dass er weint. Stumme Tränen laufen über sein verunstaltetes Gesicht. Er tut mir unendlich leid. All dies war nicht seine Schuld. Meine Entscheidungen haben dazu geführt, dass er nun mit zerschlagenem Gesicht in einem Fahrstuhl steht. Ich schiebe meine Hand in seine, erwarte beinahe, dass er mich wegstößt, doch seine Finger umschließen meine. Ich lehne mich an ihn.

»Liebst du ihn?«

Heftig schüttele ich den Kopf. »Natürlich nicht.«

Er nickt. Nimmt mein Gesicht in beide Hände und schaut auf mich herunter.

»Dann lass uns von vorne anfangen«, sagt er. »Wir vergessen, was geschehen ist. Wir sind ein gutes Paar, Yma, das weiß ich, und zu zweit sind wir besser als allein. Wir können alles haben, alles schaffen. Ich weiß, dass du viel durchgemacht hast.«

»Du aber auch«, murmele ich.

»Das tut jetzt nichts mehr zur Sache. Wir sind die Besten unseres Jahrgangs. Die Elite. Darauf müssen wir uns konzentrieren. Ich will dich nicht aufgeben, Yma. Ich will uns nicht aufgeben. Du etwa?«

»Nein«, sage ich, ein bisschen unsicher.

»Gut«, er nickt zufrieden. »Ich weiß nicht, was in dich gefahren ist, dass du mitten in der Nacht andere Männer küsst«, ich senke den Blick, »und ich will es auch nicht wissen. Es war ein Ausrutscher. Es ist vorbei. Wir werden nicht mehr darüber sprechen. Auch nicht über das, was heute passiert ist. Wir haben uns in eine blöde Situation gebracht, Yma. Wir stehen als Loser da. Aber wir sind die Gewinner. Wir sind die Stärkeren. Lass es uns ihnen zeigen. Einverstanden?«

Ich nicke, schließe die Augen, spüre seine Lippen auf meinen, schmecke Blut und denke, dass dies keine Liebeserklärung war.

45

Eine Woche lang geht Adriel nicht zur Schule. So lange dauert es, bis sein Gesicht einigermaßen verheilt ist. Am siebten Tag erwische ich ihn dabei, wie er im Badezimmer versucht, mit meinem Make-up die letzten verräterischen Spuren zu übertünchen. Am achten Tag, ich komme gerade aus dem Fitnessstudio, hat Adriel Frühstück gemacht.

Wir sitzen einander gegenüber, essen Obstsalat und trinken Kaffee. Mir fällt auf, dass er sein Outfit sorgfältig ausgesucht hat. Dunkelblaue Jeans, weißes T-Shirt, neue Sneakers. Die Haare fallen ihm zerstrubbelt in die Stirn, so dass es aussieht, als sei er gerade aus dem Bett gekommen. Nur jemand wie ich, die weiß, wie er dann wirklich aussieht, erkennt, dass viel Haarwachs nötig war, um diesen Look zu zaubern. Sein Gesicht ist so schön wie eh und je.

Bevor wir losgehen, drehe ich meine Haare zu einem lockeren Dutt hoch, doch Adriel hält meine Hand fest. Er entwindet mir sanft das Haargummi.

»Trag sie offen«, sagt er, »das sieht schön aus.«

Kurz will ich protestieren. Ich kann mich nicht erinnern, jemals mit offenen Haaren zur Schule gegangen zu sein, doch dann zucke ich mit den Schultern und tue ihm den Gefallen.

Unser erster gemeinsamer Auftritt in der Schule seit dem Kampf erregt natürlich Aufmerksamkeit. Nachdem wir unsere Räder angeschlossen haben, legt Adriel seinen Arm um meine Schultern. Wir spazieren durch den Haupteingang und ziehen die Blicke auf uns. Neugierige, verächtliche, überraschte. Es wird getuschelt.

Mitten auf dem Schulhof, wie auf dem Präsentierteller, zieht Adriel mich an sich und küsst mich lange auf den Mund. Jeder Muskel in seinem Körper ist angespannt, ich fühle mich wie in einem Schraubstock. Aber ich spiele mit. Egal, wie albern ich diese Zurschaustellung unserer Einigkeit finde. Adriel wurde gedemütigt, erst von mir, dann von Len. Und ich werde alles tun, um diese Demütigung wiedergutzumachen. Endlich löst er sich von mir, ich ringe mir ein Lächeln ab. Er beugt sich zu mir herunter, legt die Lippen an mein Ohr.

»Wir werden es ihnen zeigen«, raunt er, »sie haben gejubelt und uns verspottet, aber wer zuletzt lacht, lacht am besten.«

Ich nicke unbehaglich.

Von diesem Tag an sind Adriel und ich wie miteinander verschweißt. Er überredet mich sogar, mein Training auf den Abend zu verlegen, damit wir gemeinsam gehen können. Eigentlich ist mir das alles andere als recht. Ich bin ein Morgenmensch. Meine Leistungen sind zu früher Stunde am besten. Dennoch tue ich ihm den Gefallen. Die Vorstellung, Len zu begegnen und von ihm ignoriert zu werden, behagt mir sowieso nicht. Ich versuche, den Gedanken an ihn zu verdrängen. Genauso an die Menschen aus den Slums. Vielleicht nehme ich meine Rolle auch zu wichtig. Ich war ja nur ein winziges Rädchen im Getriebe, und selbst das nur für eine kurze Zeit. Eigentlich nur Lens helfende Hand, die er wahrscheinlich mühelos ersetzen kann. Doch insgeheim weiß ich, dass das nicht stimmt. Leute zu rekrutieren, die bereit sind, ihr Leben zu riskieren, ist nicht so einfach. Umso weniger kann ich verstehen, dass Len mich einfach so kaltgestellt hat. Doch mir bleibt jetzt nichts anderes übrig, als es zu akzeptieren. Zu vergessen, wie sehr es mich erfüllt hat, den Menschen zu helfen. Und in mein altes Leben zurückzufinden.

Adriel und ich gehen gemeinsam zur Schule. Wetteifern um die besten Noten, essen zu Mittag, lernen in der Bibliothek. Zwischendurch küssen wir uns oft. Vor allem, wenn andere dabei sind. Ich registriere, wie häufig Adriel unsere Reflexion überprüft, wann immer wir an einer Fensterscheibe vorbeilaufen. Ich selbst erkenne uns kaum wieder, wenn ich seinem Blick folge. Die Haare trage ich jetzt immer offen, weil es ihm so am besten gefällt. Wie flüssiges Feuer sehen sie aus, sagt er. Wir waren zusammen einkaufen, und Adriel hat meine neuen Klamotten ausgewählt. Jeans und Shirts zwar, aber enger, figurbetonter. Dazu schminke ich mich mehr als sonst. Ohne Frage sehen wir gut zusammen aus. Ziehen die Blicke auf uns, wo immer wir auch hingehen. Ich spüre den Neid der anderen Mädchen. Ihre Ungläubigkeit – *was will er denn ausgerechnet mit der* – ist der widerwilligen Anerkennung gewichen, dass ich vielleicht doch nicht das Mauerblümchen bin, für das sie mich gehalten haben.

Eines Abends lädt Adriel mich ins *Bohème* ein. Wir setzen uns nach draußen und betrachten den Sonnenuntergang.

»Wir sollten über unsere Pläne sprechen«, sagt Adriel. »Darüber, was wir studieren werden.«

»Das hat doch noch Zeit. Aber ich glaube, Jura würde mich interessieren«, sage ich. Statt einer Antwort wiegt er nur den Kopf hin und her. Wirft einen Blick auf seine Smartwatch und ruft die Schul-App auf. Taggenau zeigt sie die Rangfolge unserer Jahrgangsstufe an. Ohne Namen natürlich – Datenschutz. Aber man kann sehen, an welcher Stelle man selbst steht.

»Sieh mal an«, sagt er, »ich bin bloß zweiter. Möchte wissen, wer die Spitzenposition hält.«

Ich sehe nach, mein Name steht neben der 4.

»Ich nicht«, sage ich beinahe entschuldigend.

»Morgen ist auch noch ein Tag.« Er lächelt, aber seine Augen bleiben kühl. »Du solltest lieber Informationstechnologie studieren. Im IT-Bereich kann man das meiste Geld machen.«

Ich lache. Bis ich merke, dass er keinen Witz gemacht hat. »IT interessiert mich nicht so sehr.« Das stimmt seltsamerweise, obwohl es eines meiner besten Fächer ist. Aber nur, weil man etwas besonders gut kann, muss man es ja noch lange nicht mögen.

»Das ist doch egal. Du hast alle Voraussetzungen dafür. Zumindest, wenn du dich mal wieder ein bisschen zusammenreißt. Man kann unglaublich viel Geld verdienen. Vor allem bei Universo. Oder meinst du, die haben dich aus reiner Nächstenliebe eingestellt?«, fügt er hinzu.

Wach auf, Yma. Nächstenliebe gibt es nicht in unserer Welt.

»Ich wette, die Juristen dort sind auch nicht gerade bettelarm«, gebe ich zurück.

»Ist das dein Ziel? Nicht bettelarm zu sein?«

Ich zucke mit den Schultern.

»Willst du hier Kinder aufziehen?« Er macht eine ausladende Handbewegung. Ich betrachte das wunderschöne Gebäude mit der Glasfassade, den weitläufigen Park, die Spiel- und Sportplätze.

»Ja, natürlich.«

Adriel schüttelt bloß den Kopf. »Das sagst du nur, weil du selbst …« Er bricht ab.

»Sag es ruhig. Weil ich im Ghetto aufgewachsen bin?«, frage ich aggressiver als beabsichtigt.

»Na ja.«

»Zone Zwei ist kein Ghetto. Wir hatten vielleicht keinen Privatpark und haben unsere Fenster selbst geputzt, aber das heißt nicht, dass man so keine Kinder aufziehen kann.«

»Natürlich *kann* man«, gibt er zurück, »die Frage ist, ob man es will. Mir ist schon klar, dass deine Mutter keine andere Wahl hatte. Aber schöner für ein Kind ist es, in einem großen Haus mit Garten zu leben. Das ist einfach so. Und du hattest all das bei Kimi. Behaupte nur, dass dir das nicht gefallen hat.«

Die Nennung ihres Namens versetzt mir einen Stich.

»Ich glaube, dass es Wichtigeres im Leben eines Kindes gibt als materielle Dinge«, sage ich mit belegter Stimme. Liebe, Wärme und Geborgenheit. All das, was ich im Überfluss von Winona bekommen habe und was Kimi, in ihrer riesigen Villa mit Pool, vermisst hat. Ich sehe Adriel von der Seite an und weiß, dass er es nicht verstehen wird. »Ich denke noch mal darüber nach. Über das Studium, meine ich«, lenke ich deshalb ein.

»Das ist bestimmt eine gute Idee«, sagt Adriel und lächelt zufrieden.

Mit weit aufgerissenen Augen starrt Leyla mich an, ihre Lippen, trocken und aufgesprungen, formen immer wieder nur das eine Wort. »Hilfe. Hilfe.« Fast lautlos, und doch so eindringlich, dass es mir durch Mark und Bein geht.

Wie angewurzelt stehe ich da, unfähig, mich zu rühren. In meiner Hand halte ich die Infusionsnadel.

»Hilfe«, fleht sie, »Yma, hilf mir.«

Ich versuche es, gebe alles, doch ich kann mich keinen Millimeter bewegen. Vor meinen Augen scheint Leyla sich aufzulösen, zu schrumpfen. Ihre Haut wird knittrig wie Pergamentpapier.

»Nein«, denke ich. »Nein.« Plötzlich spüre ich einen Luftzug, und jemand tritt hinter mich. Ein Mann. Sein Gesicht nah an meinem Ohr.

»Was willst du mit deinem Leben anfangen?«, fragt er.

Helfen, ich will helfen, möchte ich schreien, aber meine Stimmbänder funktionieren ebenso wenig wie der Rest meines Körpers. Der Mann nimmt mir die Nadel ab und legt die Infusion. Sofort blüht das Mädchen vor unseren Augen auf wie eine Blume, ihre Haut wird prall und die Wangen rosig. Meine Starre löst sich, erleichtert wende ich mich zu Len um, doch er weicht vor mir zurück.

»Sieh mich nie wieder an, Yma.«

»Len, bitte sag das nicht.«

»Hör auf«, schreit er mich an.

»Len«, rufe ich, als er sich in einen Schwall aus Blut verwandelt.

46

Schweißgebadet und schwer atmend fahre ich aus dem Schlaf hoch. Versuche mich zu orientieren, sehe mich um. Adriel liegt mit geöffneten Augen neben mir, sein Blick ist starr.

»Hab ich dich geweckt?«, frage ich unsicher. Er nickt. »Tut mir leid. Ich habe wieder geträumt.«

»Von deiner Mutter?« Es ist zu dunkel, um den Ausdruck in seinem Gesicht zu deuten, aber seine Stimme klingt kühl.

»Ja.«

»Wie schrecklich. Du Arme.« Er dreht sich um, wendet mir den Rücken zu.

Am nächsten Morgen ist Adriel schlecht gelaunt, und ich bin ziemlich sicher, dass es nicht nur an der frühen Stunde liegt. Aber was soll ich tun? Ihn offen darauf ansprechen?

Sag mal, habe ich zufällig gestern im Schlaf Lens Namen gerufen? Falls ja, dann hat das wirklich überhaupt nichts zu bedeuten.

»Was ist los?«, fragt Adriel in diesem Moment gereizt. »Warum guckst du mich so an?«

»Nur so«, sage ich und senke den Blick.

»Komm, wir sind spät dran.«

Seite an Seite fahren wir mit den Rädern in Richtung Schule. Auf halbem Wege überrascht uns ein wahrer Wolkenbruch. Innerhalb von Sekunden bin ich bis auf die Haut nass und fluche leise. Adriel legt ein Tempo vor, bei dem es mir schwerfällt, mitzuhalten. Als wir am Einkaufszentrum vorbeifahren, hält er so plötzlich an, dass seine Bremsen quietschen.

»Was ist los?«, erkundige ich mich. »Musst du noch etwas besorgen?«

Er schüttelt den Kopf, stellt sein Rad ab und läuft schnellen Schrittes durch die Pfützen in Richtung des Eingangsbereiches. Ich folge ihm irritiert, als ich einen Mann bemerke, der sich zum Schutz vor dem Regen unter das Glasdach gestellt hat. Sein langes Haar und Bart sind durchnässt, ebenso wie sein zerschlissener schwarzer Mantel, der ihm ein paar Nummern zu groß ist. Adriel steuert direkt auf den Mann zu.

»Was machst du hier?«, fragt er.

Der Mann sieht auf. Mit einem einzigen Blick umfasst er Adriels Erscheinung und lächelt. In der oberen Reihe fehlen ihm zwei Schneidezähne. »Tag auch. Hast du vielleicht ein bisschen Kleingeld übrig?«

»Wieso?«, fragt Adriel mit erhobener Stimme. »Hast du etwas zu verkaufen?«

»Nee, nee, hab ja nichts«, sagt der andere. Ich beeile mich, näher zu kommen. »Nichts als die Sachen, die ich am Leib trage.«

»Und inwiefern ist das mein Problem?« Adriel macht einen Schritt auf den anderen zu. Der weicht zurück. Anscheinend hat er endlich auch begriffen, dass hier nichts zu holen ist.

»Isses nicht, weiß ich ja«, murmelt er und wendet sich ab.

»Bleib gefälligst hier«, herrscht Adriel ihn an.

»Adriel«, sage ich und greife nach seinem Arm, doch er schüttelt mich ab.

»Betteln ist verboten«, sagt er. »Wo ist denn der verdammte Sicherheitsdienst? Ich rufe die Polizei.«

»Nein«, sagt der andere. In seinen Augen flackert Panik. Dies wäre ganz offensichtlich nicht seine erste Begegnung mit den Gesetzeshütern. Er macht Anstalten, in den Regen hinauszulaufen, doch Adriel packt ihn hart am Arm.

»Ruf die Polizei«, herrscht er mich an.

»Lass ihn los«, gebe ich zurück, woraufhin er mich wütend anstarrt.

»Dann mache ich es selbst.«

Der Mann schüttelt heftig den Kopf und bekommt einen Hustenanfall. Angeekelt stößt Adriel ihn von sich.

»Wirst du deine Bazillen bei dir behalten, du Filzlaus?«

Der Mann stolpert rückwärts, fällt zu Boden, rappelt sich wieder auf und ergreift die Flucht. Adriel macht Anstalten, ihm zu folgen, doch ich verstelle ihm den Weg. »Wenn du da jetzt hinterherläufst, verlasse ich dich«, sage ich mit fester Stimme.

»Als würdest du das nicht sowieso tun.« Er starrt mich hasserfüllt an. »Und weißt du was? Ich bin froh, wenn du weg bist. Oder glaubst du, es macht mir Spaß, wenn du jede Nacht seinen Namen rufst?«

Ich spüre, wie ich feuerrot anlaufe. Adriel mustert mich mit kalten Augen. »Oh. Da habe ich wohl ins Schwarze getroffen.«

Heftig schüttele ich den Kopf. »Ich schwöre dir …«

»Das kannst du dir sparen, Yma. Aber eins sage ich dir: Wenn du mich verlässt, dann werde ich verraten, was dein Loverboy so für Tricks draufhat.«

Ich spüre, wie mir das Blut in die Füße sackt und der Boden zu schwanken beginnt. »Wovon sprichst du?«, flüstere ich.

»Du weißt genau, wovon ich rede. Was ist das für ein Typ, der seinen Kontrahenten erst zusammenschlägt und dann wieder zusammenflickt?«

Ich schließe kurz die Augen. Also hatte ich doch recht. Adriel war wach. Er hat alles mitbekommen.

»Ich will dich nicht verlassen«, sage ich.

»Auf einmal? Woher der plötzliche Sinneswandel?« Mit spöttisch hochgezogenen Brauen mustert er mich.

Ich schlucke meine unbändige Wut auf ihn hinunter und lächele ihn an. »Es tut mir leid«, zwinge ich mich zu sagen. »Auch, dass ich mich eingemischt habe. Du hast völlig recht, wir hätten ihn anzeigen müssen.«

»Dieser Penner ist mir vollkommen egal«, gibt er zurück.

»Ich weiß«, sage ich. »Du warst wütend auf mich. Ich habe von Len geträumt, ja. Ich träume immer und immer wieder von eurem Kampf. Ich schreie ihn an, dass er aufhören soll.«

»Ach ja? Ich dachte, du träumst von deiner Mutter.«

»Ich dachte, es wäre dir vielleicht unangenehm. Ich liebe dich, Adriel.«

»Wirklich?«, fragt er.

»Wirklich.«

Er beugt sich zu mir hinunter, ich schließe die Augen in Erwartung eines Kusses, doch er verharrt kurz vor meinen Lippen. »Dann beweis es mir«, sagt er leise. »Denn im Moment bist du nicht sehr überzeugend.«

47

Obwohl ich weiß, dass es Wahnsinn ist, was ich tue, verlasse ich in dieser Nacht das Bett, nachdem ich mich davon überzeugt habe, dass Adriel eingeschlafen ist. Ich muss Len warnen.

Sein Moped steht nicht in seiner üblichen Parkbucht. Mist. Ich muss ihn knapp verpasst haben. Er ist schon unterwegs und tut, was er immer tut. Was er mir verboten hat.

Einen Moment stehe ich einfach nur da, über mir der klare Sternenhimmel, um mich die Stille der Nacht. Was soll ich tun? Ich habe es so satt. Ich habe es satt, mir von allen möglichen Menschen vorschreiben zu lassen, was ich zu tun und was ich zu lassen habe. Mein Blick fällt auf meine Hände. Besser gesagt, auf meine Fingernägel. Sie sind blutrot lackiert. Adriel mag das so. Er mag mich geschminkt und in engen Jeans und mit wallender Mähne. Ich soll ihm gefälligst beweisen, dass ich ihn liebe. Und den Rest meines Lebens einer Karriere widmen, die mich nicht wirklich interessiert, damit seine Kinder in einer Villa aufwachsen werden.

Und Len? Der will, dass ich mich fernhalte.

Sag, dass du das verstanden hast.

Ich habe verstanden.

Aber das heißt noch lange nicht, dass ich mich auch daran halten werde.

Es riecht eigenartig. Obwohl ich den Geruch nicht zuordnen kann, spüre ich instinktiv, dass etwas Grauenerregendes zu mir herüberweht.

Während ich mir einen Weg durch die Menschen bahne, schreien alle durcheinander, so dass ich nur Wortfetzen verstehen kann.

»In der Fabrik …«

»… konnten nicht …«

»… die Türen verriegelt …«

»… das Feuer!«

Ich taumele zurück, als ich die Körper vor dem Bauwagen liegen sehe. Kleider und Haut zu großen Teilen verbrannt, es riecht durchdringend nach Rauch und, jetzt weiß ich, was es war, nach verkohltem menschlichen Fleisch. Fast ein Dutzend Brandopfer liegen hier, alles Frauen, um sie herum, auf Knien, weitere Menschen, manche ebenfalls verletzt, andere wirken unversehrt.

Die Frauen am Boden stöhnen oder schreien, ein oder zwei von ihnen geben keinen Ton von sich, und das ist am schlimmsten.

Die Tür des Bauwagens öffnet sich, ein Mann trägt eine halb bewusstlose Frau mit verbundenem Oberkörper auf den Armen. Hinter ihnen erscheint Len. Sein Gesicht wirkt fahl und angespannt im flackernden Schein der Fackeln. Der Anblick des Feuers muss die Verbrennungsopfer nahezu in den Wahnsinn treiben. Andererseits nehmen sie es vielleicht gar nicht wahr.

Ich gehe auf Len zu, der die Stufen heruntersteigt. Sein Blick trifft meinen. »Was machst du hier?«, fragt er barsch. »Du solltest nicht hier sein.«

»Doch, das sollte ich. Also, was kann ich tun? Nicht anfassen«, brülle ich, als ich sehe, wie jemand einer Frau die Jacke ausziehen will. Deren Stoff sich tief in ihr Fleisch gebrannt hat. Ich stürze hinzu und hindere sie daran.

»Entschuldigung, ich wollte ihr helfen«, sagt die Frau erschrocken und zieht die Hände zurück.

»Ich weiß«, sage ich und beuge mich über die am Boden Liegende. Ihre Haare sind ganz kurz, versengt von dem Feuer, in das sie aus welchem Grund auch immer geraten ist. »Hilf mir, sie reinzubringen«, rufe ich Len zu. Wir nehmen die Frau in unsere Mitte. »Wo ist eigentlich Lore?«

Ein Schatten fällt über sein Gesicht. »Das hier sind Lores Kolleginnen. Aus der Textilfabrik.«

»Ihr muss nicht dasselbe passiert sein«, sage ich nachdrücklich und bete, dass ich recht habe.

Wir arbeiten bis zur völligen Erschöpfung, so schnell und so sorgfältig wir können. Dennoch ist es nicht genug. Während wir die Brandwunden der ersten Frau versorgt haben, sind fünf weitere ihren Verletzungen erlegen. Direkt vor der Tür des Bauwagens. Helfer, die von überall aus den Hütten herbeiströmen, tragen die Toten weg, flößen den noch Lebenden tropfenweise Wasser ein. Mein Blick fällt auf die Leiche eines Mädchens, sie muss mehrere Jahre jünger als ich gewesen sein, aber ganz genau kann ich es nicht sagen. Zu viel von ihr ist einfach verbrannt.

»Nicht hinsehen«, sagt Len. »Wir machen weiter.«

Die Frau zu meinen Füßen sieht schlimm aus, ihre Arme, ihr Oberkörper. Aber sie lebt. »Die hier«, sage ich zu Len, doch er schüttelt den Kopf. Geht ein paar Schritte, hilft einer anderen Patientin auf die Beine. Sie schreit vor Schmerzen, ihr linkes Bein ist vollkommen schwarz, doch der Rest ihres Körpers scheint unversehrt. »Hilf mir«, fordert Len mich auf. Ich greife der Frau unter die Achselhöhle, um sie zu stützen. Gemeinsam bringen wir sie in den Bauwagen und legen sie dort auf der Liege ab. Mit fliegenden Fingern sammeln wir aus dem Schrank zusammen, was wir brauchen.

»Wir schaffen es nicht«, murmele ich verzweifelt. »Es sind zu viele. Und der anderen Frau geht es viel schlechter. Sollten wir sie nicht zuerst behandeln?«

Len schüttelt den Kopf.

»Aber ihre Verbrennungen sind viel schlimmer als diese hier.« Ich flüstere es, wobei ich bezweifle, dass die Verletzte vor lauter Stöhnen überhaupt irgendetwas verstehen kann.

Len wirft mir einen Blick zu, seine Augen sind voller Schmerz, als er nickt. »Ja«, sagt er. »Deshalb ja.«

Ich bin so schockiert, dass ich einen Moment brauche, um mich zu sammeln. Len hat sich bereits der Patientin zugewandt, in deren Schmerzenslaute sich ein pfeifendes Röcheln gemengt hat.

»Ich bin Len. Wie heißen Sie?«

»Naira«, gibt sie keuchend zur Antwort. »Mein Bein tut so weh.«

»Sie haben vermutlich Rauch eingeatmet, Naira«, sagt er und stellt die Rückenlehne der Liege nach oben, so dass die Frau zum Sitzen kommt. »So sollte es einfacher sein, Luft zu bekommen. Und nun sehe ich mir das Bein an.«

Während er beginnt, die Wunde zu versorgen, öffnet sich die Tür des Bauwagens, und Lore kommt herein. »Noch zwei weitere Patienten«, sagt sie, ohne sich mit einer Begrüßung aufzuhalten. »Ich habe sie im Bollerwagen hergezogen.«

»Mit dir alles in Ordnung?«, fragt Len.

»Ich habe keine Verbrennungen, falls du das meinst. Hab mir nur den Fuß verstaucht, als ich aus dem Fenster gesprungen bin.« Lores Stimme klingt hart und zornig. »Sie verriegeln die Notausgänge, damit wir nicht unerlaubt das Gebäude verlassen. Als sie den Brand endlich entdeckt und die Türen geöffnet haben, war es für die meisten schon zu spät.«

»Wie viele?«, fragt Len, wobei er den Blick weiterhin konzentriert auf die Brandwunde richtet, die er versorgt.

»Mindestens zweihundert«, antwortet Lore.

Gegen drei Uhr ist es vorbei. Die Bilanz dieser Nacht ist niederschmetternd. Zusätzlich zu all den Frauen, die im Fabrikgebäude verbrannt sind, konnten wir siebzehn der Verwundeten, die es bis zu uns geschafft haben, nicht retten. Die Trauer legt sich wie ein Bleigewicht über uns alle, während Menschen ihre Angehörigen auf provisorische Bahren legen und wegtragen, um sie zu beerdigen.

Sieben Überlebende. Zumindest vorerst. Für fünf von ihnen stehen die Chancen gut, dass sie auch in der nächsten Woche noch leben werden. Dass sie vielleicht sogar wieder ein normales Leben werden führen können, wenn auch mehr oder weniger entstellt von den schrecklichen Narben, die sie von dem Unfall zurückbehalten werden. Nachdem die letzte Patientin von ihrem Mann abgeholt wurde, die Tür des Bauwagens hinter den beiden ins Schloss gefallen ist, überkommt mich eine Welle der Übelkeit. Mir wird schwindelig, alles dreht sich, und mein Gesichtsfeld verengt sich. Ein schwarzer Tunnel, an dessen Ende plötzlich Lens Gesicht erscheint. Ich spüre seine Hände an meinen Oberarmen.

»Schau mich an, Yma«, sagt er, nicht in dem sonst üblichen rauen Befehlston. Sondern sanft. »Ja, das ist gut. Sieh mir in die Augen.«

Ich will mich beherrschen. Stark sein. Aber ich kann nicht. Stattdessen breche ich einfach zusammen. Der Laut, der aus meinem Innersten kommt, scheint nicht zu mir zu gehören. Doch ich kann ihn ebenso wenig zurückhalten wie die Tränen, die aus meinen Augen stürzen.

Ich weiß nicht, wie ich dort gelandet bin, aber auf einmal liege ich in Lens Armen, mein Gesicht an seiner Brust, seine Hand in meinem Haar.

»Schon gut«, murmelt er.

»Nichts ist gut«, wimmere ich. »Es ist alles so sinnlos.«

»Sag das nicht.«

Ich löse mich von ihm und funkele ihn wütend an. »Das ganze Robin-Hood-Gehabe bringt doch nichts. Sie sind hergekommen, damit wir sie retten. Und dann sind sie doch gestorben. So viele sind gestorben, und wir konnten ihnen nicht helfen. Was wir tun, ist reine Zeitverschwendung.«

Eindringlich sieht Len mich an. »Ich glaube, dass Naira dir da vehement widersprechen würde. Genauso wie Enni, Hilja, Vilma und Sikari.«

»Aber die anderen …«

»Wir konnten sie nicht retten. Wir können nicht alle retten. Aber solange wir es versuchen«, plötzlich ist seine Hand an meiner Wange, er streicht mir eine feuchte Haarsträhne aus der Stirn, »so lange ist es nicht umsonst. Wir retten die Welt, Yma, immer einen Menschen nach dem anderen. Eine andere Möglichkeit gibt es nicht.« Wie hypnotisiert sehe ich in seine dunkelgrünen Augen, die voller Energie sind, trotz der Anstrengungen dieser Nacht. »Ich wünschte auch, dass es einen anderen Weg gäbe«, fährt er fort. »Dieser hier ist ziemlich mühsam.« Er lächelt ganz kurz, wird gleich darauf wieder ernst. »Aber ich werde ihn weitergehen.«

»Ich auch«, sage ich, ohne nachzudenken. »Ich gehe mit.«

Als wir wieder in Cape Coral sind, verabschiede ich mich von Len und wende mich ab. Ich will nur noch schlafen.

»Warte, Yma.«

»Was ist denn? Ich kann kaum noch die Augen aufhalten.«

»Geht mir genauso. Ich wollte nur sagen … also … ich danke dir. Dass du dabei bist. Und dich so reinhängst. Ich weiß, dass ich nicht immer besonders nett bin.«

»Du bist meistens ein Ekel«, gebe ich zurück und muss trotz der bleiernen Müdigkeit grinsen.

»Tut mir leid. Ich weiß, dass ich viel verlangt habe von dir. Es ist nicht selbstverständlich, dass du mitmachst. Und alles riskierst.«

»Das vielleicht nicht. Aber nur so kann ich morgens noch in den Spiegel sehen.«

Er nickt nachdenklich. »Ich weiß, was du meinst.«

»Kann ich jetzt gehen?«

»Nur eins noch.« Er geht um das Motorrad herum und bleibt genau vor mir stehen. »Ich finde dich großartig.«

Verblüfft sehe ich ihn an, ziemlich sicher, mich verhört zu

haben. Plötzlich ist seine Hand in meiner, ganz kurz streifen seine Lippen meine Wange.

»Das musste mal gesagt werden«, sagt er leise. »Gute Nacht.«

Lautlos öffne ich die Wohnungstür und schlüpfe in den Flur. Als ich die Jacke ausziehe, geht das Licht an. Ich fahre zusammen. Jetzt ist es aus, denke ich und hebe den Kopf in der Erwartung, Adriels wutverzerrtes Gesicht zu sehen. Stattdessen prallt etwas gegen mich oder jemand. Wirft mich zu Boden, eine vermummte Gestalt, sie ist über mir, dreht mich auf den Bauch und fesselt meine Hände auf dem Rücken. All das geht so schnell, dass ich keine Chance habe, mich zu wehren. Oder auch nur einen Laut von mir zu geben. Ich hebe den Kopf. Sehe weitere vermummte Menschen, die mich umringen. Mit Waffen auf mich zielen. Im Türrahmen zum Wohnzimmer steht Adriel. Sein Gesicht ist vollkommen ausdruckslos.

»Adriel«, sage ich, und er wendet sich ab. Das Gewicht des Mannes, der auf mir liegt, verschwindet. Er zieht mich am Oberarm vom Boden hoch, ein anderer tritt auf mich zu und stülpt mir einen Sack über den Kopf. Ich hebe mein Knie und ramme es dem Mann zwischen die Beine. Er brüllt wie ein Tier. Etwas prallt mit voller Wucht gegen meinen Kopf, ein scharfer Schmerz durchzuckt mich, meine Beine knicken unter mir weg, und es wird noch schwärzer um mich herum als zuvor.

48

»Yma, Yma, Yma.« Immer wieder sagt jemand meinen Namen. In diesem rügenden, leicht missfallenden Tonfall, den Eltern anschlagen, wenn ihr Kleinkind mal wieder den Spinat durch die Gegend spuckt und damit die Küche neu dekoriert. »Yma, Yma, Yma.«

Nur langsam erlange ich das Bewusstsein wieder. Das dumpfe Pochen in meinem Kopf übertönt alles andere. Mein Körper fühlt sich steif und wund an. Ich versuche, mich zu bewegen, doch es gelingt mir nicht. An Hand- und Fußgelenken gefesselt sitze ich aufrecht auf einem harten Stuhl. Blinzelnd öffne ich die Augen. Durch groben Stoff dringt ein wenig Licht, genug, um den Schmerz in meinem Kopf zu verstärken.

»Yma, Yma, Yma.« Wieder diese Stimme. Und Schritte. Gleichmäßige Schritte, die vor mir hin- und herwandern. Automatisch wende ich den Kopf in die Richtung, aus der die Geräusche kommen. »Na endlich«, sagt die Stimme. »Das wurde aber auch Zeit.«

Eine Sekunde später reißt mir jemand den Sack vom Kopf. Kaltes Kunstlicht trifft auf meine Netzhaut. Mit einem unterdrückten Stöhnen schließe ich die Augen. Höre, wie jemand auf mich zukommt. Spüre eine Hand unter meinem Kinn, harte Finger, die sich in meinen Kiefer bohren.

»Nein, nein, Mädchen, genug geschlafen. Sieh mich an!«

Ich gehorche. Ein fensterloser Raum, grelle Neonröhren an der Decke. Vor mir ein Tisch mit einem Stuhl dahinter, der um einiges bequemer aussieht als der, auf dem ich gefesselt bin.

»Na also.« Der Mann lächelt zufrieden, geht um den Tisch herum und setzt sich mir gegenüber. Seinem silbergrauen Haar und dem von Falten durchzogenen Gesicht nach zu urteilen muss er mindestens sechzig sein, doch seine Bewegungen sind die eines Vierzigjährigen. Sein teurer, dunkelblauer Anzug sitzt wie angegossen. Der graue Bart gibt ihm eine Weichheit, die einen beinahe unerträglichen Kontrast zu den kalten, blauen Augen darstellt, die mich unverhohlen mustern. »Yma, Yma, Yma«, sagt er erneut.

»Das ist mein Name«, sage ich. »Und wer sind Sie?«

Er wirkt amüsiert. »Derjenige, der hier die Fragen stellt«, antwortet er, noch immer mit diesem Lächeln, das die Augen unberührt lässt. »Aber ich will mal nicht so sein. Mein Name ist Akando.«

»Warum bin ich hier?«

Er schüttelt den Kopf, greift nach einem Smartpad, das vor ihm auf dem Tisch liegt, und tippt darauf herum. »Für ein Mädchen, das über Jahre hinweg die Beste ihres Jahrgangs war, scheinst du recht langsam zu begreifen.« Er studiert die aufgerufene Seite, zieht in gespielter Überraschung die Augenbrauen hoch. »Aber ich sehe, deine Leistungskurve flacht in letzter Zeit ein wenig ab. Wie konnte es denn wohl dazu kommen?« Er lässt das Pad sinken und sieht mich an. Ich halte dem Blick stand.

»Das«, erklärt er langsam, »war eine Frage. Und ich erwarte eine Antwort.«

Ich schüttele den Kopf. »Ich möchte einen Anwalt«, erkläre ich, woraufhin mein Gegenüber in schallendes Lachen ausbricht.

»Wo warst du gestern Nacht?«, fragt er.

»Ich will meinen Anwalt.«

»Beantworte meine Frage.«

»Ich will meinen …«

Er steht von seinem Stuhl auf, hebt beide Hände, in denen er noch immer das Smartpad hält, und lässt es mit voller Wucht auf den Tisch vor sich krachen. Ich zucke zusammen, als das Display zersplittert und Scherben durch die Luft fliegen. Einen Moment sagt niemand von uns ein Wort. Dann schiebt Akando das zerstörte Gerät in meine Richtung.

»So zerbrechlich«, murmelt er kopfschüttelnd. »Ein Jammer.« Seine Augen durchbohren mich, die Drohung darin ist unübersehbar. »Wo warst du gestern Nacht?«

Angst kriecht wie eine feuchtkalte Hand meine Wirbelsäule empor. Akando geht wieder um den Tisch herum, lehnt sich lässig dagegen. Er ist kaum einen halben Meter von mir entfernt, sein Blick ruht auf der Spitze seines blank geputzten Schuhs, wandert dann hoch zu meiner Kniescheibe, weiter zu meinem Gesicht. Wir denken das Gleiche. Ein gezielter Tritt, und ich werde mein Leben lang humpeln.

»Ich war …«, beginne ich, während ich in Windeseile meine Optionen durchgehe. Alleine spazieren? Unglaubwürdig. Mit Len zusammen? Verrat. Bei Kimi? Sie darf ich hier nicht mit hineinziehen.

»Lass mich dich gleich hier unterbrechen«, sagt mein Gegenüber in beinahe sanftem Tonfall. »Ich kann dir ansehen, dass du mir nichts als einen Haufen Lügen auftischen wirst, und dafür ist mir meine Zeit zu schade.«

Ich schließe den Mund wieder. Spüre, wie mir der Schweiß aus allen Poren bricht. Ich rieche den sauren Geruch nach Angst, und Akando riecht es auch, denn er verzieht angeekelt das Gesicht. Macht ein paar Schritte von mir weg. In diesem Moment bemerke ich das rote Blinken der Kamera, die in der oberen Ecke des Raumes hängt.

»Ich möchte dir jemanden vorstellen.« Fast im gleichen Moment spüre ich einen kalten Luftzug im Rücken. Anscheinend befindet sich hinter mir die Tür. Scheppernd fällt sie wieder ins Schloss. Ein Hüne tritt neben mich, über zwei Meter groß und breit wie ein Schrank. Seine mächtigen Oberarme sprengen beinahe das Shirt, in dem er steckt. Doch am meisten erschrecken mich seine Augen in dem glatt rasierten Schädel. Sie sind vollkommen leer.

»Das ist Bruak. Sag hallo zu ihm!«, fordert Akando mich auf.

Ich starre nur zu dem Riesen empor, der mich mit seinen bloßen Händen zerquetschen könnte, wenn er wollte.

»Nun sieh dir das an. Nicht einmal eine einfache Anweisung kann sie befolgen. Na los, Bruak«, befiehlt Akando, »mach, dass sie hallo sagt.«

Bruak sagt kein Wort. Er nickt nur und sieht auf mich herunter. Dann streckt er seine riesige Hand nach mir aus. Bevor ich zurückzucken oder auch nur begreifen kann, was er vorhat, packt er meine Haare. Ein Ruck, und meine Kopfhaut steht in Flammen. Ich schreie, als ich durch einen Tränenschleier eine dicke, rote Strähne in der Pranke des Monsters sehe. Er öffnet die Finger, wie Kupfer fließen meine Haare auf den nackten Betonboden. Bruak geht vor mir in die Hocke.

»Wirst du mich jetzt begrüßen?«, fragt er, und seine Stimme, viel zu hoch für einen Mann seiner Größe, jagt mir einen Schauer über den Rücken.

»Oh, ich denke, das wird sie«, sagt sein Chef. »Und danach hat sie uns noch viel mehr zu erzählen. Du kennst die Fragen«, sagt er an Bruak gerichtet, »und ich verlasse mich darauf, dass du mir die Antworten besorgst.«

Damit erhebt er sich von seinem Sessel und geht in Richtung Tür. Nein, möchte ich am liebsten schreien, nicht weggehen. Es ist lächerlich, dass ich den Mann zurückhalten möchte, der eben meinen Folterbefehl erteilt hat. Dennoch ist die Vorstellung, mit Bruak alleine in diesem Raum zu bleiben, einfach unerträglich. Ein kurzer Luftzug, dann ist Akando verschwunden.

»Ich habe noch immer nichts gehört«, sagt Bruak. Ich sehe in diese merkwürdigen Augen. Sie sind groß und von einem warmen Braun, umkränzt von langen Wimpern. Schöne Augen, rein optisch betrachtet. Doch kein Licht ist darin zu finden, keine Spur von Menschlichkeit, kein Leben. Es ist, als würde man in einen tiefen Abgrund hinunterstarren, der einen jeden Moment zu verschlingen droht. Kalte Angst schnürt mir die Kehle zu. Diesem Mann ist vollkommen egal, was mit mir passiert. Er schüttelt langsam den Kopf. »Na gut«, sagt er mit dieser unheimlich hohen Stimme, »ich gebe dir noch fünf Sekunden Zeit, um mich anständig zu begrüßen.« Er hebt die Hand, ganz langsam, und greift nach einer weiteren Haarsträhne. Panik steigt in mir hoch.

»Eins.«

Sag hallo, schreit es in mir. Nun mach schon!

»Zwei.« Er wickelt sich mein Haar um Zeige- und Mittelfinger, wie ich selbst es als Kind so oft getan habe, wenn ich verlegen oder aufgeregt war.

Was nützt es, wenn ich hallo sage? Das ist doch nur der Anfang. Ich fürchte, wenn ich den Mund aufmache, dann höre ich nicht mehr auf zu sprechen. Ich werde reden und nicht nur Len verraten, sondern einfach alles. Menschenleben stehen auf dem Spiel, nicht nur die der Beteiligten, sondern auch derjenigen, die dann nicht mehr gerettet werden.

»Drei.«

Ich beiße mir auf die Lippen, um nicht hallo zu sagen. Nicht um Gnade zu flehen.

»Vier.« Bruak lächelt mich an. »Ich sehe schon. Mit dir werde ich viel Spaß haben.«

Mir schießen die Tränen in die Augen.

»Fünf.«

49

Die Zeit, die das Monster mit mir im Verhörraum verbringt, kommt mir vor wie eine Ewigkeit. Als Bruak mit mir fertig ist und den Raum verlässt, fühlt es sich an, als hätte jemand meine Kopfhaut mit Säure übergossen. Zu meinen Füßen liegen meine Haare. Alle Haare. Ich starre darauf und wünsche mir, zu sterben. Als die Tür hinter mir sich erneut öffnet, fange ich an zu schreien. Ich will es nicht, aber die Panik übermannt mich. Die Vorstellung, dass er zurückkommt, ist unerträglich. Fast erleichtert nehme ich zur Kenntnis, dass es nicht Bruak ist. Akando lehnt sich lässig an den Tisch und schaut mit verschränkten Armen auf mich herab.

»Ein Jammer«, sagt er. »Wirklich, Yma, ich hätte dich für klüger gehalten.«

Ich kann nicht antworten. Meine Tränen drohen mich zu ersticken.

»Dir ist doch klar, dass Bruak noch ganz andere Sachen machen kann, als dir ein paar Haare auszureißen, oder?«, fährt er fort und legt den Kopf schief. So, als würde er diese Tatsache bedauern. »Das hier war erst der Anfang, Mädchen. Willst du nicht doch lieber reden?«

Doch, das will ich. Es gibt nichts, was ich lieber täte. Dennoch schüttele ich den Kopf. Er tut es mir gleich.

»Wirklich ein Jammer«, sagt er, und dann, lauter: »Bringt ihn rein.«

Ich keuche in wilder Panik. Spüre den Luftzug, doch nicht Bruak kommt herein, sondern zwei Fremde in blauer Kleidung. Sie tragen einen flachen, mit einem weißen Tuch verhüllten Gegenstand in ihrer Mitte. Stellen ihn vor mir ab, direkt neben Akando, der sich mit einem Nicken bei den beiden bedankt. Keiner von ihnen würdigt mich eines Blickes, als sie schweigend den Raum verlassen.

»Du sollst wissen, dass es deine eigene Schuld ist, was mit dir passiert«, wendet Akando sich wieder an mich. Mit der Schuhspitze berührt er meine am Boden liegenden Haare. Ich male mir aus, dass sie sich in Feuer verwandeln, das um seinen Fuß herumzüngelt, sein Bein auffrisst. Dass er schreit, wie ich geschrien habe. »Deine Haare haben eine wunderschöne Farbe. Wirklich außergewöhnlich. Es ist in der Tat ein Jammer. Die Haare sind der schönste Schmuck der Frau, so sagt man doch.« Er sieht mir ins Gesicht. »Ich frage mich, ob du deinem Adriel wohl auch so noch gefallen wirst. Was meinst du?« Ich presse meine Lippen fest zusammen. »Er wirkt auf mich wie jemand, dem Äußerlichkeiten nicht egal sind. Nun ja. Vielleicht ist es dir gar nicht so wichtig? Vielleicht willst du jemand ganz anderem gefallen? Len?«

Ich verfluche meinen Körper, der bei der Nennung des Namens zusammenzuckt. Versuche, meine Gesichtszüge wieder unter Kontrolle zu bekommen. Zu spät. Akando hat meine Reaktion natürlich registriert. Er lacht leise. »Die jungen Leute von heute«, sagt er. »Ich wünsche dir jedenfalls, dass

Len sich nicht entsetzt abwendet, wenn er dich so sieht. Kahl.« Ich zucke erneut zusammen. »Aber du hast einen schönen Körper, Yma.« Er lässt seinen Blick an meiner Gestalt auf- und abgleiten. »Ein wahrhaft schöner, junger Körper. Und ein bezauberndes Gesicht.« Sein Blick findet meinen. Die Augen kalt wie Eis. »Noch.«

Mit einem Ruck zieht er das Laken von dem Gegenstand und enthüllt einen schmalen, mannshohen Spiegel. Eine Frau starrt mich an, die Augen angstgeweitet, mit blutigen Stellen auf der nackten Kopfhaut. Neben ihr steht ein grauhaariger Mann. Er beugt sich zu ihr hinunter und flüstert in ihr Ohr.

»Schau dich noch mal ganz genau an. Du wirst dich nicht mehr wiedererkennen.«

Die Frau zittert noch immer unkontrolliert auf ihrem Holzstuhl, als der Mann schon längst den Raum verlassen hat.

Ich weiß nicht, wie viel Zeit vergangen ist. Vermutlich eine Weile. Der Schmerz auf meiner Kopfhaut lässt ein wenig nach. Vielleicht tritt er auch nur in den Hintergrund angesichts der Angst, des Durstes und – absurderweise – dem dringenden Bedürfnis, aufs Klo zu gehen. Irgendwann spüre ich nur noch den stechenden Schmerz in meiner Blase, kann mich nicht dazu überwinden, dem Druck einfach nachzugeben.

Ich werfe der Frau im Spiegel einen schrägen Blick zu. Würde? Mache ich mir tatsächlich Gedanken über meine Würde? Als hätte ich keine anderen Probleme. Ich muss eine Lösung finden, bevor Bruak zurückkommt. Mich von ihm halb skalpieren zu lassen, ohne mein Geheimnis preiszugeben, war alles, wozu ich in der Lage bin. Leider muss ich es mir eingestehen. Was wird ihm als Nächstes einfallen? Mich schlagen?

Verbrennen? Meine Fingernägel ausreißen? Eigentlich ist es egal. Was immer er vorhat, ich werde reden. Reden wie ein Wasserfall. Ich hasse mich dafür, bin aber realistisch genug, um es einzusehen. Ich bin keine Heldin.

Aber vielleicht bin ich eine Märtyrerin.

Mein Blick fliegt zu der Kamera in der Ecke. Zu dem stetig blinkenden roten Licht. Werde ich beobachtet? Oder nur aufgezeichnet? Ich werde es bald wissen.

Eine ganze Weile schon zerre ich an meinen Fesseln, doch vergebens. Die Kabelbinder graben sich nur immer tiefer in mein Fleisch. Kein Gedanke daran, mich zu befreien.

»Das ist alles deine Schuld«, flüstert mein Gegenüber. Sie scheint nahe daran, in Panik auszubrechen. »Warum kannst du nicht so sein wie die anderen?«

»Ich hole uns hier heraus«, verspreche ich, um sie zum Schweigen zu bringen. »Wir sind weg, bevor er zurückkommt.«

Mit wenig Hoffnung ruckele ich an dem Stuhl, auf dem ich sitze, fest davon ausgehend, dass er irgendwie mit dem Boden verankert ist. Umso erstaunter bin ich, als ich einen kleinen Satz nach vorne mache. In Richtung Spiegel. Die Frau im Spiegel scheint ebenso überrascht wie ich. Ich ruckele auf sie zu, und sie kommt mir entgegen. Wie zwei Tänzer in einem seltsamen Reigen schaukeln wir hin und her, wenden uns halb voneinander ab, sitzen Schulter an Schulter. Ich verhake die Lehne des Stuhls hinter dem Spiegel, ein letzter Blick in ihre Augen, ein entschlossenes Nicken von uns beiden, ein Stoß. Der Spiegel fällt zu Boden und zerspringt in tausend Scherben. Ich nehme Schwung, schaukele hin und her, hin und her, balanciere für eine Sekunde auf zwei Stuhlbeinen, bevor ich krachend zur Seite kippe.

Wie in Zeitlupe falle ich zu Boden, schließe die Augen, bete, dass sich eine Scherbe ohne mein Zutun in meine Halsschlagader bohren wird.

Doch alles, was ich spüre, ist der harte Aufprall auf dem Stein. Meine gesamte rechte Körperhälfte protestiert gegen den heftigen Schmerz. Ich spüre ein paar Schnittwunden im Arm und Bein, nichts Gravierendes. Nichts Tödliches.

Ich stöhne auf. Keine Zeit. Meine Hände greifen hilflos ins Leere, unfähig, eine der Scherben zu erreichen, schweben sie Zentimeter über dem Boden, egal, wie sehr ich sie strecke. Verdammt. Mein Blick fliegt über den Boden. Da, eine Scherbe, nicht größer als ein Daumennagel, direkt vor mir. Ich verrenke mir den Kopf, robbe trotz der Schmerzen vorwärts. Das war nicht der Plan. Ich wollte mir eine Hauptschlagader durchtrennen. Aber wenn es sein muss, dann schlucke ich das verdammte Ding und verblute von innen. Alles ist besser, als Bruak noch einmal zu begegnen. Noch zwei Zentimeter, noch einer. Ich senke die Lippen über die Scherbe, sehe die Frau im Spiegel. Ihre grünen Augen, ihre wilde, verzweifelte Entschlossenheit. Die glatte Oberfläche an meinem Mund, der Luftzug.

Der Luftzug.

Jemand packt den Stuhl und reißt mich hoch. Das kleine Glasstück klebt für eine Sekunde an meiner trockenen Unterlippe, dann fliegt es davon, fällt mit einem leisen Klirren irgendwo auf den steinernen Boden. Ich verliere die Kontrolle über meine Blase, heißer Urin läuft mir die Beine hinunter. Ich schließe die Augen.

50

Lass es Bruak sein, denke ich. Lass ihn wütend sein. Lass ihn die Beherrschung verlieren und mich schnell umbringen. Aus Versehen.

Ich weiß, dass es eine leere Hoffnung ist. Bruak ist niemand, der die Beherrschung verliert. Er ist ein Profi. Er wird niemals zu weit gehen.

»Na, na«, höre ich eine mir fremde Stimme, und Erleichterung durchströmt meinen Körper. Auch wenn es nur ein Aufschub des Unausweichlichen ist, so bin ich doch unendlich froh, die beiden in Blau gekleideten Männer zu sehen, die den Spiegel gebracht haben. Einer von ihnen löst meine Fesseln. Sie nehmen mich in die Mitte, so wie beim letzten Mal den Spiegel, und führen mich aus dem Raum.

Ein langer Gang. Grauer Boden, weiße Wände. Meine Hose klebt unangenehm und kalt an den Beinen. Vor einer der unzähligen Türen bleiben wir stehen. Einer der beiden klopft an.

»Herein.«

Akando sitzt auf einem schwarzen Ledersessel vor einer Wand aus Monitoren. Er dreht sich zu uns um, als wir eintreten.

»Lasst sie hier.« Die Männer lassen mich los, einer zieht ein Paar Handschellen hervor und kettet mich damit an der Heizung fest. Dann verlassen sie schweigend den Raum.

Um Akando nicht ansehen zu müssen, lasse ich meinen Blick über die Überwachungsmonitore schweifen. Es sind zwölf. Die meisten zeigen leere Verhörräume, ähnlich dem, aus dem ich gerade komme. In diesem wird aufgeräumt, jemand fegt die Scherben zusammen. Und meine Haare. Ich schlucke und wende den Blick ab. Akando sieht mich auf eine neue Art an. Nicht herablassend. Sondern ehrlich interessiert.

»Was hattest du vor, Yma? Ich meine, bevor wir dich unterbrechen mussten. Du verstehst sicher, dass wir keine andere Wahl hatten, nicht wahr? Denn, bitte sag mir, wenn ich mich irre, aber für mich sah es beinahe so aus, als hättest du vorgehabt, eine Glasscherbe zu schlucken?« Am Ende des Satzes hebt er die Stimme ein wenig, so dass er klingt wie eine Frage. Und offensichtlich wartet er auf eine Antwort. Ich schweige.

Akando steht auf und kommt auf mich zu. Ich drücke mich gegen die Wand. Spüre die raue Oberfläche an meinem unbehaarten Kopf.

»Wolltest du das? Eine Scherbe verschlucken?« Abwartend sieht er mich an. Dann seufzt er und nimmt einen Brieföffner vom Tisch. Spielt damit herum. »Ist diese Auskunft es wirklich wert, einen Fingernagel dafür zu verlieren?«, fragt er.

Ich wimmere.

»Also? Wolltest du?«

Ich nicke.

»Wie bitte?« Er legt eine Hand hinter sein Ohr.

»Ja, das wollte ich.« Meine Stimme ist nur ein heiseres Krächzen, aber er nickt zufrieden. Legt den Brieföffner zurück. »Erstaunlich. Nun, leider sind wir in unserem kleinen Interview ja noch kein Stück weitergekommen.«

Ich überlege, ob ich mir selber den Schädel brechen könnte, indem ich ihn gegen die Heizung ramme. Vermutlich nicht.

»Ob du es glaubst oder nicht, ich habe eigentlich gar keine Lust, dabei zuzusehen, wie Bruak dich auseinandernimmt. Nicht die geringste Lust.«

»Dann lassen Sie mich gehen. Ich weiß nichts«, flehe ich automatisch, als hätte er mit seinen Worten einen Wasserhahn aufgedreht. Nicht genug damit, spüre ich, wie mir Tränen heiß die Wangen herunterlaufen. »Bitte, lassen Sie mich.«

»Aber Kindchen, du weißt doch selbst, dass das nicht geht.« Der beißende Spott in seiner Stimme lässt mich verstummen. »Aber mir ist ein Einfall gekommen. Ein geradezu genialer Einfall, wenn ich das in aller Bescheidenheit sagen darf.« Er lacht, wird dann plötzlich ernst und mustert mich. »Du bist anders als andere Mädchen. Anders als die meisten Menschen. Du bist gefährlich.«

Ich starre ihn an. Frage mich, ob er mich verhöhnt.

»Eine Gefahr für unser System«, fährt er leise fort. »Aber vielleicht kannst du uns auch nützlich sein. Uns dienen mit deiner – Perversion.« Mir läuft ein Schauer den Rücken herunter. »Ich weiß es noch nicht genau.«

Er wendet sich ab, lässt sich auf seinen Sessel fallen und greift nach der Fernbedienung.

»Lass uns ein bisschen fernsehen«, sagt er.

Er drückt einen Knopf, das Mosaik aus zwölf unterschiedlichen Bildern verschwindet. Stattdessen füllt ein einziges

Bild die gesamte Wand aus. Das Bild eines Verhörraums. Ein Stuhl, ein Tisch. Aus einer Ecke löst sich eine Gestalt, und mein Körper verkrampft sich, als ich erkenne, wer das ist. Bruak.

Akando führt seine Smartwatch zum Mund.

»Kann losgehen«, sagt er.

Bruak schaut in die Kamera. Sein Blick jagt mir einen Schauer über den Rücken. Er nickt, baut sich mit verschränkten Armen auf und sieht in Richtung Tür. Ich halte den Atem an.

Die Tür ist knapp außerhalb unseres Sichtfelds, weshalb ich erst ihr Quietschen höre, dann ein ersticktes Schreien oder Stöhnen. Als würde jemandem der Mund zugehalten. Wieder die blauen Männer, in ihrer Mitte eine Person mit einem Sack über dem Kopf. Eine Frau. Rotes Kleid, hochhackige Schuhe.

Sie wehrt sich nicht, gibt nur diese unheimlichen Laute von sich. Die Männer führen sie zu dem Holzstuhl, und plötzlich weiß ich, wer die Frau ist.

»Nein«, stöhne ich und bemerke, wie Akando mir einen zufriedenen Blick zuwirft.

Ich erkenne ihren Gang. Die Art, wie sich ihre Hüften bewegen. Kimi.

»Nein!«, sage ich noch mal und schüttele heftig den Kopf.

Ich will nicht hinsehen, und doch traue ich mich nicht einmal zu blinzeln, während die Männer Kimi fesseln und den Raum verlassen. Sie ist jetzt allein mit dem Monster, das ungerührt auf sie herabsieht, ohne sich zu rühren.

»Dann wollen wir mal«, sagt Akando mit fröhlicher Stimme in seine Smartwatch.

Ich kann sehen, wie Kimi zusammenzuckt. Anscheinend

wird Akandos Stimme über den Lautsprecher in den Verhörraum übertragen. Bruak tritt vor und reißt Kimi den Sack vom Kopf. Über ihrem Mund klebt ein Streifen Klebeband. Daher die gedämpften Schreie. Bruak tritt an sie heran, sie versucht ihm auszuweichen, vergeblich. Mit einem Ruck reißt er ihr das Tape herunter. Kimi schreit auf.

»Schnauze«, sagt Bruak mit seiner Fistelstimme, und sie gehorcht. Sieht ihn nur an, voller Angst und Grauen.

Akando dreht sich auf seinem Sessel zu mir um.

»Du hast einen merkwürdigen Geschmack, was die Wahl deiner Freunde angeht«, sagt er in freundlichem Plauderton, »sicher, sie ist aus gutem Hause, aber was nützt ihr das? Durchschnittlich intelligent, suchtgefährdet, krank. Und dazu noch eine Unfruchtbare. Weißt du, dass sie mittlerweile als Hure arbeitet?«

Ich schweige.

»Natürlich weißt du das«, er nickt versonnen. »Im Gegensatz zu ihren anderen Freunden, zu ihrer Familie, hast du dich nicht von ihr abgewendet, nicht wahr? Die Frage ist, warum. Was zieht dich an am Abschaum der Menschheit?«

Alles in mir schreit danach, Kimi zu verteidigen. Stattdessen zucke ich mit den Achseln.

»Gar nichts«, sage ich. »Kimi war meine beste Freundin, ja. Aber sie ist es nicht mehr.«

»Ach nein?« Akando wirkt ehrlich erstaunt.

Ich sehe ihm fest in die Augen. »Nein«, sage ich. »warum sollte sie?«

Akando sieht mich lange an, ich halte seinem Blick stand. Dann fängt er an zu lachen. Er lacht und lacht, bis ihm sogar eine Träne die Wange hinunterläuft. Er wischt sie mit dem

Handrücken weg. »Ach, Yma«, sagt er schließlich, noch immer kichernd, »dieser Versuch ist ebenso anrührend wie kläglich.«

In mir zerbricht etwas. Natürlich, ich fand mich selbst nicht überzeugend, warum sollte Akando es tun? Ich schlage den Blick nieder.

»Schau hin«, sagt er barsch, und alle Fröhlichkeit ist aus seiner Stimme verschwunden. »Schau sie dir an.«

Widerstrebend hebe ich den Blick. Sehe auf die Monitorwand. Es sieht aus, als habe jemand die Kamera angehalten. Bruak steht unbeweglich neben Kimi, sie schaut starr geradeaus. Lediglich das Heben und Senken ihres Brustkorbs deutet darauf hin, dass es sich nicht um ein Standbild handelt.

»Sie ist hübsch, deine Freundin«, sagt Akando sanft, »das muss man ihr lassen. Und was für schöne Haare sie hat. Damit werden wir anfangen. Danach die Finger- und Zehennägel. Und wenn das nicht reicht, nehmen wir uns ihr Gesicht vor. Ihre Karriere als Nutte wird damit wohl beendet sein.« Er hebt die Smartwatch. »Bruak, es kann losgehen.«

Der Angesprochene streckt die Hand aus.

»Nein«, schreie ich, noch bevor er die dunklen Locken auch nur berührt hat.

»Stopp«, befiehlt Akando scharf, und Bruak verharrt mitten in der Bewegung. Gespannt schaut Akando auf mich herunter. »Ja?«, fragt er.

»Lassen Sie sie gehen. Ich erzähle Ihnen, was Sie wissen wollen.«

Akando greift zur Fernbedienung. Kimis Gesicht verschwindet, die Wand aus Monitoren wird vollkommen schwarz. Akando lächelt.

Sekunden später sind die Männer wieder da. Während sie meine Handschellen lösen, geht Akando an mir vorbei.

»Warten Sie«, sage ich. »Lassen Sie Kimi frei! Ich habe doch gesagt, dass ich reden werde. Lassen Sie sie frei!«

»Das werden wir«, gibt er zurück. »Wenn die Zeit gekommen ist.«

»Ich will sie sehen«, schreie ich ihn an. »Ich will sehen, dass es ihr gut geht! Vorher sage ich kein Wort. Ich will sehen, dass es ihr gut geht!«

Akando hält mitten in der Bewegung inne, kehrt um und baut sich dicht vor mir auf. »Hast du es noch immer nicht begriffen?«, fragt er leise und drohend. »Du bist nicht diejenige, die hier Bedingungen stellt. Deine Sturheit hat mich schon genug Zeit und Nerven gekostet, und du kannst mir auf Knien danken, dass ich Kimi dafür nicht töten lasse. Hast du das verstanden?«

Ich nicke.

Akando verlässt den Raum, ohne mich eines weiteren Blickes zu würdigen. Die beiden Wärter nehmen mich in ihre Mitte und führen mich ebenfalls hinaus.

Plötzlich wird mir bewusst, wie sehr ich friere in meinem dünnen Shirt und der nassen Hose. Meine Zähne schlagen unkontrolliert aufeinander, während ich durch die langen Gänge geführt werde. Immer weiter. Was wird als Nächstes passieren? Wer wird das Verhör führen, in dem ich Len verraten werde? Ich hoffe, er hat irgendwie von meiner Festnahme erfahren und geht für eine Weile in Deckung. Hoffentlich, hoffentlich.

Wir fahren mit dem Fahrstuhl in den Keller, ein weiterer Gang. Einer der Männer öffnet eine Tür, stößt mich in die winzige Zelle. Ich lande auf Händen und Knien, fahre herum, sehe noch, wie die Tür ins Schloss fällt.

Ich kauere mich in eine Ecke und warte auf Bruak.

51

Es dauert eine ganze Weile, bis ich begreife, dass er nicht kommt. Nicht so bald jedenfalls. Mit den Augen erkunde ich meine neue Umgebung. Ein vollständig gekachelter Raum von vielleicht acht Quadratmetern. In einer Ecke steht eine schmale Matratze gegen die Wand gelehnt, in der gegenüberliegenden Ecke befindet sich eine Hocktoilette, daneben ein Waschbecken, ein Haken mit einem kleinen Handtuch.

Ich werde mir wieder meiner durchnässten Hose bewusst. Sehe mich um, natürlich, oben in der Ecke befindet sich eine Überwachungskamera. Ich stelle mich direkt darunter, ziehe widerstrebend Hose und Unterhose aus, wickele mir das Handtuch um die Hüften. Es ist viel zu klein, um es festzustecken, deshalb halte ich es mit einer Hand zusammen, während ich mit der anderen meine Kleider in das Waschbecken lege. Wasser darauf laufen lasse. Es ist eiskalt, aber immerhin liegt sogar ein kleines Stück Seife auf der Ablage. Ich verbrauche es beinahe ganz, um die Hose zu reinigen. Dann hänge ich sie an den Türknauf, wohl wissend, dass es eine halbe Ewigkeit dauern wird, bis sie getrocknet ist. Der Raum ist kühl und ein bisschen klamm. Und ich bin halbnackt, nur mit Shirt und einem Handtuch bekleidet.

Aber die Matratze hat ein Laken. Vor lauter Erleichterung lache ich auf. Ein heiseres, fast irr klingendes Lachen. Ich reiße den Bezug herunter, wickele ihn wie einen Pareo um mich, verknote ihn über der Brust.

»Bereit für den Strand«, sage ich grimmig. Warm ist mir immer noch nicht. Ich hocke mich auf die Matratze, mache mich so klein wie möglich und warte. Spüre, wie die akute Angst schwindet. Was immer sie mit mir vorhaben, es geschieht zumindest nicht jetzt. Ich verdränge den Gedanken an Kimi. Und an Len.

Irgendwann kreisen meine Gedanken nur noch um mich selbst. Um meinen Durst. Die Kälte. Den Hunger. Ich krieche von der Matratze hinunter, knie mitten im Raum, das Gesicht zur Kamera gewendet. Will gerade um Wasser flehen, als mein Blick auf die nasse Hose am Türknauf fällt.

Ich stürze beinahe ans Waschbecken. Drehe den Hahn auf und trinke gierig. Das Wasser ist eiskalt und schmerzt an den Zähnen. Ich zwinge mich, langsamer zu machen. Es im Mund vorzuwärmen. Kleine Schlucke zu nehmen, damit mein hungriger Magen nicht protestiert.

Danach geht es mir besser. Doch der Hunger bleibt und die Kälte.

»Bitte«, flehe ich nun doch in Richtung Kamera, »mir ist kalt, und ich habe Hunger.«

Wie ein quengelndes Kind hörst du dich an, denke ich. Hunger, Pipi, kalt.

»Bitte, geben Sie mir eine Decke. Und etwas zu essen. Bitte«, wiederhole ich dennoch.

Ich bleibe in dieser knienden Haltung, den Blick zur Kamera. Nichts geschieht. Irgendwann krieche ich zur Matratze, rolle mich zusammen, ziehe die Füße unter das Laken und falle trotz der Kälte in einen unruhigen Schlaf.

Als ich erwache, traue ich mich nicht, die Augen zu öffnen. Vielleicht war alles nur ein böser Traum. Vielleicht liege ich in meiner schönen Wohnung, in unserer Wohnung. Ich lausche. Hoffe auf Adriels gleichmäßige Atemzüge. Es ist still. Niemand atmet außer mir. Je mehr ich aus dem Dämmerzustand des Schlafes auftauche, mir meiner Situation bewusst werde, desto stoßweiser, panischer geht mein Atem. Was haben sie mit Kimi gemacht? Und was wird mit Len passieren, nachdem ich ihn verraten habe? Und wieso ist das noch nicht geschehen? Warum scheint Akando es nicht im mindesten eilig zu haben, mich weiter zu befragen, jetzt, nachdem ich ihm meine Kooperation zugesichert habe?

Ich öffne die Augen. Jemand hat eine Decke über mich gelegt. Grob, aus grauer, kratziger Wolle. Doch ich bin so dankbar, als sei sie aus Kaschmir und Seide gewebt. Mein Körper darunter fühlt sich warm an. Mein Blick fällt auf ein Tablett aus weißem Plastik. Darauf ein Teller mit zwei Scheiben Brot. Ein Becher Tee.

Ich zwinge mich, langsam zu essen und zu trinken. Kann mich aber nicht dazu überwinden, eine halbe Scheibe zu sparen, für den Fall, dass es so bald nichts mehr gibt. Es ist mir egal. Es zählt nur dieser Moment. Das Brot in meinem Magen und die Wärme der Decke.

Kaum habe ich den letzten Bissen heruntergeschluckt, öffnet sich die Tür. Zwei andere Männer in Blau. Aber irgendwie doch dieselben. Sie würdigen mich keines Blickes, packen meine Arme, ziehen mich hoch. Die Decke rutscht herunter, ebenso wie das Laken, dessen Verknotung sich in der Nacht gelöst haben muss. Ich bin nackt bis auf mein Oberteil. Die beiden scheinen es nicht einmal zu bemerken. Sie schleifen mich in Richtung Ausgang. Ich wehre mich.

»Geben Sie mir die Decke«, sage ich und schlage um mich. »Sie können mich doch nicht nackt mitnehmen.«

Die beiden tauschen einen Blick, anscheinend sind sie der Meinung, das sehr wohl zu können. Dann zucken sie mit den Schultern, der eine reicht mir die Decke. Ich lege sie mir um die Schultern, halte sie vorne zusammen.

»Danke«, sage ich. Er nickt knapp, fasst meinen Ellenbogen. Wir gehen hinaus.

Ich versuche gar nicht erst, die Orientierung zu behalten. Was ist das für ein seltsames Gebäude, in dem ich mich befinde? Es muss riesig sein, mit zahlreichen Flügeln und Stockwerken. Ich werde in ein anderes Stockwerk, in einen anderen Raum gebracht. Im Vergleich zum vorherigen ist er geradezu luxuriös und wirkt eher wie ein Hotelzimmer als ein Gefängnis. Tisch und Stuhl, ein richtiges Bett mit Decken. Darauf ein Stapel mit Kleidungsstücken, davor ein Paar Damenschuhe. Die Tür zum Badezimmer steht offen. Eine gläserne Dusche, eine richtige Toilette.

Die Männer lassen mich los.

»Duschen«, sagt einer der beiden.

Fragend sehe ich ihn an.

»Duschen«, wiederholt er. Zögernd betrete ich das Bad, werfe ihm einen fragenden Blick zu, ob ich die Tür schließen darf. Er gestattet es mit einem Nicken.

Über dem Waschbecken hängt ein großer Spiegel, hell erleuchtet. Ich trete näher, betrachte mein bleiches Gesicht, die dunklen Ringe unter meinen Augen und frage mich, ob der Ausdruck von Angst jemals wieder ganz aus ihnen verschwinden wird. Mein kahler Schädel sieht übel aus. Vereinzelt hängen noch ein paar lange Haare daran, aber viele sind es nicht. Bruak hat gründlich gearbeitet. An vielen Stellen hat er Teile meiner Kopfhaut mit abgerissen, getrocknetes Blut klebt an den sich verschorfenden Wunden. Mir schießen die Tränen in die Augen.

Jemand hämmert an die Tür.

»Duschen!«

»Ja doch«, gebe ich zurück und reiße mich von meinem Anblick los. Lasse die Decke zu Boden fallen, ziehe mein Shirt aus und drehe das Wasser auf. Ich kann mein Glück kaum fassen, als es nicht eiskalt, sondern warm auf mich herunterprasselt. Ich schließe die Augen und genieße das Gefühl auf meiner Haut. Seife meinen Körper mit dem duftenden Duschgel ein. Frage mich nicht, was hier geschieht und warum.

Es dauert eine Weile, bis ich mich traue, meinen Kopf unter den Strahl zu halten, dessen Druck ich vorher reduziere. Im ersten Moment brennt es, doch das geht vorbei. Zögernd hebe ich beide Hände, streiche behutsam über die nackte, empfindliche Haut. Ich kann meinen Schädelknochen unter den Fingerkuppen spüren und muss mich schwer beherrschen, nicht in Panik zu verfallen. Schnell schalte ich die Dusche aus, lehne mich gegen die Fliesen und atme tief durch. Alles in Ordnung, Yma. Im Moment gibt es keine Bedrohung. Zumindest nicht unmittelbar.

Ich trete aus der Dusche, ignoriere mein Spiegelbild, greife nach einem Handtuch, das über der Heizung hängt. Warm, weich und flauschig. Ich vergrabe mein Gesicht darin, atme den Duft ein, will nie mehr auftauchen.

Erneutes Klopfen.

»Ich bin gleich so weit.« Ich wundere mich selbst über die Gereiztheit in meiner Stimme. Ich trockne mich ab, lasse das Handtuch in einem kindischen Anfall von Rebellion auf den Boden fallen. Nehme mir ein neues und wickle es um meinen Körper.

Bumm, bumm.

»Ist ja gut.« Ich öffne die Tür mit einem Ruck. Der Zorn entweicht aus mir wie die Luft aus einem angepiksten Ballon. Die Männer sind verschwunden. Bruak steht vor mir.

Mein erster Impuls ist, zurück ins Badezimmer zu flüchten. Die Tür zuzuschlagen und mich mit meinem ganzen Gewicht dagegenzustemmen. Doch meine Beine gehorchen mir nicht. Ich stehe wie angewurzelt. Auge in Auge mit meinem Peiniger. Das Herz hämmert in meiner Brust, und eine Gänsehaut überzieht meinen Körper.

Bruak lächelt mich an und streckt die Hand aus. Ich bin nicht einmal in der Lage, vor ihm zurückzuweichen. Doch er will gar nicht nach mir greifen.

Er hält mir etwas entgegen. Eine Perücke.

Ich starre auf die kupferroten Strähnen.

»Nimm«, sagt Bruak. Wie ferngesteuert strecke ich die Hände aus und greife danach. Ohne ein weiteres Wort verlässt Bruak das Zimmer. Ich stürze ins Badezimmer, um mich zu übergeben.

Nachdem ich mein kärgliches Frühstück von mir gegeben habe, kehre ich in das Zimmer zurück. Sehe auf die Perücke herunter, die ich auf den Boden habe fallen lassen. Ganz vorsichtig lasse ich mich davor auf die Knie nieder, berühre scheu das kupferrote Haar. Mein Haar. Ich hebe eine Strähne an und rieche daran. Ja, tatsächlich. Das sind meine Haare, sorgfältig in ein hautfarbenes Netz geknüpft. Was wird denen als Nächstes einfallen? Unfähig, mich zu rühren, knie ich auf dem Boden, bis plötzlich eine laute Stimme ertönt.

»Anziehen«, befiehlt sie. Ich schrecke hoch, kann nicht zuordnen, woher die Stimme kommt, realisiere aber in diesem Moment die Kamera in der Zimmerecke. Natürlich.

Mit aller Würde, die ich aufzubringen vermag, richte ich mich auf, greife mir die Kleider vom Bett und verschwinde mit ihnen und der Perücke im Badezimmer.

Es sind nicht nur meine Haare, sondern, wie ich feststellen muss, auch meine eigenen Sachen. Kurz stelle ich mir vor, wie Adriel, der Verräter, die Kleider aus meinem Schrank holt und in eine Tasche steckt. Sie einem der Männer in die Hand drückt, bevor sie mich wegbringen, um mich einzusperren und zu quälen. Tränen schießen mir in die Augen.

Nachdem ich fertig bin, betrachte ich mich im Spiegel. Ich sehe exakt so aus wie bei meiner ersten Verabredung mit Adriel. Das grüne, von Kimi gekaufte Kleid, die hohen Riemchensandalen. Hat er das mit Absicht gemacht? Vermutlich. Die Perücke sitzt wie angegossen. Ich sehe aus wie immer. Wie vorher. Und doch vollkommen anders.

52

»Was bist du doch für eine hübsche, junge Frau, Yma«, sagt Akando, nachdem man mich ihm vorgeführt hat. Er stellt ein großväterliches Lächeln zur Schau, doch es passt nicht zum Blick seiner kalten Augen.

Ich zwinge mich, nicht zurückzuzucken, als er auf mich zukommt und eine Strähne meines Haares durch seine Finger gleiten lässt.

»Erstklassige Arbeit«, urteilt er zufrieden, »wirklich professionell. Der Friseur, der diese Perücke geknüpft hat, arbeitet normalerweise beim Film.«

Ich sehe ihn schweigend an.

»Willst du dich nicht bei mir bedanken?«

»Danke«, sage ich und hoffe, dass er bald damit aufhören wird.

»Gern geschehen«, gibt er zurück. »Wirklich gern geschehen. Du siehst, es gibt nichts, was man nicht rückgängig machen kann. Nun, zumindest fast nichts.«

Was will er mir sagen? Dass er mich gehen lässt, wenn ich seine Fragen zur Zufriedenheit beantworte? Ich kann es kaum glauben.

»Und ich habe sogar noch ein Geschenk für dich.« Er fasst

mich am Arm und führt mich zum Fenster. Deutet vier Stockwerke hinunter auf die Straße, wo eine junge, dunkelhaarige Frau im roten Kleid eilig über den Bürgersteig stöckelt. Weg von dem Gebäude, in dem wir uns gerade befinden.

»Kimi«, stoße ich hervor, und Akando nickt.

»Frei wie ein kleines Vögelchen.«

»Danke.« Dieses Mal meine ich es ernst.

»So«, sagt Akando, »und nun will ich dich nicht länger auf die Folter spannen. Huch. Vielleicht eine etwas unglückliche Ausdrucksweise. Du willst vermutlich endlich damit beginnen, deine Geschichte zu erzählen, nicht wahr? Immerhin habe ich deine kleine Freundin verschont, und dafür möchtest du mir sicher deine Dankbarkeit erweisen, oder?«

Ich zwinge mich zu einem Nicken.

»Wie bitte? Ich habe dich nicht gehört.«

»Ja«, sage ich. »Ich werde antworten.«

»Sehr schön, sehr schön. Das freut mich.«

Plötzlich spüre ich etwas Warmes, Nasses in meinen Handflächen und realisiere erst jetzt meine geballten Fäuste. Meine Nägel, die sich bis aufs Blut in die Haut gekrallt haben. Und dann kommt auch der Schmerz.

»Und da du mir so viel Freude machst, möchte ich dir gern etwas davon zurückgeben.«

Akando hebt die Hand und schaltet die Monitore ein. Eine Zelle. Ein Mann auf einer Matratze, das Gesicht nach unten, sein Rücken eine einzige Wunde. Ich stoße einen Schrei aus, als ich Len erkenne.

Akando tritt an mich heran, legt einen Arm um meine Schultern und eine Hand unter mein Kinn. Zwingt mich, hinzusehen.

»Wir wissen schon alles, Yma. Wir mussten nicht warten, bis du dich zur Kooperation entschieden hast. Wir haben ihn genauso erwischt wie dich. Eure sogenannte *Ambulanz* ist geschlossen. Die Kranken sind wieder da, wo sie hingehören. In der Gosse. Auf sich selbst gestellt. Und da werden sie bleiben.«

Er lächelt sein grausames Lächeln. »Es ist das Gesetz der Natur, Yma. Es ist mir ein Rätsel, weshalb ihr euch dagegen wehrt. Du und dein Liebhaber.«

»Er ist nicht mein Liebhaber«, sage ich.

»Ich fürchte, Adriel ist anderer Ansicht«, sagt Akando. »Übrigens hat Len ziemlich lange standgehalten. Auch er wollte dich partout nicht verraten. Wir mussten tatsächlich erst seine hübsche Frau bemühen.«

Ich schließe die Augen. Sehe Malanias wunderschöne Haarmähne vor mir.

»Du und Len, ihr seid euch ähnlich«, flüstert Akando mir ins Ohr.

»Was haben Sie mit uns vor?«, frage ich ebenso leise, und er lacht.

»Eine gute Frage, liebe Yma«, sagt er gutgelaunt. »Eine ganze Menge haben wir mit euch vor, so viel kann ich dir verraten. Zunächst einmal machen wir beide einen kleinen Ausflug.«

»Und Len?« Meine Stimme klingt flehend.

»Tja«, Akando hebt mit einem bedauernden Ausdruck die Schultern, »ich fürchte, der muss sich noch eine Weile erholen.«

Seit einer gefühlten Ewigkeit sitzen wir in den hellen Ledersesseln des Passagierraumes eines Solar-Flugzeugs. Nur eine getönte Scheibe trennt uns von den beiden Piloten im Cockpit. Ich befinde mich im wohl luxuriösesten Gefängnis der Welt. Akando bietet mir Snacks aus der Bar an, Kaffee, Champagner.

»Nein, danke«, sage ich. »Wohin fliegen wir?«

Er leert sein Glas in einem Zug, füllt es neu. Ich wundere mich. Alkohol ist etwas, das wir in Vahvin meiden. Ein sicherer Weg, die Leber und Gesundheit zu ruinieren.

»Wohin?«, frage ich erneut.

»Ground Zero«, antwortet er, und mir bleibt vor Schreck beinahe das Herz stehen. Mit offenem Mund sehe ich Akando an, der sich an meiner Angst zu weiden scheint.

Mein Blick fliegt zum Notausgang. Raus, ist mein erster und einziger Gedanke, nur raus. Was natürlich Blödsinn ist. Wir rasen mit Überschallgeschwindigkeit in zehntausend Metern Höhe dahin.

Ground Zero bedeutet den Tod. Ein Reaktorunglück auf einer Insel mitten in der Nordsee hat das Gebiet für Jahrhunderte radioaktiv verseucht. Dort ist nichts mehr als giftiger Boden und tödliche Luft. In der Schule haben wir Filme gesehen, nicht nur über die Zone, sondern auch über die Spätfolgen für jene, die der Strahlung ausgesetzt waren. Sie starben, sofort oder Jahrzehnte später, ihre Kinder und Kindeskinder kamen mit grässlichen Missbildungen und Krankheiten zur Welt.

Das Betreten von Ground Zero ist nicht einmal verboten. Niemand, der bei klarem Verstand ist, würde sich auch nur in die Nähe dieses todbringenden Ortes begeben. Und nun fliegen wir direkt dorthin?

Ich lasse mich in die weichen Ledersessel zurücksinken. Das also ist meine Strafe? Tod durch radioaktive Strahlung? Aber was macht Akando hier? Wieso sollte er sich selbst in Gefahr bringen, nur um mich dort abzuliefern? Und die Piloten? Das alles ergibt doch überhaupt keinen Sinn.

»Du bist ein kluges Mädchen, Yma«, sagt Akando, der mich amüsiert beobachtet hat, »ich bin sicher, du kommst schon noch auf die richtige Lösung.«

Während das Flugzeug langsam an Höhe verliert, starre ich wie hypnotisiert nach unten. Eine Insel kommt in Sicht, rotbraune Klippen fallen steil ins türkisblaue Meer, weiße Schaumkronen, wo sich das Wasser an den rauen Felsen bricht. Die Insel ist kleiner, als ich erwartet habe, zumindest aus dieser Perspektive. Viel Grün, Bäume, Sträucher, Gras. Es sieht ganz anders aus als im Fernsehen. In der Mitte ein riesiges, quadratisch angelegtes Gebäude. Wir sinken noch ein Stück tiefer. Mein Herz klopft wie wild. Ist dies das Kraftwerk, in dem die Kernschmelze stattgefunden hat? Und warum fliegen wir dann so dicht darüber hinweg? Hat hier außer mir niemand Angst vor der radioaktiven Strahlung? Ich sehe zu Akando hinüber, der mich amüsiert betrachtet, und das vermutlich schon eine ganze Weile. Wahrscheinlich weidet er sich geradezu an meiner Angst.

Ich wende den Blick von ihm ab. Entdecke die meterhohen Zäune mit Rollen aus Stacheldraht. Vergitterte Fenster. Menschen.

»Was ist das?«, frage ich.

»Wonach sieht es denn aus?«, antwortet Akando mit einer Gegenfrage und beobachtet mich aufmerksam.

»Ein … Gefängnis?«

Der Pilot macht sich einen Spaß daraus, das Flugzeug noch

tiefer absacken zu lassen, dann startet er durch und schießt in die Höhe, so dass ich in den Sitz gedrückt werde.

»Bravo, Yma, du hast recht. Es handelt sich um ein Gefängnis. Ein ganz spezielles Gefängnis, zugegebenermaßen. Ein Gefängnis für Hochverräter. Für all jene, die sich dem System in den Weg stellen und damit sein Fortbestehen gefährden.«

Ich spüre, wie alle Farbe aus meinem Gesicht weicht. Wie Panik in mir auszuflammen droht. Mit aller Kraft dränge ich sie zurück. Sehe Akando fest in die Augen. »Bin ich dafür nicht falsch angezogen?«, frage ich zynisch, und er lacht. Sein Blick gleitet über meinen Aufzug.

»Es freut mich, dass du deinen Humor noch nicht verloren hast, Yma.« Es klingt wie eine Drohung. »Und wenn du herkommst, um zu bleiben, dann werden wir dir natürlich etwas anderes anziehen.«

Ich halte seinem Blick stand. Wenn ich herkomme, um zu bleiben? Das heißt, er wird mich nicht hierlassen?

»Dreh noch ein paar Runden«, befiehlt Akando in Richtung Cockpit, woraufhin sich das Flugzeug zur Seite neigt und eine Kurve fliegt. »Du hast Glück, Yma«, wendet er sich dann wieder an mich. »Mit dem Flieger kann man hier nicht landen. Auf die Insel gelangt man nur mit dem Boot. Aber vielleicht sollte ich vorne anfangen. Zunächst einmal kannst du dich entspannen, Yma. Auf dieser Insel hat es nie ein Kraftwerk gegeben. Wir wollten nur sicher sein, dass niemand herkommt, der hier nichts zu suchen hat.«

»Aha«, sage ich matt. Es nimmt mir tatsächlich etwas von der Angst, dass radioaktive Strahlung gerade in das Erbgut meiner Zellen eindringt und es für immer zerstört, ohne dass ich auch nur etwas davon mitbekomme. Von Entspannung bin ich trotzdem meilenweit entfernt.

Wir verlieren erneut an Höhe, rasen knapp an einem der Wachtürme des Gefängnisses vorbei. Umrunden nun mit gefährlich geringem Abstand das Gebäude aus grauem Beton. Unwillkürlich kralle ich mich an den Armlehnen fest.

Akando lächelt zufrieden.

»Siehst du, Yma, dies ist nicht nur einfach ein Gefängnis. Es ist ein Experiment. Eine Art Mikrokosmos. Ein kleines, abgeschlossenes System, das auf sehr amüsante Weise verdeutlicht, dass Mitgefühl und Zusammenhalt eine evolutionäre Fehlleitung sind. Langfristig betrachtet. Verstehst du?«

»Nein«, sage ich.

»Nun, dann fangen wir von vorne an. Ich nehme an, du kannst mir den Begriff der Überbevölkerung definieren?«

»Der Zustand, bei dem die Anzahl der Lebewesen die ökologische Tragfähigkeit des Lebensraums überschreitet«, antworte ich widerwillig.

»Eins mit Sternchen«, lobt Akando. »Und dir ist auch bekannt, dass die Abschaffung des Sozialsystems sowie der medizinischen Versorgung der geniale Schachzug unseres ersten Präsidenten war, um dieses Problem für immer in den Griff zu bekommen. In der natürlichen Weltordnung gibt es keine Überbevölkerung. Die Starken gewinnen und pflanzen sich fort, die Schwachen sterben. Und wenn sich doch einmal zu viele Lebewesen auf einem Stück Erde breitgemacht haben, dann kommt mit Sicherheit irgendein Virus oder sonstiges Helferlein der Natur, um diesen Missstand zu bewältigen. Sofern man der Natur freien Lauf lässt und ihr nicht mit Impfstoffen und Medikamenten ins Handwerk pfuscht.«

Akando sieht aus dem Fenster und bedeutet mir, das Gleiche zu tun. In einer Spirale fliegen wir immer wieder rund um die Insel herum, schrauben uns dabei in die Höhe, so dass das Gefängnis unter uns kleiner und kleiner wird.

»An diesem Ort«, sagt Akando mit einem zufriedenen Lächeln, »herrscht Überbevölkerung. Die Lebensmittel reichen für genau fünfzig Prozent der Bewohner. Die Hälfte der Menschen könnte satt werden. Die stärkere Hälfte. Verstehst du?«

Ich sehe ihn stumm an.

»Aber leider, leider haben sie alle hier das gleiche Problem wie du. Und dein Len. Mitgefühl.« Er speit mir das Wort vor die Füße. »Sie halten sich nicht von den Kranken fern, sondern kümmern sich um sie. Aufopferungsvoll, im wahrsten Sinne des Wortes. Die Nahrungsmittel teilen sie unter sich auf. Und es wird sie umbringen, Yma. Es wird sie alle umbringen. Zweitausend Kalorien braucht der menschliche Körper am Tag, um zu funktionieren. Tausend Kalorien nehmen diese Menschen täglich zu sich. Sie magern ab, werden krank. Sterben.« Er schüttelt den Kopf in gespieltem Bedauern. »Ein Jammer. Sag mir, Yma, wäre es nicht klüger, wenn fünfzig Prozent dieser Leute die Nahrung unter sich aufteilen würden? Was meinst du? Ich mache es dir einfach.« Er hebt beide Hände seitlich an, nickt zu seiner Rechten. »Hundert Prozent Tote auf der einen Seite«, er hebt die Linke, »und fünfzig auf der anderen.« Er bewegt die Hände abwechselnd hoch und runter, wie auf einer Waagschale. »Nun komm schon, Kleines, für dieses Rätsel muss man nicht mal Klassenbeste sein.«

»Wenn die erste Hälfte der Menschen gestorben ist, dann ist aber doch genug für die anderen da«, wende ich ein. Er lächelt amüsiert.

»Da hast du theoretisch gesehen natürlich recht. Nur dass wir es sind, die die Lebensmittel liefern. Verstehst du. Und zwar immer nur halb so viele, wie eigentlich benötigt werden.«

Für einen Moment bin ich unfähig, etwas zu erwidern. Ich werfe einen Blick aus dem Fenster, aber die Gefangenen sind weit weg, nur noch als dunkle Punkte auf hellem Untergrund zu erkennen. *Sie lassen sie langsam und qualvoll verhungern*, schießt es mir durch den Kopf, und eine Welle der Übelkeit überfällt mich. Gleichzeitig fallen mir die vielen abgezehrten Körper ein, die ich in den Slums gesehen habe. Die ebenfalls nie genug zu essen haben.

»Dieses Experiment beweist gar nichts«, sage ich und kann nur mit Mühe die Tränen zurückhalten. »Die Lebensmittelknappheit in diesem Gefängnis ist ein künstlich erzeugtes Problem und hat nichts mit der natürlichen Ordnung zu tun.«

Akando schüttelt missbilligend den Kopf. »Uneinsichtig«, sagt er, »im höchsten Maße uneinsichtig.«

53

Auf dem Weg zurück nach Johtaja lässt Akando mich nicht aus den Augen. Er beobachtet mich, studiert mich. Nicht missbilligend, sondern neugierig. Wie ein unbekanntes Insekt.

»Du fragst dich, warum ich dich nicht sofort ins Gefängnis habe bringen lassen«, sagt er, und es ist keine Frage. »Warum du dich in einem Luxusflieger befindest, statt in Handschellen im Lagerraum eines Gefangenentransportbootes zu sitzen und dir wegen des starken Seegangs die Seele aus dem Leib zu kotzen. Nun, vielleicht, Yma, hast du einfach Glück gehabt. Denn tatsächlich hast du recht. All die Männer und Frauen, die du gesehen hast, haben sich deines oder eines ähnlichen Verbrechens schuldig gemacht.«

Ich muss mich beherrschen, mir meine Überraschung nicht anmerken zu lassen. Akando bemerkt sie trotzdem und seufzt.

»Ja, du hast richtig gehört. All diese Menschen. Hilfreiche. Ich weiß nicht, wo sie herkommen, aber es gibt sie überall. Jene, die sich nicht um ihre eigenen Angelegenheiten kümmern. Die die Helden spielen müssen, sich für die Armen und Kranken einsetzen, ohne zu wissen, was sie damit anrichten.« Er mustert mich aufmerksam. »Das hättest du nicht gedacht, oder? Dass es viele gibt von eurer Sorte? Zu viele?« Er scheint keine Antwort zu erwarten. »Wir stecken sie ins Gefängnis, wo sie sich letzten Endes selbst vernichten.«

Nein, ihr ermordet sie grausam, würde ich ihm am liebsten ins Gesicht brüllen.

»Aber das ist keine Lösung. Nicht auf Dauer. Die Zahl der Widerständigen wächst, und wir kennen nicht einmal die Dunkelziffer. Die Jagd nach den Verrätern kostet Zeit und Geld und scheint in keiner Weise andere daran zu hindern, den gleichen Weg zu gehen. Wo wir einen fassen, wachsen zwei neue nach. Wir brauchen eine andere Lösung. Müssen das Übel an der Wurzel packen. Es im Entstehen verhindern. Bevor ihr eine ernst zu nehmende Gefahr für das Regime werdet. Verstehst du?« Akando hat sich in Rage geredet, die blaue Ader an seiner Schläfe tritt deutlich hervor. Seine hellblauen Augen blitzen, als er mich betrachtet. Von Kopf bis Fuß und wieder zurück. Seine Mundwinkel verziehen sich zu einem kalten Lächeln. »Und hier, meine liebe Yma, hier kommst du ins Spiel.«

Wir sind zurück. Ein kalter Schauer überläuft mich, als ich vor dem riesigen Gebäude stehe. Mit dem Fahrstuhl fahren wir dieses Mal bis ins zwanzigste Stockwerk. Hier sieht es ganz anders aus als unten, bei den Zellen und Verhörräumen. Viel Glas und Edelstahl, helle Farben, elegantes Design. Die Türen sind nicht aus Metall, sondern aus Milchglas. Es riecht seltsam. Die Menschen, die vereinzelt über den Flur laufen, sind vollständig in Weiß gekleidet. Weiße Hosen, weiße Shirts, darüber tragen alle eine Art weißen Mantel oder Kittel. Sogar die Schuhe sind weiß. Akando geht voran. Niemand ist bei uns, kein Pilot, kein Bodyguard. Dennoch weiß ich, dass ich keine Chance habe. Selbst wenn ich mir die abstrakte Bronzestatue, an der ich soeben vorbeigehe, schnappen und sie Akando über den Schädel ziehen würde. Wenn sein athletischer Körper seine Spannung verlieren und ohnmächtig zu Boden sinken würde. Zu viele Menschen sind hier. Deshalb trotte ich gehorsam hinter ihm her, weide mich lediglich an der Phantasie, was wäre, wenn.

Wir betreten einen großen Raum, der mich an das Chemielabor unserer Schule erinnert. Lange Tischreihen mit Versuchsaufbauten und Mikroskopen. Vor jedem Tisch einer der Weißgekleideten, mit Schutzbrille und Maske. Es herrscht eine konzentrierte Atmosphäre, niemand spricht. Die einzigen Geräusche kommen von der hinteren Wand, aus zahllosen Käfigen. Winzigen Käfigen mit Affen darin. Einige von ihnen rütteln am Gitter und schreien, dass es einem kalt den Rücken herunterläuft. Andere drücken sich apathisch in eine Ecke ihres Gefängnisses oder drehen sich wie Aufziehpuppen immer wieder um die eigene Achse.

»Komm mit«, sagt Akando und läuft mit mir durch den Gang zwischen den Versuchstischen. Niemand blickt von seiner Arbeit auf. In der letzten Reihe halten wir an. Ich stehe Auge in Auge mit einem Äffchen, das ebenso vergeblich wie verzweifelt versucht, die Eisenstangen seines Käfigs zu durchbeißen. Blut läuft ihm aus den Mundwinkeln, sein braunes Fell weist kahle Stellen auf. Nicht nur deshalb fühle ich mich merkwürdig verbunden mit der bedauernswerten Kreatur. Sie starrt mich aus großen, dunklen Augen an, und ich hebe hilflos die Schultern, weil ich ihr nicht helfen kann. Dann erst bemerke ich, wie Akando mich von der Seite mustert, und wende schnell meinen Blick von den Versuchstieren ab.

»Tut er dir leid?« Akandos Stimme klingt fasziniert. »Sag mir, Yma, was würdest du jetzt am liebsten tun, wenn du die Wahl hättest?«

Ich starre ihn an. Was ich am liebsten tun würde? Das Tierchen befreien natürlich. Seinen Käfig öffnen, es in den Arm nehmen und wegbringen von diesem grauenerregenden Ort. Und auf dem Weg nach draußen würde ich mir das Mikroskop vom nächstgelegenen Tisch schnappen und es Akando in sein grinsendes Gesicht schmettern.

Das sage ich aber nicht. Ich sehe mich im Raum um. Niemand hier scheint von den Affen Kenntnis zu nehmen. Als wären sie gar nicht da.

»Was passiert hier?«, frage ich statt einer Antwort.

»Es handelt sich um ein medizinisches Labor«, entgegnet Akando und weidet sich sichtlich an meinem erstaunten Gesichtsausdruck. »Das Heilen ist zwar verboten«, sagt er, »nicht aber die Forschung.«

»Aber wozu …?«, beginne ich stattdessen, doch er bringt mich mit einer Handbewegung zum Schweigen.

»Ich bin nicht die Auskunft, Yma«, sagt er streng, »und glaub mir, du wirst alles erfahren, was du wissen musst, bevor wir mit dem … nun ja, dazu kommen wir später noch. Hier hinein, bitte.«

Wir gehen durch eine weitere Tür in eine Art Konferenzraum. Ein langer, ovaler Tisch, graue Designerstühle.

»Setz dich.«

Ich tue wie geheißen. Akando bleibt stehen, und es stört mich, dass er auf mich herabschaut.

»Ich denke, wir müssen nicht um den heißen Brei herumreden. Mit dir stimmt irgendetwas nicht, Yma. Und vermutlich ist dir selbst schon lange klar, dass du anders bist als die meisten Menschen.«

Reglos sehe ich ihn an.

»Lass es mich erklären, auch wenn ich sicher bin, dass dir nicht alles unbekannt ist, was ich dir jetzt erzähle. In der sogenannten Alten Welt gab es viele Menschen, die so waren wie du. Einige von ihnen befanden sich sogar in mächtigen Positionen. Arbeiteten in der Politik. Ich muss dir nicht erzählen, wohin das führte. Du weißt selbst, dass es sich bei dem sogenannten sozialen Gedanken um eine evolutionäre Fehlleitung handelte. Eine, die unser ehrenwerter Erster Präsident ausgemerzt hat. Du weißt, wie Evolution funktioniert. Was gebraucht wird, setzt sich durch, was nicht gebraucht wird, stirbt aus. Dasselbe gilt für eine spezielle Region des Gehirns. Den sogenannten insulären Kortex. Jenen Bereich des Hirns, der bei den Menschen in der Alten Welt im Durchschnitt um fünfzig Prozent größer war als bei uns. Diese Region war verantwortlich für die sogenannte Empathie. Die Fähigkeit, wenn man es denn so nennen will, die Gefühle anderer zu erspüren und zum Teil sogar nachzuempfinden, als wären es die eigenen. Es wird für dich wohl nicht allzu überraschend sein, dass dein insulärer Kortex vergrößert ist. Wir haben das bereits bei deiner allerersten medizinischen Untersuchung festgestellt, und dann jedes einzelne Jahr von neuem. Du standest unter spezieller Beobachtung. Deshalb und weil … dazu komme ich später. Was ich sagen will …«

Er setzt sich nun doch mir gegenüber an den Tisch, beugt sich vor, schenkt mir seinen großväterlichen Blick. Es fehlt nur noch, dass er die Hand ausstreckt, um meine zu tätscheln.

»Yma«, sagt er, »es ist vermutlich gar nicht deine Schuld,

dass du so bist, wie du bist. So mitfühlend. Hilfreich. Vielleicht lässt dir diese ... Deformation deines Gehirns keine andere Wahl.«

Ich starre ihn mit offenem Mund an. Meine Gedanken rasen. Was erzählt er da?

»Vielleicht habt ihr alle, die ihr euch gegen das System stellt, keine Wahl«, fährt er mit reichlich Pathos in der Stimme fort. »Vielleicht ist es nicht Ungehorsam, sondern eine Art Zwang. Ausgehend von ebenjenem Teil des Hirns, der evolutionsbiologisch sinnlos ist. Wäre das nicht eine gute Erklärung?«

Ich nicke zögernd.

»Nicht so schnell!« Er schüttelt den Kopf. »Das wäre zu einfach. Es gibt durchaus Beispiele von Menschen deines Schlages, die doch noch auf den rechten Weg gefunden haben. Ich will aber nicht bestreiten, dass es vielleicht für jemanden wie dich schwieriger ist, an einem Verhungernden vorbeizugehen, ohne ihm Brot zu geben. Schwieriger als für mich und die meisten anderen Menschen. Schwierig. Aber nicht unmöglich. Und das ist der Grund, weshalb ich dich trotzdem anklage, Yma. Du bist kein Tier, kein von seinen Impulsen gesteuertes Wesen. Du weißt, was richtig und was falsch ist. Und dennoch hast du dich für das Falsche entschieden. Und Len auch.«

Ich zucke zusammen.

»Dafür müsst ihr bestraft werden. So will es das Gesetz. Du weißt jetzt, wohin wir Hochverräter bringen. Und was dort mit ihnen geschieht. Aber du hast Glück, Yma. Ich biete dir einen Ausweg. Doch zunächst möchte ich dir gern jemanden vorstellen.«

Er berührt das Display seiner Smartwatch, und Sekunden

später erscheint ein Schatten hinter der Milchglastür. Die Klinke wird heruntergedrückt, und ein Mann in Weiß betritt den Raum. Schließt vorsichtig die Türe hinter sich, tritt zu uns heran und streckt mir seine Hand entgegen. Irritiert schaue ich zu ihm hoch.

Ich kenne diesen Mann. Ich krame in meinen Erinnerungen, wo wir uns schon einmal begegnet sind, doch ich komme einfach nicht darauf. Er muss etwa vierzig Jahre alt sein, trägt das dunkle Haar lang und zu einem Zopf im Nacken gebunden. Glatt rasiert, grüne Augen. Er wirkt verlegen, unsicher, wie er dasteht mit der ausgestreckten Hand, die ich noch immer nicht ergriffen habe.

Akando erhebt sich mit großer Geste.

»Yma, darf ich dir Manteo vorstellen?«

Es trifft mich unvorbereitet wie ein Schlag ins Gesicht. Akando registriert es voller Zufriedenheit. »Ganz recht, Mädchen. Nun, ich lasse euch beiden dann mal alleine. Ihr habt euch sicher eine Menge zu erzählen, nach all den Jahren.«

54

Ich starre auf die weiße Tischplatte vor mir. Die Tür öffnet sich, für einen Moment sind da wieder die Geräusche aus den Affenkäfigen, die Schreie, dann ist es still. Der Mann, mein Vater, steht noch immer regungslos vor mir, die Hand ausgestreckt wie eine Marionette am Faden. Ich hebe den Blick.

»Hallo, Yma«, sagt er, und ich erkenne seine Stimme. Weiß genau, wie sie klingt, wenn er Schlaflieder singt oder ein weinendes Kind tröstet. Ich will jetzt weinen.

»Mama ist tot«, sage ich stattdessen.

Er nickt. Ich kann ihm nicht ansehen, ob es ihm etwas ausmacht. »Es tut mir leid, Yma«, sagt er sanft und streckt die Hand noch weiter aus. Was will er? Mir ins Gesicht fassen? Meine Haare streicheln? Oder besser gesagt die Perücke, die auf meinem kahlen Schädel sitzt? Ich weiche vor ihm zurück. Erst nur mit dem Kopf, doch das ist nicht genug. Ich lehne meinen Körper weit im Stuhl zurück, nicht genug. Ich springe auf, der Sessel kippt hintenüber, und ich gehe so lange rückwärts, bis ich die Wand in meinem Rücken spüre.

Mein Vater hebt die Hände. »Schon gut.«

»Was tut dir leid?«, frage ich ihn. »Dass sie tot ist, obwohl du als Heiler sie hättest retten können? Oder dass du uns verlassen hast?«

»Ich habe euch nicht … Sie haben mich erwischt, Yma. Und festgenommen.«

»Du wirkst nicht gerade wie ein Gefangener«, gebe ich zurück.

»Nein.« Er lässt die Schultern hängen. »Das stimmt. Aber ich war einer. Viele Jahre lang.« Meine Gedanken rasen. Wenn er im Gefängnis war, wie konnte er das überleben? Und warum ist er hier?

Er fährt sich mit der Hand über das Gesicht. »Es tut mir leid, was sie mit dir gemacht haben. Wirklich, Yma, es tut mir leid.«

Entsetzt sehe ich ihn an. Er wusste es? Mein eigener Vater wusste, wie sie mich gequält haben, und er hat nichts dagegen unternommen? Mir nicht geholfen?

Ein Laut dringt aus meiner Kehle, und zu meinem eigenen Erstaunen höre ich mich lachen. Ein freudloses Lachen. Natürlich hat er nichts unternommen. Das hier ist mein Vater, der hier einfach so hereinspaziert kommt. Der es aber fünfzehn Jahre lang nicht geschafft hat, sich bei mir oder meiner Mutter zu melden.

Der Gedanke schmerzt so sehr, dass es mir den Atem nimmt. Ich bin ihm egal. Was auch immer passiert ist, ganz offensichtlich ist mein Vater aus der Gefangenschaft befreit worden. Und dann hat er ein neues Leben angefangen, ohne zurückzuschauen.

Wie oft habe ich um ihn getrauert. Gedacht, nichts könnte schlimmer sein, als einen toten Vater zu haben. Was hatte ich denn für eine Ahnung? Überhaupt keine. Einen kalten Vater im Grab zu haben, von dem man sich einbilden kann, dass er nicht freiwillig gegangen ist, dass er einen geliebt hat, ist hundertmal besser als das hier.

»Yma«, er kommt auf mich zu, dicht, zu dicht. Doch ich kann nicht zurückweichen, kann nicht verhindern, dass er meine Schultern ergreift. »Ich weiß, dass ich Fehler gemacht habe«, sagt er eindringlich, »aber ich mache es wieder gut. Jetzt kann ich endlich meine Schuld begleichen, die ich auf mich geladen habe. Ich werde dich retten. Aber du musst ja sagen. Versprich es mir.«

»Wozu soll ich ja sagen?«, frage ich abwehrend, als sich die Tür erneut öffnet.

»Sag ja«, flüstert Manteo beschwörend, bevor er mich abrupt wieder loslässt.

»So«, meint Akando und reibt sich vergnügt die Hände, »ich hoffe, ihr hattet genug Zeit, um euer Wiedersehen zu feiern. Aber wir sind nicht zu unserem Vergnügen hier.«

Ich sage nicht ja, wie mein Vater es verlangt hat. Allerdings auch nicht nein. Nachdem sie mir ihren Vorschlag unterbreitet haben, sage ich erst einmal gar nichts. Diesen ungeheuerlichen Vorschlag, der mich zu ihrem Versuchskaninchen machen soll.

Wieder sehe ich den kleinen Affen vor mir, mit den angstgeweiteten Augen, dem blutigen Gesicht, der hilfesuchend seine Hand nach mir ausstreckt. Sie haben ihn in einen Käfig gesteckt und ihre Experimente an ihm vollzogen. Als sei er kein Wesen mit Gefühlen und Schmerzempfinden, sondern lediglich ein Objekt.

Akando ist nicht zufrieden mit mir. Ich kann es an seinem Gesicht ablesen, an dem starren Blick, der steilen Falte über der Nasenwurzel. Und wieder dieses missbilligende Kopfschütteln.

»Dir scheint nicht klar zu sein, dass unser Angebot eine Chance ist, Yma. Deine einzige Chance.«

Ich sehe stur geradeaus.

»Akando hat recht«, stimmt ihm Manteo zu. »Sag ja, Yma. Ich habe das Präparat entwickelt, es ist bereits sehr gut getestet.«

»An Affen«, platze ich heraus und breche entgegen meinem Vorsatz nun doch mein Schweigen. »Ihr habt es an Affen getestet.«

»Die uns genetisch sehr ähnlich sind«, erklärt Manteo ruhig.

»Aber nicht identisch«, nickt Akando. »Deshalb brauchen wir menschliche Probanden, das verstehst du doch sicher.«

In der Tat verstehe ich sehr gut. Fassungslos sehe ich meinen Vater an. Diesen Fremden, der so überdurchschnittlich intelligent und begabt war, dass es eine Verschwendung gewesen wäre, ihn wegen Hochverrats hinzurichten. Obwohl er selbst vor vielen Jahren wie Len als illegaler Heiler praktiziert hat. Den man folterte, bis er eingewilligt hat, dem System fortan zu dienen. Der eine Droge entwickelt hat, die die Fähigkeit zu Mitgefühl und Empathie im menschlichen Hirn ausschalten soll. Akando träumt davon, den Stoff so weit zu entwickeln, dass nach seiner Zulassung jedes Neugeborene eine Dosis erhält. Ausmerzung der Andersartigkeit. Rettung des Systems. Rettung der Menschheit.

»Ich glaub, ich muss kotzen«, sage ich und sehe mich suchend nach einem Behälter um. Obwohl ich eigentlich nichts lieber täte, als mich auf Akandos blitzblank geputzte Schuhe zu übergeben. Mein Vater holt einen Papierkorb, kniet damit vor mir nieder. Sucht meinen Blick, während ich versuche, den Brechreiz niederzukämpfen.

»Sag ja«, beschwört er mich. »Ich habe Himmel und Hölle in Bewegung gesetzt, um Akando zu überzeugen, dass wir so weit sind.«

»Wie meinst du das?«, frage ich mühsam.

»Du bist die erste menschliche Versuchsperson. Aber ich bin sicher, dass alles gut werden wird. Wir müssen es versuchen, Yma. Es ist die einzige Möglichkeit, dich zu retten.«

»Allerdings«, mischt Akando sich ein. »Vergessen wir nicht, dass du wegen Hochverrats angeklagt bist. Und darauf steht der Tod. Umso verwunderter bin ich, dass wir hier stehen und mit Engelszungen auf dich einreden. Du solltest uns vor Dankbarkeit die Füße küssen. Stattdessen zierst du dich wie eine Jungfrau. Wir geben dir die Chance, dein Leben weiterzuleben. Du kannst in deine wunderschöne Wohnung zurückkehren, zu deinem attraktiven Mann. Kannst die Schule als Klassenbeste abschließen, Karriere bei Universo machen, Kinder bekommen. Es könnte sein, als wäre all dies nicht passiert. Wir implantieren eine Pumpe unter deine Haut, die eine tägliche Dosis des Präparats abgibt. Du brauchst dir nur noch Sorgen um dich selbst zu machen. Die Slums sind dir egal, und dass dort Leute an Hunger und Krankheit sterben ebenfalls. Du wirst normal sein. Glaub mir, es wird dich befreien. Du kannst sie doch nicht alle retten. Also sag ja.« Auffordernd sieht er auf mich herunter.

»Ich habe eine Frage.«

Akando seufzt. »Das hätte ich mir denken können.«

Ich wende mich an meinen Vater, der noch immer vor mir auf dem Boden hockt. »Was kann dabei schiefgehen?«

»Das braucht dich nicht zu interessieren«, geht Akando dazwischen, noch ehe Manteo den Mund zu einer Antwort geöffnet hat.

»Ich weiß es nicht«, sagt mein Vater dennoch.

»Halten Sie den Mund«, fährt Akando ihn an und wendet sich gleich wieder mir zu. »Es reicht mir langsam mit diesem Kindergarten. Ich will eine Antwort. Entweder wirst du unsere Probandin, oder ich lasse dich noch diese Stunde zurück nach Zero bringen. Du hast die Wahl.«

Ich starre ihn an. Wortlos. Ratlos.

»Aber ich …«, beginne ich, da schnellt er vor, packt mich hart am Arm. Ich spüre, wie mein Vater zusammenzuckt. Dass er dazwischengehen will, sich im letzten Moment selbst davon abhält.

»Hör zu, du kleines Miststück«, zischt Akando, »ich habe langsam die Nase voll von dir, hast du das verstanden? Ich kann auch ganz anders. Es ist gut möglich, dass ich Bruak bitte, mit dir nach Zero überzusetzen. Und der hat sicherlich ein paar hübsche Ideen für dich im Gepäck. Wenn du verstehst, was ich meine.« Ohne dass ich es will, entfährt mir ein Wimmern.

»Bitte lassen Sie das.« Die Stimme meines Vaters klingt flehend. »Sie wird ja sagen. Sie braucht nur ein wenig Bedenkzeit. Nicht wahr, Yma?« Er sieht mich eindringlich an. Ich weiß gar nichts mehr. Bin gefangen in der Erinnerung an einen Hünen mit braunen Augen, der sich an meinem Schmerz weidet. »Sagen wir zwölf Stunden. Geben Sie ihr zwölf Stunden, um sich an den Gedanken zu gewöhnen. Bitte!«

Akandos Blick schwenkt herum, bohrt sich nun in meinen Vater statt in mich. Er gibt einen verächtlichen Laut von sich.

»Sie sollten auch bald eine Dosis ihrer eigenen Medizin zu sich nehmen, Manteo«, sagt er schneidend. Der schlägt die Augen nieder. Akando verlässt den Raum.

»Von mir aus«, sagt er im Türrahmen. »Zwölf Stunden.«

55

Kaum hat Akando uns verlassen, kommen zwei Männer. Grob ziehen sie mich vom Stuhl hoch. Einer greift nach meiner Perücke, reißt sie mir vom Kopf. Ich schreie auf, vor Schreck und Schmerz. Manteo starrt mich an, die Augen voller Entsetzen. Einer der Männer wirft ihm meine Haare vor die Füße, dann schleppen sie mich aus dem Zimmer.

Die Zelle, in die ich gebracht werde, sieht genauso aus wie mein erstes Gefängnis, nur dass alles spiegelverkehrt ist. Schlafstätte rechts, die Toilette links. Sie benutze ich zuerst, schirme mich dabei, so gut es geht, gegen den Blick der Kamera ab, indem ich das Bettlaken vor mich halte. Danach sinke ich auf die Matratze.

Zwölf Stunden Galgenfrist. Leben als Versuchskaninchen mit unabsehbaren Folgen oder sterben? Ich versuche, meine Gedanken zu sortieren.

Es stimmt, was Akando gesagt hat. Ich war immer schon anders. Meine Mutter hat es früh gewusst. Und sie hat mich gewarnt. Zeig dein Mitgefühl nicht so sehr, Yma, hat sie gesagt. Es wird dich in Schwierigkeiten bringen. Nicht nur das. Ich spüre die Gefühle der anderen. Nicht jeder mag diese Eigenschaft an mir. Adriel hat mir mehr als einmal gesagt, ich soll damit aufhören, in ihn hineinzuschauen. Vielleicht würde alles einfacher werden, wenn ich ein bisschen weniger ich und ein bisschen mehr wie alle anderen werde?

Jemand macht sich an der Tür zu schaffen und reißt mich aus meinen Gedanken. Sofort beschleunigt sich mein Herzschlag. Bruak, schießt es mir durch den Kopf. Akando hat ihn hergeschickt. Das mit den zwölf Stunden hat er nur so dahergesagt. Eigentlich hat er genug von mir.

Die Tür wird aufgestoßen, und ich unterdrücke einen Schrei. Ich erkenne die Umrisse zweier Menschen, dann wird jemand zu mir in die Zelle gestoßen. Landet auf dem Bauch, bleibt liegen. Krachend fällt die Tür ins Schloss. Ich starre auf die reglose Gestalt am Boden.

»Len«, flüstere ich. Auf allen vieren krieche ich zu ihm. Er trägt Jeans und die blutigen Überreste eines blauen Shirts. Die Stofffetzen kleben an seinem geschundenen Rücken, auf dem sich Krusten auf den langen Wunden zu bilden beginnen. Der Anblick treibt mir die Tränen in die Augen. »Len«, wiederhole ich, »was haben sie bloß mit dir gemacht?«

Er bewegt sich, gibt einen Schmerzenslaut von sich, stützt sich auf Knie und Hände und hebt den Blick. Erstarrt.

»Yma«, keucht er, und mit einem Mal scheint das Leben in seinen Körper zurückzukommen. Er beugt den Kopf zurück, sieht mich an. Kneift die Augen zusammen, sieht genauer hin, keucht entsetzt auf.

»Deine Haare«, sagt er. »Sie sind nicht … abgeschnitten.«

Ich schüttele den Kopf und senke den Blick. Merke, dass ich ihm dadurch noch mehr von meiner geschundenen, verkrusteten Kopfhaut zeige, und sehe schnell wieder hoch.

»Schon gut«, sage ich schnell. »Es ist schon gut.«

»Nichts ist gut«, sagt er rau. »Überhaupt nichts. Ich bin schuld, dass du hier bist. Yma, es tut mir …«

Ich falle ihm ins Wort.

»Hör auf«, sage ich beschwörend, »es ist nicht deine Schuld, verstanden. Bitte glaub das nicht eine Sekunde. Ich habe selbst entschieden. Ich bin fast zerbrochen an all dem Elend. Und daran, dass ich nicht helfen konnte. Du hast mir nur einen Weg gezeigt, es doch zu tun.«

Len wirft einen Blick zur Decke, sucht die Kamera. Ich schüttele heftig den Kopf, zwinge ihn, mich anzusehen.

»Es ist richtig, was wir getan haben. Richtig und gut. Und es ist mir egal, was andere dazu sagen. Die Gesellschaft, das System, wer auch immer. Es kann nicht sein, dass die einen sterben, nur damit andere im Luxus leben können. Dass man Kranken nicht hilft, obwohl es möglich ist. Das darf nicht sein. Du hast mir die Augen geöffnet. Die letzten Wochen waren die besten in meinem Leben.« Ich greife nach seiner Hand, doch er macht sich mit einer heftigen Bewegung los, scheint geradezu vor mir zu flüchten. Doch er kommt nicht weit, natürlich. Presst sich an die Wand der Zelle, den Blick zu Boden gerichtet.

»Ich habe dich verraten, Yma«, sagt er mit belegter Stimme. »Zuerst nicht. Ich wollte es nicht. Aber dann …« Er bricht ab. »Sie hatten Malania. Ich konnte nicht …«

»Natürlich konntest du nicht«, unterbreche ich ihn. »Meinst du wirklich, ich verstehe das nicht?«

»Aber sieh dich an«, sagt er. »Sieh, was sie mit dir gemacht haben.«

»Sie hatten mich sowieso schon, Len. Das alles ist geschehen, bevor du ihnen meinen Namen gesagt hast. Und selbst wenn nicht. Es ist egal.« Ich rappele mich vom Boden auf, trete auf ihn zu. Er weicht nicht zurück.

»Sie wussten, wie sie uns brechen können, Len«, sage ich. »Bei mir haben sie es genauso gemacht.«

»Adriel?«, fragt er.

Ich schüttele den Kopf. Frage mich kurz, ob es ebenso schnell gegangen wäre, wenn Bruak mit Adriel in jenem Raum gewesen wäre. Adriel, der mich verraten hat. Aber auch Adriel, der Mann, den ich geliebt habe. »Kimi.«

Schweigend stehen wir voreinander. Wissen nicht, wie es jetzt weitergehen soll.

»Warum bist du hier?«, frage ich, weil mir das plötzlich seltsam vorkommt.

»Wie meinst du das?«

»Wieso stecken sie uns zusammen in eine Zelle? Es ist doch nicht so, als ob sie nicht genug davon hätten.«

Er grinst müde über meinen schlechten Witz, wird dann gleich wieder ernst. »Sie haben mir ein Angebot gemacht«, sagt er vage, und ich ziehe die Augenbrauen in die Höhe.

»Oh«, sage ich ahnungsvoll, »sieht aus, als hättest du meinen Vater kennengelernt.«

56

Zeit ist ein seltsames Ding. Manchmal plätschert sie dahin, dehnt sich unendlich, dann wieder galoppiert sie fort, ohne eine Chance, sie festzuhalten.

Len und ich sind gefangen im zeitlosen Raum, und doch fürchte ich, dass die Stunden dahinfliegen, uns durch die Finger rinnen, ohne dass wir es auch nur bemerken.

Es ist kalt. Irgendwann haben wir uns nebeneinander auf die Matratze gelegt, mein Rücken an seinem Bauch. Wir wärmen einander, sagen hin und wieder ein paar Worte, kreisen um die Entscheidung, wägen ab, hin und her. Meistens schweigen wir.

Immer wieder hallt Akandos Stimme in meinem Kopf wider.

Eine Dosis jeden Tag, und du kannst dein Leben in Frieden weiterführen. In deiner schönen Wohnung, mit deinem attraktiven Mann.

Das war ein Befehl. Wenn ich das Angebot annehme, muss ich in mein altes Leben zurück. Mein Vater würde es vermutlich anders formulieren. Du *darfst* in dein altes Leben zurück, Yma. Eine zweite Chance auf ein Leben in der Elite.

Ich stelle mir vor, wie es sein wird. Alle Annehmlichkeiten

des Lebens im Luxus zu genießen. Keinen Gedanken daran zu verschwenden, dass nur ein paar Kilometer weiter Kinder verhungern. Arbeiter in Sweatshops verbrennen, weil die Notausgänge verschlossen sind. Reiche Männer die Körper verzweifelter Frauen im Tausch gegen ein Stück Brot benutzen. Vollkommen unberührt zu sein von all dem Elend. Keine Frage, das Leben wäre leichter.

Und vollkommen leer.

Ich habe gewusst, worauf ich mich einlasse, es gab nie einen Zweifel darüber, was mit uns geschieht, wenn wir erwischt werden. Auf den Deal einzugehen, würde bedeuten, alles zu verraten. Meine Überzeugung. Und mich selbst.

»Ich will es nicht«, sage ich, und Len nickt. Er versteht.

Als ich die Augen öffne, sehe ich Lens Gesicht direkt vor mir. Im Schlaf sind seine Züge entspannt, die dichten Wimpern beben, ein Lächeln umspielt seine Lippen. Ich wage nicht, mich zu rühren, will ihn nicht wecken, nicht herausreißen aus einem schönen Traum von einer besseren Welt.

Plötzlich überkommt mich eine wilde Angst. Werde ich ihn sterben sehen? Oder er mich? Oder – ein irreales Gefühl der Hoffnung steigt in mir auf – werden wir überleben? Einen Ausweg finden, fliehen, irgendetwas? Es könnte doch sein. Ja, es könnte sein.

Draußen höre ich schwere Schritte, jemand ruft einen Befehl, den ich nicht verstehe. Ein Schlüssel dreht sich im Schloss, die Zellentür fliegt auf. Len zuckt zusammen, sieht benommen um sich, will sich aufrichten, da stürzen vier Männer in die Zelle. Zwei von ihnen packen Len und reißen ihn auf die Füße.

Sie schleifen ihn zur Tür. So schnell ich kann, komme ich auf die Füße. Die beiden anderen Wärter packen mich, halten mich wie in einem Schraubstock zwischen sich fest.

»Wartet«, rufe ich, »was macht ihr?«

Len wirft einen Blick über die Schulter zurück, seine Lippen formen stumm meinen Namen.

»Wir haben uns entschieden«, schreie ich, als sie ihn aus der Zelle schleppen. »Halt!« Wie rasend versuche ich, mich loszureißen, schlage um mich, beiße, trete, ohne die Männer auch nur im mindesten zu beeindrucken.

»Len«, rufe ich, als sie ihn aus meinem Blickfeld zerren.

»Yma«, höre ich ihn rufen, dann das Geräusch eines Fausthiebs, ein Stöhnen. Stille bis auf ein schleifendes Geräusch, wie wenn man einen Mehlsack hinter sich herzieht.

Alle Kraft weicht aus meinem Körper.

Akando tritt in den Türrahmen, sein Blick den Gang hinuntergerichtet.

»Autsch. Voll erwischt«, sagt er lächelnd, und ich starre ihn hasserfüllt an. »Nun, nun, schau mich doch nicht so an, Yma. Schließlich bin ich es nicht gewesen, der deinen Geliebten gehauen hat.«

Ich straffe die Schultern, bemühe mich um Haltung und sehe ihm gerade in die Augen. »Er ist nicht mein Geliebter. Und wir haben uns entschieden«, sage ich kalt.

»Tatsächlich?«, fragt er sanft.

»Ja. Wir werden uns nicht zu Versuchskaninchen machen lassen.«

»Ach nein?« Er hebt gespielt erstaunt die Augenbrauen.

»Nein«, sage ich fest. »Wir ziehen es vor, in Zero zu sterben!«

Akando schüttelt langsam den Kopf. »Wie heldenhaft! Und mit ihr meinst du natürlich …?«

»Len und mich«, antworte ich.

»Sicher, sicher. Das dachte ich mir. Ach, Yma.« Er lehnt sich lässig mit der Schulter gegen den Türrahmen, verschränkt die Arme vor der Brust und lächelt mich an. Dann, von einer Sekunde auf die nächste, verändert sich sein Ausdruck. Die Mundwinkel fallen herab, sein Blick wird hart wie Stahl. Ich erschaudere.

»Für wie blöd hältst du mich, Mädchen?«, fragt er scharf. »Denkst du wirklich, ich lasse zu, dass ihr beiden Turteltäubchen einen Liebesurlaub in Zero unternehmt? Ich gebe zu, der Gedanke ist rührend. Zwei Liebende, die gemeinsam in den Tod gehen, Hand in Hand.«

»Wir sind keine Liebenden«, fauche ich ihn an. »Aber wir sind bereit, für unsere Überzeugung zu sterben.«

Er stößt sich von der Wand ab, tritt auf mich zu und fasst grob nach meinem Kinn. Zwingt mich, ihn anzusehen. »Ich habe dir eine Chance gegeben, und du undankbares Gör willst sie ablehnen?«

»Ja«, sage ich mit zitternder Stimme, da holt er aus und verpasst mir eine schallende Ohrfeige.

»Das werden wir ja sehen«, zischt Akando, holt erneut aus, ich versuche, zurückzuweichen, der Griff meiner Wärter hindert mich daran. Im letzten Moment lässt Akando die Hand sinken. Sammelt sich, strafft die Schultern. Sein wutverzerrtes Gesicht entspannt sich, erlangt seine Beherrschung zurück. Er macht einen Schritt von mir weg.

»Ich habe dir die Entscheidungsfreiheit gelassen, und daran halte ich mich«, sagt er ruhig. Er tritt aus der Zelle hinaus, wendet sich nach links. Sieht den Gang hinunter, in dem Len verschwunden ist. Nickt, als würde er mit jemandem kommunizieren. Dann schaut er mich an. »Aber ich habe nicht vor, Len nach Zero zu schicken. Du bist nur eine Mitläuferin, aber er ist ein Aufrührer, ein Rebell. Solche Menschen sind gefährlich für eine Gemeinschaft. Er würde dort nur Unruhe stiften.«

Ich bemühe mich, seinen Worten zu folgen. Versuche zu begreifen, was er mir sagen will.

»Len wird wegen Hochverrats zum Tode verurteilt. Das Urteil wird sofort vollstreckt.«

Ich öffne den Mund, um etwas zu sagen. Akandos Blick bohrt sich in meine Augen, während er langsam den rechten Arm hebt.

»Nein«, flüstere ich.

»Doch«, antwortet er und gibt das Zeichen.

Ein Schuss fällt, und dann wird alles schwarz.

57

Eiskaltes Wasser klatscht auf mich herunter, dringt in meine Nase, meinen Mund. Ich keuche, huste, spucke. Ein weiterer Schwall, mitten ins Gesicht.

»Okay, das reicht«, sagt Akando.

Blinzelnd öffne ich die Augen, wische das Wasser ab, huste erneut. Mit jeweils einem leeren Eimer in der Hand ziehen meine Wärter ab. Pitschnass liege ich auf der durchweichten Matratze. Akando beugt sich über mich.

»Dein Freund ist tot«, sagt er. »Ich gebe dir noch einmal zwölf Stunden. Danach wirst du Probandin, oder du gehst nach Zero. Dort lassen wir dich schön langsam verrecken. Verstanden?«

Ich starre zu ihm hoch, unfähig, etwas zu sagen oder auch nur zu denken. Len ist tot, Len ist tot, hallt es in meinem Kopf wider. Len ist tot.

Anscheinend erwartet Akando keine Antwort von mir, denn er wendet sich um und verlässt ohne ein weiteres Wort meine Zelle.

Len – tot. Es kann nicht sein. Er kann nicht tot sein.

Ich weiß nicht, wie lange ich so dasitze. Zitternd. In meinem durchnässten Kleid, mit angezogenen Beinen, die Arme um die Knie geschlungen. Es kann nicht sein. Es darf nicht sein.

Ich sehe ihn vor mir, seinen ernsten Blick, die kleine Falte zwischen den Augenbrauen, wenn er Patienten behandelte, die Vorsicht, mit der er sie berührte. Mir wird klar, dass ich noch nie einen Menschen wie ihn getroffen habe.

Er war ein Kämpfer für die Schwachen. Kompromisslos. Leidenschaftlich. Nur selten nett, aber immer gut. Ich habe ihn geliebt und es nicht einmal gemerkt.

Irgendwann fange ich an zu schreien. Ich schreie, um den Schmerz loszuwerden, der in meiner Brust brennt. Sehe mich in meiner Zelle um auf der Suche nach etwas, das ich kaputt machen kann. Boxe in die Matratze, so dass das Wasser in alle Richtungen spritzt. Nicht genug, nicht genug. Ich springe auf, stürze zur Wand. Bearbeite sie mit meinen Fäusten. Spüre, wie die Haut an meinen Fingerknöcheln aufplatzt. Dunkles Blut rinnt am Gemäuer herab, färbt den weißen Putz rot. Nicht genug. Ich schlage härter zu, ein feiner roter Sprühnebel steigt auf. Schließlich versagen meine Arme den Dienst. Weigern sich einfach. Ich starre auf die zitternden, blutigen Klumpen Schmerz, die an ihrem Ende sitzen.

Ich sacke an der Wand zusammen, Blitze zucken bis hinauf zu meinen Schultern. Und dennoch hallt noch immer der Schuss durch meinen Kopf, der Lens Leben beendet hat. Ich lasse meinen Kopf nach vorne fallen, schmettere ihn zurück. Gegen die Wand. Ein scharfer Schmerz auf der nackten Haut, ein dumpfer Schmerz im Inneren. Noch mal! Die Zelle um mich herum beginnt, sich zu drehen. Der Knall rückt in die Ferne. Noch mal! Noch mal!

»Hör auf!«

Die Tür wird aufgestoßen. Ich zucke nicht einmal zusammen. Sehe nicht, wer da kommt. Es ist mir egal. Erneut beuge ich den Kopf, hole Schwung für die nächste Attacke, die mich endlich in die Bewusstlosigkeit entführen soll. Doch bevor ich sie ausführen kann, stürzt jemand heran, legt beide Hände um meinen Kopf und hindert mich daran.

Benommen sehe ich hoch und direkt in Manteos Augen.

»Papa«, murmele ich und kippe in seine Arme. Und dann beginne ich zu weinen.

Ich weiß nicht, wie lange wir dort gesessen haben. Ich in den Armen meines Vaters, zusammengerollt auf seinem Schoß. So wie früher, wenn ich einen schlechten Traum gehabt habe. Er wiegt mich hin und her, murmelt leise, dass alles gut werden wird.

Aber das hier ist kein schlechter Traum. Und ich bin auch nicht zwei Jahre alt, und es wird nicht alles gut. Len ist tot.

»Er ist tot«, schluchze ich. »Papa, er ist tot.«

»Ich weiß«, murmelt er, »es tut mir leid, Yma.«

»Ich halte es nicht aus, Papa. Ich will sterben.«

»Hör mich an, Yma«, sagt er. »Bitte, hör mir zu. Wirf dein Leben nicht weg, ich bitte dich. Sag ja.«

Ich öffne den Mund, um zu protestieren, doch er schneidet mir das Wort ab.

»Ich weiß, dass du nicht leben willst. Jetzt nicht. Aber vertrau mir, es wird anders werden. Ich wollte auch sterben, ohne dich. Und ohne deine Mutter. Aber es wurde besser.«

Das kannst du nicht vergleichen, will ich rufen. Aber ich sage nichts.

»Das Präparat wird dir helfen«, sagt Manteo und sieht mich

eindringlich an. »Es dämpft die Gefühle. Es nimmt den Schmerz. Vertrau mir.« Er streichelt meinen Unterarm. Seine Hand ist voller Blut. Mein Blut.

»Ich will, dass es aufhört«, sage ich, während die Tränen mir unaufhörlich die Wangen herunterlaufen. »Bitte, mach, dass es aufhört.«

»Das kann ich«, sagt Manteo. »Ich kann es wirklich.«

Ich sehe zu ihm auf. In seine Augen. Zum ersten Mal fällt mir auf, wie ähnlich sie meinen sind. Grün mit goldenen Sprenkeln. Einem scharfen, dunklen Rand um die Iris. Es ist, als würde ich in den Spiegel sehen.

»Ich weiß, wie es sich anfühlt. Aber du kannst ein gutes Leben haben. Adriel und du, ihr werdet Elite sein. Und begabte und wunderbare Kinder haben, wenn die Zeit gekommen ist. Wirf das nicht weg.«

Aber wie soll ich mit einem Verräter unter einem Dach wohnen? Und, noch entscheidender, wie soll ich meinen Kindern erklären, dass sie in einer solchen Welt leben? In einer Welt ohne Mitleid? Wie soll ich morgens in den Spiegel sehen? Oder werde ich gar nicht darüber nachdenken? Werde ich ihnen beibringen, dass wir besser sind als die Menschen am anderen Ende der Stadt? Dass die Starken herrschen und die Schwachen dienen? Dass das die natürliche Weltordnung ist? Werde ich meine eigene Tochter verstoßen, wenn sie krank wird, so wie Kimis Eltern sie verstoßen haben?

Manteo legt die Hände auf meine Schultern. »Du musst nur ja sagen, Yma«, sagt er beschwörend. »Sag ja.«

»Nein«, sage ich.

58

Es ist vollkommen dunkel. Pochender Schmerz in meinem Kopf. Nur langsam erwache ich aus der Bewusstlosigkeit. Die Bilder kommen zurück. Manteo, der mich zu überzeugen versucht. Jemand reißt ihn von mir weg. Beugt sich über mich. Bruaks Gesicht dicht vor meinem. Ich hatte kaum Zeit, in Panik zu verfallen, bevor er begann, mit Fäusten auf mich einzuschlagen.

Wie viel Zeit ist seither vergangen? Und wo bin ich? Ich versuche, meine Augen an die Dunkelheit zu gewöhnen, aber sie ist pechschwarz, nicht der kleinste Lichtstrahl dringt herein. Dicht neben mir, auf der anderen Seite der Wand, ein Plätschern. Der Boden schwankt. Ein Boot? Oder ein Schiff?

Natürlich. Die Gefangeneninsel ist nur über das Meer zu erreichen, hat Akando gesagt. Dann muss ich eine ziemlich lange Zeit ohne Bewusstsein gewesen sein. Ich stelle mir vor, wie Bruak meinen leblosen Körper aus der Zelle schleppt. Mich in ein Auto wirft. Wie wir Johtaja verlassen, viele Kilometer in Richtung Norden zurücklegen, bis zur Nordseeküste. Meine malträtierten Knochen deuten darauf hin, dass auch nachdem ich die Besinnung verloren hatte, nicht allzu zimperlich mit mir umgegangen worden ist.

Ich ziehe die Beine an, versuche, mich irgendwie in eine sitzende Position zu bringen, stöhne auf vor Schmerzen. Alles tut weh.

»Wer ist da?«

Nur ein Flüstern, ich erstarre mitten in der Bewegung. Die Erinnerung fällt jäh über mich herein. Len. Die Hinrichtung. Er ist tot.

»Hallo? Können Sie mich hören?« Und jetzt werde ich auch noch wahnsinnig. Oder ich träume. Eine andere Möglichkeit gibt es nicht. Warum sonst sollte ich hier in totaler Finsternis liegen und die Stimme eines Toten hören.

»Len«, schluchze ich.

»Yma?«, keucht die Stimme.

»Ja«, flüsterte ich.

»Bist du es wirklich? Ich dachte, sie hätten …« Er bricht ab.

»… mich umgebracht«, vollende ich an seiner Stelle.

»Ja.« Für einen Moment schweigen wir beide. Fassungslos. Ich spüre, wie mir Tränen die Wangen herunterlaufen. Es brennt, als sie auf meine aufgerissene Lippe treffen. Er lebt. Len lebt. Es war ein abgekartetes Spiel. Ein Trick, um uns beide doch noch zur Einwilligung zu zwingen. Doch das hat nicht funktioniert. Weder bei mir noch bei ihm. Akando und mein Vater dachten, dass sie uns manipulieren könnten, und dass sie es nicht geschafft haben, verschafft mir ein Gefühl des Triumphes, obwohl ich weiß, dass es dafür nicht wirklich einen Grund gibt. Ja, wir haben ihnen getrotzt. Aber was bringt uns das? Wir liegen gefesselt im Bauch eines Schiffes, auf dem Weg in den sicheren Tod.

»Wo bist du?«, frage ich heiser.

»Hier«, antwortet Len. Kurzes Schweigen, dann müssen wir

beide lachen. Ein heiseres, verzweifeltes, rebellisches Lachen, das schnell wieder verebbt.

»Sehr witzig«, sage ich, beiße die Zähne zusammen, um nicht erneut aufzustöhnen, während ich versuche, mich aufzurappeln.

»Pass auf, die Decke …«

Schmerzhaft schlägt mein Kopf gegen das Holz.

»… ist sehr niedrig«, vollendet Len seinen Satz.

Ich fluche unterdrückt. Wo zum Teufel haben die uns hier reingepfercht? Das ist doch reine Schikane. Gleichzeitig wundere ich mich über meine eigene Empörung. Immerhin sind wir auf dem Weg zu einem Gefängnis, wo man uns schön langsam verrecken lassen wird, wie Akando es ausdrückte. Habe ich etwa erwartet, mit Samthandschuhen angefasst zu werden?

Ich bringe mich in eine halb sitzende, halb liegende Position.

»Ist noch jemand hier?«

»Ich glaube nicht.«

»Ich liebe dich, Len.« Die darauffolgende Stille ist ohrenbetäubend. Aber es macht mir nichts aus. Ich warte nicht darauf, dass er es auch sagt. Darum geht es nicht. Sondern darum, dass ich es zu lange nicht gewusst habe. So lange, bis es zu spät war. Fast zu spät. »Das soll dich nicht in Verlegenheit bringen«, beeile ich mich zu sagen. »Es ist nur … ich dachte, du seist tot. Es war schrecklich. Ich liebe dich.«

»Komm her.« Fast nur ein Flüstern.

»Äh. Das ist gerade nicht so einfach«, gebe ich zurück.

»Okay. Dann komme ich. Du müsstest nur hin und wieder etwas sagen, damit ich höre, wo du bist.«

Er beginnt, sich über den Boden in meine Richtung zu schieben.

»Was soll ich denn sagen?«, frage ich.

»Das ist doch vollkommen egal.« Er versucht, ganz normal zu klingen, aber ich kann hören, dass er Schmerzen hat. Kein Wunder. Die Wunden an seinem Rücken können noch lange nicht verheilt sein. Und vermutlich hat Bruak auch ihm noch einen Besuch abgestattet, bevor sie uns hier ins Schiff verladen haben. »Das von eben war ganz nett«, keucht er.

Ich spüre, wie sich ein Lächeln auf mein Gesicht stiehlt. Trotz allem. »Ich liebe dich, Len«, wiederhole ich folgsam. »Ich liebe dich. Ich liebe …«

Etwas stößt an meinen Fuß, schiebt sich weiter. Neben mich. Ich verstumme. Unsere Körper berühren sich. Da wir beide Handschellen tragen, können wir uns nicht anfassen, aber Len beugt sich zu mir herüber. Ich spüre seinen Atem an meinem Hals, seine Haare kitzeln meine Wangen.

»Ich dich auch«, sagt Len.

Er findet meine Lippen, und wir küssen uns.

Mein Herz hämmert in der Brust. Unser erster Kuss, vielleicht der letzte. Für einen Moment steht die Zeit still. Ich kann nicht glauben, dass ich wenigstens das noch erleben darf. Ich dachte, er wäre tot, und nun liegen wir hier und küssen uns. Seine Lippen öffnen sich leicht, und plötzlich spüre ich etwas Metallisches, Hartes an meinem Mund und zucke unwillkürlich zurück.

»Was ist das?«, frage ich.

»Ich habe den Schlüssel.« Er klingt ein bisschen seltsam.

»Den Schlüssel?« Dann begreife ich. Den Schlüssel für die Handschellen. »Aber woher denn?«

»Von deinem Vater«, nuschelt er. »Er hat ihn mir in den Mund geschoben, nachdem der andere Kerl ... mit mir fertig war. Ich hatte es ehrlich gesagt nicht genau verstanden. Ich dachte, du wärest tot. Aber jetzt ... macht es Sinn. Er wollte dich retten.«

Mir steigen die Tränen in die Augen. »Uns«, flüstere ich.

»Wenn ich den Schlüssel hier auf den Boden fallen lasse, finde ich ihn nicht mehr. Deshalb gebe ich ihn jetzt dir und nehme ihn dann mit den Händen. Alles klar?«

Aber Len wartet meine Antwort nicht ab. Ich spüre, wie er sich erneut über mich beugt. Seine Nasenspitze berührt meine, dann wieder Metall an meinen Lippen. Fast automatisch öffne ich leicht den Mund, umschließe den kleinen Gegenstand.

»Lass ihn bloß nicht fallen.«

Ich schüttele den Kopf, was er nicht sehen kann. Halte den Schlüssel zwischen meinen zusammengepressten Lippen. Höre, wie Len sich neben mir bewegt, sich herumrollt. Spüre seine tastenden Finger an meinem Oberkörper, dem Hals. Ich neige ihnen meinen Kopf entgegen.

»Okay, ich habe ihn.«

Ich entspanne meine Lippen und lasse den Schlüssel frei.

»Okay, jetzt dreh dich um, wir müssen uns beeilen. Sie können jeden Moment mit uns losfahren.«

Wie auf Kommando geht ein Ruck durch das Boot, als der Motor angeworfen wird. Wir müssen uns irgendwo dicht neben der Schiffsschraube befinden, die sich knatternd in Bewegung setzt. Unverständliche Rufe über uns.

»Scheiße«, sage ich inbrünstig.

»Schon gut. Unsere Chancen stehen sowieso am besten, wenn wir ins Wasser springen. Hier im Hafen holen sie uns doch sofort ein. Ich hoffe, du bist eine gute Schwimmerin.« Ich denke an die unzähligen Bahnen, die ich im Pool gezogen habe, um Len im Fitnessstudio aus dem Weg zu gehen.

»Ja. Und du?«, frage ich.

»Auch«, erwidert er. »Dreh dich um.«

Ich tue, was er sagt. Spüre, wie er mir ebenfalls den Rücken zudreht. Wie seine Hände nach meinen tasten. Daran heruntergleiten, bis zu den Handschellen, die so fest angelegt sind, dass sie in meine Haut einschneiden. Ein Klicken, und meine linke Hand ist frei. Dann die Rechte. Sofort beginnen sie, unangenehm zu kribbeln, als das Blut wieder in ihnen zu fließen beginnt.

»Jetzt ich, mach schon.«

»Okay.« Ich drehe mich um, taste im Dunkeln nach Len. Nehme ihm den Schlüssel ab. Brauche viel länger als er, um das Schloss zu finden und die Handschellen aufzuschließen. Endlich habe ich es geschafft. Im selben Moment setzt das Boot sich mit einem Ruck in Bewegung. Ich verliere das Gleichgewicht und falle auf Len. »Entschuldigung.«

»Schon gut. Weh getan?«

»Nein.«

Er schlingt die Arme um mich, einen um meine Taille, den anderen um den Hals. Noch immer kann ich nichts erkennen, aber ich kann mir vorstellen, wie er mich ansieht. Mit seinen dunklen, ernsten Augen.

»Wir suchen den Ausgang«, sagt er hastig. »Ich gehe voran. Wenn wir Glück haben, sind die Männer oben mit dem Auslaufen beschäftigt und achten nicht auf uns. Wir springen von Bord, ohne dass sie es merken. Das ist die bestmögliche Variante. Falls sie uns sehen, kümmere ich mich um sie. Wenn ich

Jetzt rufe, kommst du raus. Was immer du siehst, du bleibst nicht stehen. Du gehst zur Reling und springst. Tauch unter dem Boot durch, aber achte auf die Schraube. Bleib so lange unter Wasser wie möglich. Und dann schwimmst du. Sieh dich nicht um. Verstanden?«

»Aber …«

»Versprich es mir.«

»Aber was ist mit dir?«, frage ich.

»Ich komme natürlich nach. Aber vielleicht muss ich da oben erst ein paar Leute außer Gefecht setzen. Das geht nur, wenn du aus dem Weg bist.«

»Was meinst du, wie viele es sind?«

»Keine Ahnung.«

»Ich könnte dir helfen.«

»Du hast viele Stärken, Yma. Kämpfen gehört nicht dazu. Versprich es mir«, wiederholt er drängend.

»Ich verspreche es«, antworte ich.

Len greift nach meiner Hand und zieht mich durch die Dunkelheit. »Komm. Wir müssen uns beeilen. Das Meer ist ziemlich kalt. Lange werden wir darin nicht durchhalten.«

Blind und gebückt tasten wir uns an der Wand entlang, bis Len einen leisen Schmerzensschrei ausstößt.

»Was ist?«

»Hier ist eine Treppe. Wie ich es mir gedacht habe. Darüber ist so eine Art Luke. Bete, dass sie nicht abgeschlossen ist.«

»Okay.«

Plötzlich fällt Licht durch einen schmalen Spalt herein, der sich sofort wieder schließt.

»Sie ist offen. Bist du bereit?«

Ja, will ich sagen. Aber ich bekomme keinen Ton heraus.

Nackte Panik überfällt mich. Ich spüre, wie sie meinen Körper überschwemmt und mir die Luft abschnürt.

»Yma? Bereit?«, drängt Len, aber ich bringe nicht mehr als ein Keuchen hervor. Ich kann seine Bewegung nicht sehen, aber ich spüre sie. Er wendet sich um, legt sanft die Arme um mich. Seine Lippen an meinem Ohr. »Du schaffst es«, sagt er leise. »Auf mein Zeichen. Okay?«

»Okay«, bringe ich hervor. Er lässt mich los, öffnet vorsichtig die Luke und klettert hinaus. Ich selbst bleibe auf der unteren Treppenstufe stehen, helle Flecken tanzen vor meinen Augen, während ich versuche, mich an die plötzliche Helligkeit zu gewöhnen. Die Klappe befindet sich am Heck des Schiffes, das eigentlich eher ein Boot ist, wahrscheinlich nicht länger als acht oder neun Meter. Tief gebückt sieht Len sich vorsichtig um, als ich einen Ruf höre.

»Hey, was soll das?«

Eine eisige Faust greift nach meinem Herz. Len fährt herum und stößt einen Fluch aus.

»Was schreist du denn so?«, erklingt eine andere Stimme.

»Der Gefangene, er flieht«, brüllt der Erste.

Lens Blick trifft meinen. »Jetzt.« Seine Lippen formen das Wort beinahe lautlos. Dann springt er über mich hinweg auf das Vorderdeck. Den Männern entgegen. Meine Beine reagieren wie von selbst. Ich klettere aus der Luke, sprinte zum hinteren Ende des Bootes. Schlechte Idee. Direkt unter mir rotiert die Schiffsschraube, Wassertropfen stieben mir ins Gesicht. Ich wende mich nach links, klettere über die Abgrenzung. Das Festland ist schon ziemlich weit von uns entfernt, unmöglich, die genaue Strecke einzuschätzen. Drei Kilometer? Fünf? Zwanzig? Das ist doch Wahnsinn.

Ich höre einen Schmerzensschrei, ganz automatisch fährt mein Kopf herum. Jemand geht zu Boden. Nicht Len. Der kämpft jetzt mit dem zweiten Mann.

Sieh dich nicht um. Sieh dich nicht um.

Ich sehe hinunter in die schaumige Gischt. Dann wieder zum Bug des Schiffes. Es sieht tatsächlich so aus, als behielte Len die Oberhand.

Du gehst zur Reling und springst.

Ich mache mich bereit. Ein letzter Blick zurück. Plötzlich taucht ein weiterer Mann auf. Er muss in der Kajüte gewesen sein. Ich sehe wie in Zeitlupe, wie er sich Len nähert. Er hebt einen langen Gegenstand, schmettert ihn auf Lens Hinterkopf. Len bricht zusammen, ich stoße einen Schrei aus. Schlage mir die Hand vor den Mund. Die zwei noch stehenden Männer fahren zu mir herum.

»Das Mädchen!«

Len, obwohl halb bewusstlos, wendet sich ebenfalls um. Öffnet den Mund, ohne dass ein Laut daraus hervorkommt. Aber ich weiß auch so, was er mir sagen will.

Was immer du siehst, du bleibst nicht stehen.

Ohne nachzudenken, hebe ich die Arme, stoße mich ab und springe kopfüber in die Fluten.

Eiskaltes Wasser, Rauschen in meinen Ohren.

Tauch unter dem Boot durch, aber achte auf die Schraube. Bleib so lange unter Wasser wie möglich.

Im Bruchteil einer Sekunde saugt sich meine Kleidung voll und zieht mich in die Tiefe, das Salz brennt in meinen Wunden. Ich vollführe eine Rollwende, schwimme unter Wasser, so schnell ich kann, in die Richtung, aus der ich gekommen bin. Spüre den Sog der Schraube, kämpfe dagegen an. Zwinge mich, den Gedanken an Len auszuschalten. Panik verbraucht Sauerstoff. Und Kraft. Beides werde ich noch brauchen.

Ich tauche in langen Zügen, bis meine Lungen zu brennen beginnen. Auftauchen! Nein, noch ein Zug. Und noch einer. Tauch auf, brüllt mein Körper. Noch einer. Dann kann ich es nicht mehr aushalten, breche durch die Wasseroberfläche, ringe nach Atem. Im selben Moment höre ich die Schüsse. Sehe zum Boot zurück. Die Männer an der Reling, sie haben Waffen, feuern ins Wasser. Aber nicht in meine Richtung. Sie dürfen mich nicht sehen. Ich hole Luft, sehe Len. Hinter ihm der dritte Mann. Der, den er niedergeschlagen hat. Er steht wieder und hält Len seine Pistole an den Kopf. Len ruft meinen Namen.

»Yma! Yma!« Die Schreie dringen tief in mein Herz. »Wo ist sie? Wo ist sie? Bitte helfen Sie ihr«, brüllt Len. »Sie kann nicht schwimmen. Yma! Bitte! Sie kann nicht schwimmen.«

Ich tauche unter.

Ich komme natürlich nach.

Ich frage mich, ob er wusste, wie schlecht seine Chancen standen.

Meine Arme und Beine bewegen sich automatisch, pflügen durch das Wasser. Im Hallenbad tauche ich problemlos dreißig bis vierzig Meter weit, aber das hier ist etwas ganz anderes. Die Temperatur ist mindestens zehn Grad niedriger, dazu die nassen Kleider. Die Angst. Und die Schuld. Sie wiegt am schwersten.

Auftauchen. Atem holen. Wieder herabsinken. Weiter.

Sieh dich nicht um.

Ich habe Len im Stich gelassen. Ihn seinem Schicksal überlassen.

Meine Muskeln sind so schwer. Ich bin so müde. Eiskalt.

Lass los, flüstert eine Stimme in mir, *hör einfach auf. Len ist so gut wie tot. Du bist jetzt ganz allein, keiner mehr, der dich versteht.*

Ich sinke tiefer. Immer tiefer.

Der Atemreiz wird stärker. Unwiderstehlich. Doch genauso verlockend ist die Dunkelheit unter mir.

Nichts mehr fühlen. Nicht mehr kämpfen müssen. Gar nichts mehr müssen. Mein Körper schwebt dem Nichts entgegen. Gleich ist es vorbei.

Ich sehe Lens Gesicht vor mir. *Wir retten die Welt, Yma, immer einen Menschen nach dem anderen.*

Len hat mich gerettet.

Ich mobilisiere meine Kräfte, hebe die Arme. Stoße in die Höhe, der Sonne entgegen, folge ihren Strahlen zur Oberfläche.

Mein Kopf bricht durchs Wasser, und ich ringe nach Luft. Der erste Atemzug brennt wie Feuer in meiner Lunge. Ich sehe zu dem Boot hinüber, das sich rasend schnell von mir entfernt. Wende mich ab. Und schwimme um mein Leben.

Kathryn Foxfield
Good Girls Die First
Thriller

Ava wird zum Portgrave Pier gelockt, einem verlassenen, heruntergekommenen Freizeitpark in ihrer Heimatstadt. Genau wie neun andere Jugendliche, von denen sie manche kennt, manche nicht. Jeder von ihnen hat eine rätselhafte, erpresserische Einladung erhalten – mit der Anspielung auf ein persönliches Geheimnis, das er um keinen Preis verraten will. Bald verschwindet der Pier im Nebel, sie sind von der Außenwelt abgeschnitten. Spielt ihnen ihr Gehirn Streiche? Ava muss sich ihrem eigenen Geheimnis stellen und die Frage beantworten, wie weit sie gehen würde, um selbst zu überleben.

Aus dem Englischen
von Christine Blum
336 Seiten, Klappenbroschur

Jessica Jung
Shine - Love & K-Pop
Roman

Die siebzehnjährige Rachel Kim trainiert seit Jahren an der Academy von DB Entertainment in Seoul, um es in eine Girlgroup und ganz nach oben zu schaffen. Zusammen mit den anderen unterwirft sie sich dem strengen Regiment und knallharter Konkurrenz: keine Freizeit, keine Dates, immer im Training. Als sich die Chance bietet, mit DBs Superstar Jason Lee zu singen, weiß Rachel: Das ist ihre Chance, um aufzufallen. Endlich auserwählt zu werden. Das Problem? Jason ist tatsächlich nett, sexy und wahnsinnig talentiert - er ist die Art von Ablenkung, die Rachel sich nicht leisten darf. Und genau die Art von Ablenkung, die sie sich nicht verkneifen kann.

Aus dem amerikanischen Englisch
von Lena Kraus
368 Seiten, Klappenbroschur

Weitere Informationen finden Sie auf
www.fischerverlage.de

AZ 8414-0106/1